MIL BESOS TUYOS

Tillie Cole

MIL
BESOS
TUYOS

**Un beso dura un instante,
mil pueden durar la vida entera.**

Planeta

Para aquellos que creen en el amor verdadero,
épico y desgarrador.
Este libro es para ustedes.

Prólogo

RUNE - CINCO AÑOS

Hubo exactamente cuatro momentos que definieron mi vida.
Este fue el primero.

BLOSSOM GROVE, GEORGIA
ESTADOS UNIDOS
HACE DOCE AÑOS

—Jeg vil dra! Nå! Jeg vil reise hjem igjen! —*grité lo más fuerte
que pude, diciéndole a mi mamá que me quería ir en ese mismo
instante. ¡Quería volver a casa!*
   —*No vamos a regresar a casa, Rune. Y tampoco nos vamos a
ir de aquí. Ahora esta es nuestra casa —me contestó en nuestro
nuevo idioma. Se hincó frente a mí y me miró directamente a
los ojos—. Rune —dijo con dulzura—, ya sé que no te querías
ir de Oslo, pero le dieron a tu papá un nuevo trabajo aquí, en*

Georgia. —*Aunque me acariciaba el brazo con su mano, no me consolaba. No quería estar en ese lugar, en Estados Unidos.*

Quería regresar a casa.

—*Slutt å snakke engelsk!* —*grité. Odiaba hablar otro idioma. Desde que salimos de viaje de Noruega a Estados Unidos, mamá y papá ya no me hablaban en nuestro idioma. Decían que tenía que practicar.*

¡Pero yo no quería hacerlo! Mi mamá se levantó y alzó una caja del suelo.

—*Estamos en Estados Unidos, Rune. Aquí hablan inglés. Aprendiste a hablar inglés desde que aprendiste a hablar noruego. Es hora de que lo uses.*

Me mantuve firme, fulminando a mi mamá con la mirada mientras se alejaba hacia la casa. Miré la callecita en la que vivíamos ahora. Tenía ocho casas, todas grandes pero diferentes. La nuestra era roja, con ventanas blancas y un porche enorme. Mi cuarto era amplio y estaba en la planta baja. Eso sí me parecía más o menos cool. Por lo menos hasta cierto punto. Nunca había dormido en una planta baja; en Oslo, mi recámara estaba arriba.

Observé las casas. Todas estaban pintadas de colores brillantes: azul claro, amarillo, rosa… Después vi la casa de al lado. La que estaba justo al lado, incluso compartíamos un pedazo de pasto. Las dos casas eran grandes y también sus jardines, pero no había ninguna barda o muro que las separara. Si quisiera, podría correr en su jardín y no había nada que me lo impidiera.

La casa era de un blanco brillante y la rodeaba un porche. Al frente, tenían mecedoras y un gran columpio. Los marcos de las ventanas estaban pintados de negro y había una ventana enfrente de la de mi habitación. ¡Justo enfrente! Eso no me gustó. No me gustaba que pudiera ver su habitación y que ellos pudieran ver la mía.

Había una piedra en el suelo. La pateé y observé cómo rodaba por la calle. Me di la vuelta para seguir a mi mamá, pero en ese momento escuché un ruido. Venía de la casa de al lado. Miré hacia la puerta principal, pero nadie salió. Estaba subiendo los escalones de nuestro porche cuando vi movimiento a un costado de la casa; era en la ventana de la habitación de la casa de al lado, la que estaba frente a la mía.

La mano se me quedó congelada en el barandal y vi que una niña con un vestido azul claro salía por la ventana. Cayó sobre el pasto de un brinco y se limpió las manos en las piernas. Fruncí el ceño, con las cejas inclinadas hacia abajo, y esperé que la niña alzara la cabeza. Tenía el cabello castaño, amontonado sobre su cabeza como un nido de pájaro. A un lado del chongo, llevaba un gran moño blanco.

Cuando alzó la vista, me miró directamente. Después sonrió. Me ofreció una enorme sonrisa. Me saludó con la mano deprisa, corrió hacia adelante y se detuvo frente a mí.

Extendió la mano.

—*Hola, me llamo Poppy Litchfield, tengo cinco años y vivo en la casa de al lado.*

Miré a la niña fijamente. Tenía un acento extraño que hacía que las palabras sonaran diferente a como las había aprendido en Noruega. La niña, Poppy, tenía la cara manchada de lodo y calzaba unas botas de lluvia amarillas. A un lado de las botas había un gran globo rojo.

Se veía rara.

Levanté la mirada de sus pies y la fijé en su mano. Seguía extendiéndola hacia mí. No sabía qué hacer. No entendía qué quería.

Poppy suspiró. Sacudiendo la cabeza, tomó mi mano y me obligó a apretar la suya. La sacudió dos veces de arriba abajo y dijo:

—*Es un apretón de manos. Mi abu dice que lo correcto es saludar de mano a las personas a las que acabas de conocer.* —*Señaló nuestras manos*—. *Eso fue un saludo de mano. Y fue amable porque no te conozco.*

Yo no respondí nada; por alguna razón, no me salía la voz. Cuando bajé la mirada, me di cuenta de que era porque nuestras manos seguían unidas.

También tenía lodo en las manos. De hecho, tenía lodo por todas partes.

—¿Cómo te llamas tú? —preguntó Poppy con la cabeza inclinada hacia un lado. Tenía una ramita enredada en el pelo—. Oye —dijo jalando mi mano—, te pregunté que cómo te llamas.

Me aclaré la garganta.

—Me llamo Rune, Rune Erik Kristiansen.

Poppy hizo una mueca, sacando sus labios rosas hacia afuera de un modo muy gracioso.

—Hablas chistoso —dijo riendo.

Zafé mi mano de la suya.

—Nei det gjør jeg ikke! —grité. Su expresión se turbó todavía más.

—¿Qué dijiste? —preguntó Poppy cuando me di media vuelta para irme a mi casa. Ya no quería seguir hablando con ella.

Me volteé enojado.

—Dije «¡no hablo chistoso!». Estaba hablando en noruego —dije esta vez para que me entendiera. Poppy abrió sus ojos verdes de par en par.

Se acercó un poco más y preguntó:

—¿Noruego? ¿Como los vikingos? Mi mamá me leyó un libro sobre los vikingos. Decía que eran de Noruega. —Abrió sus ojos todavía más—. Rune, ¿eres un vikingo? —Su voz sonaba muy aguda.

Me hizo sentir bien y saqué el pecho con orgullo. Mi papá siempre decía que yo era un vikingo, como todos los hombres de mi familia. Éramos vikingos grandes y fuertes.

—Ja —respondí—. Somos verdaderos vikingos de Noruega.

Una gran sonrisa se extendió por la cara de Poppy y se le escapó una risita tonta de niña. Levantó una mano y me jaló el pelo.

—Por eso tienes el cabello rubio y largo y los ojos azul claro, porque eres un vikingo. Primero pensé que parecías niña...

—¡No soy niña! —la interrumpí, pero Poppy no pareció darse cuenta. Me pasé la mano por mi largo cabello, que me llegaba hasta los hombros. En Oslo, todos los niños tenían el pelo así.

—... pero ahora veo que es porque eres un vikingo de verdad. Como Thor. ¡Él también tenía el cabello rubio y largo y los ojos azules! ¡Eres igual a Thor!

—Ja —asentí—. Thor tiene el pelo así y es el dios más fuerte de todos.

Poppy afirmó con la cabeza y luego puso las manos sobre mis hombros. Se puso seria y su voz se convirtió en un murmullo.

—Rune, no le cuento esto a cualquiera, pero me gustan las aventuras.

Hice una mueca. No la entendía. Poppy se acercó más y me miró a los ojos. Me apretó los brazos e inclinó la cabeza a un lado. Miró a nuestro alrededor y se inclinó para decirme:

—Por lo general, no llevo acompañantes en mis viajes, pero eres un vikingo y todos sabemos que los vikingos crecen grandes y fuertes y son muy, pero muy buenos para las aventuras, las exploraciones, las caminatas largas y para atrapar villanos y... para todo tipo de cosas.

Yo seguía confundido, pero entonces Poppy se apartó y volvió a extenderme la mano.

—Rune —dijo con voz seria y fuerte—, vives en la casa de al lado, eres un vikingo y a mí me encantan los vikingos. Creo que deberíamos ser mejores amigos.

—¿Mejores amigos? —pregunté.

Poppy asintió con la cabeza y me acercó más su mano. Extendí la mía con lentitud, tomé la suya y la sacudí dos veces, como me había enseñado.

Un apretón de manos.

—Entonces, ¿somos mejores amigos? —pregunté cuando Poppy retiró su mano.

—¡Sí! —contestó emocionada—. Poppy y Rune. —Se llevó un dedo a la barbilla y miró hacia arriba. Volvió a sacar los labios como si estuviera pensando con mucho esfuerzo—. Suena bien, ¿no te parece? «Poppy y Rune, ¡mejores amigos hasta el infinito!».

Asentí, porque sí sonaba bien. Poppy me tomó de la mano.

—¡Enséñame tu cuarto! Te quiero contar a qué aventura podemos ir después. —Empezó a jalarme y entramos a la casa corriendo.

Cuando entramos a mi recámara, Poppy fue corriendo directamente a la ventana.

—¡Este es el cuarto que está justo enfrente del mío!

Asentí y ella gritó de emoción, corrió hacia mí y me volvió a tomar de la mano.

—¡Rune! —dijo emocionada—, podemos hablar en la noche y hacer un walkie-talkie con latas y una cuerda. Podemos contarnos nuestros secretos mientras todos duermen y hacer planes y jugar y...

Poppy siguió hablando, pero no me importaba. Me gustaba el sonido de su voz. Me gustaba su risa y me gustaba el moñote de su pelo.

«Después de todo —pensé—, tal vez Georgia no esté tan mal, sobre todo si Poppy Litchfield es mi mejor amiga».

Y, así, Poppy y yo fuimos inseparables desde entonces.

Poppy y Rune.

Mejores amigos hasta el infinito.

O eso pensaba.

Es curioso cómo cambian las cosas.

Corazones rotos y frascos con besos

POPPY - OCHO AÑOS
HACE NUEVE AÑOS

—¿A dónde vamos, papi? —pregunté mientras él me llevaba hasta el coche tomándome cariñosamente de la mano. Volteé a ver la escuela mientras me preguntaba por qué me sacaba tan temprano. Apenas era la hora del recreo, se suponía que todavía no era el momento de irse.

Mientras caminábamos, mi papi no dijo nada, sólo me apretó la mano. Escudriñé la reja de la escuela con una sensación extraña en el estómago. Me encantaba la escuela, me encantaba aprender, y más tarde teníamos Historia que, sin duda, era mi materia favorita. No me quería perder la clase.

—¡Poppy! —Rune, mi mejor amigo, estaba detrás de la reja y sujetaba las barras metálicas con mucha fuerza mientras me veía irme—. ¿A dónde vas? —gritó. En clase, me sentaba junto a él. Siempre estábamos juntos, y la escuela no era divertida cuando el otro no estaba.

Volteé a ver a mi papá a la cara en busca de respuestas, pero él no me devolvió la mirada. Permaneció en silencio.

—¡No sé! —le grité a Rune.

Él me observó todo el camino hasta que llegamos al coche. Subí a la parte de atrás y me senté en la silla de niños; mi papá me abrochó el cinturón.

Escuché el silbato que anunciaba el final del recreo en el patio de la escuela. Por la ventana vi que todos los niños volvían a los salones corriendo, pero Rune no. Él se quedó mirándome desde la reja. Su cabello largo y rubio volaba al viento cuando articuló con los labios «¿Estás bien?», pero mi papi se subió al auto y arrancó antes de que yo pudiera contestarle.

Rune corrió a lo largo de la reja, siguiendo nuestro coche, hasta que llegó *miss* Davies y lo obligó a entrar al salón.

—¿Poppy? —dijo mi papá cuando perdimos de vista la escuela.

—Dime, papi —contesté.

—¿Ves que abu lleva un tiempo viviendo con nosotros?

Asentí. Mi abu se mudó al cuarto que estaba enfrente del mío hacía poco. Mi mamá me dijo que era porque necesitaba ayuda. Mi abuelito murió cuando yo era bebé, y ella vivió sola durante años hasta que se fue a vivir con nosotros.

—¿Te acuerdas de que tu mamá y yo te explicamos por qué abu ya no podía vivir sola?

Respiré por la nariz y murmuré:

—Sí, porque necesitaba nuestra ayuda. Porque está enferma.

El estómago me dio un vuelco mientras hablaba. Mi abu era mi mejor amiga. Bueno, ella y Rune estaban empatados en el primer lugar. Mi abu decía que yo era exactamente igual a ella.

Antes de que se enfermara, vivíamos muchas aventuras. Todas las noches me leía sobre los grandes exploradores del mundo. Me hablaba de historia, de Alejandro Magno, los romanos y, mis favoritos, los samuráis de Japón. También eran los favoritos de mi abu.

Ya sabía que mi abu estaba enferma, pero ella nunca actuaba como si lo estuviera. Siempre sonreía, me daba unos abrazos muy fuertes y me hacía reír. Siempre decía que ella tenía rayos de luna en el corazón y la luz del sol en la sonrisa. Me contó que eso quería decir que era feliz.

También me hacía feliz a mí.

Sin embargo, en las últimas semanas abu dormía mucho. Estaba demasiado cansada como para hacer casi cualquier otra cosa. De hecho, la mayoría de las noches yo le leía a ella, y ella me acariciaba el pelo y me sonreía. Para mí estaba bien así porque las sonrisas de mi abu eran las mejores que podía recibir.

—Así es, corazón, está enferma. De hecho está muy, muy enferma. ¿Comprendes?

Fruncí el ceño, pero asentí y respondí:

—Sí.

—Por eso nos vamos a la casa temprano —me explicó—. Ella te está esperando. Quiere verte. Quiere ver a su amiguita.

No entendía por qué mi papi tenía que llevarme temprano a la casa para visitar a mi abu, si lo primero que hacía todas las noches después de la escuela era entrar a su cuarto y hablar con ella mientras estaba acostada. Le gustaba oír todos los detalles del día.

Dimos vuelta en nuestra calle y nos estacionamos en la entrada de nuestra casa. Durante unos segundos, mi papá no se movió, pero luego volteó a verme y me dijo:

—Ya sé que sólo tienes ocho años, corazón, pero hoy tienes que ser una niña grande y valiente, ¿sí? —Asentí. Mi papá me sonrió con tristeza—. Esa es mi hija.

Salió del auto y caminó hasta el asiento de la parte de atrás; luego me tomó de la mano, me ayudó a salir del coche y me acompañó a la casa. Me di cuenta de que había más coches que de costumbre. Acababa de abrir la boca para preguntar de quiénes eran, cuando la señora Kristiansen, la mamá de Rune, cruzó el patio que estaba entre nuestras casas con un plato de comida en las manos.

—James —llamó, y mi papi volteó a saludarla.

—Adelis, hola —respondió. La mamá de Rune se detuvo delante de nosotros. Ese día llevaba suelto el largo cabello rubio, del mismo color que el de Rune. La señora Kristiansen era muy bonita, yo la adoraba. Era amable y decía que yo era la hija que nunca tuvo.

—Les hice esto. Por favor, dile a Ivy que todos están en mis pensamientos.

Mi papi soltó mi mano para tomar el plato.

La señora Kristiansen se agachó para darme un beso en la mejilla.

—Pórtate bien, Poppy, ¿sí?

—Sí, señora —contesté y la observé mientras regresaba a su casa atravesando el jardín.

Mi papá suspiró e hizo un gesto con la cabeza para que lo siguiera. En cuanto entramos por la puerta principal, vi a mis tías y tíos en los sillones y a mi primo sentado en el piso de la sala jugando con sus juguetes. Mi tía Silvia estaba sentada con mis hermanas, Savannah e Ida. Eran más chicas que yo, sólo tenían cuatro y dos años. Me saludaron con la mano cuando me vieron, pero la tía Silvia las mantuvo sentadas en sus piernas.

Nadie hablaba, pero muchos se enjugaban los ojos; la mayoría estaba llorando.

Yo estaba muy confundida.

Me recargué en la pierna de mi papi y me aferré a él con fuerza. Había alguien en la puerta de la cocina; era mi tía Della, DeeDee, como siempre le decía. Sin duda, era mi tía favorita. Era joven, divertida y siempre me hacía reír. Aunque mi mamá era mayor que ella, se parecían. Las dos tenían el cabello castaño y los ojos verdes, como yo, pero DeeDee era superbonita. Yo me quería ver igual que ella algún día.

—Hola, Pops —me saludó, pero me di cuenta de que tenía los ojos rojos y su voz sonaba rara. DeeDee vio a mi papi, tomó el plato que llevaba en la mano y le dijo—: Regresa con Poppy, James. Ya casi es hora.

Iba a irme con mi papi, pero volteé porque DeeDee no nos siguió. Cuando abrí la boca para llamarla, ella se dio la vuelta de repente, dejó el plato en la mesa de la cocina y apoyó la cabeza en las manos. Estaba llorando con tanta fuerza que salían ruidos estridentes de su boca.

—¿Papi? —murmuré con una sensación extraña en el estómago. Él rodeó mis hombros con el brazo y me llevó a otro lado.

—Está bien, corazón. DeeDee sólo necesita pasar unos minutos a solas.

Caminamos hasta el cuarto de abu. Justo antes de que mi papi abriera la puerta, me dijo:

—Mamá está adentro, corazón, y también Betty, la enfermera de abu.

—¿Por qué hay una enfermera? —Fruncí el ceño.

Papi abrió la puerta de la habitación, y mi mamá se levantó de una silla que estaba al lado de la cama de abu. Tenía los ojos rojos y el cabello alborotado. Mi mamá jamás estaba despeinada.

En el fondo del cuarto vi a la enfermera, que estaba escribiendo algo en una libreta. Cuando entré, me sonrió y me saludó con la mano. Después miré a la cama. Abu estaba acostada. El estómago me dio un vuelco cuando vi que le salía una aguja del brazo, con un tubo transparente que iba hasta una bolsa colgada de un gancho metálico a su lado.

Me quedé quieta, de repente sentí miedo. Después mi mamá se acercó a mí y mi abu me miró. Se veía diferente a la noche anterior, estaba más pálida y sus ojos brillaban menos.

—¿Dónde está mi amiguita? —La voz de abu sonaba tranquila aunque rara, pero la sonrisa que me dirigió me hizo sentir abrigada. Me hizo reír y enseguida fui junto a su cama.

—¡Aquí estoy! Vine temprano de la escuela para verte.

Mi abu levantó un dedo y me tocó la punta de mi nariz.

—Esa es mi niña.

Como respuesta, sonreí de oreja a oreja.

—Sólo quería que me visitaras un ratito. Siempre me siento mejor cuando la luz de mi vida se sienta a mi lado y me cuenta algo.

Volví a sonreír porque *yo* era «la luz de su vida», «la niña de sus ojos». Siempre me decía esas cosas. Abu me confesó en secreto que eso significaba que yo era su favorita, pero también me advirtió que el secreto tenía que guardármelo para mí misma para que mis primos y mis hermanitas no se pusieran tristes. Era *nuestro* secreto.

De repente, unas manos me tomaron de la cintura y mi papá me levantó para que me sentara en la cama junto a abu. Ella me tomó de la mano y me apretó los dedos, pero lo único que noté era lo fría que estaba la suya. Respiraba profundamente, pero sonaba raro, como si algo crujiera en su pecho.

—Abu, ¿estás bien? —pregunté y me incliné para darle un beso en la mejilla. Normalmente olía a tabaco por todos los cigarros que se fumaba, pero ese día no olía a humo en absoluto.

Abu sonrió.

—Estoy cansada, chiquilla. Y… —Volvió a respirar y cerró los ojos un momento. Cuando los volvió a abrir, cambió de posición en la cama y dijo—: Y voy a estar lejos un tiempo.

Fruncí el ceño.

—¿A dónde vas, abu? ¿Puedo ir contigo? —*Siempre* nos íbamos juntas a la aventura.

Ella sonrió, pero negó con la cabeza.

—No, chiquilla. Tú no me puedes acompañar al lugar a donde voy. Todavía no. Pero algún día, dentro de muchos años, nos volveremos a ver.

Detrás de mí, mi mamá sollozaba, pero yo sólo miraba fijamente a mi abu, confundida.

—Pero ¿a dónde vas, abu? No entiendo.

—A *casa*, amor —respondió—. Me voy a *casa*.

—Pero estás en casa —repliqué.

—No. —Abu negó con la cabeza—. Esta no es nuestra verdadera casa, chiquilla. Esta vida… pues es una gran aventura mientras estamos en ella. Una aventura que tenemos que disfrutar y amar con todo nuestro corazón antes de emprender la mayor aventura de todas.

Abrí los ojos con emoción, pero después me sentí triste. *Muy* triste. El labio inferior me empezó a temblar.

—Pero somos mejores amigas, abu. Siempre vamos juntas a nuestras aventuras, no te puedes ir sin mí.

Las lágrimas empezaron a caer de mis ojos y a rodar por mis mejillas. Mi abu alzó la mano que tenía libre para limpiármelas. Estaba igual de fría que la mano que yo le estaba sosteniendo.

—Es verdad que siempre vamos a las aventuras juntas, chiquilla, pero esta vez no.

—¿No te da miedo ir sola? —pregunté, pero mi abu sólo suspiró.

—No, chiquilla, no siento ningún miedo. Nada me da miedo.

—Pero no quiero que te vayas —rogué, empezaba a dolerme la garganta.

Abu dejó su mano en mi mejilla.

—Todavía vas a verme en tus sueños. No es una despedida.

Parpadeé y después volví a hacerlo.

—¿Como cuando tú ves a abuelito? Siempre dices que te visita en sueños. Habla contigo y te besa la mano.

—Exactamente así —afirmó. Me limpié las lágrimas. Abu apretó mi mano y miró a mi mamá, que estaba detrás de mí. Cuando volvió a verme, dijo—: Tengo una nueva aventura para ti para cuando yo no esté aquí.

Me quedé quieta.

—¿Sí?

Desde detrás de mí, llegó el sonido de un vaso de cristal que alguien apoyó en la mesa. Hizo que quisiera darme la vuelta, pero antes de eso, mi abu preguntó:

—Poppy, ¿cuál decía que era el mejor recuerdo de mi vida? El que siempre me hacía sonreír.

—Los besos de abuelito. Sus dulces besos de chico. El recuerdo de todos los besos que te dio. Me dijiste que era tu recuerdo preferido. Ni el dinero, ni las cosas, sino los besos que abuelito te dio, porque eran especiales y te hacían sonreír, te hacían sentir querida; porque era tu alma gemela. Tu por siempre jamás.

—Eso es, chiquilla —contestó—. Entonces, para tu aventura...

Abu volvió a mirar a mi mamá. Esta vez, cuando volteé, vi que sostenía un frasco de vidrio lleno de muchísimos corazones de papel rosa.

—¡Guau! ¿Qué es eso? —pregunté con emoción.

Mi mamá lo puso en mis manos y mi abu lo destapó.

—Son mil besos de un chico. Bueno, cuando los hayas llenado.

Abrí los ojos de par en par, tratando de contar todos los corazones. Pero no pude, mil eran muchos.

—Poppy —me llamó mi abu, y alcé la mirada para ver cómo brillaban sus ojos verdes—. *Esta* es tu aventura. Así quiero que me recuerdes cuando no esté.

Volví a ver el frasco.

—Pero no entiendo.

Abu estiró el brazo hasta su buró y tomó una pluma. Me la pasó y me dijo:

—Ya llevo un tiempo enferma, chiquilla, pero los recuerdos que me hacen sentir mejor son de cuando tu abuelito me besaba. No sólo los besos de todos los días, sino los especiales, los que hicieron que el corazón casi se me saliera del pecho. Los que tu abuelito se aseguró de que nunca pudiera olvidar. Los besos en la lluvia, los besos al atardecer, los besos que nos dimos en nuestra graduación..., los besos de cuando me abrazaba con fuerza y me murmuraba al oído que yo era la chica más bonita de la habitación.

Yo escuchaba y escuchaba, llena de emoción. Abu señaló los corazones del frasco.

—Este frasco es para que guardes el recuerdo de los besos de un chico, Poppy. Todos los que hagan que casi te estalle el corazón, los que sean más especiales, los que quieras recordar cuando seas vieja y canosa como yo. Los que harán que sonrías cuando los recuerdes. —Tapó la pluma y siguió—: Cuando encuentres al chico que sea tu por siempre jamás, cada vez que te dé un beso superespecial, saca un corazón. Apunta en dónde estaban cuando te besó. Después, cuando tú también seas abuelita, le puedes contar todo a tu nieta, a tu mejor amiga, así como yo te conté los míos. Tendrás un frasco de tesoros con los besos más preciosos que hagan volar a tu corazón.

Miré el frasco y solté el aire.

—Mil son muchos, ¡son muchos besos, abu!

Mi abu se rio.

—No son tantos como tú crees, chiquilla. En especial cuando encuentras a tu alma gemela. Tienes muchos años por delante.

Mi abu respiró y contrajo la cara como si sintiera dolor.

—¡Abu! —grité, sintiendo mucho miedo de repente. Ella me apretó la mano, abrió los ojos y una lágrima cayó sobre su cara pálida—. ¿Abu? —llamé, más tranquila esta vez.

—Estoy cansada, chiquilla. Estoy cansada y ya casi es hora de que me vaya. Sólo quería verte por última vez para darte este frasco, para darte un beso y poder recordarte en el paraíso todos los días hasta que nos volvamos a ver.

Otra vez empezó a temblarme el labio inferior. Mi abu sacudió la cabeza.

—Sin lágrimas, chiquilla. Este no es el final. Es sólo una pequeña pausa en nuestra vida. Te cuidaré todos los días. Estaré en tu corazón y en el bosquecillo de cerezos que tanto nos gusta, en el sol y en el viento.

Abu cerró los ojos con fuerza y mi mamá puso las manos sobre mis hombros.

—Poppy, dale un beso muy fuerte a tu abu. Ya está muy fatigada y necesita descansar.

Respiré profundamente y me incliné hacia adelante para darle un beso en la mejilla a mi abu.

—Te quiero mucho, abu —susurré. Ella me acarició el cabello.

—Yo también a ti, chiquilla. Eres la luz de mi vida. No olvides nunca que tu abu te quiso tanto como una abuela puede querer a su nietecita.

Sostuve su mano y no quería soltarla, pero mi papá me alzó de la cama y nuestras manos se separaron finalmente. Abracé el frasco con mucha fuerza mientras mis lágrimas caían al piso. Mi papá me bajó y cuando me di la vuelta para irme, mi abu me llamó por mi nombre:

—¿Poppy? —Volteé y vi que ella sonreía—. Recuerda: «rayos de luna en el corazón y la luz del sol en la sonrisa...».

—Siempre lo recordaré —afirmé, pero no me sentía feliz. Lo único que sentía era tristeza. Oí que mi mamá lloraba detrás de mí. En el pasillo, DeeDee pasó junto a nosotras y me apretó el hombro. También ella estaba triste.

Ya no quería estar ahí, en aquella casa. Volteé y vi a mi papá:

—Papi, ¿puedo ir al bosquecillo de cerezos?

Mi papá suspiró.

—Sí, amor. Al rato voy a ver cómo estás. Ten cuidado.

Vi que mi papá sacaba su teléfono y llamaba a alguien. Le pidió que me vigilara mientras estaba en el bosquecillo, pero salí corriendo antes de averiguar con quién hablaba. Me dirigí a la puerta principal, apretando el frasco vacío de los mil besos contra mi pecho. Salí corriendo de la casa y del porche. Corrí y corrí sin detenerme.

Las lágrimas me resbalaban por la cara. Oí que alguien me llamaba:

—¡Poppy! ¡Poppy, espérame!

Me di la vuelta y vi que Rune me observaba. Estaba en su porche, pero enseguida me persiguió por el pasto. Yo no me detuve ni siquiera por él. Tenía que llegar al bosque de cerezos. Era el lugar favorito de mi abu. Quería estar en su lugar favorito porque estaba triste y ella se estaba yendo al paraíso. A su verdadero hogar.

—¡Poppy, espérame! ¡Detente! —gritó Rune cuando di vuelta en el bosquecillo del parque. Corrí al cruzar la entrada; los árboles, que estaban en flor, formaban un túnel sobre mi cabeza. Tenía el pasto verde bajo mis pies y el cielo azul sobre mi cabeza. Los árboles estaban cubiertos de pétalos rosas y blancos brillantes. Después, en el otro extremo del bosquecillo, estaba el árbol más grande de todos. Su tronco era el más grueso de todo el bosque.

Sin duda, era el favorito de Rune y mío.

Y también el de mi abu.

Me quedé sin aliento. Cuando llegué al pie del árbol favorito de abu, me desplomé en el suelo abrazando mi frasco mientras las lágrimas caían por mi cara. Escuché que Rune se detenía a mi lado, pero no alcé la mirada.

—*Poppymin?* —dijo Rune. Así me decía, significaba «mi Poppy» en noruego. Me encantaba que me hablara en noruego. Murmuró—: *Poppymin*, no llores.

Pero yo no podía evitarlo. No quería que mi abu me dejara, aunque sabía que así tenía que ser. Estaba consciente de que cuando regresara a la casa, ella ya no estaría ahí: ni ahora, ni nunca.

Rune se dejó caer a mi lado y me jaló hacia él para abrazarme. Me acurruqué en su pecho y lloré. Me encantaban los abrazos de Rune: siempre me abrazaba muy fuerte.

—Es mi abu, Rune; está enferma y va a irse.

—Ya sé, me dijo mi mamá cuando regresé de la escuela.

Asentí apoyada en su pecho. Cuando ya no podía llorar más, me senté y me limpié las lágrimas. Miré a Rune, que estaba observándome. Traté de sonreír y, cuando lo hice, tomó mi mano y se la llevó al pecho.

—Me apena que estés triste —dijo estrechándome la mano. Su playera estaba caliente por el sol—. No quiero que estés triste nunca jamás. Eres *Poppymin;* siempre sonríes, siempre estás feliz.

Me sorbí la nariz y apoyé la cabeza en su hombro.

—Ya sé, pero abu es mi mejor amiga, Rune, y ya no estará conmigo.

Al principio Rune no dijo nada, pero después afirmó:

—Yo también soy tu mejor amigo y no me voy a ir a ninguna parte, te lo prometo. Por siempre jamás.

De repente, el dolor que sentía en el pecho dejó de ser tan fuerte. Asentí.

—Poppy y Rune hasta el infinito —dije.

—Hasta el infinito —repitió.

Nos quedamos en silencio un rato hasta que Rune preguntó:

—¿Para qué es ese frasco? ¿Qué tiene adentro?

Retiré la mano, sostuve el frasco y lo alcé en el aire.

—Mi abu me encomendó una nueva aventura, una que va a durar toda mi vida.

Rune bajó las cejas y el largo cabello rubio le cayó sobre los ojos. Lo empujé hacia atrás y él sonrió a medias, como yo. Todas las niñas de la escuela querían que les sonriera así alguna vez, me lo decían. Pero él sólo me sonreía a mí. Yo les decía que de todas maneras no podían tenerlo, era mi mejor amigo y no quería compartirlo.

Rune agitó la mano señalando el frasco.

—No entiendo.

—¿Te acuerdas de cuáles son los recuerdos favoritos de mi abu? Ya te había dicho.

Vi que Rune se esforzaba en recordar y de repente respondió:

—¿Los besos de tu abuelito?

Asentí y jalé un pétalo de flor de cerezo rosa pálido de la rama que colgaba a mi lado. Me quedé viéndolo. Eran los favoritos de mi abu. Le gustaban porque no duraban mucho tiempo. Según ella, las mejores cosas y las más bonitas no duran mucho tiempo. Decía que una flor de cerezo es demasiado hermosa como para durar todo el año, y el hecho de que su vida fuera breve la hacía más especial. Como el samurái: belleza extrema, muerte rápida. Todavía no estaba muy segura de qué quería decir mi abu con eso, pero afirmaba que ya lo comprendería mejor cuando creciera.

Sin embargo, creo que tenía razón. Porque mi abu no era tan vieja y se iba a ir joven; por lo menos, eso era lo que decía mi papá. Quizá por eso le gustaban tanto las flores del cerezo, porque ella era exactamente igual.

—*Poppymin?*

La voz de Rune hizo que alzara la mirada.

—¿Es correcto? ¿Los recuerdos favoritos de tu abu eran los besos de tu abuelo?

—Sí, todos los besos que le dio y que hicieron que casi le estallara el corazón —respondí dejando caer el pétalo—. Abu decía que sus besos eran *lo más mejor* del mundo porque significaban que la amaba mucho, que le importaba y que le gustaba exactamente por ser como era.

Rune bajó la mirada hacia el frasco y resopló.

—Todavía no entiendo, *Poppymin*.

Me reí por la forma en que sacaba los labios y su cara se deformaba. Tenía labios bonitos, eran muy gruesos y con un arco de cupido perfecto. Abrí el frasco y saqué un corazón rosa en blanco. Lo sostuve entre Rune y yo.

—Este es un beso vacío. —Señalé el frasco—. Abu me dio mil para que los coleccionara a lo largo de la vida. —Regresé el corazón al frasco y lo agarré de la mano—. Es una nueva aventura, Rune: coleccionar mil besos de un chico, de mi alma gemela, antes de morir.

—Yo..., ¿qué..., Poppy? ¡Estoy confundido! —exclamó, pero por su voz me di cuenta de que estaba enojado. Rune podía ser muy sensible cuando quería.

Saqué una pluma de mi bolsillo.

—Cuando me bese el chico al que ame, cuando se sienta tan especial que casi me estalle el corazón, sólo en el caso de los besos extraespeciales, escribiré los detalles en uno de estos corazones. Es para cuando sea vieja y canosa, y les quiera contar a mis nietos de los besos realmente especiales de mi vida y del dulce chico que me los dio.

Me puse de pie de un salto por la emoción que me embargaba.

—Es lo que mi abu quería para mí, Rune, ¡así que tengo que empezar pronto! Quiero hacerlo por ella.

Rune también se levantó de un salto. En ese preciso momento, una ráfaga de viento lanzó unos pétalos de flor de cerezo justo donde estábamos nosotros y sonreí. Pero Rune no sonreía. De hecho, se veía completamente furioso.

—¿Besarás a un chico para tu frasco? ¿Uno especial, al que ames? —preguntó.

Asentí.

—¡Mil besos, Rune! ¡Mil!

Él negó con la cabeza y arrugó los labios otra vez.

—¡NO! —rugió y la sonrisa se borró de mi cara.

—¿Qué? —pregunté.

Él dio un paso hacia mí sacudiendo la cabeza con más fuerza.

—¡No! ¡Yo no quiero que beses a ningún chico para tu frasco! ¡No lo permitiré!

—Pero… —Trataba de hablar cuando Rune me tomó de la mano.

—Tú eres *mi* mejor amiga —afirmó y sacó el pecho mientras me jalaba de la mano—. ¡No quiero que andes besando a chicos!

—Pero tengo que hacerlo —le expliqué, señalando el frasco—. Tengo que tener mi aventura. Mil besos son muchos, Rune. ¡Muchos! Tú seguirás siendo mi mejor amigo. Para mí, nadie será más importante que tú, tontito.

Me miró fijamente y después al frasco. Me volvió a doler el pecho, por su expresión, me di cuenta de que no estaba contento; otra vez se puso sensible.

Di un paso hacia mi mejor amigo y él fijó su mirada en la mía.

—*Poppymin* —dijo con una voz más profunda, clara y fuerte—. *Poppymin!* Significa «mi Poppy». Hasta el infinito, por siempre jamás. ¡Tú eres MI Poppy!

Abrí la boca para regresarle el grito, para decirle que era una aventura y que *tenía* que comenzar, pero cuando me disponía a hacerlo, Rune se inclinó hacia adelante y de repente apretó sus labios contra los míos.

Me quedé paralizada. Al sentir la presión de sus labios contra los míos, no pude mover ningún músculo. Sus labios eran cálidos y sabían a canela. El viento sopló haciendo que su cabello largo se agitara en mis mejillas y me hiciera cosquillas en la nariz.

Rune se separó, pero mantuvo su cara cerca de la mía. Traté de respirar, aunque sentía algo raro en el pecho, como ligero y suave. Y el corazón me latía muy rápido. Tanto que puse la mano encima para sentir cómo se aceleraba bajo mi piel.

—Rune —susurré. Alcé una mano para tocarme los labios con los dedos. Rune parpadeó una y otra vez mientras me observaba. Extendí una mano hacia él y toqué sus labios—. Me besaste —murmuré, sorprendida. Rune alzó una mano para tomar la mía y las bajó, unidas, a un costado.

—*Yo* te voy a dar los mil besos, *Poppymin*. Todos esos besos. Nadie más que *yo* te va a besar *jamás*.

Abrí los ojos de par en par, pero mi corazón no se tranquilizó.

—Eso sería para siempre, Rune. Que *nunca* me bese nadie más significa que estaríamos juntos por siempre jamás.

Rune asintió y luego sonrió. No sonreía mucho, normalmente lo hacía a medias o con ironía. Sin embargo, debía sonreír más, se veía muy guapo al hacerlo.

—Ya lo sé, porque nosotros somos por siempre jamás. Hasta el infinito, ¿te acuerdas?

Asentí despacio e incliné la cabeza hacia un lado.

—¿Tú me vas a dar todos los besos, los suficientes para llenar *todo* este frasco? —le pregunté.

Rune de nuevo me sonrió un poco.

—Todos. Llenaremos todo el frasco y más…, vamos a coleccionar más de mil.

Contuve el aliento. De repente me acordé del frasco. Retiré mi mano para tomar mi pluma y abrir la tapa del frasco. Saqué un corazón en blanco y me senté a escribir. Rune se arrodilló a mi lado y puso su mano sobre la mía, impidiendo que escribiera.

Levanté la mirada, confundida. Tragó saliva, se acomodó el cabello detrás de la oreja y me preguntó:

—¿Cuando…, cuando te besé… fue…, tu corazón casi estalla? ¿Fue extraespecial? Tú dijiste que sólo los besos extraespeciales podían entrar en el frasco. —Tenía las mejillas muy rojas y bajó la mirada.

Sin pensarlo, me incliné hacia adelante y abracé a mi mejor amigo por el cuello. Apreté mi mejilla contra su pecho y escuché su corazón: latía tan rápido como el mío.

—Sí, Rune, fue tan especial como puede serlo algo especial.

Sentí que Rune sonreía junto a mí, y me aparté. Crucé las piernas y puse el corazón de papel sobre la tapa del frasco. Rune también se sentó con las piernas cruzadas.

—¿Qué vas a escribir? —me preguntó. Me di golpecitos en los labios con la pluma mientras me esforzaba en pensar. Me incorporé y me incliné hacia adelante, apoyando la pluma en el papel:

BESO 1

CON MI RUNE.
EN EL BOSQUECILLO DE CEREZOS.
CASI ME ESTALLA EL CORAZÓN.

Cuando terminé de escribir, regresé el corazón al frasco y cerré con fuerza la tapa. Miré a Rune, que me observó todo el tiempo, y anuncié con orgullo:

—Listo. ¡Mi primer beso de un chico!

Rune asintió, pero bajó la mirada a mis labios.

—*Poppymin?*

—¿Sí? —susurré. Rune tomó mi mano y empezó a trazar dibujos en el dorso con la punta de un dedo.

—¿Puedo..., puedo besarte otra vez?

Tragué saliva, sintiendo mariposas en el estómago.

—Me quieres besar otra vez... ¿ya?

Rune afirmó con la cabeza.

—Hace tiempo que quería besarte y, bueno, eres mía y me gusta. Me gustó besarte, sabías a azúcar.

—Me comí una galleta en el almuerzo. De nuez con mantequilla, las favoritas de mi abu —le expliqué.

Rune respiró profundamente y se inclinó sobre mí. El pelo le voló hacia adelante.

—Quiero hacerlo otra vez.

—Está bien.

Y Rune me besó.

Me besó, y me besó y me besó.

Al final del día, tenía otros cuatro besos de un chico en mi frasco.

Cuando llegué a casa, mi mamá me dijo que mi abu ya se había ido al cielo. Corrí a mi cuarto lo más rápido que pude y me apuré a quedarme dormida. Como me lo prometió, mi abu estuvo en mis sueños, así que le conté de los cinco besos de mi Rune.

Mi abu puso una gran sonrisa y me besó en la mejilla.

Sabía que esta iba a ser la mejor aventura de mi vida.

Notas musicales
y llamas de hoguera

RUNE - QUINCE AÑOS
HACE DOS AÑOS

Cuando entró al escenario, todo quedó en silencio. Bueno, no todo: el estruendo de la sangre recorriendo mi cuerpo rugía en mis oídos mientras mi Poppy tomaba asiento con cuidado. Se veía hermosa en su vestido negro sin mangas, y el cabello castaño y largo peinado hacia atrás y recogido en un chongo con un moño blanco encima.

Alcé la cámara que siempre llevaba colgada del cuello y me llevé el lente al ojo justo cuando ella colocó el arco en las cuerdas del violonchelo. Siempre me encantaba capturarla en este momento, cuando cerraba sus grandes ojos verdes. El momento en que su cara mostraba la expresión más perfecta, la mirada que ponía justo antes de que la música comenzara. La mirada de pasión pura por los sonidos que vendrían a continuación.

Tomé la fotografía en el momento perfecto, y después comenzó la melodía. Bajé la cámara y simplemente me concentré en ella. No podía tomar fotos mientras ella tocaba. No podía hacerme a la idea de perderme ni un momento del modo en que se veía sobre el escenario.

Mi labio se contrajo en una pequeña sonrisa cuando su cuerpo empezó a balancearse al ritmo de la música. A ella le encantaba esa pieza, la tocaba desde que podía recordar. No necesitaba la partitura: *Greensleeves* surgía desde su alma hasta su arco.

No podía dejar de verla, el corazón me latía como un tambor maldito mientras Poppy retorcía los labios. Sus profundos hoyuelos se marcaban cuando se concentraba en los pasajes difíciles. Mantenía los ojos cerrados, pero se notaba qué partes de la música adoraba. Inclinaba la cabeza hacia un lado y una enorme sonrisa se extendía por sus labios.

La gente no comprendía que después de tanto tiempo aún fuera mía. Sólo teníamos quince años, pero desde el día en que la besé en el bosquecillo de cerezos, a los ocho años, nunca hubo nadie más. Estaba cegado a cualquier otra chica, sólo veía a Poppy: en mi mundo sólo existía *ella*.

Además, ella era diferente de todas las demás chicas de nuestra clase. Poppy era extravagante, no *cool*. No le importaba lo que los demás pensaban de ella, nunca le importó. Tocaba el violonchelo porque lo amaba. Leía libros, estudiaba para divertirse y se despertaba al amanecer sólo para ver la salida del sol.

Por eso era mi todo, mi por siempre jamás: porque era única. Era única en una ciudad llena de muñecas que parecían copias al carbón. No quería ser porrista, ni perra, ni perseguir chicos. Sabía que me tenía a mí tanto como yo la tenía a ella.

Éramos todo lo que necesitábamos.

Me moví en mi asiento cuando el sonido de su violonchelo se hizo más suave, lo que indicaba que la pieza llegaba a su fin. Volví a levantar la cámara y tomé una foto final cuando Poppy levantó el arco de la cuerda con una expresión contenida que adornaba su bonita cara.

El ruido de los aplausos me hizo bajar la cámara. Poppy empujó el instrumento que tenía sobre el pecho y se levantó. Hizo una ligera reverencia y echó un vistazo al auditorio. Sus ojos se encontraron con los míos y sonrió.

Pensé que el corazón se me iba a salir del pecho.

Le devolví la sonrisa y me quité el cabello rubio y largo de la cara con los dedos. Las mejillas de Poppy se cubrieron de rubor y salió por la izquierda del escenario; la iluminación inundó de luz el auditorio. Poppy fue la última en tocar, siempre era la que cerraba las presentaciones. Era la mejor violonchelista de nuestro distrito en nuestro grupo de edad. En mi opinión, opacaba a cualquiera de los tres siguientes grupos de edad.

Una vez le pregunté cómo era capaz de tocar de ese modo. Me respondió que las melodías se escurrían de su arco con la misma facilidad con la que respiraba. Yo no podía imaginarme tener ese tipo de talento. Pero así era Poppy: la chica más maravillosa del mundo.

Cuando los aplausos se desvanecieron, la gente empezó a salir del auditorio. Una mano me apretó el brazo: la señora Litchfield estaba enjugándose una lágrima. Siempre lloraba cuando Poppy tocaba.

—Rune, amor, tenemos que llevar a casa a estas dos, ¿está bien que esperes tú a Poppy?

—Sí, señora —contesté y me reí en silencio de Ida y Savannah, las hermanas de Poppy de nueve y once años, que estaban dormidas en sus asientos. No les importaba mucho la música, no como a Poppy.

El señor Litchfield puso los ojos en blanco y agitó una mano como despedida, después se dio la vuelta para despertar a las niñas antes de ir a casa. La señora Litchfield me besó en la cabeza y después los cuatro se fueron.

Mientras caminaba por el pasillo, escuché murmullos y risas a mi derecha. Mirando sobre los asientos, vi que un grupo de chicas de primer año me miraba. Agaché la cabeza e ignoré sus miradas.

Me ocurría mucho. No tenía idea de por qué tantas chicas me prestaban atención. Yo estaba con Poppy desde que me conocían. No quería a nadie más y deseaba que dejaran de intentar alejarme de mi chica: nada podría conseguirlo jamás.

Pasé por la salida y llegué a la puerta tras bambalinas. El aire era denso y húmedo, lo que ocasionó que la playera negra se me pegara al pecho. Los pantalones negros y las botas negras probablemente eran demasiado abrigadoras para el calor de la primavera, pero usaba el mismo estilo de ropa todos los días, sin importar el clima.

Me recargué contra el muro del auditorio mientras veía que los músicos empezaban a reunirse afuera de la puerta. Crucé los brazos sobre el pecho y sólo los desdoblé para apartarme el pelo de los ojos.

Vi que los músicos abrazaban a sus familiares y después que las mismas chicas de antes me miraban fijamente, así que bajé la vista al suelo. No quería que se me acercaran, no tenía nada que decirles.

Todavía tenía los ojos bajos cuando oí unos pasos que venían hacia mí. Alcé la mirada justo cuando Poppy se lanzaba a mi pecho y envolvía mi espalda con sus brazos, apretándome con fuerza.

Se me escapó una breve risa y la abracé a mi vez. Yo ya medía un metro ochenta, así superaba el metro y medio de Poppy. Sin embargo, me gustaba cómo encajaba perfectamente en mi cuerpo.

Inhalando hondo, aspiré el dulce aroma de su perfume y apreté la cara contra su cabeza. Después de un último apretón, Poppy se alejó y me sonrió. Sus ojos verdes se veían enormes debajo del rímel y el maquillaje ligero; tenía los labios rosados y exuberantes por el bálsamo de cereza.

Recorrí sus costados con mis manos y me detuve cuando llegué a sus suaves mejillas. Las pestañas de Poppy revolotearon, lo que le dio una apariencia de lo más dulce.

Incapaz de resistirme a la sensación de tener sus labios sobre los míos, me incliné hacia adelante despacio, casi sonriendo, mientras oía el mismo suspiro que Poppy lanzaba cada vez que la besaba, justo antes de que nuestros labios se tocaran.

Cuando nuestros labios se encontraron, eché el aire por mi nariz. Poppy siempre sabía así, a cereza, y el sabor de su labial me llenaba la boca. Y Poppy me devolvió el beso, aferrando con sus manitas los lados de mi playera negra.

Apreté mi boca contra la suya, lenta y suavemente, hasta que por fin me separé, dejando tres besos cortos y ligeros como plumas sobre sus labios hinchados. Respiré y vi que Poppy abría los ojos después de parpadear.

Tenía las pupilas dilatadas. Se lamió el labio inferior antes de lanzarme una alegre sonrisa.

—Beso 352. Con mi Rune, contra el muro del auditorio. —Contuve la respiración en espera de la siguiente frase. El brillo en los ojos de Poppy me decía que las palabras que esperaba se derramarían de sus labios. Inclinándose hacia mí, haciendo equilibrio de puntitas, murmuró—: Y casi me estalla el corazón.

Sólo registraba los besos extraespeciales; sólo los que hacían que su corazón se sintiera lleno. Cada vez que la besaba, esperaba esas palabras.

Cuando las decía, su sonrisa casi me deslumbraba.

Poppy se rio. No pude más que sonreír ante el sonido de felicidad de su voz. Imprimí otro beso rápido sobre sus labios y me alejé para envolver sus hombros con mi brazo. La jalé hacia mí y apoyé la mejilla en su cabeza. Poppy envolvía mi espalda y mi estómago con sus brazos y la separé del muro, pero al hacerlo, sentí que ella se paralizaba.

Levanté la cabeza y vi que las chicas de primer año señalaban a Poppy y susurraban entre ellas. Sus miradas estaban concentradas en Poppy, quien estaba entre mis brazos. Apreté la mandíbula, odiaba que por celos la trataran de esa manera. La mayoría de las chicas no le daban ninguna oportunidad a Poppy porque querían lo que ella tenía. Poppy decía que no le importaba, pero yo me daba cuenta de que sí. El hecho de que se hubiera puesto rígida entre mis brazos me decía cuánto.

Me puse delante de ella y esperé a que alzara la cabeza. En cuanto lo hizo, le ordené:

—Ignóralas.

El corazón me dio un vuelco cuando la vi forzar una sonrisa.

—Eso estoy haciendo, Rune. No me molestan.

Incliné la cabeza a un lado y alcé las cejas. Poppy negó con la cabeza.

—No me molestan, te lo juro —trató de mentir. Poppy miró sobre mi hombro e hizo un gesto de indiferencia. Después su mirada se encontró con la mía—. Pero las entiendo. Mírate, Rune: eres guapísimo. Alto, misterioso, exótico..., ¡noruego! —Se rio y puso una mano sobre mi pecho—. Tienes todo el estilo *indie* de chico malo. Las chicas no pueden evitar quererte. Eres tú, eres perfecto.

Me acerqué más a ella y vi que sus ojos verdes se agrandaban.

—Y soy *tuyo* —añadí. La tensión abandonó sus hombros. Deslicé una mano sobre la suya, que seguía sobre mi pecho—. Y no soy misterioso, *Poppymin*. Tú sabes todo de mí: sin secretos, sin misterio.

—Para mí —respondió mirándome a los ojos—. Para mí no eres un misterio, pero sí lo eres para todas las chicas de la escuela. Todas te quieren.

Suspiré, empezaba a sentirme molesto.

—Y yo sólo te quiero a ti. —Poppy me miró como si tratara de buscar algo en mi expresión, pero sólo consiguió molestarme más. Uní nuestros dedos y murmuré—: Hasta el infinito.

Entonces apareció una sonrisa genuina en los labios de Poppy.

—Por siempre jamás —murmuró finalmente en respuesta.

Bajé la frente para recargarla contra la suya. Ahuequé las manos en sus mejillas y le aseguré:

—Yo te quiero a ti y sólo a ti. Así es desde que tenía cinco años y me diste la mano. Ninguna chica va a cambiar eso.

—¿Sí? —preguntó Poppy, pero noté el tono de broma en su dulce voz.

—*Ja* —contesté en noruego, mientras escuchaba el dulce sonido de su risa, que se escurría por mis oídos. A ella le encantaba que hablara en mi lengua materna. La besé en la frente y me alejé un paso para tomar sus manos—. Tus papás llevaron a las niñas a casa, me pidieron que te dijera.

Asintió y luego me miró con nerviosismo.

—¿Qué te pareció el concierto?

Puse los ojos en blanco con hartazgo y arrugué la nariz.

—Terrible, como siempre —dije con sequedad.

Poppy se rio y me pegó en un brazo.

—¡Rune Kristiansen! ¡No seas tan malo! —me regañó.

—Está bien —dije fingiendo estar molesto. La jalé hacia mi pecho, envolví su espalda con mis brazos y la atrapé junto a mí. Poppy gritó y empecé a besarla en la mejilla de arriba abajo, dejando sus brazos atrapados a sus costados. Bajé mis labios hasta su cuello y recobró el aliento agitado, toda la risa quedó olvidada. Subí hasta que apreté uno de sus lóbulos con mis dientes.

»Estuviste increíble —susurré con suavidad—. Como siempre. Estuviste perfecta en el escenario, era tuyo. Todos los que estábamos en el auditorio éramos tuyos.

—Rune —murmuró. Oí el tono feliz de su voz.

Me separé sin despegar mis brazos de ella.

—Nunca me siento más orgulloso de ti que cuando te veo en el escenario —confesé.

Poppy se sonrojó.

—Rune —dijo tímidamente, pero yo bajé la cara para hacer contacto visual cuando ella trató de separarse.

—Carnegie Hall, recuerda. Algún día te veré tocar en el Carnegie Hall.

Poppy consiguió liberar una mano y me dio un golpecito en el brazo.

—Me halagas.

Negué con la cabeza.

—Nunca, sólo digo la verdad.

Poppy apretó sus labios contra los míos y sentí su beso hasta los dedos de los pies. Después se separó, la solté y enlazamos nuestros dedos.

—¿Vamos al campo? —preguntó Poppy, y la conduje a través del estacionamiento, acercándola a mí un poco más cuando pasamos junto al grupo de chicas de primer año.

—Preferiría estar a solas contigo —dije.

—Jorie nos pidió que fuéramos. Todos están ahí. —Poppy levantó la mirada para verme. Por el movimiento de sus labios, supe que estaba frunciendo el ceño—. Es viernes en la noche, Rune. Tenemos quince años y ya pasaste la mayor parte de la noche viéndome tocar el violonchelo. Nos quedan noventa minutos antes del toque de queda; deberíamos ver a nuestros amigos como adolescentes de verdad.

—Está bien —accedí y envolví sus hombros con mi brazo. Me incliné hacia ella y puse la boca junto a su oído—. Mañana sí te tendré para mí.

Poppy puso el brazo alrededor de mi cintura y me apretó con fuerza.

—Te lo prometo.

Oímos que las chicas que estaban detrás de nosotros mencionaban mi nombre. Suspiré de frustración cuando Poppy se tensó un poco.

—Es porque eres diferente, Rune —dijo Poppy sin alzar la mirada—. Eres artista y te gusta la fotografía. Te vistes de negro. —Se rio y sacudió la cabeza. Me quité el pelo de la cara y Poppy señaló hacia arriba—. Pero, sobre todo, es por eso.

Fruncí el ceño.

—¿Por qué?

Se acercó y jaló un mechón de mi cabello largo.

—Cuando haces eso, cuando te echas el pelo hacia atrás. —Alcé una ceja, sorprendido. Poppy se encogió de hombros—. Es medio irresistible.

—*Ja?* —pregunté antes de pararme delante de Poppy, jalándome el pelo hacia atrás de manera exagerada hasta que se rio—. Irresistible, ¿no? ¿También para ti?

Poppy se rio y apartó mi mano de mi pelo para envolverla en la suya. Mientras nos dirigíamos al campo, un pedazo del parque donde se juntaban los chicos de la escuela en la noche, Poppy dijo:

—De verdad, no me molesta que otras chicas te vean, Rune. Ya sé lo que sientes por mí, porque siento lo mismo por ti. —Se mordió el labio inferior. Ya sabía que eso significaba que estaba nerviosa, pero no averigüé por qué hasta que lo dijo—: La única que me molesta es Avery porque le gustas desde hace mucho tiempo y estoy segura de que haría cualquier cosa con tal de que fueras suyo.

Negué con la cabeza. Avery ni siquiera me caía bien, pero como estaba en nuestro grupo de amigos, siempre estaba cerca. A todos mis amigos les gustaba; todos pensaban que era la más bonita, pero yo nunca la vi de esa manera y odiaba que yo le gustara. Odiaba cómo hacía que se sintiera Poppy.

—No es nada, *Poppymin* —le aseguré—. *Nada.*

Poppy se acurrucó en mi pecho y dimos vuelta a la derecha, hacia nuestros amigos. La abrazaba con más fuerza según nos íbamos acercando. Avery se incorporó cuando nos vio.

Volteé la cabeza hacia Poppy y repetí:

—*Nada.*

Poppy me agarró la playera en señal de que me escuchó. Su mejor amiga, Jorie, se puso en pie de un salto.

—¡Poppy! —gritó emocionada, mientras se acercaba para abrazar a su amiga. Jorie me caía bien. Era despistada y casi nunca pensaba antes de hablar, pero adoraba a Poppy y Poppy la adoraba a ella. Era una de las pocas personas de nuestra pequeña ciudad a las que la extravagancia de Poppy les parecía encantadora y no sólo extraña.

—¿Cómo están, bombones? —preguntó Jorie y se alejó un poco, contemplando el vestido negro que Poppy usaba en sus actuaciones—. ¡Te ves hermosa! ¡Muy bonita!

Poppy inclinó la cabeza para agradecer sus palabras. Volví a tomarla de la mano. Rodeamos el fuego que habían encendido y nos sentamos. Me incliné contra una banca larga y jalé a Poppy para que se sentara entre mis piernas. Me lanzó una sonrisa y se sentó conmigo, apretando la espalda contra mi pecho y metiendo la cabeza en el hueco de mi cuello.

—¿Cómo te fue, Pops? —le preguntó Judson, mi mejor amigo, desde el otro lado del fuego. Mi otro amigo cercano, Deacon, estaba sentado a su lado. Sacudió la barbilla a modo de saludo y su novia, Ruby, también nos saludó agitando una mano.

Poppy se encogió de hombros.

—Bien, creo.

Mientras envolvía su pecho con el brazo, abrazándola con fuerza, miré a mi amigo de cabello oscuro y añadí:

—Fue la estrella del *show*, como siempre.

· —Sólo es violonchelo, Rune. Nada muy especial —contestó Poppy en voz baja.

Protesté negando con la cabeza.

—Se ganó al público.

Vi que Jorie me sonreía. También vi que Avery ponía los ojos en blanco con desdén. Poppy ignoró a Avery y empezó a hablar con Jorie de las clases.

—Mira, Pops, te juro que el profesor Millen es un maldito *alien* malvado. O un demonio. Carajo, es de otro lugar que no conocemos. Lo trajo el director para torturar a los débiles terrícolas con su álgebra demasiado difícil. Así consigue su energía vital, estoy segura. Y también creo que está en mi contra. Ya sabes, porque yo *sé* que es extraterrestre. O sea, *¡por Dios!*, no deja de reprobarme y de lanzarme mal de ojo.

—¡Jorie! —Poppy se rio, se rio tan fuerte que todo su cuerpo vibró. Sonreí ante su felicidad y luego me perdí en mis pensamientos. Me incliné más sobre el tronco mientras nuestros amigos platicaban. Tracé dibujos en el brazo de Poppy distraídamente, y lo que quería más que nada era que nos fuéramos. No me molestaba estar con nuestros amigos, pero prefería estar a solas con ella. Era su compañía lo que anhelaba; el único lugar donde quería estar era con ella.

Poppy se rio por algo más que dijo Jorie, lo hizo tan fuerte que tiró a un lado la cámara que yo llevaba colgando del cuello. Me lanzó una sonrisa de disculpa. Me incliné y con un dedo alcé su barbilla hacia mí para besarla en los labios. Sólo quería que fuera suave y ligero, pero cuando Poppy entrelazó los dedos en mi pelo y me jaló más cerca, se convirtió en algo más. Cuando ella abrió los labios, empujé la lengua para encontrar la suya y me quedé sin aliento.

Poppy cerró los puños en mi pelo. Acuné su cara para que el beso durara el mayor tiempo posible. Me imagino que, si no hubiera tenido que respirar, nunca habría dejado de besarla.

Demasiado concentrados en el beso, no nos separamos hasta que alguien se aclaró la garganta al otro lado de la fogata. Levanté la mirada y vi que Judson sonreía con aire burlón. Cuando miré a Poppy, sus mejillas estaban en llamas. Nuestros amigos ocultaron su risa y estreché a Poppy con más fuerza. No iba a sentir vergüenza por besar a mi chica.

La conversación se retomó y alcé la cámara para revisar que estuviera bien. Mis papás me la regalaron cuando cumplí trece años y se dieron cuenta de que la fotografía se estaba convirtiendo en mi pasión. Era una Canon *vintage* de 1960. La llevaba a todas partes y tomaba miles de fotos. No sabía por qué, pero me fascinaba capturar momentos. Quizá fuera porque a veces sólo tenemos momentos, no hay repeticiones; lo que sea que pase en un momento define la vida, quizás *es* la vida. Sin embargo, capturar un momento en una película mantiene vivo ese instante para siempre. Para mí, la fotografía era magia.

Me desplacé mentalmente por el rollo de la cámara: fotografías de fauna y primeros planos de flores de cerezo del bosquecillo ocuparían la mayor parte de la película; después, fotos de Poppy en el concierto. Su cara bonita mientras la música se adueñaba de ella. Sólo le había visto esa mirada en otra ocasión, cuando me veía. Para Poppy, yo era tan especial como su música.

En ambos casos existía un lazo que nadie podía romper.

Alcancé mi celular y nos lo puse delante, con el lente de la cámara viendo hacia nosotros. Poppy ya no estaba participando en la conversación, sino que en silencio recorría mi brazo con la punta de los dedos. Tomé la foto cuando estaba desprevenida, justo cuando alzaba la mirada para verme. Solté una sola risa al verla entrecerrar los ojos con enfado. Pero ya sabía que no estaba enojada, a pesar del esfuerzo que hacía por aparentarlo. A Poppy le encantaban todas las fotos que tomaba de nosotros, aunque lo hiciera cuando menos se lo esperaba.

Al mirar mi celular, mi corazón empezó a golpear contra mi pecho. En la foto, cuando Poppy levantó la mirada para verme, se veía hermosa; sin embargo, era la expresión de su cara lo que me dejó pasmado, la mirada de sus ojos verdes.

En ese momento, en ese sencillo momento capturado, estaba *esa* expresión, la que me ofrecía con la misma facilidad que a la música. La que me decía que era mía tanto como yo era suyo. La que me aseguraba que estábamos juntos desde hacía todos esos años. La que me decía que, aunque éramos jóvenes, encontramos a nuestra alma gemela en el otro.

—A ver.

La voz baja de Poppy hizo que despegara mi atención de la pantalla. Me sonrió y bajé el teléfono para que viera.

Miré a Poppy, y no la foto, mientras sus ojos caían sobre la pantalla. La miré mientras sus ojos se suavizaban y el murmullo de una sonrisa aparecía en sus labios.

—Rune —susurró extendiendo el brazo para tomar mi mano libre. Apreté su mano—. Quiero una copia de esa foto, es perfecta. —Asentí y la besé en la cabeza.

«Y por eso amo la fotografía», pensé. Podía extraer emociones, emociones puras, de un segundo congelado en el tiempo.

Apagué la cámara de mi teléfono y vi la hora en la pantalla.

—*Poppymin* —dije con tranquilidad—, tenemos que irnos a la casa. Se está haciendo tarde.

Poppy estaba de acuerdo. Me puse de pie y la jalé para levantarla.

—¿Ya se van? —preguntó Judson.

—Sí —confirmé—. Te veo el lunes.

Me despedí de todos con un gesto y tomé la mano de Poppy. No dijimos mucho durante el camino a casa. Cuando nos detuvimos en la puerta de Poppy, la abracé y la jalé contra mi pecho. Puse la mano en un costado de su cuello. Poppy alzó la mirada.

—Estoy muy orgulloso de ti, *Poppymin*. No hay duda de que vas a entrar a Julliard y tu sueño de tocar en el Carnegie Hall se hará realidad.

Poppy sonrió alegremente y me jaló de la cámara que llevaba colgada del cuello.

—Y tú entrarás a la escuela de artes Tisch de NYU. Estaremos juntos en Nueva York, como es nuestro destino. Como siempre hemos planeado.

Asentí y rocé su cuello con mis labios.

—Y ahí no habrá toque de queda —murmuré de modo provocativo. Poppy se rio. Pasé a su boca, dejé un beso suave sobre sus labios y me alejé.

Cuando solté sus manos, el señor Litchfield abrió la puerta. Vio que me separaba de su hija y sacudió la cabeza, riéndose. Sabía exactamente lo que habíamos hecho.

—Buenas noches, Rune —dijo con indiferencia.

—Buenas noches, señor Litchfield —contesté, viendo que Poppy se sonrojaba cuando su papá le indicaba que entrara a la casa.

Atravesé el pasto hasta llegar a mi casa. Abrí la puerta, crucé la sala y encontré a mis padres en el sofá. Los dos estaban inclinados hacia adelante en su asiento y parecían tensos.

—*Hei* —dije, y mi mamá alzó la cabeza.

—*Hei*, amor —respondió.

Fruncí el ceño.

—¿Qué pasa? —pregunté. Mi mamá volteó a ver a mi papá y negó con la cabeza.

—Nada, amor. ¿Poppy tocó bien? Perdón por no haber podido ir.

Miré a mis padres. Me daba cuenta de que ocultaban algo. Como no continuaron, asentí lentamente y respondí su pregunta:

—Estuvo perfecta, como siempre.

Me pareció ver lágrimas en los ojos de mi mamá, pero parpadeó y desaparecieron enseguida. Ante la necesidad de escapar de la incomodidad, levanté mi cámara.

—Voy a revelar estas fotos y luego me voy a acostar.

Cuando me di la vuelta para irme, mi papá habló:

—Mañana vamos a salir en familia, Rune.

Me quedé parado.

—No puedo ir, ya planeé pasar el día con Poppy.

Mi papá negó con la cabeza.

—Mañana no, Rune.

—Pero... —iba a protestar, pero mi papá me interrumpió con voz severa.

—Dije que no. Vendrás y punto. Puedes ver a Poppy cuando regresemos, no estaremos fuera todo el día.

—¿Qué está pasando?

Mi papá se levantó, se paró a mi lado y puso una mano sobre mi hombro.

—Nada, Rune. Sólo que ya casi no te veo por el trabajo y quiero que eso cambie, así que vamos a pasar el día en la playa.

—Pues, entonces, ¿puede venir Poppy con nosotros? Le encanta la playa. Es su segundo lugar favorito.

—Mañana no, hijo.

Me quedé en silencio y me sentí molesto, pero me di cuenta de que no iba a ceder. Papá suspiró.

—Ve a revelar tus fotos, Rune, y deja de preocuparte.

Hice lo que me pidió; bajé al sótano y fui a la habitación que mi papá había convertido en cuarto oscuro para mí. Seguía revelando la película a la antigua en lugar de usar la cámara digital. Me parecía que así obtenía mejores resultados.

Veinte minutos después, estaba detrás de la línea de nuevas fotografías. También había impreso la foto de mi celular, la de Poppy conmigo en el campo. La recogí y la llevé a mi cuarto. Metí la cabeza en el cuarto de Alton cuando pasé por ahí, y vi que mi hermano de dos años estaba dormido. Abrazaba a su oso pardo de peluche, con el cabello rubio alborotado extendido sobre su almohada.

Empujé mi puerta y encendí la lámpara. Miré el reloj: era casi medianoche. Me pasé la mano por el cabello, me acerqué a la ventana y sonreí cuando vi la casa de los Litchfield en la oscuridad, con excepción de la pálida luz nocturna de Poppy: la señal de que yo tenía vía libre para entrar a hurtadillas.

Cerré con llave la puerta de mi habitación y apagué la lámpara. El cuarto quedó sumergido en la oscuridad. Me cambié deprisa a mi pantalón y playera para dormir. En silencio, abrí la ventana y salí. Atravesé el pasto que separaba nuestras casas a toda velocidad y entré a escondidas a la habitación de Poppy, cerrando la ventana casi sin hacer ruido.

Poppy estaba en su cama, bajo las cobijas. Tenía los ojos cerrados y su respiración era suave y uniforme. Sonreí por lo tierna que se veía con la cabeza apoyada en su mano; me acerqué a ella, puse su regalo en el buró y me subí a la cama, a su lado.

Me acosté junto a ella y compartí su almohada.

Llevábamos años durmiendo juntos. La primera vez que me quedé fue un error; fui a su cuarto a las doce, a platicar, pero me quedé dormido. Por suerte, me desperté lo suficientemente temprano al día siguiente como para escabullirme de vuelta en mi habitación sin que nadie se diera cuenta. Pero a la noche siguiente me quedé a propósito, y luego la noche después y casi todas las noches desde entonces. Por fortuna, nadie nos había descubierto. No estaba muy seguro de que seguiría cayéndole bien al señor Litchfield si se enteraba que dormía en la cama de su hija.

Sin embargo, acostarme en la cama al lado de Poppy se estaba volviendo cada vez más difícil. Ahora tenía quince años y me sentía diferente al estar con ella. La veía diferente y sabía que ella también me veía así. Nos besábamos cada vez más. Los besos se hacían más profundos y nuestras manos empezaban a explorar lugares que no debían. Se hacía cada vez más difícil detenernos. Yo quería más, quería a mi chica de todas las formas posibles.

Pero éramos demasiado jóvenes. Ya lo sabía.

Sin embargo, eso no lo hacía menos difícil.

Poppy se movió a mi lado.

—Me preguntaba si vendrías hoy. Te esperé, pero no estabas en tu cuarto —dijo adormilada mientras me apartaba el cabello de la cara.

Atrapé su mano y besé su palma.

—Tenía que revelar un rollo y mis papás estaban raros.

—¿Raros? ¿Cómo? —me preguntó acercándose y besándome en la mejilla.

Negué con la cabeza.

—Sólo… raros. Creo que pasa algo, pero me dijeron que no me preocupara.

Incluso en la penumbra pude ver que Poppy juntaba las cejas por la preocupación. Apreté su mano para reconfortarla.

Recordé el regalo que le llevaba, me di la vuelta y tomé la foto del buró. La puse en un marco de plata sencillo. Pulsé el ícono de lámpara en mi teléfono y lo mantuve alzado para que Poppy la viera mejor.

Suspiró ligeramente y vi que una sonrisa iluminaba todo su rostro. Tomó el marco y acarició el cristal con un dedo.

—Me encanta esta foto, Rune —susurró, y la puso sobre el buró. La miró durante unos instantes más y después se volteó hacia mí.

Alzó las cobijas y las mantuvo así para que pudiera meterme debajo. Puse un brazo en su cintura y me acerqué a su cara, esparciendo besos suaves sobre sus mejillas y su cuello.

Cuando la besé justo debajo de la oreja, Poppy se rio y se separó.

—¡Rune, me haces cosquillas! —murmuró.

Me retiré y enlacé mi mano con la suya.

—Entonces, ¿qué vamos a hacer mañana? —me preguntó Poppy mientras alzaba la otra mano para jugar con un mechón de mi pelo.

Puse los ojos en blanco antes de contestar:

—Nada, mi papá quiere que salgamos en familia. A la playa.

Poppy se sentó, emocionada.

—¿De verdad? ¡Me encanta la playa!

Sentí que me daba un vuelco el corazón.

—Dijo que teníamos que ir solos, *Poppymin*, sólo la familia.

—Ah —exclamó ella, decepcionada. Se volvió a acostar—. ¿Hice algo mal? Tu papá siempre me invita a ir con ustedes.

—No —le aseguré—. Es lo que te decía, están raros. Dice que quiere que pasemos un día en familia, pero hay algo más.

—Está bien —dijo Poppy, pero noté el tono triste de su voz.

Acuné su cabeza en mi mano.

—Regresaré a la hora de la cena y podremos pasar la noche juntos —prometí.

Me tomó de la muñeca.

—Bien.

Poppy me miró fijamente con sus enormes ojos verdes bajo la pálida luz. Acaricié su cabello con la mano.

—Eres tan hermosa, *Poppymin*.

No necesitaba luz para ver el rubor que cubrió sus mejillas. Cerré el breve espacio que nos separaba y estrellé los labios contra los suyos. Poppy suspiró cuando empujé la lengua dentro de su boca y movió las manos para agarrarme el pelo.

Se sentía tan bien, la boca de Poppy se hacía cada vez más caliente mientras más nos besábamos, mis manos bajaron para correr por sus brazos desnudos y hasta su cintura.

Poppy se acostó bocarriba y mi mano se deslizó hacia abajo para tocar su pierna. Seguí el movimiento y me puse encima de ella; Poppy separó la boca con un jadeo, pero no dejé de besarla. Arrastré mis labios sobre su barbilla para besarle el cuello y mi mano se movió bajo su camisón para acariciar la piel suave de su cintura.

Los dedos de Poppy me jalaron el pelo y su pierna se alzó para envolver mi muslo. Gemí junto a su garganta y volví a subir para tomar su boca con la mía. Cuando deslicé mi lengua sobre la suya, rastreé su cuerpo más arriba con los dedos. Poppy se separó del beso.

—Rune...

Dejé caer la cabeza en la curva entre su cuello y su hombro, respirando profundamente. La deseaba tanto que casi no podía soportarlo.

Inhalé y exhalé mientras Poppy bajaba la mano para acariciar mi espalda de arriba abajo. Me concentré en el ritmo de sus dedos, obligándome a calmarme.

Pasaron más y más minutos, pero no me moví. Estaba a gusto encima de Poppy, respirando su delicada esencia con la mano apretada contra su suave estómago.

—¿Rune? —murmuró Poppy. Alcé la cabeza. De inmediato, Poppy puso una mano en mi cara—. ¿Amor? —murmuró y pude notar la preocupación en su voz.

—Estoy bien —susurré manteniendo la voz lo más baja posible para no alertar a sus padres. La miré profundamente a los ojos—. Es que te deseo tanto. —Bajé la frente hasta que quedó junto a la suya y añadí—: Cuando estamos así, cuando nos dejamos ir tan lejos, casi me vuelvo loco.

Poppy abrió sus labios hinchados por los besos y dejó escapar un largo suspiro.

—Gracias —susurró. Moví mi mano y bajé los dedos para enlazarlos con los suyos.

Me puse a un lado, abrí un brazo y le hice un gesto con la cabeza para que se acercara a mí. Apoyó la cabeza en mi pecho. Cerré los ojos y me concentré en mi respiración.

Finalmente, el sueño empezó a llevarme. Poppy deslizaba un dedo de arriba abajo por mi estómago. Casi me había quedado dormido cuando murmuró:

—Tú eres todo para mí, Rune Kristiansen, espero que lo sepas.

Abrí los ojos de par en par por sus palabras y sentí el pecho lleno de emoción. Puse unos dedos bajo su barbilla y alcé su cabeza hacia arriba. Su boca esperaba mi beso.

La besé suave y dulcemente y me separé poco a poco. Poppy mantuvo los ojos cerrados mientras sonreía. Con la sensación de que el pecho me iba a estallar por la mirada de felicidad en su cara, murmuré:

—Hasta el infinito.

Poppy se acurrucó de nuevo en mi pecho y murmuró:

—Por siempre jamás.

Y los dos nos quedamos dormidos.

Dunas de arena y lágrimas saladas

RUNE

—Rune, tenemos que hablar contigo —dijo mi papá mientras comíamos el almuerzo en un restaurante con vista a la playa.

—¿Se van a divorciar?

Papá palideció.

—Por Dios, no, Rune —me aseguró rápidamente y tomó la mano de mamá para enfatizarlo. Mi mamá me sonrió, pero vi que las lágrimas se formaban en sus ojos.

—¿Entonces? —pregunté. Mi papá se recargó lentamente en su asiento.

—Tu mamá está molesta con mi trabajo, Rune, no conmigo. —Yo estaba completamente confundido hasta que añadió—: Me van a transferir de regreso a Oslo, Rune. La compañía dio con una falla y me mandan de vuelta para que la arregle.

—¿Por cuánto tiempo? —pregunté—. ¿Cuándo vas a regresar?

Mi papá se pasó la mano por el cabello corto y rubio, justo como yo lo hacía.

—Esa es la cosa, Rune —dijo con cautela—. Podrían ser años. Podrían ser meses. Siendo realistas, cualquier tiempo entre uno y tres años.

Abrí los ojos de par en par.

—¿Nos vas a dejar en Georgia tanto tiempo?

Mi mamá extendió la mano y cubrió la mía con la suya. La miré con perplejidad y entonces las consecuencias reales de lo que estaba diciendo papá empezaron a filtrarse a mi cerebro.

—No —murmuré. Sabía que no me iba a hacer eso, que no *podía* hacerme eso.

Alcé la vista. Vi que la culpa inundaba su cara.

Supe que era verdad.

Ahora comprendía por qué habíamos ido a la playa. Por qué quería que estuviéramos a solas. Por qué se había negado a que Poppy nos acompañara.

Mi corazón latía a toda velocidad mientras movía las manos sobre la mesa. Mi mente corría en círculos… No iban a hacerlo…, no iba a hacerlo…, ¡yo no iba a hacerlo!

—No —escupí, más fuerte, y atraje las miradas de las mesas próximas—. Yo no voy a ir. No voy a dejarla.

Volteé a ver a mi mamá en busca de ayuda, pero bajó la cabeza. Saqué mi mano de debajo de la suya.

—¿Mamá? —rogué, pero negó despacio con la cabeza.

—Somos una familia, Rune. No vamos a separarnos durante tanto tiempo. Tenemos que ir, somos una *familia*.

—¡No! —Esta vez grité y empujé mi silla lejos de la mesa. Me paré con los puños cerrados a los costados—. ¡No la voy a dejar! ¡No pueden obligarme! Esta es mi casa. ¡Aquí! ¡No quiero regresar a Oslo!

—Rune —dijo mi mamá tratando de aplacarme, levantándose de la mesa y extendiendo las manos, pero yo no podía estar con él en un espacio tan cerrado. Dando la vuelta sobre mis talones, salí del restaurante corriendo tan rápido como pude y me dirigí a la playa. El sol había desaparecido detrás de unas nubes densas, ocasionando que un viento frío batiera la arena. Seguí corriendo hacia las dunas, los ásperos granos me golpeaban la cara.

Mientras corría, traté de luchar contra la ira que me arrasaba. «¿Cómo pueden hacerme esto? Ya saben cuánto necesito a Poppy».

Temblaba de furia cuando escalé la duna más alta y me tiré para sentarme en la cima. Me acosté mirando el cielo gris y me imaginé una vida en Noruega sin ella. Sentí náuseas. Sentí náuseas con sólo pensar en no tenerla a mi lado para tomar mi mano y besar mis labios...

Apenas podía respirar.

Mi mente se aceleró en busca de ideas de cómo podría quedarme. Pensé y pensé en todas las posibilidades, pero ya conocía a mi papá. Cuando decidía algo, nada lo hacía cambiar de opinión. Iba a irme; la mirada en su cara me había mostrado claramente que no había nada que hacer. Me apartaban de mi chica, de mi alma, y yo no podía hacer nada al respecto.

Detrás de mí, oí que alguien trepaba la duna y supe que era mi papá. Se sentó a mi lado y yo aparté la vista, mirando el mar. No quería reconocer su presencia.

Nos quedamos en silencio hasta que finalmente me quebré y le pregunté:

—¿Cuándo nos vamos? —Sentí que mi papá se ponía rígido a mi lado, lo que me hizo mirarlo. Ya estaba contemplando mi cara con expresión de simpatía. El corazón me dio un vuelco—. ¿Cuándo?

Papá bajo la cabeza.

—Mañana.

Todo se paralizó.

—¿Qué? —murmuré en *shock*—. ¿Cómo es posible?

—Tu mamá y yo lo sabemos desde hace alrededor de un mes. Decidimos no decirte nada hasta el último minuto porque sabíamos cómo te ibas a sentir. Me necesitan en la oficina el lunes, Rune. Ya organizamos todo con tu escuela y transferimos tu expediente. Tu tío está preparando nuestra casa en Oslo para nuestro regreso. La compañía contrató una mudanza para vaciar nuestra casa de Blossom Grove y embarcar nuestras pertenencias a Noruega. Llegan mañana, poco después de que nos hayamos ido.

Miré a mi papá con furia. Lo odié por primera vez en mi vida. Apreté los dientes y aparté la mirada. Sentí náuseas por la cantidad de ira que circulaba por mis venas.

—Rune —dijo mi papá suavemente y puso una mano sobre mi hombro.

La aparté con un movimiento del hombro.

—No —dije con furia—. No me vuelvas a tocar o a hablar jamás. —Volteé la cara—. No te lo perdonaré *nunca*. Nunca perdonaré que me la arrebates —prometí.

—Rune, yo entiendo… —trató de decir, pero lo interrumpí.

—No entiendes. *No* tienes idea de cómo me siento, de lo que Poppy significa para mí. Ni puta idea. Porque si entendieras, no me separarías de ella; le dirías a la compañía que *no te vas a mudar*. Que nos tenemos que quedar.

Papá suspiró.

—Soy el ofical técnico, Rune. Tengo que ir a donde me necesiten, y justo ahora es en Oslo.

No respondí nada. No me importaba que fuera el maldito oficial técnico de una compañía en problemas. Estaba enojado con él porque me lo hubiera dicho hasta ese momento. Estaba enojado porque nos fuéramos, punto.

Como no decía nada, mi papá habló:

—Voy a recoger nuestras cosas, hijo. Ve al coche en cinco minutos. Quiero que pases la noche con Poppy. Por lo menos quiero darte eso.

En mis ojos se reunieron unas lágrimas calientes. Volteé la cara para que no me viera. Estaba enojado, tan enojado que no podía evitar las malditas lágrimas. Yo nunca lloraba cuando estaba triste, sólo cuando estaba enojado, y en ese momento estaba tan enojado que apenas podía respirar.

—No va a ser para siempre, Rune. Unos años cuando mucho, después regresaremos. Te lo prometo. Mi trabajo, nuestra vida, está aquí en Georgia. Pero tengo que ir a donde me necesita la compañía. Oslo no va a estar tan mal, es de donde somos. Sé que tu mamá estará feliz al vivir cerca de la familia otra vez. Pensé que a lo mejor tú también.

No contesté porque unos pocos años sin Poppy eran toda una vida. No me importaba la familia.

Estaba perdido, observando el ritmo de las olas, y esperé cuanto pude antes de levantarme. Quería llegar con Poppy, pero al mismo tiempo no sabía cómo decirle que me iba. No podía soportar pensar en romperle el corazón.

Oí el claxon y corrí al carro, donde me esperaba mi familia. Mi mamá trató de sonreírme, pero la ignoré y me deslicé al asiento trasero. Mientras nos alejábamos de la costa, yo miraba por la ventana.

Sentí una mano en mi brazo y cuando volteé, vi que Alton estaba agarrado a la manga de mi playera. Tenía la cabeza inclinada hacia un lado y le despeiné el cabello rubio y revuelto. Alton se rio, pero su sonrisa se desvaneció y siguió mirándome durante todo el camino a casa. Me parecía irónico que mi hermano pequeño percibiera mucho mejor que mis padres lo mal que me sentía.

El camino me pareció una eternidad. Cuando llegamos a la entrada, prácticamente salí del auto de un clavado y corrí a casa de los Litchfield. Toqué la puerta principal, y la señora Litchfield abrió después de unos pocos segundos. Cuando me miró a la cara, vi que sus ojos estaban llenos de comprensión. Miró a mis padres, que estaban desempacando el carro al otro lado del jardín, y los saludó con la mano.

También ella sabía.

La señora Litchfield me abrazó.

—Está en el bosquecillo, mi amor. Pasó ahí toda la tarde, leyendo. —La señora Litchfield me dio un beso en la cabeza—. Lo siento, Rune. Mi hija se sentirá devastada cuando te vayas. Eres toda su vida.

«Ella también es toda mi vida», quise decir, pero no conseguí pronunciar ni una palabra.

Cuando la señora Litchfield me soltó, me di la vuelta, brinqué del porche y corrí hasta el bosquecillo.

Llegué unos minutos después y de inmediato localicé a Poppy debajo de nuestro cerezo favorito. Me detuve fuera de su vista mientras la observaba leer su libro con los audífonos morados en la cabeza. Unas ramas llenas de pétalos rosados de cerezo caían a su alrededor como un escudo protector, resguardándola del brillo del sol. Llevaba un vestido blanco, corto y sin mangas y un gran moño a un lado, en su cabello castaño y largo. Sentí que llegaba a un sueño.

El corazón se me estremeció. Veía a Poppy todos los días desde que teníamos cinco años. Dormía a su lado casi todas las noches desde que tenía doce. La besaba todos los días desde los ocho, y la amaba con todas mis fuerzas desde hacía tantos días que ya no llevaba la cuenta.

No tenía idea de cómo vivir ni un día sin que ella estuviera a mi lado. No sabía cómo respirar sin tenerla cerca.

Como si percibiera mi presencia, levantó la mirada de la página de su libro. Cuando salí al pasto, me dedicó su sonrisa más grande. Era la que reservaba sólo para mí.

Traté de devolvérsela, pero no pude.

Avancé sobre las flores de cerezo caídas; el camino estaba tan lleno de pétalos que parecía que había un arroyo rosa y blanco bajo mis pies. Vi que la sonrisa de Poppy se desvanecía conforme me acercaba. No podía esconderle nada, me conocía tan bien como yo y se dio cuenta de que estaba molesto.

Ya se lo dije: yo no era ningún misterio. No para ella. Era la única persona que me conocía por completo.

Poppy se quedó totalmente quieta, sólo se movió para quitarse los audífonos de la cabeza. Dejó su libro a su lado, en el suelo, abrazó sus rodillas flexionadas y esperó.

Tragué saliva, caí de rodillas ante ella y dejé que mi cabeza colgara hacia adelante, derrotada. Luché contra la presión que sentía en el pecho. Por fin alcé la cabeza. En la mirada de Poppy, el temor era evidente, como si supiera que cualquier cosa que fuera a salir de mi boca iba a cambiarlo todo.

A cambiarnos.

A cambiar toda nuestra vida.

A acabar con nuestro mundo.

—Nos vamos —conseguí expresar con un nudo en la garganta.

Vi que se ponía pálida. Desvié la mirada, conseguí respirar rápida y entrecortadamente, y añadí:

—Mañana, *Poppymin*. Regresamos a Oslo. Mi papá me va a separar de ti, ni siquiera hizo el intento de quedarse.

—No —respondió en un susurro. Se inclinó hacia adelante—. Tiene que haber algo que podamos hacer. —Su respiración se aceleró—. A lo mejor te puedes quedar con nosotros, o mudarte con nosotros. Algo se nos ocurrirá. Podemos...

—No —interrumpí—. Ya sabes que mi papá no lo permitirá. Hace semanas que lo saben, ya hasta me transfirieron de escuela. No me lo dijeron antes porque sabían cómo iba a reaccionar. Tengo que irme, *Poppymin*. No hay otra opción. Tengo que irme.

Observé un solo pétalo de flor de cerezo que se separaba de una rama baja. Cayó al suelo con la suavidad de una pluma. Supe que, de ahora en adelante, cada vez que viera una flor de cerezo iba a pensar en Poppy. Pasaba todo el tiempo ahí, en el bosquecillo, conmigo a su lado. Era el lugar que más amaba.

Cerré los ojos con fuerza mientras me la imaginaba aquí, sola en el bosquecillo, a partir del día siguiente. Sin nadie que la acompañara en sus aventuras, sin que nadie escuchara su risa..., sin nadie que la besara de un modo que hiciera que su corazón estallara y así llenar su frasco.

Con un dolor agudo en el pecho, volteé a ver a Poppy y el corazón se me desgarró. Seguía paralizada en el mismo lugar, recargada en el árbol, pero su hermosa cara estaba inundada de un flujo interminable de lágrimas silenciosas, apretaba sus manitas en puños que temblaban sobre sus rodillas.

—*Poppymin* —dije con voz ronca, dejando por fin que el dolor corriera en libertad. Fui a su lado y la acuné entre mis brazos. Poppy se fundió conmigo, llorando sobre mi pecho. Cerré los ojos y sentí cada pizca de su dolor.

El dolor también era mío.

Nos quedamos así un tiempo hasta que al final Poppy levantó la cara y puso una mano temblorosa en mi mejilla.

—Rune —dijo con la voz quebrada—. ¿Qué voy a hacer..., qué voy a hacer sin ti?

Negué con la cabeza, diciéndole en silencio que no lo sabía. No podía hablar, las palabras se atoraban en mi garganta cerrada. Poppy se recargó en mi pecho y sentí sus brazos rodeando mi cintura como tornillos.

No hablamos mientras pasaban las horas. El sol se fue apagando hasta que dejó un cielo quemado y anaranjado. Enseguida aparecieron las estrellas y la luna, llena y brillante.

Una brisa fresca barrió el bosquecillo y obligó a los pétalos a danzar a nuestro alrededor. Cuando sentí que Poppy empezaba a temblar en mis brazos, supe que era hora de irnos.

Levanté las manos, recorrí con los dedos el abundante cabello de Poppy y susurré:

—*Poppymin*, tenemos que irnos.

En respuesta, sólo me abrazó con más fuerza.

—¿Poppy? —volví a intentar.

—No me quiero ir —respondió en un tono casi inaudible, con su dulce voz ahora ronca. Miré hacia abajo mientras alzaba sus ojos verdes, que se fijaron en los míos—. Si nos vamos del bosquecillo significará que ya casi es hora de que tú también me dejes *a mí*.

Pasé el dorso de la mano por sus mejillas rojas. Se sentían heladas al tacto.

—Nada de despedidas, ¿te acuerdas? —le refresqué la memoria—. Tú siempre dices que para nosotros no existe un adiós porque siempre nos veremos en nuestros sueños, como con tu abu. —Las lágrimas se derramaron de los ojos de Poppy, enjugué las gotas con la yema de mi pulgar—. Y tienes frío, tengo que llevarte a casa para que no tengas problemas por el toque de queda.

Poppy forzó una sonrisa débil en sus labios.

—Pensé que los vikingos de verdad no seguían las reglas.

Me reí una vez y apoyé la frente en la suya. Deposité dos besos suaves en la comisura de su boca, y contesté:

—Te acompañaré a casa y, una vez que se duerman tus padres, entraré a tu habitación para pasar una última noche juntos. ¿Qué tal rompo las reglas? ¿Es lo suficientemente vikingo?

Poppy se rio.

—Sí —contestó, quitándome el pelo de los ojos—. Tú eres el único vikingo que necesito.

Tomé sus manos, besé la punta de cada uno de sus dedos y me levanté. Ayudé a Poppy a ponerse de pie y la jalé hacia mí. La rodeé con mis brazos para mantenerla junto a mí. Su suave perfume flotó hasta mi nariz. Juré recordar exactamente cómo se sentía estar con ella en ese momento.

El viento soplaba más fuerte. Rompí nuestro abrazo y tomé la mano de Poppy. En silencio, empezamos a caminar por el sendero cubierto de pétalos. Poppy descansó la cabeza en mi brazo e inclinó la cabeza hacia atrás para contemplar el cielo nocturno. Besé la parte superior de su cabeza y oí que suspiraba profundamente.

—¿Te has fijado en lo oscuro que está el cielo encima del bosquecillo? Más que en cualquier otro lugar del pueblo. Parece negro azabache, salvo por el brillo de la luna y las estrellas titilantes. Al contrastar con el rosa de los cerezos, parece como salido de un sueño.

Eché hacia atrás la cabeza para ver el cielo y la comisura de mis labios se estiró en una sonrisa de satisfacción. Tenía razón. Parecía casi irreal.

—Sólo tú notarías algo así —dije volviendo a bajar la mirada—. Tú siempre ves el mundo de modo diferente al de todos los demás. Es una de las cosas que me encantan de ti, la aventurera que conocí a los cinco años.

Poppy apretó mi mano con más fuerza.

—Mi abu siempre decía que el paraíso se ve como tú quieras que se vea, ¿sabes? —La tristeza de su voz hizo que la respiración se me atorara en la garganta.

Poppy suspiró.

—El lugar favorito de mi abu era nuestro cerezo. Cuando me siento ahí debajo y veo las filas y filas de árboles, después alzo la vista a ese cielo negro azabache, y a veces me pregunto si ella está sentada bajo ese mismo árbol en el paraíso, contemplando las flores de los árboles igual que nosotros, mirando el cielo negro que está sobre nosotros exactamente como yo lo estoy haciendo.

—Estoy seguro de que así es, *Poppymin*. Y te está sonriendo, como te lo prometió.

Poppy estiró el brazo para atrapar una flor de cerezo rosa brillante con su mano. La sostuvo frente a ella, mirando los pétalos sobre su palma.

—Abu también decía que las mejores cosas de la vida se mueren pronto, como las flores de cerezo. Porque algo tan hermoso no puede durar para siempre, *no debe* durar para siempre. Permanece durante un breve momento para recordarnos lo preciosa que es la vida antes de desvanecerse tan rápidamente como llegó. Decía que nos enseña más en su breve vida que cualquier cosa que esté a tu lado por siempre.

Se me empezó a cerrar la garganta ante el dolor de su voz. Levantó la mirada hacia mí.

—Porque nada tan perfecto puede durar una eternidad, ¿verdad? —continuó—. Como las estrellas fugaces. Todos los días vemos estrellas comunes sobre nosotros. La mayor parte de la gente las da por hecho, incluso se olvida de que están ahí. Sin embargo, si una persona ve una estrella fugaz, recuerda ese momento por siempre, incluso pide un deseo ante su presencia. —Poppy respiró profundamente—. Pasa tan rápido que la gente saborea el poco tiempo que la disfruta.

Sentí que una lágrima caía sobre nuestras manos unidas. Estaba confundido, no sabía bien por qué hablaba de cosas tan tristes.

—Porque algo tan absolutamente perfecto y especial está destinado a desvanecerse. Al final se vuela con el viento. —Poppy alzó la flor de cerezo que seguía en su mano—. Como esta flor.

La echó al aire justo en el momento en que pasaba una ráfaga de viento. El fuerte soplido del viento elevó los pétalos al cielo, lejos de los árboles. Desaparecieron de nuestra vista.

—Poppy… —iba a hablar, pero ella me interrumpió.

—Quizá nosotros somos como la flor del cerezo, Rune. Como estrellas fugaces. Quizás amamos demasiado, demasiado jóvenes, y nuestra llama fue tan brillante que teníamos que extinguirnos. —Señaló el bosquecillo, detrás de nosotros—. Belleza extrema, muerte rápida. Vivimos este amor el tiempo suficiente como para que nos enseñara una lección. Para mostrarnos la capacidad de amar que realmente tenemos.

El corazón me dio un vuelco. Jalé a Poppy para que quedara frente a mí. La mirada devastada en su hermoso rostro me quebró ahí donde estaba.

—Escúchame. —Con pánico y poniendo las dos manos a cada lado de su cara, prometí—: Voy a regresar por ti. La mudanza a Oslo no será para siempre. Vamos a hablar todos los días y nos vamos a escribir. Seguiremos siendo Poppy y Rune. Nada puede romper eso, *Poppymin*. Siempre serás mía, siempre te pertenecerá la mitad de mi alma. Este no es el final.

Poppy se sorbió la nariz y parpadeó para alejar las lágrimas. El pulso se me aceleró de pensar que estuviera renunciando a nosotros, porque a mí ni siquiera me había pasado por la cabeza, no íbamos a terminar nada.

Me acerqué a ella.

—No hemos terminado —dije con firmeza—. Hasta el infinito, *Poppymin*. Por siempre jamás. *Nunca* acabaremos. No puedes pensar eso, no de nosotros.

Poppy se paró de puntitas e imitó mi postura, poniendo las manos en mi cara.

—¿Me lo prometes, Rune? Porque todavía necesito que me des cientos de besos. —Su voz sonaba débil y tímida…, estaba llena de miedo.

Me reí mientras sentía que el terror se escapaba de mis huesos poco a poco y el alivio ocupaba su lugar.

—Siempre. Y te daré más de mil. Te daré dos, tres o incluso cuatro mil.

La sonrisa de alegría de Poppy me reconfortó. La besé lenta y suavemente, abrazándola lo más fuerte posible. Cuando nos separamos, Poppy abrió los ojos con un temblor y anunció:

—Beso número 354. Con mi Rune, en el bosquecillo… y casi me estalla el corazón. Mis besos son todos tuyos, Rune —prometió—. Nadie más tendrá estos labios jamás.

Rocé sus labios con los míos una vez más y repetí las mismas palabras:

—Mis besos son todos tuyos. Nadie más tendrá estos labios jamás.

Tomé su mano y nos regresamos a nuestras casas. Todas las luces de mi casa seguían encendidas. Cuando llegamos a la puerta de Poppy, me incliné y besé la punta de su nariz. Mientras llevaba mi boca a su oreja, murmuré:

—Dame una hora y vendré contigo.

—Está bien —murmuró Poppy. Después me sobresalté cuando posó su mano en mi pecho con suavidad. Poppy se acercó más a mí con una expresión seria en la cara que me puso nervioso de repente. Miró su mano fijamente y después acarició mi pecho con los dedos con lentitud y bajó hacia mi estómago.

—*Poppymin?* —pregunté sin comprender qué ocurría.

Sin decir una palabra, retiró la mano y caminó hacia su puerta. Esperé que se diera la vuelta y me explicara, pero no lo hizo. Cruzó la puerta, dejándome como estaba en la entrada. Todavía podía sentir el calor de su mano en mi pecho.

Cuando se encendió la luz de la cocina de los Litchfield, me obligué a caminar de vuelta a casa. En cuanto atravesé la puerta, vi una montaña de cajas en el pasillo. Seguramente las habían empacado y almacenado en un lugar donde no las viera.

Pasé junto a las cajas con pasos fuertes y vi a mis papás sentados en la sala. Mi papá me llamó por mi nombre, pero no me detuve. Entré en mi habitación justo antes que él, que venía detrás de mí.

Fui a mi buró y empecé a juntar todo lo que quería llevarme conmigo, en especial la foto enmarcada de Poppy y mía que tomé la noche anterior. Cuando escudriñé la fotografía, me dolió el estómago. Si eso era posible, ya la extrañaba. Extrañaba mi hogar.

Extrañaba a mi chica.

Noté que mi papá seguía detrás de mí.

—Te odio por hacerme esto —susurré.

Enseguida escuché que contenía el aliento. Me di la vuelta y vi que mi mamá estaba parada a su lado, con una expresión tan sorprendida como la suya. Nunca los trataba tan mal. Mis papás me caían bien y nunca pude comprender por qué a otros chicos les caían mal los suyos.

Sin embargo, ahora lo comprendía.

Nunca sentí tanto odio contra alguien.

—Rune... —comenzó mi mamá, pero di un paso adelante y la interrumpí.

—Nunca los voy a perdonar, *a ninguno* de los dos, por hacerme esto. Ahora mismo los odio tanto que no puedo soportar estar cerca de ustedes.

Me sorprendió lo dura que sonaba mi voz. Era gruesa y llena de toda la ira que se acumulaba en mi interior. Una ira que no sabía que podía sentirse. Sabía que a mucha gente le parecía temperamental, hosco, pero en realidad casi nunca sentía ira. Ahora pensaba incluso que estaba hecho de ira. Sólo corría odio por mis venas.

Rabia.

Los ojos se me llenaron de lágrimas, pero por una vez no me importó. Quería que se sintieran tan mal como yo.

—Rune... —dijo mi papá, pero yo le di la espalda.

—¿A qué hora nos tenemos que ir? —dije furioso, interrumpiéndolo.

—Nos vamos a las siete de la mañana —me informó con voz suave.

Cerré los ojos, ahora sólo me quedaban unas *horas* con Poppy. En ocho horas iba a abandonarla. Dejaría todo atrás, a excepción de esta rabia. Me aseguraría de que la rabia viajara conmigo.

—No es para siempre, Rune. Después de un tiempo será más fácil. Conocerás a alguien, seguirás adelante...

—¡No! —grité haciendo un movimiento que lanzó mi lámpara del buró a través del cuarto. El foco se quebró con el impacto. Respiraba con fuerza, con el corazón acelerado en el pecho, mientras veía a mi papá—. ¡No vuelvas a decir algo así nunca! No voy a superar a Poppy. ¡La amo! ¿No lo entiendes? Ella es *todo* para mí y tú nos estás separando. —Vi que empalidecía y di un paso hacia adelante, me temblaban las manos—. No tengo otra opción más que ir contigo, eso ya lo sé. Apenas tengo quince años, no soy tan estúpido como para creer que puedo quedarme aquí solo. —Apreté los puños—. Pero *te voy* a odiar. Los odiaré *a los dos* todos los días hasta que regresemos. A lo mejor piensan que sólo porque tengo quince años me voy a olvidar de Poppy en cuanto una puta de Oslo me coquetee, pero eso no va a pasar nunca. Y los odiaré cada segundo hasta que esté aquí con ella otra vez. —Tomé una pausa para respirar y añadí—: Y aun entonces los odiaré en primer lugar por haberme separado de ella. Por su culpa, voy a desperdiciar años de estar con mi novia. No crean que sólo porque soy joven no reconozco lo que tengo con Poppy. La amo. La amo más de lo que pueden imaginarse. Y ustedes nos están separando sin considerar siquiera cómo me hacen sentir. —Les di la espalda, caminé a mi clóset y empecé a sacar mi ropa—. Así que de ahora en adelante me va a valer cómo se sientan ustedes por cualquier cosa. No les voy a perdonar esto a ninguno de los dos *nunca. En especial* a ti, papá.

Empecé a empacar la maleta que seguramente mi mamá puso sobre mi cama. Mi papá se quedó en donde estaba, mirando el suelo en silencio. Finalmente se dio la vuelta y dijo:

—Duérmete, Rune. Nos levantaremos temprano.

El cabello de la nuca se me erizó por la molestia de que diera tan poca importancia a lo que tenía que decirle, hasta que añadió con tranquilidad:

—Lo siento tanto, hijo. *Sí* sé cuánto significa Poppy para ti. Retrasé decírtelo hasta ahora para ahorrarte semanas de dolor. Obviamente no sirvió de nada. Pero así es la vida real y este es mi trabajo. Algún día me comprenderás.

Cerró la puerta detrás de él y me tiré en la cama. Me pasé la mano por la cara y sentí cómo se me hundían los hombros cuando miré mi clóset vacío. Sin embargo, la ira seguía ahí, quemándome el estómago. En todo caso, me quemaba más que antes.

Estaba seguro de que había llegado para quedarse.

Eché la última de mis camisas a la maleta sin que me importara que se arrugara. Fui a la ventana y vi que la casa de Poppy estaba sumida en la oscuridad, con excepción de la luz pálida de su buró, que me anunciaba que no había moros en la costa.

Después de cerrar con llave la puerta de mi cuarto, me escabullí por la ventana y atravesé el pasto deprisa. La ventana estaba ligeramente abierta, esperándome. Me deslicé a través de ella y la cerré con fuerza detrás de mí.

Poppy estaba sentada en medio de su cama, con el cabello suelto y la cara recién lavada. Tragué saliva cuando vi lo hermosa que estaba con su camisón blanco, los brazos y las piernas desnudos y la piel suave y tersa.

Me acerqué a la cama y vi el marco de fotos en su mano. Cuando alzó la mirada, me di cuenta de que estuvo llorando.

—*Poppymin* —susurré con una voz que se quebró al verla tan triste.

Poppy dejó el marco en la cama, recostó la cabeza en la almohada y me indicó que me tumbara a su lado con unos golpecitos sobre el colchón. Me acosté lo más rápido que pude y me acerqué a ella hasta que estuvimos a unos centímetros de distancia.

En cuanto vi los ojos enrojecidos de Poppy, se encendió la ira en mi interior.

—Amor, por favor, no llores —dije cubriendo su mano con la mía—. No soporto verte llorar.

Poppy tragó saliva.

—Mi mamá me dijo que mañana se irán muy temprano.

Bajé los ojos y asentí en silencio.

Poppy acarició mi frente con los dedos.

—Entonces sólo nos queda esta noche —dijo y sentí que una daga me atravesaba el corazón.

—*Ja* —contesté mirando entre parpadeos a Poppy, que me observaba de una manera extraña—. ¿Qué? —le pregunté.

Poppy se acercó más, tanto que nuestros pechos se tocaron y sus labios flotaron sobre mi boca. Podía percibir el olor a menta de la pasta de dientes en su aliento.

Me lamí los labios y el corazón me empezó a latir muy fuerte. Poppy bajó los dedos por mi cara, mi cuello y mi pecho, hasta que llegó a la parte inferior de mi playera. Me moví en la cama; necesitaba espacio, pero antes de que pudiera retirarme, Poppy se aproximó y apretó su boca contra la mía. En cuanto la saboreé en mis labios, me incliné hacia ella, y empujó su lengua dentro de mi boca para encontrarse con la mía.

Me besó más lenta y profundamente que nunca. Cuando alzó mi playera y su mano cayó sobre mi estómago desnudo, eché la cabeza hacia atrás y tragué con fuerza. Sentía que la mano de Poppy temblaba contra mi piel. La miré a los ojos y el corazón me dio un vuelco.

—*Poppymin* —susurré y pasé las manos por su brazo desnudo—. ¿Qué haces?

Ella subió la mano a mi pecho, y la voz se me quebró por la densidad que sentía en la garganta.

—¿Rune? —murmuró mientras bajaba la cabeza para darme un solo beso cauteloso en la garganta. Cerré los ojos cuando su boca cálida tocó mi piel. Poppy habló junto a mi cuello—. Te…, te deseo.

El tiempo se detuvo. Abrí los ojos de par en par. Poppy se separó un poco e inclinó la cabeza hasta que sus ojos verdes se encontraron con los míos.

—Poppy, no —protesté negando con la cabeza, pero ella puso los dedos sobre mis labios.

—No puedo… —dudó, después se decidió y continuó—: no puedo soportar que me dejes y no saber nunca cómo es estar contigo. —Hizo una pausa—. Te amo, Rune, tanto. Espero que lo sepas.

Mi corazón empezó a latir a un nuevo ritmo, el ritmo del que sabe que tiene el amor de su otra mitad. Era más duro y más rápido. Era infinitamente más fuerte que el anterior.

—Poppy —susurré, completamente sorprendido por sus palabras. Sabía que me amaba porque yo la amaba a ella, pero era la primera vez que lo decíamos en voz alta.

«Me ama…».

Poppy esperó en silencio. Sin saber cómo responder de otra manera, acaricié su mejilla con la punta de mi nariz, y me separé sólo un poco para mirarla a los ojos.

—*Jeg elsker deg.*

Poppy tragó saliva y luego sonrió.

Le devolví la sonrisa.

—Te amo —traduje, sólo para asegurarme de que me hubiera comprendido plenamente.

Otra vez se puso seria y se sentó en medio de la cama. Buscó mi mano y me jaló para que me sentara frente a ella. Bajó las manos a la parte inferior de mi playera.

Con la respiración entrecortada, la jaló hacia arriba y la sacó por mi cabeza. Cerré los ojos y sentí un beso cálido en mi pecho. Abrí los ojos de nuevo y vi que Poppy me sonreía con timidez. Su mirada nerviosa hizo que me derritiera.

Nunca la había visto tan hermosa.

Traté de combatir mis propios nervios y puse una mano en su cara.

—No tenemos que hacerlo sólo porque me voy a ir, Poppy. No tienes que hacerlo por mí. Regresaré, me aseguraré de volver. Quiero esperar hasta que estés lista.

—Estoy lista, Rune —dijo con voz clara y firme.

—Tú crees que somos demasiado jóvenes…

—Ya casi vamos a cumplir dieciséis.

Sonreí al escuchar su voz fogosa.

—La mayor parte de la gente sí piensa que somos demasiado jóvenes.

—Romeo y Julieta tenían más o menos nuestra edad —replicó. No pude evitar reírme. Dejé de hacerlo cuando se me acercó y pasó la mano por mi pecho—. Rune —susurró—, estoy lista desde hace un tiempo, pero me gustaba esperar porque teníamos todo el tiempo del mundo. No había prisa. Ahora no tenemos ese lujo. Nuestro tiempo, *este* tiempo, es limitado. Sólo nos quedan unas horas. Te amo. Te amo más de lo que cualquiera pueda creer. Y…, y creo que tú sientes lo mismo por mí.

—*Ja* —contesté de inmediato—. Te amo.

—Por siempre jamás —dijo Poppy con un suspiro, y después se alejó de mí. Sin apartar la mirada de la mía, alzó la mano para tomar uno de los tirantes de su camisón y lo deslizó hacia abajo. Hizo lo mismo con el otro y el camisón se resbaló hasta su cadera.

Me quedé paralizado. No podía moverme con Poppy sentada enfrente de mí, desnuda para mí.

—*Poppymin* —respiré convencido de que no me merecía a esta chica…, este momento. Me acerqué más hasta que quedé sobre ella. Busqué su mirada—. ¿Estás segura, *Poppymin*?

Poppy entrelazó su mano con la mía, y después llevó nuestras manos a su piel desnuda.

—Sí, Rune. Estoy segura. Esto es lo que quiero.

No podía resistirme más, así que me dejé llevar y la besé en los labios. Sólo teníamos unas horas. Iba a pasarlas con mi chica de todas las formas posibles.

Poppy separó su mano de la mía y exploró mi pecho con los dedos, sin romper nunca nuestro beso. Acaricié su espalda con los dedos y la acerqué más a mí. Se estremeció al sentir mi tacto. Bajé la mano al borde de su camisón, sobre su muslo. Luego la moví hacia arriba, hasta que me preocupó que estuviera yendo demasiado lejos. Poppy se separó y apoyó la cabeza en mi hombro.

—Sigue —me instruyó quedándose sin aliento. Hice lo que me pedía, tragándome los nervios que se acumulaban en mi garganta—. Rune —murmuró.

Cerré los ojos al oír su dulce voz. La amaba tanto que no quería lastimarla. No quería ser responsable de que fuéramos demasiado lejos. Quería que se sintiera especial, que comprendiera que era todo mi mundo.

Nos quedamos así por un minuto, prendidos en el momento, respirando, en espera de lo que pasara después.

A continuación, Poppy movió las manos hacia el botón de mis pantalones y abrí los ojos. Estaba estudiándome de cerca.

—¿Está... bien? —me preguntó con cautela. Asentí, sin palabras. Con la mano libre, me guio para desvestirla hasta que toda nuestra ropa quedó en el piso.

Poppy se sentó enfrente de mí con tranquilidad, jugueteando con las manos sobre su regazo. Su cabello castaño largo caía sobre uno de sus hombros y tenía las mejillas sonrojadas.

Nunca la había visto tan nerviosa.

Yo nunca había estado tan nervioso.

Con un dedo, acaricié su mejilla encendida. Cuando la toqué, los párpados de Poppy aletearon y apareció una sonrisa tímida en sus labios.

—Te amo, *Poppymin* —susurré.

Se le escapó un suspiro suave.

—Yo también te amo, Rune.

Ella envolvió los dedos alrededor de mi muñeca y se acostó con cuidado en la cama, llevándome hacia adelante hasta que me tumbé a su lado y me moví para quedar sobre ella.

Me incliné para esparcir besos suaves sobre sus mejillas sonrojadas y su frente, y terminé con un beso largo en su boca caliente. Poppy tomó mi cabello con su mano temblorosa y me jaló hacia ella.

Sentí que sólo unos segundos después Poppy se movió debajo de mí y rompió el beso. Puso una mano sobre mi cara.

—Estoy lista —afirmó.

Oprimí la cara contra su mano, besé los dedos que se posaban en mi mejilla y absorbí sus palabras. Poppy se inclinó a un lado y tomó algo de un cajón de su buró. Cuando me ofreció el paquetito que sacó, luché contra una repentina corriente de nervios. Miré a Poppy fijamente y las mejillas se le sonrojaron de vergüenza.

—Sabía que este día llegaría pronto, Rune. Quería asegurarme de que estuviéramos preparados.

Besé a mi chica hasta que reuní el valor para hacerlo. No me tomó mucho tiempo saber que estaba listo, pues el roce de Poppy tranquilizaba la tormenta que sentía por dentro.

Ella abrió los brazos y me guio. Mi boca se fundió con la suya y durante mucho tiempo simplemente la besé. Probé el labial de cereza de su boca; amaba la sensación de su piel desnuda y cálida junto a la mía.

Me hice para atrás en busca de aire, encontré la mirada de Poppy y ella asintió. Podía ver cuánto me deseaba en su cara: tanto como yo a ella. Mantuve los ojos fijos en los suyos y no rompí el contacto ni una vez.

Ni siquiera por un segundo…

Después la sostuve entre mis brazos. Estábamos frente a frente, acostados bajo las cobijas. La piel de Poppy se sentía caliente al tacto y su respiración regresaba poco a poco a su ritmo normal. Nuestros dedos estaban enlazados sobre la almohada que ahora compartíamos, agarrados con fuerza, y nuestras manos temblaban ligeramente.

Ninguno de los dos hablaba todavía. Mientras estudiaba a Poppy y ella observaba cada uno de mis movimientos, recé por que no se arrepintiera de lo que hicimos.

Vi que tragaba con profundidad y que respiraba despacio. Cuando exhaló, bajó la mirada a nuestras manos enlazadas. Tan lentamente como era posible, pasó los labios sobre nuestros dedos entrecruzados. Me quedé quieto.

—*Poppymin* —dije, y ella alzó los ojos. Un largo mechón de cabello había caído sobre su cara y lo eché hacia atrás con cuidado, metiéndolo detrás de su oreja. Ella aún no decía nada. Yo necesitaba que supiera lo que significaba para mí lo que compartimos—. Te amo tanto. Lo que acabamos de hacer…, estar contigo así... —Me frené, sin saber bien cómo expresar lo que quería decir.

No me respondió y el estómago se me encogió al pensar que hice algo mal. Cuando cerré los ojos por la frustración, sentí la frente de Poppy contra la mía y sus labios murmuraron besos en mi boca. Me moví hasta que estuvimos lo más cerca posible.

—Voy a recordar esta noche por el resto de mi vida —me confió, y el miedo que sentía se escapó lejos de mi mente. Parpadeé y abracé su cintura con más fuerza.

—¿Fue especial para ti, *Poppymin*? ¿Tan especial como fue para mí?

Poppy puso una sonrisa tan grande que verla me robó el aliento.

—Fue tan especial como puede serlo algo especial —contestó con suavidad, repitiendo las palabras que me dijo cuando teníamos ocho años y la besé por primera vez. Incapaz de hacer otra cosa, la besé con todo mi ser, vertiendo todo mi amor en el beso. Cuando nos separamos, Poppy me apretó la mano y las lágrimas se acumularon en sus ojos.

—Beso 355, con mi Rune, en mi cuarto... después de que hicimos el amor por primera vez. —Me tomó de la mano y se la apoyó en el pecho, directamente sobre el corazón. Podía sentir sus latidos bajo mi palma. Sonreí porque sabía que sus lágrimas eran de felicidad, no de tristeza.

—Fue tan especial que casi me estalla el corazón —añadió con una sonrisa.

—Poppy —susurré sintiendo que el pecho se me contraía.

La sonrisa de Poppy se desvaneció y vi que sus lágrimas empezaban a caer sobre la almohada.

—No quiero que me dejes —dijo con desconsuelo.

No podía soportar el dolor de su voz ni el hecho de que sus lágrimas ahora fueran de tristeza.

—Yo no quiero irme —dije con sinceridad.

No dijimos nada más porque no había más que decir. Peiné el cabello de Poppy con los dedos, mientras ella deslizaba los suyos por mi pecho de arriba abajo. No pasó mucho tiempo antes de que la respiración de Poppy se calmara y su mano quedara inmóvil sobre mi piel.

El ritmo de su respiración regular me arrulló hasta que cerré los ojos. Traté de permanecer despierto tanto como fuera posible para saborear el tiempo que me quedaba, pero no pasó mucho antes de que me durmiera con una mezcla agridulce de felicidad y tristeza fluyendo por mis venas.

Parecía que acababa de cerrar los ojos cuando sentí que el calor del sol naciente me besaba la cara. Parpadeé hasta que abrí los ojos y vi que un nuevo día entraba por la ventana de Poppy.

El día en que me iba.

Se me encogió el estómago cuando vi el reloj: me iba en una hora.

Cuando miré a Poppy, que dormía sobre mi pecho, pensé que nunca la había visto tan hermosa. Su piel estaba sonrojada por el calor de nuestros cuerpos y sonreí cuando vi que nuestras manos seguían unidas sobre mi estómago.

De repente, los nervios me inundaron al pensar en la noche anterior.

Se veía muy feliz mientras dormía. Mi miedo más grande era que despertara y se arrepintiera de lo que hicimos. Deseaba que amara lo que hicimos tanto como yo. Quería que la imagen de nosotros juntos estuviera tan grabada en su memoria como estaría en la mía.

Como si percibiera el peso de mi mirada, Poppy abrió los ojos con lentitud. La observé mientras los recuerdos de la noche anterior pasaban por su cara. Abrió más los ojos cuando vio nuestros cuerpos y nuestras manos. Mi corazón se sacudió por la inquietud, pero luego una sonrisa sosegada se extendió por su cara. Al verla, me acerqué más. Poppy enterró la cabeza en mi cuello cuando la abracé. La mantuve cerca de mí el mayor tiempo posible.

Cuando por fin alcé la cabeza y volví a revisar el reloj, la ira del día anterior volvió a aplastarme.

—*Poppymin* —susurré oyendo la rabia contenida en mi voz ronca—. Ya… me tengo que ir.

Poppy se puso rígida en mis brazos. Cuando se dio la vuelta, tenía las mejillas húmedas.

—Ya sé.

Sentí que las lágrimas también caían por mi cara. Poppy me las limpió con cuidado; atrapé su mano y deposité un solo beso en el centro de su palma. Me quedé un par de minutos más, absorbiendo cada centímetro de su rostro, antes de obligarme a salir de la cama y vestirme. Sin mirar atrás, me deslicé por la ventana y corrí por el pasto, sintiendo cómo se me desgarraba el corazón con cada paso.

Entré por mi ventana. Habían abierto la puerta de mi cuarto desde afuera y mi papá estaba parado cerca de la cama. Por un momento, el estómago se me encogió porque me hubieran descubierto, pero después la furia llameó en mi interior y alcé la barbilla, retándolo a decirme algo, *cualquier cosa*.

Estaba preparado para una pelea.

No iba a permitir que me avergonzara por pasar la noche con la chica que amaba, de la que él estaba separándome.

Se dio la vuelta y se fue sin decir una palabra.

Pasaron treinta minutos en un destello. Miré mi habitación por última vez. Alcé mi mochila, me la puse en el hombro y salí con la cámara colgando de mi cuello.

El señor y la señora Litchfield ya estaban en la entrada con Ida y Savannah, y se despedían de mis padres con abrazos. Al verme salir, se encontraron conmigo al final de los escalones y también me abrazaron para despedirse.

Ida y Savannah corrieron hacia mí, se lanzaron para rodearme por la cintura y yo alboroté su cabello con la mano. Cuando se separaron, oí que una puerta se abría. Alcé la mirada y vi a Poppy corriendo. Tenía el cabello húmedo, claramente se acababa de bañar, pero se veía más hermosa que nunca mientras se acercaba rápidamente a donde estábamos todos, aunque viéndome sólo a mí.

Cuando llegó a nuestra entrada, se detuvo brevemente para abrazar a mis padres y darle a Alton un beso de despedida. Después se volteó hacia mí. Mis padres se metieron al coche, y los padres y las hermanas de Poppy regresaron a su casa para dejarnos a solas. No perdí tiempo antes de extender mis brazos, y Poppy corrió hacia mi pecho. La apreté con fuerza, respirando el dulce aroma de su cabello.

Puse un dedo bajo su barbilla, alcé su cara y después la besé por última vez. La besé con todo el amor que pude encontrar en mi corazón.

Cuando nos separamos, Poppy habló a través de las lágrimas que escurrían de sus ojos.

—Beso número 356. Con mi Rune, en su entrada... cuando me dejó.

Cerré los ojos. No podía soportar su dolor, el dolor que *yo* también sentía.

—¿Hijo? —Miré a mi papá sobre el hombro de Poppy—. Nos tenemos que ir —dijo disculpándose.

Las manos de Poppy se aferraron a mi playera. Sus grandes ojos verdes brillaban por las lágrimas y parecía que estaba tratando de memorizar cada parte de mi cara. La solté por fin, alcé la cámara y apreté el botón.

Capturé ese extraño momento: el momento exacto en que el corazón de alguien se rompía.

Caminé al coche con la sensación de que los pies me pesaban una tonelada. Cuando me senté en el asiento trasero, ni siquiera traté de contener mis lágrimas. Miré a Poppy, parada al lado de nuestro coche con el cabello húmedo volando al viento, viéndome partir, diciendo adiós.

Mi papá encendió el motor. Abrí la ventana, estiré la mano y Poppy la tomó. Miré su rostro por última vez.

—Te veo en mis sueños —dijo.

—Te veo en mis sueños —murmuré y solté su mano con renuencia cuando mi papá arrancó. La miré por la ventanilla trasera mientras ella me decía adiós con la mano, y después se perdió de vista.

Me aferré al recuerdo de ese adiós.

Juré aferrarme a él hasta que se convirtiera en un saludo que me daba la bienvenida a casa.

Hasta que una vez más significara «hola».

Silencio

RUNE
OSLO
NORUEGA

Un día después estaba de vuelta en Oslo, separado de Poppy por un océano.

Ella y yo hablamos todos los días durante dos meses. Trataba de estar feliz por que al menos tuviéramos eso. Sin embargo, cada día que pasaba sin ella, notaba que la ira se acumulaba en mi interior. El odio hacia mi papá aumentaba, hasta que algo se me rompió por dentro y lo único que podía sentir era vacío. Me resistía a hacer amigos en la escuela, me resistía a hacer cualquier cosa que hiciera que aquel lugar volviera a ser mi hogar.

Mi hogar estaba en Georgia.

Con Poppy.

Ella no dijo nada sobre mi cambio de humor, si es que lo notó. Esperaba ocultarlo bien, pues no quería que se preocupara por mí.

Entonces, un día Poppy dejó de devolverme las llamadas, los correos y los mensajes.

Ni al día siguiente, ni al otro.

Abandonó mi vida.

Poppy simplemente desapareció. Sin una palabra, sin rastro.
Dejó la escuela. Dejó la ciudad.

Toda su familia se fue sin avisar.

Durante dos años, me dejó completamente solo al otro lado
del Atlántico, preguntándome dónde estaba. Preguntándome qué
ocurrió. Preguntándome si hice algo mal. Haciéndome pensar
que quizá la empujé a llegar demasiado lejos la noche antes de
que me fuera.

Fue el segundo momento que definió mi vida.

Una vida sin Poppy.

Sin infinito.

Sin por siempre jamás.

Simplemente… nada.

Viejos amantes y nuevos extraños

POPPY - DIECISIETE AÑOS
BLOSSOM GROVE, GEORGIA
EN LA ACTUALIDAD

—Va a regresar.

Tres palabras. Tres palabras que hicieron que mi vida cayera en picada. Tres palabras que me aterraron.

«Va a regresar».

Me quedé viendo a Jorie, mi amiga más cercana, mientras apretaba los libros contra mi pecho con fuerza. Mi corazón se disparó como un cañón y los nervios me abrumaron.

—¿Qué dijiste? —susurré, ignorando a los estudiantes que nos rodeaban en el pasillo para ir a su siguiente clase.

Jorie puso una mano sobre mi brazo.

—Poppy, ¿estás bien?

—Sí —respondí con voz débil.

—¿Estás segura? Te pusiste pálida. No te ves bien.

Asentí tratando de ser convincente.

—¿Quién…, quién te dijo que iba a regresar?

—Judson y Deacon —contestó—. Estábamos en clase y dijeron que la compañía de su papá lo iba a enviar aquí de nuevo. —Se encogió de hombros—. Ahora sí, para siempre.

Tragué saliva.

—¿A la misma casa?

Jorie hizo una mueca de dolor, pero asintió.

—Lo siento, Pops.

Cerré los ojos y tomé aire para tranquilizarme. Otra vez viviría en la casa de al lado…, su cuarto estaría de nuevo enfrente del mío.

—¿Poppy? —preguntó Jorie, y abrí los ojos. Su mirada estaba llena de simpatía—. ¿Estás segura de que estás bien? Apenas hace unas semanas que tú misma regresaste. Y yo sé lo que significará para ti ver a Rune…

Forcé una sonrisa.

—Estaré bien, Jor. Ya no lo conozco. Dos años es demasiado, y no hablamos ni una vez en todo ese tiempo.

Jorie frunció el ceño.

—Pop…

—Estaré bien —insistí con la mano en alto—. Necesito ir a clase.

Una pregunta surgió en mi mente cuando me alejaba de Jorie. Miré sobre mi hombro a mi amiga, la única con la que me mantuve en contacto durante los últimos dos años. Mientras que todos pensaban que nos fuimos de la ciudad para cuidar a la tía enferma de mi mamá, sólo Jorie sabía la verdad.

—¿Cuándo? —reuní el valor para preguntar.

La expresión de Jorie se suavizó al darse cuenta de a qué me refería.

—Hoy en la noche, Pops. Llega hoy en la noche. Judson y Deacon están pasando la voz para que la gente vaya al campo a darle la bienvenida. Todos van a ir.

Sentí sus palabras como una daga en el corazón. Yo no estaba invitada pero, claro, ¿cómo iban a invitarme? Me fui de Blossom

Grove sin decir una palabra. Cuando regresé a la escuela, sin estar del brazo de Rune, me volví la chica que siempre debí ser: invisible para los populares. La chica rara que usaba moños y tocaba el violonchelo.

A nadie, con excepción de Jorie y Ruby, le importó que me fuera.

—¿Poppy? —volvió a llamarme Jorie.

Parpadeé para regresar a la realidad y me di cuenta de que los pasillos estaban casi vacíos.

—Mejor vete a tu clase, Jor.

Dio un paso hacia mí.

—¿Estarás bien, Pops? Me preocupas.

Me reí sin ganas.

—He estado peor.

Bajé la cabeza y me apresuré a llegar a clase antes de percibir simpatía y lástima en la mirada de Jorie. Entré a mi clase de Matemáticas y me deslicé en el asiento justo cuando la profesora comenzó la lección.

Si más tarde alguien me hubiera preguntado de qué había tratado la clase, no habría podido decirle. Durante cincuenta minutos sólo pude pensar en la última vez que vi a Rune. La última vez que me tuvo entre sus brazos. La última vez que juntó sus labios contra los míos. Cómo hicimos el amor y la mirada que tenía en su hermoso rostro mientras se alejaba de mi vida.

Sin darme apenas cuenta, me pregunté qué apariencia tendría ahora. Siempre había sido alto y con hombros amplios, robusto. Pero, en cuanto al resto, a nuestra edad, dos años eran mucho tiempo para que una persona cambiara. Yo lo sabía mejor que nadie.

Me pregunté si sus ojos aún parecerían de un color azul transparente cuando les daba el brillo del sol. Me pregunté si seguía usando el cabello largo y si se lo echaba hacia atrás cada cinco minutos: ese movimiento irresistible que volvía locas a todas las chicas.

Y por un breve instante me permití preguntarme si seguiría pensando en mí, en la vecina de al lado. Si alguna vez se preguntaba qué estaría haciendo en cierto momento del día. Si alguna vez pensaba en esa noche, nuestra noche: la noche más maravillosa de mi vida.

Después los pensamientos oscuros me golpearon con fuerza y a toda velocidad. La pregunta que hacía que sintiera náuseas…, ¿besó a alguien más durante los últimos dos años? ¿Le dio sus labios a alguien más cuando me prometió que serían míos para siempre?

O peor aún, ¿hizo el amor con alguna otra chica?

La aguda llamada de la campana de la escuela me sacó de mis pensamientos. Me levanté del pupitre y avancé al pasillo. Daba gracias por que fuera el final del día escolar.

Estaba cansada y adolorida, pero sobre todo me dolía el corazón porque sabía que Rune estaría en la casa de al lado a partir de esa noche, que iba a volver a la escuela al día siguiente y que no podría hablarle. No podría tocarlo ni sonreírle como soñaba con hacer desde el día en que dejé de responder sus llamadas.

Y no podría besarlo con dulzura.

Tenía que mantenerme alejada.

El estómago se me revolvió cuando me di cuenta de que quizá yo ya no le importaba. Sobre todo después de la manera en que simplemente corté comunicación con él, sin explicaciones ni nada.

Cuando salí al aire fresco y frío, inhalé profundamente y me sentí mejor de inmediato; me metí el cabello detrás de las orejas. Ahora que lo llevaba corto siempre lo sentía extraño. Extrañaba el cabello largo.

Empecé a caminar a casa y sonreí contemplando el cielo azul y los pájaros que revoloteaban alrededor de las copas de los árboles. La naturaleza me calmaba, siempre había sido así.

Sólo había caminado algunos metros cuando vi el carro de Judson rodeado por los viejos amigos de Rune. Avery era la única chica entre la multitud de chicos. Bajé la cabeza y traté de pasar por un lado, pero Avery me llamó. Me detuve y me obligué a mirar en su dirección. Ella se incorporó del coche donde estaba recargada y avanzó hacia mí. Deacon trató de detenerla, pero se sacudió el brazo. En su expresión petulante, vi que no iba a ser generosa.

—¿Ya oíste? —preguntó con una sonrisa en sus labios rosados. Avery era hermosa. Cuando regresé al pueblo, no podía creer lo hermosa que se había puesto. Siempre estaba perfectamente maquillada y con el largo cabello rubio bien peinado. Era todo lo que la mayoría de los chicos querían en una chica y todo lo que la mayoría de las chicas querían ser.

Me puse el pelo detrás de la oreja, una costumbre que evidenciaba mis nervios.

—¿Que si oí qué? —pregunté, pero sabía exactamente a qué se refería.

—De Rune, va a regresar a Blossom Grove.

Podía ver el brillo de felicidad en sus ojos azules y aparté la mirada, decidida a mantener la compostura.

—No, Avery, no lo sabía. —Negué con la cabeza—. No hace mucho tiempo que yo regresé.

Vi que Ruby, la novia de Deacon, iba hacia el coche con Jorie. Cuando vieron que Avery estaba hablando conmigo, se acercaron a nosotras deprisa. Las adoré por ello. Sólo Jorie sabía dónde pasé los últimos dos años, *por qué* me fui. Sin embargo, desde el minuto en que regresé, Ruby se comportó como si nunca me hubiera ido. Me daba cuenta de que eran verdaderas amigas.

—¿Qué está pasando aquí? —preguntó Ruby de modo casual, pero percibí una actitud protectora en su voz.

—Estaba preguntándole a Poppy si sabía que Rune va a regresar a Blossom Grove esta noche —respondió Avery con brusquedad.

Ruby me miró con curiosidad.

—No lo sabía —le dije y me devolvió una sonrisa triste.

Deacon se paró detrás de su novia y rodeó sus hombros con un brazo. Alzó la barbilla hacia mí a modo de saludo.

—Hola, Pops.

—Hola —contesté.

Deacon volteó hacia Avery.

—Ave, Rune no habla con Poppy desde hace años, ya te lo dije. Ya ni siquiera lo conoce. Por supuesto que no sabía que regresa, ¿cómo iba a decírselo?

Escuché a Deacon y supe que no estaba siendo cruel conmigo; sin embargo, eso no implicaba que sus palabras no me cortaran tan profundamente como una lanza en el corazón. Y ahora lo sabía: sabía que Rune nunca hablaba de mí. Era obvio que Deacon y él seguían siendo amigos. Era obvio que ahora yo no era nada para él, que nunca me mencionaba.

Avery se encogió de hombros.

—Sólo me lo preguntaba, es todo. Ella y Rune eran inseparables hasta que se fue.

Tomé esa frase como la señal para irme y me despedí con la mano.

—Me tengo que ir. —Me di la vuelta con rapidez y me dirigí a casa. Decidí cortar por en medio del parque que conducía al bosquecillo. Mientras caminaba por el bosquecillo vacío, con los árboles de cerezo pelados sin sus hermosas hojas, me inundó la tristeza.

Esas ramas desnudas estaban tan vacías como yo. Ansiaban algo que las completara, pero sabían que, sin importar cuánto lo desearan, no las recuperarían antes de la primavera.

El mundo no funcionaba así.

Cuando llegué a casa, mi mamá estaba en la cocina. Ida y Savannah estaban haciendo la tarea en la mesa.

—Hola, amor —me saludó mi mamá. Caminé hacia ella y le di un abrazo, aferrándome a su cintura con un poco más de fuerza que de costumbre.

Mi mamá me alzó la cabeza con una mirada de preocupación en sus ojos cansados.

—¿Qué pasa?

—Sólo estoy fatigada, mamá. Voy a acostarme.

Mi mamá no me soltó.

—¿Estás segura? —preguntó poniendo una mano sobre mi frente para revisar mi temperatura.

—Sí —le juré quitando su mano para darle un beso en la mejilla.

Fui a mi habitación. Miré por la ventana hacia la casa de los Kristiansen. No había cambiado. No era diferente al día en que regresaron a Oslo.

No la vendieron; la señora Kristiansen le dijo a mi mamá que sabían que regresarían en algún momento, así que la conservaron. Les encantaba el vecindario y la casa. Un ama de llaves la limpió y le dio mantenimiento cada cierto tiempo para asegurarse de que estuviera lista para su regreso.

Ese día, todas las cortinas estaban recogidas y las ventanas estaban abiertas para que entrara aire fresco. Era evidente que el ama de llaves estaba preparándola para la inminente llegada de la familia. La llegada que yo temía.

Cerré las cortinas que mi papá instaló para mí hacía unas semanas, cuando regresamos a casa, me acosté en la cama y cerré los ojos. Odiaba sentirme cansada todo el tiempo. Era una persona activa por naturaleza, pensaba que el sueño era una pérdida de tiempo cuando podía estar afuera en el mundo, explorando y creando recuerdos.

Pero ahora no tenía opción.

Vi a Rune en mi mente y su rostro permaneció conmigo mientras me quedaba dormida. Era el sueño que tenía la mayoría de las noches: Rune me abrazaba, me besaba y me decía que me amaba.

No supe cuánto tiempo dormí, pero me desperté por el ruido de unos camiones que llegaban. Al otro lado del patio se oían aporreos y voces familiares.

Me senté y me limpié el sueño de los ojos. De repente me di cuenta de algo: *él* estaba aquí.

El corazón empezó a latirme tan rápido que me lo agarré por miedo de que se me escapara del pecho.

Él estaba aquí.

Él estaba *aquí*.

Salí de la cama y me puse delante de las cortinas cerradas. Me acerqué mucho para poder oír lo que ocurría. Escuché las voces de mis papás entre el barullo, junto con los sonidos familiares de los señores Kristiansen.

Sonriendo, me acerqué para abrir la cortina, pero me detuve: no quería que me vieran. Me retiré y subí a la oficina de mi papá, donde estaba la única otra ventana que daba a su casa, donde podía esconderme a plena vista debido a la película polarizada que la protegía del brillo del sol.

Me moví al lado izquierdo de la ventana, sólo por si alguien miraba hacia arriba. Volví a sonreír cuando vi a los padres de Rune. Casi no habían cambiado. La señora Kristiansen estaba tan hermosa como siempre; llevaba el pelo más corto, pero aparte de eso, se veía exactamente igual. El señor Kristiansen encaneció un poco y al parecer perdió algo de peso, pero había poca diferencia.

Un niñito rubio salió corriendo por la puerta y me llevé la mano a la boca cuando vi que era el pequeño Alton. Calculé que tendría cuatro años. Creció mucho, y su cabello era igual al de su hermano, largo y lacio. El corazón se me estremeció: se veía exactamente como un Rune pequeño.

Vi que los empleados de la mudanza volvían a amueblar la casa a una velocidad increíble, pero no había señales de Rune.

Finalmente mis padres volvieron a la casa, pero yo seguí vigilando por la ventana, en paciente espera del chico que fue todo mi mundo durante tanto tiempo que no sabía dónde empezaba él y dónde terminaba yo.

Pasó más de una hora. Cayó la noche y ya casi abandonaba las esperanzas de verlo, pero cuando estaba a punto de irme de la oficina, vi movimiento detrás de la casa de los Kristiansen.

Todos mis músculos se tensaron cuando vi un pequeño destello de luz que brillaba en la oscuridad. Una nube blanca de humo estalló en el aire sobre la porción de pasto que había entre nuestras casas. Al principio no estaba segura de lo que veía, hasta que una figura alta, toda vestida de negro, surgió de entre las sombras.

Mis pulmones dejaron de funcionar cuando la figura salió a la luz del farol y se detuvo. Llevaba una chamarra de cuero de motociclista, playera negra, pantalones entubados negros, botas negras de piel... y cabello largo, rubio y brillante.

Miré y miré fijamente, con un nudo en la garganta, cuando el chico de hombros anchos y estatura impresionante alzaba la mano y la pasaba por su cabello largo.

El corazón se me aceleró. Porque en ese momento lo reconocí: reconocí la quijada fuerte, lo reconocí porque lo conocía tan bien como a mí.

Rune.

Era *mi* Rune.

Una vez más, expulsó una nube de humo de la boca y me tomó unos momentos darme cuenta de lo que estaba viendo en realidad.

Estaba fumando.

Rune estaba fumando. Rune no fumaba, nunca hubiera tocado cigarros. Mi abu fumó toda su vida y murió demasiado joven por un cáncer de pulmón. Siempre nos prometimos el uno al otro que ni siquiera lo íbamos a probar.

Era obvio que Rune rompió esa promesa.

Mientras lo veía dar otra fumada y echarse el cabello hacia atrás por tercera vez en pocos minutos, el estómago se me encogió. Rune inclinó la cara hacia el brillo de la luz mientras exhalaba una columna de humo a la fresca brisa nocturna.

Así que ahí estaba el Rune Kristiansen de diecisiete años, y era más guapo de lo que habría podido imaginar. Sus ojos azul transparente eran más brillantes que nunca. Su rostro, que alguna vez había sido infantil, ahora estaba desarrollado y era absolutamente sorprendente. Yo solía bromear con que era tan guapo como un dios nórdico, pero ahora que estudiaba cada porción de su cara, estaba segura de que los superaba incluso a ellos.

No podía despegar mis ojos de él.

Rune se acabó el cigarrillo y lo tiró al piso; la luz de la colilla se desvaneció poco a poco en el pasto corto hasta que volvió a quedar en una oscuridad completa. Esperé conteniendo el aliento a ver qué hacía después. A continuación, su papá salió al porche y le dijo algo.

Vi que los hombros de Rune se tensaban y que volteaba la cara con brusquedad en dirección a su papá. No pude distinguir lo que decían, pero oí con claridad que alzaban la voz, que Rune le contestaba a su papá agresivamente en noruego, su lengua materna. Su papá bajó la cabeza con actitud de derrota, y regresó a la casa visiblemente herido por lo que Rune le había dicho. Mientras el señor Kristiansen se alejaba, Rune le mostró el dedo medio a sus espaldas, y sólo bajó la mano cuando se azotó la puerta.

Yo lo observé rígida por la impresión. Lo miré mientras ese chico, un chico que una vez conocía por completo, se convertía en un extraño ante mis ojos. Me inundaron la decepción y la tristeza mientras Rune empezaba a pasearse por el patio que separaba nuestras casas. Tenía los hombros tensos, casi podía percibir la ira que irradiaba incluso desde ese punto de observación.

Mis peores temores se hicieron realidad: el chico que conocía desapareció.

Después me quedé paralizada cuando dejó de pasear y miró hacia la ventana de mi habitación, justo en el piso de abajo de donde yo estaba parada. Una ráfaga de viento atravesó el patio y le alzó el cabello rubio de la cara; en ese instante vi un dolor increíble, y un anhelo tremendo en sus ojos. Mientras miraba hacia mi ventana, la imagen de su rostro adolorido me golpeó con más fuerza que un tren. En esa expresión perdida estaba *mi* Rune.

Sí reconocía a *ese* chico.

Él avanzó hacia mi ventana, y por un momento pensé que iba a tratar de entrar por ella, como hacía tantos años atrás; sin embargo, se detuvo abruptamente y cerró los puños a sus costados, con los ojos cerrados y los dientes tan apretados que podía ver la tensión de su quijada.

Después, cuando era evidente que cambió de opinión, se dio media vuelta y caminó furioso hacia su casa. Yo me quedé en la ventana de la oficina, en las sombras. No podía moverme por la conmoción de lo que presencié.

La luz de la habitación de Rune se encendió. Lo vi caminando por su cuarto, después fue a la ventana y se sentó en el amplio alféizar. La abrió de par en par, encendió otro cigarro y expulsó el humo por la ventana abierta.

Negué con la cabeza por la incredulidad. Después alguien entró a la oficina, y mi mamá se paró a mi lado. Cuando miró por la ventana, supe que se dio cuenta de qué estaba haciendo yo ahí.

Sentí que se me encendían las mejillas por la vergüenza de que me descubriera. Por fin, mi mamá habló:

—Adelis dice que ya no es el chico que conocimos. Dice que desde que regresaron a Oslo no les da más que problemas. Erik se siente perdido, ya no sabe qué hacer. Están contentos de que reubicaran aquí a Erik. Querían alejar a Rune de las malas influencias con las que se juntó en Noruega.

Volví a mirar a Rune. Tiró el cigarro por la ventana e inclinó la cabeza para apoyarla contra el vidrio. Sus ojos estaban concentrados en una sola cosa: la ventana de mi habitación. Cuando mi mamá iba a salir de la oficina, puso una mano sobre mi hombro.

—Quizá fue bueno que rompieras todo contacto con él, amor. No estoy muy segura de que él pudiera soportar todo por lo que pasaste, según lo que me dijo su mamá.

Los ojos se me llenaron de lágrimas cuando me pregunté qué lo transformó de esa manera, qué lo convirtió en ese chico que ya no conocía. Yo me aparté del mundo deliberadamente durante los últimos dos años para ahorrarle dolor, para que pudiera tener una buena vida. Porque saber que en Noruega había un chico cuyo corazón seguía lleno de luz hizo que todo lo que tuve que afrontar fuera soportable.

Sin embargo, esa fantasía se destruyó mientras estudiaba a ese doble de Rune.

La luz de este Rune era opaca, nada brillaba. Estaba oscurecida por sombras y atrapada en la oscuridad. Era como si el chico que yo conocía se hubiera quedado abandonado en Noruega.

El carro de Deacon se detuvo en la entrada de la casa de Rune. Vi que la luz del celular de Rune se encendía en su mano y que salía lentamente de su cuarto hacia el porche. Caminó despreocupado hacia Deacon y Judson, quienes salieron del coche. Los saludó a ambos con una palmada en la espalda.

Después el corazón se me partió en dos. Avery se deslizó desde el asiento trasero y abrazó a Rune con fuerza. Llevaba una falda corta y un top corto que mostraba su figura perfecta. Sin embargo, Rune no le devolvió el abrazo, aunque eso no redujo mi dolor, porque Avery y Rune, uno al lado del otro, se veían perfectos. Los dos altos y rubios. Los dos perfectos.

Todos se metieron en el auto. Rune se metió al último, apuradamente, arrancaron y se perdieron de vista.

Suspiré cuando las luces traseras se disolvieron en la noche. Cuando volví a mirar la casa de los Kristiansen, vi que el papá de Rune estaba parado en el porche, tomado del barandal, viendo en la dirección en que su hijo acababa de irse. Después alzó la cara a la ventana de la oficina y una sonrisa triste se extendió por sus labios.

Me vio.

El señor Kristiansen alzó la mano y me saludó brevemente. Cuando le devolví el saludo, una expresión de completa tristeza apareció en su cara.

Parecía cansado.

Parecía que tenía el corazón roto.

Parecía que extrañaba a su hijo.

Regresé a mi habitación, me acosté en la cama y saqué mi portarretratos favorito. Mientras observaba al guapo chico y a la chica embelesada que me miraban desde la foto, tan enamorados, me pregunté qué le habría pasado a Rune en los últimos dos años para que se volviera tan atormentado y rebelde como parecía.

Después lloré.

Lloré por el chico que era mi sol.

Sufrí por el chico al que una vez amé con todas mis fuerzas.

Lloré por Poppy y Rune, una pareja de extrema belleza y una muerte aún más veloz.

Pasillos atestados y corazones perforados

POPPY

—¿Estás segura de que estás bien? —me preguntó mi mamá acariciándome el brazo. El coche se detuvo.

Sonreí y asentí.

—Sí, mamá, estoy bien.

Tenía los ojos enrojecidos y estaban llenándose de lágrimas.

—Poppy, amor, hoy no tienes que ir a la escuela si no quieres.

—Mamá, me encanta ir a la escuela. Sí quiero ir. —Me encogí de hombros—. Además, tengo Historia a la quinta hora y ya sabes cuánto me gusta. Es mi clase favorita.

Apareció una sonrisa renuente en su boca y se rio limpiándose los ojos.

—Eres igualita a tu abu. Necia como un burro y viendo siempre la luz del sol detrás de cada nube. Todos los días veo que su personalidad brilla a través de tus ojos.

Una sensación de calidez floreció en mi pecho.

—Me hace muy feliz, mamá, pero, en serio, estoy bien —dije con sinceridad.

Cuando los ojos de mi mamá volvieron a llenarse de lágrimas, me corrió del auto, poniéndome en la mano la nota del doctor.

—Toma, tenla a la mano.

Agarré el papel, pero antes de cerrar la puerta del coche, me agaché para decirle a mi mamá:

—Te quiero, mamá. Con todo mi corazón.

Mi mamá hizo una pausa y vi que una alegría agridulce se extendía por su cara.

—Yo también te quiero, Pops. Con todo mi corazón.

Cerré la puerta y me di la vuelta para ir a la escuela. Siempre había pensado que se sentía extraño llegar tarde a la escuela. El espacio parecía tan callado y quieto como apocalíptico, completamente opuesto al bullicio de la hora del almuerzo o al ajetreo enloquecido de los estudiantes entre clases.

Fui directamente a la administración escolar con la señora Greenway, la secretaria, para entregar la nota del doctor y cambiarla por un pase para estar en el pasillo.

—¿Cómo estás, cielo? ¿Mantienes el buen ánimo, preciosa? —me preguntó.

—Sí, señora —contesté sonriendo ante su amabilidad.

—Esa es mi chica. —Me guiñó un ojo y me hizo reír.

Revisé mi reloj y vi que la siguiente clase apenas había comenzado hacía quince minutos. Avancé lo más rápido posible por dos pisos de escaleras para no perderme nada más, y llegué a mi casillero. Lo abrí y saqué la pila de libros de Literatura Inglesa que necesitaba para mi clase.

Oí que se abría una puerta al otro extremo del breve pasillo, pero no le presté atención. Una vez que tuve todo lo que necesitaba, cerré el casillero con el codo y me dirigí a clase, luchando con mis muchos libros. Cuando alcé la vista, me quedé paralizada.

Estaba segura de que el corazón y los pulmones me dejaron de funcionar. A unos tres metros de mí, al parecer tan pegado al piso como yo, estaba Rune. Un Rune altísimo, completamente crecido.

Y me estaba mirando fijamente. Sus ojos azul claro me mantenían en su trampa. No podía irme aunque quisiera hacerlo.

Por fin, recuperé el aliento y me llené los pulmones de aire. Como después de un salto, la acción ocasionó que mi corazón latiera, que latiera con furia bajo la mirada de ese chico. El chico al que, para ser honesta conmigo misma, todavía amaba más que a nada en el mundo.

Rune estaba vestido como siempre: playera entallada negra, pantalones entubados negros y botas negras de piel. La diferencia era que ahora sus brazos eran más fuertes, tenía una cintura tonificada y esbelta que se estrechaba al llegar a su cadera. Mis ojos fueron a su cara y el estómago me dio un vuelco. Pensé que ya había visto toda su belleza cuando la noche anterior lo observé parado bajo la luz del farol, pero no fue así.

Más mayor y maduro, era muy probable que fuera la criatura más hermosa que hubiera visto. Su quijada era fuerte y definía a la perfección su rostro escandinavo. Tenía unos pómulos prominentes, pero no femeninos, y un polvillo rubio de barba incipiente agraciaba su barbilla y sus mejillas. Descubrí que no habían cambiado sus cejas rubio oscuro, y las fruncía sobre los almendrados ojos azules.

Unos ojos que ni siquiera una distancia de miles de kilómetros, ni un lapso de dos años, pudieron borrar de mi memoria jamás.

Sin embargo, esa mirada, que en ese momento me estaba taladrando, no pertenecía al Rune que yo conocía, porque estaba llena de acusación y odio. Esos ojos me miraban con un desprecio no disimulado.

Me tragué el dolor que estaba aferrándose a mi garganta, el dolor de ser objeto de una mirada tan dura. Ser amada por Rune provocaba una embriagadora sensación de calor. Ser odiada por Rune era como estar parada en el mismísimo hielo ártico.

Pasaron minutos y ninguno de los dos se movió un centímetro. Parecía que el aire se cuarteaba a nuestro alrededor. Vi que

Rune contraía un puño a su lado, como si estuviera peleando mentalmente consigo mismo. Me pregunté con qué peleaba en su interior. Su mirada se oscureció aún más. Después una puerta se abrió detrás de él y entró William, el intendente de los pasillos.

Nos miró a Rune y a mí, lo que me dio la excusa que necesitaba para liberarme de ese momento demasiado intenso. Necesitaba ordenar mis pensamientos.

William se aclaró la garganta.

—¿Me permiten sus pases?

Asentí y haciendo equilibrio con mis libros sobre una rodilla, fui a entregarle el mío, pero Rune metió el suyo antes.

No reaccioné ante su descarada grosería.

William revisó su pase en primer lugar. Rune llegó tarde porque fue a recoger su horario de clases. William le devolvió su pase, pero él siguió sin moverse. William tomó mi pase y me miró.

—Espero que pronto te sientas mejor, Poppy —me dijo.

Empalidecí, preguntándome cómo era que sabía, pero después me di cuenta de que el pase decía que había ido al doctor. Simplemente estaba siendo amable, no sabía nada.

—Gracias —dije con nerviosismo y me arriesgué a levantar los ojos. Rune me estaba mirando, sólo que esta vez tenía la frente arrugada. Reconocí su expresión de preocupación. En cuanto vio que lo observaba, *leyéndolo* correctamente, enseguida cambió la preocupación por la expresión que tenía antes.

Rune Kristiansen era demasiado guapo como para fruncir el ceño. Una cara tan hermosa como la suya siempre debía tener una sonrisa.

—Pasen los dos, vayan a clase. —La voz dura de William desvió mi atención de Rune; pasé por en medio de los dos y atravesé las puertas del extremo del corredor. En cuanto llegué al siguiente pasillo, miré hacia atrás y me encontré con que Rune me seguía con los ojos a través de las puertas de cristal.

Las manos me empezaron a temblar por la intensidad de su mirada, pero después él se fue de repente, como si se obligara a dejarme en paz.

Me tomó varios segundos recuperar la compostura y luego me apresuré a llegar a clase.

Una hora después seguía temblando.

Pasó una semana. Una semana de evitar a Rune a como diera lugar. Me quedaba en mi habitación hasta que sabía que no estaba en casa. Mantenía las cortinas cerradas y mi ventana con llave, aunque Rune no fuera a intentar entrar. Las pocas veces que lo veía en la escuela o me ignoraba o me miraba como si fuera su peor enemigo.

Las dos cosas me dolían por igual.

Durante los recesos me mantenía alejada de la cafetería. Comía mi almuerzo en el salón de música y pasaba el resto del tiempo practicando con el violonchelo. La música seguía siendo mi refugio, el único lugar donde podía escapar del mundo.

Cuando mi arco estaba en las cuerdas, me transportaba a un mar de tonalidades y notas. El dolor y el sufrimiento de los últimos dos años desaparecían. La soledad, las lágrimas y la ira se evaporaban, dejando una paz que no podía encontrar en ningún otro lado.

La semana anterior, después del terrible encuentro con Rune en el pasillo, necesité distanciarme de todo. Tenía que olvidar sus ojos cuando me fulminó con tanto odio en la mirada. Por lo general, la música era mi remedio, así que me entregué a una práctica intensa. ¿Cuál era el problema? Cada vez que terminaba una pieza, en cuanto se desvanecía la última nota, la devastación volvía a cortarme diez veces más fuerte. Y se quedaba conmigo.

Ese día, después de que terminé de tocar en el almuerzo, la angustia me persiguió por el resto de la tarde. Cayó sobre mí con pesadez cuando salí de la escuela.

El patio estaba lleno de estudiantes que iban a casa. Mantuve la cabeza agachada y avancé entre la multitud, pero al dar vuelta a la esquina vi a Rune y a sus amigos sentados en el campo del parque. También estaban Jorie y Ruby. Y también Avery.

Traté de no mirar a Avery, que estaba al lado de Rune mientras él se encendía un cigarro. Traté de no mirar a Rune cuando empezaba a fumar, con el codo apoyado casualmente sobre una rodilla mientras se recargaba contra un árbol. Y traté de ignorar que se me encogía el estómago cuando, al pasar deprisa, los ojos entrecerrados de Rune se encontraron brevemente con los míos.

Enseguida desvié la mirada. Jorie se levantó de un salto y vino detrás de mí corriendo. Conseguí alejarme lo suficiente de Rune y sus amigos como para que no oyeran lo que Jorie me decía.

—Poppy —me llamó. Volteé a verla y sentí la mirada vigilante de Rune sobre mí. La ignoré.

—¿Cómo has estado? —me preguntó.

—Bien —contesté, pero incluso yo noté que me temblaba la voz.

Jorie suspiró.

—¿Ya hablaste con él? Ya hace una semana que regresó.

Las mejillas me llamearon y negué con la cabeza.

—No. No estoy segura de que sea lo mejor. —Respiré y confesé—: De todos modos, no tengo idea de qué le diría. No parece el chico al que conocí y amé todos esos años; parece diferente, como si hubiera cambiado.

Los ojos de Jorie brillaron.

—Ya sé, pero creo que tú eres la única que lo ve como algo malo, Pops.

—¿A qué te refieres? —Los celos se encendieron en mi pecho.

Jorie señaló a las chicas que estaban reunidas alrededor de donde él estaba sentado, con el propósito de parecer casuales pero fracasando terriblemente en su objetivo.

—Él es de lo único que todos hablan y estoy casi segura de que cualquier chica de esta escuela, con excepción de Ruby, tú y yo, vendería su alma al diablo por que él la viera siquiera. Siempre lo quisieron, Pops, pero, bueno, él te tenía a ti y todas sabían que jamás te dejaría por nada ni nadie. Pero ahora… —Su voz se fue apagando y sentí cómo me abandonaba el ánimo.

—Ahora ya no me tiene —terminé por ella—. Ahora es libre para estar con quien quiera.

Jorie abrió los ojos de par en par cuando se dio cuenta de que, una vez más, había metido la pata. Apretó mi brazo para mostrarme su apoyo, e hizo un gesto de dolor como disculpa. Sin embargo, no podía enojarme con ella; siempre hablaba antes de pensar bien las cosas. Además, todo lo que dijo era verdad.

Pasó un momento de incómodo silencio.

—¿Qué vas a hacer mañana en la noche? —me preguntó.

—Nada —contesté, me moría por irme.

La cara de Jorie se iluminó.

—¡Perfecto! Entonces puedes venir a la fiesta en casa de Deacon. Para que no te quedes sola otro sábado por la noche.

Me reí y Jorie frunció el ceño.

—Jorie, yo no voy a fiestas. De cualquier modo, nadie me invitaría.

—Yo te estoy invitando, serías mi acompañante.

Mi buen humor se desvaneció.

—No puedo, Jor. —Hice una pausa—. No puedo ir si va a ir Rune. No después de todo lo ocurrido.

Jorie se acercó más a mí.

—Él no irá —dijo con tranquilidad—. Le dijo a Deacon que no podía porque tenía que ir a otra parte.

—¿A dónde? —pregunté, sin poder disfrazar mi curiosidad.

—Ni idea. En realidad, Rune no habla mucho. Creo que eso se añade a la razón por la que está atrayendo *groupies* como si no hubiera un mañana. —Jorie sacó el labio inferior y me picó un brazo—. Por favor, Pops. Estuviste fuera durante una época muy larga y te extrañé tanto. Quiero pasar contigo todo el tiempo que sea posible, pero tú no dejas de esconderte. Tenemos que compensar los años perdidos. Ruby también irá. Tú sabes que nunca te he dejado sola.

Inspeccioné el suelo, tratando de encontrar una excusa. Alcé la mirada hacia Jorie y me di cuenta de que mi negativa le molestaba. Ignoré el malestar de la duda que sentía en el pecho y me rendí.

—Está bien, voy contigo.

La cara de Jorie se quebró en una enorme sonrisa.

—¡Perfecto! —exclamó, y me reí cuando me jaló enseguida para abrazarme.

—Tengo que irme a casa —dije cuando me soltó—. Hoy en la noche tengo un recital.

—Muy bien. Paso por ti mañana a las siete, ¿va?

Me despedí con la mano y empecé a caminar a casa. Sólo había recorrido algunos cientos de metros cuando sentí que alguien caminaba detrás de mí por el bosquecillo. Cuando miré por encima de mi hombro, vi a Rune.

El corazón empezó a latirme aceleradamente cuando nuestros ojos se encontraron. Él no los despegó de los míos, pero yo sí desvié la mirada. Me aterraba que tratara de hablar conmigo. ¿Qué pasaría si quería que le explicara todo? O peor aún, ¿qué tal que quería decirme que lo que tuvimos no significó nada?

Eso me quebraría.

Apreté el paso, mantuve la cabeza agachada y me apuré para llegar a casa. Sentí que me seguía todo el camino, pero no hizo ningún intento por rebasarme.

Mientras subía corriendo los escalones de mi porche, miré a un lado y vi cómo se recargaba en el muro de su casa, cerca de su ventana. El corazón me dio un vuelco cuando se echó el pelo hacia atrás. Tuve que mantener los pies enraizados al porche para no tirar mi mochila al piso, correr hacia él y explicarle por qué lo dejé ir, por qué lo corté de manera tan terrible, por qué daría cualquier cosa con tal de que me besara sólo una vez más. En cambio, me obligué a entrar a mi casa.

Las palabras de mi mamá se repitieron en mi mente con pesadez mientras entraba en mi recámara para acostarme: «… Quizá fue bueno que rompieras todo contacto con él, amor. No estoy muy segura de que él pudiera soportar todo por lo que pasaste, según lo que me dijo su mamá».

Cerré los ojos y juré que lo iba a dejar en paz. No sería una carga para él y lo protegería del dolor.

Porque aún lo amaba tanto como siempre.

Aunque el chico al que yo amaba ya no me correspondiera.

Labios traicionados y verdades dolorosas

POPPY

Flexioné una mano, equilibrando mi violonchelo y mi arco con la otra. De vez en cuando, los dedos se me entumían y tenía que esperar para poder volver a tocar. Sin embargo, cuando Michael Brown estaba por terminar su solo de violín, supe que esa noche nada me impediría ocupar el centro del escenario. Tocaría mi pieza y saborearía cada segundo de crear la música que tanto amaba.

Michael retiró su arco y la audiencia estalló en clamorosos aplausos. Hizo una rápida reverencia y salió por el otro lado del escenario.

El maestro de ceremonias tomó el micrófono y anunció mi nombre. Cuando la audiencia escuchó que llegaba el turno de mi tan esperado retorno, aplaudió con más fuerza para darme la bienvenida de regreso al redil musical.

El corazón se me aceleró por la emoción ante los chiflidos y el apoyo de los padres y los amigos del auditorio. Cuando muchos de mis compañeros de la orquesta se acercaron a la parte de atrás del escenario para darme una palmada en la espalda y dedicarme palabras de aliento, tuve que tragarme el nudo que se me hizo en la garganta.

Enderecé los hombros y reprimí una repentina arremetida de emoción. Incliné la cabeza hacia la audiencia mientras caminaba hasta mi asiento. Las lámparas de arriba chorrearon su luz brillante sobre mí.

Me acomodé perfectamente en espera de que los aplausos se desvanecieran. Como siempre, alcé la mirada y vi a mi familia, sentada orgullosamente en la tercera fila. Mi mamá y mi papá me sonrieron ampliamente, y mis dos hermanas me saludaron con la mano.

Les devolví la sonrisa para mostrarles que los vi y luché contra el ligero dolor que flotó en mi pecho cuando me di cuenta de que los señores Kristiansen estaban sentados a su lado; Alton también me saludó.

La única persona que faltaba era Rune.

No tocaba desde hacía dos años y, antes de eso, él nunca faltó a ninguno de mis recitales. Aunque tuviera que viajar, asistía a todos, cámara en mano y con una media sonrisa torcida cuando nuestros ojos se encontraban en la oscuridad.

Me aclaré la garganta y cerré los ojos mientras ponía los dedos en el mástil del violonchelo y acercaba el arco a las cuerdas. Conté hasta cuatro en mi mente y comencé el desafiante *Preludio* de las *Suites para violonchelo solo* de Bach. Era una de mis piezas favoritas por lo intrincado de la melodía, el ritmo rápido del arco y el perfecto sonido tenor, que hacía eco en el auditorio.

Cada vez que me sentaba en ese asiento, dejaba que la música fluyera por mis venas. Dejaba que la melodía se vertiera desde mi corazón y me imaginaba en medio del escenario del Carnegie Hall, mi máximo sueño. Me imaginaba a la audiencia sentada frente a mí: gente que, como yo, vivía por el sonido de una sola nota perfecta, que se emocionaba por iniciar un viaje de sonido. Sentían la música en el corazón y su magia en el alma.

Mi cuerpo se balanceaba con el ritmo, con el cambio del compás y el *crescendo* final…, pero sobre todo olvidaba el entumecimiento de mis dedos. Por un breve momento me olvidaba de todo.

Mientras la nota final resonaba en el aire, alcé el arco de la cuerda, que vibraba, y echando la cabeza hacia atrás, abrí los ojos despacio. Parpadeé para acostumbrarme a la luz, y una sonrisa surgió en mis labios en el solaz de ese momento silencioso, cuando la nota se convertía en nada antes de que comenzaran los aplausos de la audiencia. En ese momento tan dulce, cuando la adrenalina de la música te hace sentir tan viva que parece que podrías conquistar el mundo, que encontraste la serenidad en su forma más pura.

Y después comenzaron los aplausos, rompiendo el hechizo. Bajé la cabeza y sonreí al mismo tiempo que me levantaba del asiento e inclinaba la cabeza en agradecimiento.

Cuando tomé el mástil del violonchelo, mis ojos buscaron automáticamente a mi familia. Después mis ojos viajaron por las butacas, donde la gente aplaudía, y se pasearon por el muro del fondo. Al principio no me di cuenta de qué estaba viendo; sin embargo, mientras mi corazón batía contra mi pecho, el extremo izquierdo del muro atrajo mi mirada. Alcancé a ver un cabello largo y rubio que desaparecía por la salida…, un chico alto y fuerte vestido de negro que se perdía de vista, pero no sin antes mirar por encima de su hombro por última vez, cuando percibí una mirada azul transparente…

Abrí los labios por la conmoción, pero antes de que pudiera estar segura de lo que vi, el chico desapareció, dejando detrás de sí una puerta que se cerraba lentamente.

«¿Era…? ¿Podía ser…?».

«No», traté de convencerme con firmeza. No podía ser Rune, de ninguna manera vendría a esto.

Me odiaba.

El recuerdo de su helada mirada azul en el pasillo de la escuela confirmó mis pensamientos; simplemente deseaba cosas que no podían ser reales.

Después de una reverencia final, salí del escenario. Escuché a los tres músicos que faltaban, después salí por la puerta trasera y me encontré con mi familia y con la familia de Rune esperándome. Savannah, mi hermana de trece años, fue la primera en verme.

—¡Pops! —gritó y corrió hacia mí, abrazándome a la altura de la cintura.

—¡Hola a todos! —contesté y también la estreché entre mis brazos. En el segundo siguiente, Ida, que ahora tenía once, también estaba abrazándome. Las apreté a las dos lo más que pude. Cuando se separaron, vi que sus ojos brillaban. Incliné la cabeza con aire juguetón—. Ya, dijimos que nada de llorar, ¿se acuerdan?

Savannah se rio e Ida negó con la cabeza. Me soltaron. Mis papás se turnaron para decirme lo orgullosos que se sentían.

Finalmente volteé hacia los señores Kristiansen. De repente, sentí que me atravesaba una ola de nervios. Era la primera vez que hablaba con ellos desde que regresaron de Oslo.

—Poppy —dijo la señora Kristiansen con suavidad, y extendió los brazos. Caminé hacia la mujer que fue una segunda madre para mí y la abracé. Se acercó a mí y me besó en la cabeza—. Te extrañé, amor —dijo con un acento más fuerte del que recordaba.

Mi mente voló hacia Rune. Me pregunté si su acento también sería más fuerte.

Cuando la señora Kristiansen me soltó, dejé escapar ese ocioso pensamiento. A continuación, me abrazó el señor Kristiansen. Cuando se separó de mí, vi al pequeño Alton aferrado con fuerza a las piernas de su papá. Me incliné y Alton agachó la cabeza con timidez, mirándome a través de los densos mechones de su cabello largo.

—Hola, bebé —dije haciéndole cosquillas—. ¿Te acuerdas de mí?

Me observó mucho tiempo antes de negar con la cabeza. Me reí.

—Vivías en la casa al lado de la mía. A veces ibas al parque con Rune y conmigo o, si había buen clima, íbamos al bosquecillo.

Pronuncié el nombre de Rune sin pensarlo conscientemente, pero me recordó a mí y a todos los demás que un día Rune y yo éramos inseparables. Un silencio cayó sobre el grupo.

Con un dolor en el pecho como el que sentía cuando extrañaba a mi abu tremendamente, me levanté y traté de no ver las miradas de simpatía. Estaba a punto de cambiar de tema cuando algo me jaló del borde del vestido.

Cuando miré hacia abajo: los grandes ojos azules de Alton estaban fijos en mi cara. Pasé la mano por su cabello suave.

—Hola, Alton, ¿todo bien?

Las mejillas de Alton se encendieron, pero preguntó con su dulce voz:

—¿Eres amiga de Rune?

Sentí el mismo dolor llameante de antes y lancé a nuestras familias una mirada de pánico. La mamá de Rune hizo un gesto de dolor y yo no supe qué decir. Alton me volvió a jalar del vestido en espera de una respuesta.

Suspiré, me arrodillé y dije con tristeza:

—Rune era mi mejor amigo de todo el mundo. —Puse la mano sobre mi pecho—. Y lo amaba con todo mi corazón, con cada centímetro de mi ser. —Me acerqué más a él y dije con un nudo en la garganta—: Y siempre lo amaré.

El estómago me dio un vuelco. Esas palabras eran la verdad rotunda de mi alma y, sin importar cómo estuviéramos Rune y yo ahora, él siempre estaría en mi corazón.

De repente Alton alzó la voz.

—Rune..., ¿Rune... *hablaba* contigo?

Me reí.

—Claro que sí, corazón. Hablaba conmigo todo el tiempo. Me contaba todos sus secretos. Hablábamos de todo.

Alton miró a su papá y juntó sus pequeñas cejas con un gesto pensativo en su carita.

—¿Hablaba con Poppy, papá?

El papá de Rune asintió.

—Así es, Alton. Poppy era su mejor amiga. La amaba muchísimo.

Alton abrió los ojos de una manera increíble y volvió a voltear hacia mí. Le empezó a temblar el labio inferior.

—¿Qué pasa, amor? —le pregunté frotando su brazo.

Alton sollozó.

—Rune no me habla. —Se me cayó el alma a los pies porque Rune adoraba a Alton, siempre lo cuidaba y jugaba con él. Y Alton adoraba a Rune. Admiraba mucho a su hermano mayor—. Me ignora —continuó Alton, y su voz quebrada me rompió el corazón. Alton me miraba. Me miraba con una intensidad que sólo percibí en otra persona: el hermano mayor que lo ignoraba.

Alton puso la mano sobre mi brazo.

—¿Puedes hablar con él? —me pidió—. ¿Puedes pedirle que hable conmigo? Si eres su mejor amiga, te hará caso.

El corazón se me hizo pedazos. Miré por encima de la cabeza de Alton a sus padres y a los míos. Parecía que todos estaban heridos por la tremenda revelación de Alton. Cuando volví a mirar al niño, estaba viéndome fijamente, rogándome que lo ayudara.

—Lo haría, corazón —respondí con voz suave—, pero ahora Rune tampoco me habla a mí.

Me di cuenta de que la esperanza de Alton se desinflaba como un globo. Lo besé en la cabeza y después corrió hacia donde estaba su mamá. Como se dio cuenta de que me dolía, mi papá cambió de tema con rapidez. Se volteó hacia el señor Kristiansen e invitó a su familia a tomar algo la noche siguiente. Me separé de todos y respiré hondo mientras miraba inexpresivamente al estacionamiento.

El sonido de un motor encendido me sacó de mi trance. Volteé en esa dirección y se me escapó todo el aire de los pulmones cuando, a la distancia, vi que un chico de cabello largo se subía al asiento delantero de un Camaro negro.

Un Camaro negro que le pertenecía a Deacon Jacobs, el mejor amigo de Rune.

Me miré en el espejo y admiré mi atuendo. El vestido de patinadora azul cielo me llegaba a medio muslo, tenía el cabello corto peinado hacia atrás con un moño blanco y llevaba balerinas negras en los pies.

De mi alhajero, saqué mis aretes de plata favoritos y me los puse. Eran unos signos de infinito que Rune me había dado cuando cumplí catorce años. Los usaba cada vez que tenía oportunidad.

Tomé mi chamarra corta de mezclilla y salí deprisa de mi cuarto y de la casa, a la fresca noche. Jorie me escribió para decirme que estaba afuera. Cuando me subí al asiento del copiloto de la camioneta de su mamá, volteé a ver a mi mejor amiga. Me estaba sonriendo.

—Poppy, te ves tremendamente tierna —comentó. Me pasé las manos por el vestido, alisando la falda.

—¿Está bien? —pregunté preocupada—. De verdad, no sabía qué ponerme.

Jorie agitó la mano frente a su cara mientras salíamos de la entrada para vehículos.

—Está bien.

Revisé lo que ella llevaba puesto; traía un vestido negro sin mangas y botas de motociclista. Sin duda se veía más provocativa que yo, pero me sentí agradecida de que nuestra ropa no fueran polos opuestos.

—Entonces —dijo cuando salimos de mi calle—, ¿cómo te fue en el recital?

—Bien —dije evasivamente.

Jorie me miró con cautela.

—¿Y cómo te has sentido?

Giré los ojos.

—Jorie, estoy bien, por favor, sólo déjame en paz. Estás peor que mi mamá.

Jorie, que aparentemente se quedó sin palabras por una vez, sacó la lengua. Y sólo con eso, volvió a hacerme reír.

Durante el resto del camino, Jorie me puso al corriente de los chismes que circulaban en la escuela sobre por qué me fui. Sonreí en los momentos adecuados y asentí cuando ella esperaba que lo hiciera, pero en realidad no me interesaba. Nunca me importó mucho el drama que ocurría en la escuela.

Oí la fiesta antes de verla. Los gritos y la música estallaban desde la casa de Deacon y llegaban a la calle. Su papás se fueron a unas breves vacaciones y en el pequeño pueblo de Blossom Grove, eso sólo significaba una cosa: fiesta en la casa.

Cuando estacionamos el coche, vi que unos chicos salían al patio delantero. Me tragué los nervios y permanecí detrás de Jorie cuando cruzamos la calle.

Me agarré de su brazo y pregunté:

—¿Todas las fiestas se ponen así de locas?

Jorie se rio.

—Sí. —Enlazó mi brazo con el suyo y me jaló hacia adelante.

Cuando entramos a la casa, hice un gesto de sorpresa por lo fuerte que estaba la música. Conforme avanzábamos por las habitaciones hacia la cocina, estudiantes borrachos pasaban junto a nosotras tambaleándose y obligándome a aferrarme a Jorie con tanta fuerza que pensé que le iba a hacer daño.

Jorie miró hacia a mí y se rio. Cuando por fin llegamos a la cocina, me relajé de inmediato cuando vi a Ruby con Deacon. La cocina estaba mucho más tranquila que los cuartos por los que pasamos.

—¡Poppy! —exclamó Ruby y atravesó la cocina para abrazarme—. ¿Quieres algo de tomar?

—Sólo refresco —contesté, y Ruby frunció el ceño.

—Poppy —me regañó—. Necesitas una bebida *de verdad*.

Me reí por su expresión de terror.

—Gracias, Ruby, pero me quedo con el refresco.

—¡Buu! —lloriqueó ella, pero me echó un brazo alrededor del cuello y me llevó a donde estaban las bebidas.

—Pops —me saludó Deacon mientras le llegaba un mensaje al celular.

—Hola, Deek —contesté y tomé el refresco de dieta que Ruby me había servido. Ruby y Jorie me llevaron al patio trasero, junto al fuego que ardía en medio del pasto. Curiosamente, ahí no había mucha gente, lo que me parecía perfecto.

No pasó mucho tiempo antes de que Deacon llevara a Ruby de regreso a la fiesta y me quedara a solas con Jorie. Estaba contemplando las llamas cuando Jorie dijo:

—Perdón por meter la pata ayer, cuando estábamos hablando de Rune. Me di cuenta de que te lastimé. *¡Dios!* No siempre pienso antes de abrir mi bocota. ¡Mi papá me amenaza con cerrármela con cable! —Jorie se puso las manos sobre la boca y fingió una pelea de burla—. ¡No puedo, Pops! Esta boca, tan incontrolable como es, es lo único que tengo.

Me reí y negué con la cabeza.

—Está bien, Jor. Ya sabía que no era tu intención. Nunca me lastimarías.

Jorie se quitó las manos de la boca e inclinó la cabeza a un lado.

—De veras, Pops. ¿Qué piensas de Rune? Ya sabes, desde que volvió.

Jorie me miraba con curiosidad. Me encogí de hombros y ella puso los ojos en blanco.

—¿Me estás diciendo que no tienes una opinión sobre cómo se ve el gran amor de tu vida ahora que es mayor?, y, en mi opinión, se ve terriblemente guapo.

Se me retorció el estómago y me puse a jugar con el vaso que tenía en la mano. Me encogí de hombros.

—Es igual de guapo que siempre —contesté.

Jorie se rio detrás de su vaso mientras le daba un trago e hizo una mueca al oír la voz de Avery, que salía de la casa. Jorie bajó su vaso.

—Agh, parece que la zorra está en la casa.

Sonreí por el nivel de disgusto del gesto de Jorie.

—¿De verdad es tan mala? —pregunté—. ¿Es de veras una zorra?

Jorie suspiró.

—En realidad no, pero me choca cómo coquetea con todos los hombres.

«Ah», pensé y supe exactamente a quién se refería.

—¿A alguien en particular? —tanteé y vi el gesto de Jorie en respuesta—, ¿Judson, tal vez? —añadí, provocando que Jorie me aventara su vaso vacío.

Me reí cuando el vaso pasó en la dirección opuesta. Cuando me dejé de reír, Jorie dijo:

—Por lo menos, ahora que Rune regresó, al parecer ya dejó a Jud en paz. —Mi buen humor se evaporó. Cuando Jorie se dio cuenta de lo que acababa de decir, gruñó desesperada por su actitud, y se movió rápidamente a mi lado para tomar mi mano—. Mierda, Pops, perdón. ¡Lo volví a hacer! No fue mi intención…

—Está bien —la interrumpí.

Pero Jorie me apretó la mano con más fuerza. Pasó un momento de silencio.

—¿Te arrepientes, Pops? ¿Alguna vez te arrepientes de haberlo cortado así como así?

Miré el fuego, me perdí en las llamas ardientes y le respondí con toda sinceridad:

—Todos los días.

—Poppy —murmuró Jorie con tristeza.

Sonreí un poco.

—Lo extraño, Jor. No tienes idea de cuánto. Pero no podría decirle lo que estaba pasando, no podría hacerle eso. Es mejor que crea que ya no me interesaba a que sepa la horrible verdad. —Jorie apoyó la cabeza sobre mi hombro. Suspiré—. Si hubiera sabido, habría hecho todo lo que estuviera en su poder para regresar, pero no habría sido posible con el trabajo de su papá en Oslo. Y yo… —Respiré profundamente—. Y yo quería que fuera feliz. Sabía que con el tiempo superaría no saber más de mí. Pero conozco a Rune, Jor; *nunca* habría podido superar la alternativa.

Jorie alzó la cabeza y me besó en la mejilla, lo que me hizo reír. Sin embargo, aún podía ver la tristeza en su cara cuando me preguntó:

—¿Y ahora? Ahora que regresó, ¿qué vas a hacer? Al final todos se enterarán.

Respiré profundamente.

—Espero que no, Jor —contesté—. Yo no soy popular en la escuela como tú, Ruby y Rune. Si simplemente vuelvo a desaparecer, nadie se va a enterar. —Negué con la cabeza—. Y dudo que al Rune que volvió a casa le importe. Ayer lo volví a ver en el pasillo, y la mirada que me echó me mostró cómo se sentía con respecto a mí: ya no soy nada para él.

Siguió un silencio incómodo hasta que mi mejor amiga aventuró:

—Pero tú lo amas igual que antes, ¿no?

No contesté, pero la falta de respuesta fue como un grito.

Lo amaba, lo seguía amando tanto como siempre.

El fuerte sonido de un golpe llegó desde el patio delantero, destrozando la intensidad de nuestra conversación. Me di cuenta de que pasaron un par de horas desde que llegamos. Jorie se levantó con un gesto de dolor.

—Pops, ¡tengo que ir al baño! ¿Entramos?

Me reí porque Jorie se puso a bailar sin moverse del sitio y regresamos a la casa. La esperé en el pasillo hasta que oí las voces de Ruby y Deacon, que llegaban desde el estudio.

Decidí entrar a sentarme con ellos mientras esperaba a Jorie, abrí la puerta y entré. Apenas di tres pasos cuando me arrepentí

de haber ido a la fiesta. Había tres sillones en la habitación. Ruby
y Deacon estaban en uno; Judson y alguien del equipo de futbol
estaban extendidos en el otro, pero fue del tercer sillón del que
no pude despegar la mirada. Sin importar cuánto les ordenara a
mis pies que se movieran, se negaban.

Avery estaba sentada en el sillón, bebiendo de un vaso. Tenía
el brazo de alguien sobre los hombros, y Avery trazaba dibujos
en la mano que colgaba sobre su pecho.

Yo sabía cómo se sentía esa mano.

Yo sabía cómo se sentía estar bajo el refugio protector de ese
brazo.

Y sentí que el corazón se me rompía en pedazos mientras
avanzaba con la mirada hacia el rostro del chico que estaba sentado a su lado. Como si hubiera percibido el peso de mi mirada,
alzó la vista. Su mano, con la bebida, se detuvo a medio camino
hacia su boca.

Los ojos se me llenaron de lágrimas.

Comprender que Rune superó lo nuestro ya era bastante difícil para mí; verlo así me provocó un nivel de dolor que nunca
creí posible.

—¿Pops? ¿Estás bien? —La voz de preocupación de Ruby resonó en la habitación y me obligó a apartar la mirada del acci-
dente automovilístico que estaba presenciando. Me esforcé por
sonreírle.

—Sí, estoy bien —murmuré.

Sentí que las piernas me temblaban por la atención indeseable
que todos me ponían; conseguí dar un paso hacia la puerta, pero
cuando lo hice, vi que Avery se volteaba hacia Rune.

Que se volteaba para besarlo.

Mientras la última parte de mi corazón se partía, me giré y
hui de la habitación antes de presenciar ese beso. Avancé a em-
pujones por el pasillo y corrí al cuarto más cercano que encontré.
Giré frenéticamente la manija y entré a la semioscuridad de un
cuarto de lavado.

Azoté la puerta y me recargué en la lavadora, incapaz de evitar doblarme por la mitad y dejar correr las lágrimas. Luché contra la náusea que sentía en la garganta mientras peleaba desesperadamente por borrar aquella ofensiva imagen de mi cabeza.

Pensaba que durante esos últimos dos años ya había soportado todas las facetas del dolor. Pero estaba equivocada, porque nada se compara con el dolor de ver a la persona que amas en los brazos de alguien más.

Nada se compara con la traición de un beso de unos labios prometidos.

Me apreté el estómago con las manos. Mientras luchaba por obtener una bocanada de aire con urgencia, la manija de la puerta empezó a girar.

—¡No! ¡Váyanse…! —comencé a gritar, pero antes de que pudiera empujar la puerta para cerrarla, alguien entró con fuerza y la azotó para abrirla.

El corazón se me aceleró cuando me di cuenta de que estaba atrapada en ese cuarto con alguien más, pero cuando me di la vuelta para ver quién estaba ahí, toda la sangre se drenó de mi cara. Caminé hacia atrás hasta golpear la pared con la espalda.

Las llamas de la hoguera del patio iluminaban la oscura habitación lo suficiente como para ver con claridad quién invadía mi momento de debilidad:

El mismo chico que lo provocó.

Rune estaba parado frente a mí, al lado de la puerta cerrada. Se volteó para poner el seguro. Tragué saliva cuando volvió a verme. Tenía la quijada tensa y los ojos azules fijos en mí. Su mirada era helada.

La boca se me secó. Rune dio un paso al frente y su cuerpo, alto y fuerte, se cernió sobre mí. El batir de mi corazón impulsaba sangre a mis venas, su sonido atronador rugía en mis oídos.

Conforme se acercaba, mis ojos escudriñaron los brazos casi desnudos de Rune: sus músculos torneados y fuertes se marcaban por la tensión de sus puños, la playera negra mostraba su torso firme, su piel suave retenía un matiz de un suave bronceado. En el movimiento único que siempre me ponía de rodillas, alzó una mano y se quitó el pelo de la cara.

Tragué saliva mientras trataba de reunir el valor para pasar corriendo a un lado y escapar, pero Rune siguió avanzando hasta que no me quedó ninguna salida, estaba atrapada.

Tenía los ojos abiertos de par en par mientras él fijaba los suyos en mí. Rune avanzó hasta que sólo estuvimos a unos centímetros de distancia. Tan cerca, podía sentir el calor que emanaba de su cuerpo. Tan cerca, podía oler su fresco aroma, que siempre me reconfortaba, que me regresaba a los perezosos días de verano que pasamos en el bosquecillo. El aroma que me regresaba, a todo color, a la última noche que pasamos juntos, cuando hicimos el amor.

Sentí que mis mejillas se llenaban de calor mientras se inclinaba más cerca. Percibí el suave olor a tabaco de su ropa y un rastro de menta en su cálido aliento. Los dedos me hormiguearon a mis costados cuando vi la barba incipiente en su mandíbula y su barbilla. Quería acercar una mano para tocarla. La verdad era que me moría por estirar el brazo y pasar un dedo por su frente, sus mejillas y por sus labios perfectos. Pero en cuanto pensé en sus labios, el dolor volvió a cruzar mi corazón. Volteé la cabeza y cerré los ojos. Él tocó a Avery con esos labios.

Me *rompió* al entregarle esos labios; se suponía que eran míos para siempre.

Sentí que se acercaba más, hasta que nuestros pechos casi se tocaron. Sentí que alzaba los brazos por encima de mi cabeza para ponerlos sobre la pared de encima, y ocupó cada centímetro de mi espacio personal. Y sentí los mechones de su cabello largo sobre mi mejilla.

La respiración de Rune estaba agitada, su aliento mentolado caía sobre mi cara. Apreté los ojos un poco más. Lo sentía increíblemente cerca. Pero no sirvió de nada; como por voluntad propia y dirigidos por mi corazón, mis ojos se abrieron despacio y volteé la cabeza para que nuestras miradas se encontraran.

El aliento se me quedó atrapado en la garganta cuando las sombras del fuego de afuera se reflejaron en su cara. Después mi respiración pareció detenerse por completo cuando una de sus manos se separó de la pared y, dubitativamente, bajó para acariciar mi cabello. En el momento en que sentí que tomaba un mechón entre los dedos, todo mi cuerpo se puso a temblar y me revolotearon mariposas en el estómago.

Noté que él no estaba mucho más tranquilo; lo delataba su respiración profunda y la tensión de la quijada. Miré su rostro guapo mientras él estudiaba el mío, los dos asimilábamos los efectos de los últimos dos años: los cambios, y mejor aún, los aspectos que eran completamente familiares.

Después, cuando ya no estaba segura de que mi confundido corazón pudiera soportar algo más, su roce suave abandonó la seguridad de mi cabello para ir hacia mi cara; sentí unos dedos ligeros como plumas sobre los pómulos. Sus dedos se detuvieron cuando murmuró una palabra, una palabra cargada emocionalmente, con la voz más desesperada y atribulada…

—*Poppymin.*

Se me escapó una lágrima que se estrelló en su mano.

«*Poppymin*».

El nombre perfecto que Rune me había dado.

«Mi Poppy».

Su chica.

Hasta el infinito.

Por siempre jamás.

Se me formó un nudo en la garganta en cuanto esa dulce palabra llegó a mis oídos, y perforó mi alma. Traté con todas mis fuerzas de reprimirlo y regresarlo junto con el resto del dolor de los dos años anteriores, pero me sentí rebasada y completamente vencida, así que no pude reprimirlo y se me escapó un sollozo que había soportado durante mucho tiempo.

Con Rune así de cerca, no tenía ninguna posibilidad.

Cuando un chillido escapó de mis labios, los ojos de Rune perdieron su frialdad y se suavizaron para brillar con las lágrimas que aún no derramaba. Inclinó la cabeza hacia adelante y apoyó la frente en la mía, bajando los dedos sobre mis labios.

Respiré.

Respiró.

Y, sin pensarlo mejor, me permití fingir que los últimos dos años nunca ocurrieron, me permití fingir que no se mudó nunca. Que yo tampoco me mudé. Que nunca sentí todo aquel dolor y aquel sufrimiento. Y que el vacío negro y sin fondo que ocupó el lugar de mi corazón estaba lleno de luz, de la luz más brillante posible.

El amor de Rune. Su tacto y sus besos.

Pero esa no era nuestra realidad. Alguien tocó la puerta del cuarto de lavado y la realidad regresó estruendosamente, como una ola levantada por la tormenta que cayera sobre una playa batida por la lluvia.

—¿Rune? ¿Estás ahí? —llamó una voz femenina, una que reconocí como la de Avery.

Rune abrió los ojos cuando los golpes de Avery se hicieron más fuertes. De inmediato, se alejó y me observó. Alcé la mano para limpiarme las lágrimas.

—Por favor, sólo déjame ir.

Traté de sonar segura; quería decir algo más, pero no quedaba nada dentro de mí. No tenía fuerza para seguir con esta pretensión.

Estaba herida.

Lo tenía escrito en la cara, a la vista de todos.

Puse la mano sobre el pecho de Rune y lo empujé; necesitaba salir. Me dejó quitarlo de mi camino, pero me tomó de la mano cuando estaba a punto de llegar a la puerta. Cerré los ojos, tratando de juntar la fuerza para voltear de nuevo hacia él. Cuando lo hice, cayeron más lágrimas.

Rune miraba fijamente nuestras manos unidas; sus pestañas largas y rubias estaban casi negras por las lágrimas contenidas.

—Rune —murmuré. Abrió los ojos ante el sonido de mi voz—. Por favor —rogué cuando Avery volvió a tocar.

Me sostuvo con mayor firmeza.

—¿Rune? —gritó Avery con más fuerza—. Ya sé que estás ahí.

Di un paso hacia él, que observaba cada uno de mis movimientos con profunda intensidad. Cuando llegué a su pecho, alcé la mirada y permití que sus manos siguieran tomando la mía. Encontré su mirada, reconocí la confusión en su cara y me puse de puntitas.

Llevé mi mano libre hacia su boca y pasé las yemas de los dedos por su labio inferior. Sonreí con tristeza al recordar cómo se sentían sus labios al apretarse contra los míos. Tracé el arco de su boca mientras dejaba que cayeran las lágrimas.

—Me mató dejar de hablarte, Rune. Me mataba no saber qué hacías al otro lado del Atlántico —dije. Respiré temblorosamente—. Pero nunca nada me dolió más que verte besar a esa chica. —Rune palideció, sus mejillas tomaron un color ceniciento. Negué con la cabeza—. No tengo derecho a estar celosa. Es mi culpa. *Todo* es mi culpa, ya lo sé. —Quité la mano de su boca, miré hacia arriba y rogando con la mirada, añadí—: Así que, por favor…, *por favor*, déjame ir. No puedo estar aquí ahora.

Rune no se movió. Percibía la conmoción en su rostro. Usé eso en ventaja mía, retiré la mano de la suya y abrí la puerta. Sin mirar atrás ni hacer una pausa, salí deprisa empujando a Avery, que estaba esperando en el pasillo, enojada.

Y corrí. Pasé corriendo junto a Ruby y Jorie, junto a Deacon y Judson, que se reunieron en el pasillo para observar el drama. Corrí entre los muchos estudiantes borrachos. Corrí hasta salir por la puerta principal a la frescura de la noche. Y después seguí corriendo. Simplemente corrí tan rápido como pude, tan lejos de Rune como era posible.

—¡Rune! —oí que gritaba una voz aguda a la distancia, seguida por una voz masculina que añadió:

—¿A dónde vas, amigo? ¡Rune!

Pero no me detuvieron. Doblé a la derecha y vi la entrada del parque. Estaba oscuro y el parque no estaba bien iluminado, pero era un atajo a casa.

En ese momento habría dado cualquier cosa por llegar a casa.

La reja estaba abierta. Dejé que mis pies guiaran mi camino por el sendero bordeado de árboles, que me llevó al centro del parque.

Mi respiración estaba agitada. Me dolían los pies cuando las suelas de mis balerinas golpeaban contra la dureza del asfalto. Estaba dando vuelta a la izquierda, hacia el bosquecillo, cuando oí unos pasos detrás de mí.

Sentí miedo de repente y volteé la cabeza. Rune corría detrás de mí. El corazón empezó a latirme más rápido, pero esta vez no tenía nada que ver con el cansancio y sí con la mirada de decisión en la cara de Rune, que me estaba alcanzando velozmente.

Corrí unos metros más y luego me di cuenta de que no tenía caso. Cuando entré en el bosquecillo, un lugar que conocía tan bien —un lugar que él conocía tan bien—, bajé a la velocidad de una caminata y finalmente me detuve por completo.

Un momento más tarde, escuché que Rune entraba en el bosquecillo. Oí que su respiración agitada resonaba en el aire fresco.

Sentí que se movía detrás de mí.

Lentamente, giré sobre los talones para enfrentarlo. Tenía las dos manos en su cabello, agarrándose unos mechones. Los ojos azules parecían perturbados, atormentados. A nuestro alrededor, el aire crujió por la tensión mientras nos mirábamos uno al otro en silencio, con el pecho palpitante y las mejillas encendidas.

Después, Rune bajó la mirada hacia mis labios y se acercó; dio dos pasos hacia mí e hizo una sola pregunta:

—¿Por qué?

Apretó los dientes en espera de una respuesta. Bajé la mirada y los ojos se me llenaron de lágrimas. Negué con la cabeza.

—Por favor, no... —rogué.

Rune se pasó las manos por la cara. Esa expresión de necedad que conocía tan bien se extendió por sus rasgos.

—¡No! Por Dios, Poppy. ¿Por qué? ¿*Por qué* lo hiciste?

Me distraje momentáneamente por lo marcado de su acento, con un tono más rasposo en su voz de por sí baja y grave. De niño, a lo largo de los años, su acento noruego disminuyó un poco, pero ahora su hablar estaba cubierto por un pesado matiz nórdico. Me recordó al día en que nos conocimos afuera de su casa, cuando teníamos cinco años.

Sin embargo, ahora que veía su cara enrojecerse de ira, me acordé enseguida de que en este momento eso ya no importaba. Ya no teníamos cinco años. Ya nada era inocente. Pasaron demasiadas cosas.

Y, sin embargo, no podía decírselo.

—Poppy —insistió alzando más la voz mientras se seguía acercando—. ¿Por qué diablos lo hiciste? ¿Por qué no me respondías las llamadas? ¿Por qué se mudaron todos? ¿Dónde demonios estuvieron? ¿Qué diablos pasó? —Empezó a caminar, con los músculos tensos bajo la playera. Un viento fresco sopló a través del bosquecillo y se echó el pelo hacia atrás. Se detuvo de repente y volteó a verme—. Me lo prometiste. Me prometiste que ibas a esperar a que regresara. Todo estaba bien hasta el día en que te llamé y no me contestaste. Y llamé y llamé, pero nunca me respondiste. ¡Ni un mensaje, nada! —dijo con brusquedad. Siguió avanzando hasta que sus botas estuvieron junto a mis pies, y él se cernía sobre mí—. ¡Dime! ¡Dímelo ya! —Su cara estaba enrojecida por el enojo—. ¡Merezco saber, carajo!

Me sorprendió la agresividad de su voz, el veneno de sus palabras. Me sorprendió el extraño que estaba parado frente a mí.

El viejo Rune nunca me habría hablado así, pero entonces recordé que este no era el viejo Rune.

—No puedo —tartamudeé con una voz apenas superior a un murmullo. Alcé la vista y vi la mirada de incredulidad en su cara—. Por favor, Rune —rogué—. No me presiones, sólo olvídalo. —Tragué saliva y me obligué a continuar—: Olvídanos, déjanos en el pasado. Tenemos que seguir adelante.

Rune echó la cabeza hacia atrás como si lo hubiera golpeado. Después se rio. Se rio, pero ese sonido no fue alegre, estaba lleno de furia, lleno de rabia. Dio un paso hacia atrás. Las manos le temblaron a los costados y se rio una vez más.

—Dime —exigió con voz helada.

Negué con la cabeza y traté de protestar. Se llevó las manos al pelo con frustración.

—*Dime* —repitió. Su voz había bajado una octava e irradiaba amenaza.

Esta vez no sacudí la cabeza. La tristeza me dejó inmóvil, la tristeza de ver así a Rune. Siempre había sido tranquilo y contenido. Su mamá me dijo en más de una ocasión que Rune siempre fue un niño hosco. Ella siempre había temido que le diera problemas. Me dijo que tenía una predisposición nata a rechazar a la gente y ensimismarse. Incluso de niño, notó un aire de mal humor en él, una inclinación a ser negativo en lugar de positivo.

«Pero después te encontró —dijo ella—. Te encontró. Tú le enseñaste, a través de tus palabras y tus acciones, que la vida no siempre tenía que ser tan seria. Que la vida tenía que vivirse. Que la vida era una gran aventura, que había que vivir bien y plenamente».

Su mamá siempre estuvo en lo cierto.

Mientras observaba la oscuridad que emanaba de aquel chico, me di cuenta de que ese era el Rune en que la señora Kristiansen esperaba —no, que temía— que se convirtiera. Ese era el mal humor nato que ella sabía que existía bajo la superficie de su hijo.

Una predilección por la oscuridad y no por la luz.

Me quedé tranquila y decidí darme la vuelta. Dejar a Rune solo con su rabia.

«Rayos de luna en el corazón y la luz del sol en la sonrisa». Repetí el mantra de mi abu en mi cabeza. Apreté los ojos con fuerza y me obligué a rechazar el dolor que trataba de filtrase en mí. Traté de evitar el dolor que sentía en mi pecho, el que me decía lo que no quería creer.

Que *yo* le había hecho eso a Rune.

Me moví hacia adelante para irme, el instinto de preservación quería tomar el control. Cuando lo hice, sentí que unos dedos desesperados se envolvían alrededor de mi muñeca y me daban la vuelta.

Las pupilas de Rune consumían del todo sus iris azules.

—¡No! Quédate ahí. Quédate ahí y dímelo. —Respiró profundamente y, perdiendo el control por completo, me gritó—: *¡Dime por qué demonios me dejaste completamente solo!*

Esta vez su ira estaba desatada. Esta vez sus duras palabras contenían la fuerza de una cachetada en la cara. El bosquecillo que había ante mí se puso borroso; me tomó un momento darme cuenta de que eran mis lágrimas las que me nublaban la visión.

Me cayó una lágrima por la mejilla, pero la mirada oscura de Rune no vaciló.

—¿Quién eres? —murmuré y sacudí la cabeza porque Rune no dejaba de mirarme fijamente; un ligero estremecimiento en la punta de su ojo era la única prueba de que mis palabras surtieron algún efecto—. ¿Quién eres ahora? —Miré sus dedos, que seguían rodeando mi muñeca. Sentí que se me cerraba la garganta—. ¿Dónde está el chico al que amo? —Atreviéndome a mirar su cara una vez más, murmuré—: ¿Dónde está mi Rune?

De repente, Rune separó los dedos de mi brazo como si se quemara al tocar mi piel. Una risa viciosa se derramó de sus labios mientras me miraba. Levantó una mano para acariciar mi cabello con delicadeza, con una suavidad que contradecía el veneno con el que habló:

—¿Quieres saber a dónde se fue ese chico? —Tragué saliva mientras él observaba cada parte de mi cara, todos mis rasgos con excepción de mis ojos—. ¿Quieres saber a dónde se fue *tu* Rune? —Torció un labio con gesto de disgusto, como si *mi* Rune fuera alguien indigno. Como si *mi* Rune no se mereciera todo el amor que sentía por él.

Se inclinó hacia mí, buscó mis ojos con una mirada tan severa que me desató escalofríos por la espalda. Con voz dura, susurró:

—Ese Rune se murió cuando lo dejaste completamente solo.

Traté de voltearme, pero Rune se interpuso en mi camino e hizo imposible que escapara de su crueldad mordaz. Hice una exhalación herida, pero Rune aún no terminaba. Podía ver en sus ojos que estaba *lejos* de haber terminado.

—Yo te esperé —afirmó—. Esperé y esperé a que me llamaras para explicarme. Llamé a todos los que conocía aquí tratando de encontrarte, pero desapareciste. Te fuiste a cuidar a una tía enferma que yo *sé* que no existe. Tu papá no quiso hablar conmigo cuando lo intenté; todos me bloquearon.

Apretó los labios conforme liberaba el dolor. Lo veía, lo veía en cada uno de sus movimientos, en cada palabra; había vuelto a transportarse a ese lugar doloroso.

—Me dije que tenía que ser paciente, que tú me lo explicarías todo a su debido tiempo. Sin embargo, cuando los días se convirtieron en semanas y las semanas se convirtieron en meses, dejé de tener esperanza, dejé entrar al dolor. Dejé entrar a la oscuridad que *tú* creaste. Cuando pasó un año y mis cartas y mensajes seguían sin respuesta, dejé que el dolor me poseyera hasta que no quedó nada del viejo Rune. Porque no podía verme en el espejo ni un día más, no podía caminar en los zapatos de *ese* Rune ni un puto día más. Porque ese era el Rune que te tenía. Era el Rune que tuvo a *Poppymin*. Ese era el Rune que tenía el corazón completo. Tu mitad y la mía. Pero tu mitad me abandonó. Se fue y permitió que se enraizara lo que tengo ahora. Oscuridad. Dolor. Un montón de mierda de ira. —Rune se inclinó hasta que me bañó con su aliento—. *Tú* me hiciste así, Poppy. El Rune que conocías se murió cuando te convertiste en una perra que rompió todas las promesas que me hizo.

Sus palabras me hicieron perder el equilibrio y me tambaleé hacia atrás. Sus palabras eran como balas en mi corazón. Rune me miraba sin mostrar culpa. No vi simpatía en su mirada, sólo la fría y dura verdad.

Sentía cada palabra.

Entonces, siguiendo su ejemplo, dejé que la ira me dominara. Entregué las riendas a toda la ira que sentía. Me impulsé hacia adelante y empujé el pecho firme de Rune. No esperaba que se moviera, así que me sorprendí cuando dio un paso atrás antes de recuperar la postura con rapidez.

Pero no me detuve.

Choqué contra él otra vez, mientras unas lágrimas calientes caían por mi cara. Empujé su pecho una y otra vez. Parado con firmeza sobre los pies, Rune no se movió. Así que ataqué. Se me escapó un sollozo cuando golpeé su torso; sus músculos se tensaron bajo su playera cuando solté todo lo que tenía atorado en mi interior.

—¡Te odio! —grité con todas mis fuerzas—. ¡Te odio por esto! ¡Odio a la persona que eres ahora! ¡*Lo* odio, *te* odio! —Me ahogué con los gritos y caí hacia atrás, exhausta. Al ver su mirada todavía dirigida a mí, usé la última gota de mi energía para gritarle—: ¡Te estaba salvando! —Respiré profundamente durante un instante y añadí con tranquilidad—: ¡Te estaba salvando, Rune! Te estaba salvando del dolor. Te estaba salvando de la sensación de impotencia que sintieron todas las demás personas que amo.

Las cejas rubias de Rune se convirtieron en una línea dura sobre sus ojos. La confusión distorsionó su hermosa cara. Di un paso atrás otra vez.

—Porque no podía verte, no podía soportar pensar que vieras lo que me iba a ocurrir. No podía soportar hacerte eso cuando estabas tan lejos. —Los sollozos salieron de mi garganta. Tantos que me empezó a faltar el aliento por el cansancio.

Tosí, me aclaré la garganta y avancé a donde estaba Rune, quieto como una estatua. Me puse la mano sobre el corazón y dije con voz ronca:

—Tenía que luchar con todo mi ser. Tenía que intentar. Y quería que estuvieras conmigo más de lo que puedas imaginarte. —Mis pestañas húmedas empezaron a secarse con la brisa fresca—. Hubieras dejado todo para tratar de estar conmigo. Ya odiabas a tus padres, ya odiabas tu vida en Oslo; lo oía cada vez que hablábamos. Estabas tan amargado. ¿Cómo habrías podido lidiar con esto?

La cabeza me palpitó, empezaba a dominarme un dolor pulsante.

Necesitaba irme, necesitaba dejarlo todo. Me alejé. Rune se quedó totalmente quieto. No estaba segura de que hubiera parpadeado.

—Tengo que irme, Rune. —Me agarré el pecho; sabía que la última parte que quedaba de mí se iba a quebrar con lo que diría a continuación—: Dejémoslo aquí, en el bosquecillo que tanto amamos. Terminemos con lo que sea que teníamos…, con lo que sea que fuéramos. —Mi voz casi se había desvanecido en la nada, pero murmuré con un último esfuerzo—: Me mantendré lejos de ti. Tú mantente lejos de mí. Por fin vamos a descansar, porque así tiene que ser. —Agaché la mirada para no ver el dolor en sus ojos—. No puedo soportar tanto dolor. —Me reí ligeramente—. Necesito rayos de luna en el corazón y la luz del sol en la sonrisa. —Sonreí para mí misma—. Es lo que me ha dado fuerza, no voy a dejar de creer en un mundo maravilloso, no voy a dejar que me quiebre. —Me forcé a mirar a Rune—. Y no voy a ocasionarte más dolor.

Cuando volteé la cabeza, vi una fisura de agonía en la expresión de Rune, pero no titubeé. Corrí. Corrí deprisa, pero sólo me dio tiempo a pasar por mi árbol favorito porque Rune me agarró del brazo y me hizo girar otra vez.

—¿Qué? —exclamó—. ¿De qué demonios estás hablando? —Respiraba con dificultad—. ¡No me explicaste nada! Parloteas algo de salvarme y ahorrarme dolor, pero ¿de qué? ¿Qué pensaste que no iba a poder manejar?

—Rune, por favor —le rogué y lo empujé. Estaba encima de mí en un santiamén, anclándome a la tierra con las manos sobre mis hombros.

—¡Respóndeme! —gritó.

Lo volví a empujar.

—¡Suéltame! —El corazón me latía con recelo. La piel se me erizó con un escalofrío. Me volteé otra vez para irme, pero sus manos me mantuvieron quieta. Luché y luché, tratando de liberarme, tratando de huir de una vez por todas del árbol cuyo refugio siempre me había sido reconfortante—. ¡Suéltame! —grité otra vez.

Rune se inclinó hacia mí.

—No, dime. ¡Explícate! —me gritó a su vez.

—Rune...

—¡Explícate! —gritó interrumpiéndome.

Sacudí la cabeza más rápido, tratando en vano de escapar.

—¡Por favor! ¡Por favor! —rogué.

—¡Poppy!

—¡NO!

—¡EXPLÍCATE!

—¡ME ESTOY MURIENDO! —grité en el silencio del bosquecillo, incapaz de reprimirlo más—. Me estoy muriendo —repetí sin aliento—. Me estoy... muriendo...

Mientras me apretaba el pecho, tratando de recuperar el aliento, la enormidad de lo que acababa de hacer se filtró en mi cerebro. El corazón me retumbó. Me retumbó por el ataque de pánico. Batió y se aceleró por el conocimiento aterrador de lo que acababa de admitir..., de lo que acababa de confesar.

Seguí mirando el piso. En algún lugar de mi cerebro, se registró que las manos de Rune se quedaron paralizadas sobre mis hombros. Sentí el calor de sus palmas y también me di cuenta de que estaba temblando. Oí su respiración, rasposa y agitada.

Me obligué a alzar la vista y mirarlo directamente a los ojos. Los tenía abiertos de par en par y atormentados por el dolor.

En ese momento me odié. Porque esa mirada en sus ojos, esa expresión perturbada y destruida, era la razón por la que rompí mi promesa dos años atrás.

Era por lo que tuve que liberarlo.

Al parecer, resultó que sólo lo apresé detrás de unos barrotes de ira.

—Poppy… —susurró con un acento marcado y la cara tan pálida como el blanco más blanco.

—Tengo linfoma de Hodgkin. Está avanzado y es terminal. —La voz me tembló cuando añadí—: Me quedan unos meses de vida, Rune. No se puede hacer nada.

Esperé. Esperé a ver qué decía Rune, pero no dijo nada. Más bien se alejó. Sus ojos se movieron por mi cara, en busca de una señal de engaño. Cuando no encontró ninguna, negó con la cabeza. De su boca escapó un «no» sin sonido. Después salió corriendo. Me dio la espalda y salió corriendo.

Pasaron muchos minutos antes de que encontrara la fuerza para moverme.

Diez minutos después, atravesé la puerta de mi casa, donde mi mamá y mi papá estaban sentados con los Kristiansen.

Sin embargo, tan sólo unos segundos después de que me vio, mi mamá corrió a donde estaba y caí en sus brazos.

Ahí se me rompió el corazón por el corazón que acababa de romper.

El que siempre intenté salvar.

Respiraciones entrecortadas y almas hechizadas

RUNE

«ME ESTOY MURIENDO... Me estoy muriendo... Me estoy... muriendo... Tengo linfoma de Hodgkin. Está avanzado y es terminal... Me quedan unos meses de vida, Rune. No se puede hacer nada».

Corrí a través de la oscuridad del parque mientras las palabras de Poppy daban vueltas y vueltas en mi mente. «ME ESTOY MURIENDO... Me estoy muriendo... Me estoy... muriendo... Me quedan unos meses de vida, Rune. No se puede hacer nada...».

Me atravesaba el corazón un dolor que no pensaba que fuera posible. Me partió, apuñaló y punzó hasta que mis pies resbalaron, me detuve y caí de rodillas. Traté de respirar, pero el dolor apenas comenzaba y siguió desgarrando mis pulmones hasta que no quedó nada. Viajó por mi cuerpo a la velocidad de la luz, llevándose todo hasta que sólo quedó el dolor.

Me equivoqué. Me equivoqué por completo.

Pensaba que el dolor que sentí cuando Poppy me sacó de su vida era el más terrible que tendría que soportar. Me cambió; me cambió en lo esencial. Me quebró, simplemente me paralizó de dolor..., pero esto..., esto...

Mientras caía hacia adelante, inmovilizado por el dolor que sentía en el estómago, rugí en la oscuridad del parque vacío. Arañé con las manos la tierra dura bajo mis palmas, las ramas me cortaban los dedos, me rompían las uñas.

Sin embargo, lo recibí con gusto. Podía soportar ese dolor, pero el dolor interior...

La cara de Poppy apareció en mi mente. Su maldita cara perfecta cuando entró a la sala, su sonrisa al encontrar a Ruby y Deacon, y la sonrisa que se borró de sus labios cuando sus ojos se encontraron con los míos. Vi la devastación que atravesó su rostro cuando vio a Avery sentada a mi lado, con mi brazo alrededor de sus hombros.

Lo que no vio era que yo la observé desde la ventana de la cocina mientras conversaba con Jorie afuera. No me vio llegar aunque en principio no planeaba ir. Cuando Judson me mandó un mensaje diciéndome que Poppy estaba ahí, nada pudo detenerme.

Ella me ignoraba desde la semana anterior, cuando la vi en el pasillo, nunca me dirigió la palabra.

Y eso me mataba.

Pensaba que cuando volviera a Blossom Grove obtendría respuestas, que descubriría por qué se alejó.

Me atraganté con un sollozo que tenía atorado. Nunca jamás, ni en mis sueños más locos, pensé algo así. Porque era Poppy. *Poppymin*. Mi Poppy.

No podía morir.

No podía dejarme atrás.

No podía dejarnos atrás a ninguno de nosotros.

Nada tenía sentido si ella no estaba conmigo. Tenía mucha vida por delante. Se suponía que estaría conmigo para toda la eternidad.

Poppy y Rune hasta el infinito.

Por siempre jamás.

«¿Meses? Yo no podía…, ella no podía…».

Empecé a temblar cuando otro bramido me desgarró la garganta, sentía un dolor como si me hubieran colgado, arrastrado y descuartizado.

Las lágrimas me caían por la cara y hasta la tierra seca bajo mis manos. Estaba atascado en aquel lugar, mis piernas se negaban a moverse.

No sabía qué hacer. ¿Qué diablos tenía que hacer? ¿Cómo se puede superar la incapacidad de ayudar?

Levanté la cabeza hacia el cielo lleno de estrellas y cerré los ojos.

—Poppy —murmuré, mientras la sal de las lágrimas se metía a la fuerza por mi boca—. *Poppymin* —volví a susurrar, y mi cariño se desvaneció en la brisa hasta desaparecer.

En mi mente veía los ojos verdes de Poppy, tan reales como si estuviera sentada enfrente de mí…. «Me quedan unos meses de vida, Rune. No se puede hacer nada…».

Esta vez, el llanto no se me atoró en la garganta. Se liberó y se multiplicó. Me estremecí con la fuerza del llanto cuando pensé por lo que debió de pasar. Sin mí. Sin tenerme a su lado, tomando su mano. Sin que besara su cabeza. Sin que la abrazara cuando se sentía triste, cuando el tratamiento la debilitaba. Pensé en ella enfrentando todo ese dolor con sólo la mitad del corazón. La mitad de su alma luchaba por salir adelante sin su otra parte.

La mía.

No estaba seguro de cuánto tiempo llevaba sentado en el parque. Sentí que pasó una eternidad hasta que por fin pude pararme y, mientras caminaba, me sentía como un impostor en mi propio cuerpo. Como si estuviera atrapado en una pesadilla y cuando despertara fuera a tener quince años otra vez. Nada de esto estaría ocurriendo. Me despertaría en el bosquecillo, debajo de nuestro árbol favorito, con *Poppymin* entre mis brazos. Se reiría de mí cuando despertara, y jalaría mi brazo con más fuerza alrededor de su cintura. Levantaría la cabeza y yo inclinaría la mía para besarla.

Y nos besaríamos.

Nos besaríamos y nos besaríamos. Cuando me alejara, con la luz del sol sobre su cara, sonreiría, y con los ojos todavía cerrados murmuraría: «Beso 253. En el bosquecillo, bajo nuestro árbol favorito. Con mi Rune... Y casi me estalla el corazón». Tomaría la cámara y esperaría, con el ojo preparado en el lente, el momento en que abriera los ojos. *Ese* momento. Capturaría ese momento mágico en el que vería en sus ojos cuánto me amaba. Y yo le diría que también la amaba y acariciaría su mejilla con suavidad. Más tarde, colgaría esa foto en mi pared para verla todos los días...

El ulular de un búho me sacó de mi ensoñación. Cuando regresé de la fantasía, me atropelló como un camión el hecho de que era justo eso: una fantasía. Entonces el dolor resurgió y me apuñaló con la verdad. No podía creer que se estuviera muriendo.

La visión se me nubló con nuevas lágrimas y me tomó un momento darme cuenta de que estaba bajo el árbol que vi en mis sueños, bajo el que siempre nos sentábamos. Sin embargo, cuando lo observé en la oscuridad, con el viento fresco gimiendo entre sus ramas, el estómago se me revolvió. Las ramas desnudas de hojas, con sus brazos largos, delgados y retorcidos, todas reflejaron ese momento.

El momento en que supe que *mi* chica estaba muriéndose.

Me obligué a caminar y, de alguna manera, mis pies me condujeron a casa; sin embargo, mientras avanzaba, mi cabeza era un alboroto de incertidumbre: dispersa, incapaz de determinar cualquier cosa. No sabía qué hacer, a dónde ir. Las lágrimas caían sin cesar de mis ojos; en mi interior, el dolor estaba instalándose en un nuevo hogar y no dejó libre ninguna parte de mí.

«Lo hice para salvarte...».

Nada podía salvarme de aquello. Pensar en Poppy tan enferma, luchando para mantener encendida una luz que era tan brillante en ella, me destrozó.

Al llegar a casa, miré fijamente hacia la ventana que durante doce años me había cautivado. Sabía que ella estaba al otro lado. La casa estaba sumida en la oscuridad, pero cuando iba a seguir caminando, me detuve lentamente.

No podía..., no podía enfrentarla..., no podía...

Giré sobre mis talones, corrí por los escalones de mi casa y crucé la puerta. Me destrozaban lágrimas de ira y tristeza; ambos sentimientos competían por el dominio. Me estaba desgarrando por dentro.

Pasé por la sala.

—¡Rune! —me llamó mi mamá. Noté de inmediato el incendio en su voz.

Mis pies se detuvieron. Cuando volteé a ver a mi mamá, que se levantó del sofá, vi que unas lágrimas surcaban sus mejillas.

Me golpeó como un martillo.

Ella *sabía*.

Mi mamá dio un paso adelante con la mano extendida hacia mí. La miré, pero no podía tomarla, no podía...

Corrí a mi cuarto. Azoté la puerta y me quedé ahí parado. Me quedé viendo a mi alrededor, pensando en qué hacer a continuación.

Pero no lo sabía. Llevé mis manos a mi pelo y me agarré unos mechones. Me ahogué en los sonidos que salían de mi boca. Me ahogué en las malditas lágrimas que se escurrían por mis mejillas porque no sabía qué hacer.

Di un paso hacia adelante y luego me detuve. Iba a acostarme en la cama y me detuve. Mi corazón latía a un ritmo lento e irregular. Luché para llevar aire a mis pulmones colapsados. Luché por no caerme al piso.

Y después me quebré.

Liberé la ira que me quedaba. Dejé que me llenara y me condujera. Llegué a mi cama, me hinqué para agarrarla y con un rugido la alcé con todas mis fuerzas: volteé el colchón y el pesado mueble de madera. Fui al escritorio y barrí la superficie con un movimiento. Atrapé mi *laptop* antes de que tocara el piso, giré en mi sitio y la estrellé contra la pared. Oí cómo se despedazaba, pero no me sirvió de nada. Nada me servía, el dolor seguía ahí. La verdad me desgarraba las entrañas.

Las malditas lágrimas.

Apreté los puños, eché la cabeza hacia atrás y grité. Grité y grité hasta que se me puso ronca la voz y me lastimé la garganta. Caí de rodillas y dejé que el dolor me ahogara.

Después oí que la puerta se abría y alcé la mirada. Mi mamá entró. Negué con la cabeza y levanté una mano para advertirle que se fuera, pero ella siguió avanzando.

—No —dije con brusquedad, tratando de apartarme de ella; sin embargo, ella no me escuchó y se tiró al suelo a mi lado—. ¡No! —grité con más fuerza, pero ella estiró los brazos y rodeó mi cuello—. ¡No! —me resistí, pero me jaló hacia ella y perdí el ánimo de pelea. Colapsé en sus brazos y me puse a llorar. Grité y lloré en los brazos de la mujer a la que apenas le hablé en dos años. Pero en ese momento la necesitaba. Necesitaba a alguien que comprendiera.

Que comprendiera lo que iba a significar perder a Poppy.

Así que me desahogué. La apreté con tanta fuerza que pensé que le iba a dejar un moretón, pero mi mamá no se movió; lloró conmigo. Se sentó en silencio, acunando mi cabeza mientras yo perdía todas mis fuerzas.

A continuación oí movimiento en la puerta.

Mi papá nos observaba con lágrimas en los ojos y una expresión de tristeza. Y eso reencendió la llama de mi estómago. Ver al hombre que me alejó de Poppy cuando más me necesitaba, me rompió algo por dentro.

Empujé a mi mamá y le dije apretando los dientes:

—Vete.

Mi mamá se puso rígida y la empujé aún más lejos mientras miraba a mi papá con furia. Él alzó las manos; ahora se notaba en su rostro que estaba sorprendido.

—Rune... —dijo con voz tranquila.

Sólo añadió más leña al fuego.

—¡Dije que te fueras! —Me puse de pie.

Mi papá miró a mi mamá. Cuando volvió a mirarme a mí, tenía los puños apretados. Abracé la rabia que me consumía por dentro.

—Rune, hijo. Estás en *shock*, estás sufriendo...

—¿Sufriendo? ¿Sufriendo? ¡No tienes ni puta idea! —rugí y avancé unos centímetros más hacia donde estaba él. Mi mamá se puso de pie apresuradamente. La ignoré cuando trató de interponerse en mi camino. Mi papá la alcanzó, la puso detrás de él para que saliera al pasillo y luego cerró la puerta ligeramente, dejándola fuera.

—Lárgate —ordené por última vez, sintiendo que todo el odio que sentía por aquel hombre surgía a la superficie.

—Lo siento, hijo —murmuró y dejó que una lágrima rodara por su mejilla. Tenía la audacia de pararse frente a mí y derramar una lágrima.

¡No tenía derecho!

—No —le advertí con voz cortante y seca—. No te atrevas a pararte delante de mí a llorar. No te atrevas a pararte delante de mí y decirme que lo sientes. No tienes derecho cuando fuiste tú quien me apartó de ella. Tú me alejaste de ella cuando yo no quería irme. Tú me alejaste de ella cuando se enfermó. Y ahora..., ahora... se está mu... —No pude terminar la frase. No conseguí decir esa palabra. En lugar de eso, corrí. Corrí hacia mi papá y golpeé su amplio pecho con las manos.

Se tambaleó y chocó contra la pared. Oí que mi mamá gritaba «¡Rune!» desde el pasillo, pero ignoré su súplica, agarré el cuello de la camisa de mi papá con mis puños y acerqué mi cara hasta que quedó justo enfrente de la suya.

—Me separaste de ella durante dos años. Y como no estaba, ella me apartó para *salvarme. A mí.* Para salvarme del dolor de estar tan lejos y no poder consolarla ni abrazarla mientras sufría. Por tu culpa no pude estar con ella mientras luchaba. —Tragué saliva, pero conseguí añadir—: Y ahora es demasiado tarde. Le quedan meses… —Se me quebró la voz—. *Meses…* —Bajé las manos y retrocedí, dominado por aún más lágrimas y dolor. Dándole la espalda, le dije—: No podremos recuperarnos de esto. Nunca te perdonaré que me separaras de ella. Nunca. Terminamos.

—Rune…

—Vete —gruñí—. Lárgate de mi cuarto y lárgate de mi vida. Estoy harto de ti. Totalmente harto.

Unos segundos después, oí que la puerta se cerraba y que la casa quedaba en completo silencio. Pero, en ese momento, a mí me parecía que la casa gritaba.

Me quité el cabello de la cara, me dejé caer en el colchón volcado y apoyé la espalda contra la pared. Durante minutos, o quizás horas, miré fijamente a la nada. Mi cuarto estaba a oscuras salvo por una lámpara pequeña que estaba en un rincón y que de alguna manera sobrevivió a mi rabia.

Alcé la mirada y observé una foto que colgaba de la pared. Fruncí el ceño porque sabía que yo no la había puesto ahí. Seguramente mi mamá la colgó ese día, cuando desempacó las cosas de mi cuarto.

Y la miré.

Miré a Poppy, sólo unos días antes de que me fuera, bailando en el bosquecillo rodeada por los cerezos florecidos que tanto amaba. Extendía los brazos hacia el cielo mientras giraba y tenía la cabeza echada hacia atrás por la risa.

El corazón se me estremeció al verla de esa manera. Porque *esa* era *Poppymin*. La chica que me hacía sonreír. La chica que entraba al bosquecillo riendo y bailando.

La que me pidió que me mantuviera lejos de ella. «Me mantendré lejos de ti. Tú mantente lejos de mí. Por fin vamos a descansar...».

Pero no podía. No podía dejarla. Ella no podía dejarme. Me necesitaba, y yo a ella. No me importaba lo que me dijo; de ninguna manera iba a permitir que pasara por esto sola. No podría aunque lo intentara.

Antes de que pudiera pensarlo dos veces, me puse de pie y corrí hacia la ventana. Eché un vistazo a la ventana de enfrente y dejé que el instinto tomara el control. En silencio, tanto como era posible, abrí la ventana y salí. Sentía los latidos del corazón sincronizados con mis pies, que pisaban el pasto. Me paré por completo. Después, con una inhalación profunda, puse la mano bajo la ventana y jalé hacia arriba. Se movió.

Estaba abierta.

Era como si no hubiera transcurrido el tiempo. Entré y cerré con cuidado. En mi camino se interponía una cortina que antes no estaba ahí. La empujé a un lado en silencio, avancé y me detuve a asimilar la familiar habitación.

Lo primero que me llegó a la nariz fue el dulce perfume de Poppy, el que siempre usaba. Cerré los ojos y traté de librarme de la pesadumbre del pecho. Cuando los volví a abrir, mis ojos cayeron sobre Poppy, que estaba en la cama. Su respiración era suave, dormida con la cara hacia mí y el cuerpo iluminado solamente por el suave brillo de su lamparita.

Después el estómago se me encogió. ¿Cómo diablos pensó que podía mantenerme lejos? Aunque no me hubiera dicho por qué me apartó de ella, habría encontrado el camino para volver a su lado. Incluso después del dolor, del sufrimiento y de la ira, me habría vuelto a atraer, como una palomilla a una llama.

Nunca podría estar lejos de ella.

Sin embargo, mientras la miraba fijamente, sus labios rosados se fruncieron en el sueño y la cara se le sonrojó por el calor, y sentí que una lanza me atravesaba el pecho. La iba a perder.

Iba a perder la razón de mi vida.

Me mecí sobre mis pies y traté de lidiar con ese pensamiento. Me caían lágrimas de los ojos cuando una tabla suelta chirrió bajo mi peso. Cerré los ojos con fuerza. Cuando los volví a abrir, Poppy me estaba mirando desde su cama, con los ojos adormilados. Después, cuando vio mi rostro con claridad —las lágrimas en mi cara, el sufrimiento en mis ojos—, su expresión se transformó en una máscara de dolor y abrió los brazos lentamente.

Fue instintivo. Un poder primitivo que sólo Poppy tenía sobre mí. Mis pies me arrastraron hacia adelante al ver sus brazos; mis piernas se rindieron finalmente cuando llegué a la cama, golpeé el suelo con las rodillas y mi cabeza cayó sobre su regazo. Y, como un dique, estallé. Las lágrimas se engrosaron y aceleraron cuando Poppy envolvió mi cabeza con sus brazos.

Alcé los míos y rodeé, como cadenas de acero, su cintura. Los dedos de Poppy me acariciaron el cabello cuando, temblando, me derrumbé en su regazo y mojé con mis lágrimas el camisón que cubría sus muslos.

—Shhh —murmuró Poppy meciéndome. Ese dulce sonido fue como el paraíso para mis oídos—. Está bien —añadió. Me sorprendió mucho que ella me consolara, pero no podía evitar el dolor. No podía evitar el desconsuelo.

Y la abracé. La abracé con tanta fuerza que pensé que me iba a pedir que la dejara, pero no lo hizo y yo no iba a soltarla. No me atrevía a alejarme por si ella no estaba ahí cuando alzara la cabeza.

Necesitaba que estuviera ahí.

Necesitaba que se quedara.

—Está bien —me consoló Poppy otra vez. Esta vez, alcé la cabeza hasta que nuestros ojos se encontraron.

—No está bien —dije con voz ronca—. Nada de esto está bien.

Los ojos de Poppy brillaban, pero no cayeron lágrimas. En cambio, alzó mi cara poniendo un dedo bajo mi barbilla y me acarició la mejilla húmeda con otro. La miré sin aliento y una pequeña sonrisa empezó a extenderse sobre sus labios.

El estómago me dio un vuelco, la primera sensación que tenía desde que el entumecimiento por su revelación se apoderó de mí.

—Aquí estás —susurró con una voz tan baja que casi no la escuché—. Mi Rune. —Mi corazón dejó de latir.

Su rostro se derritió de pura felicidad mientras me apartaba el cabello de la frente y pasaba un dedo por mi nariz y por el borde de mi quijada. Me quedé completamente quieto, tratando de guardar este momento en mi memoria, una fotografía en mi mente: sus manos en mi cara, la expresión de felicidad, la luz que brillaba desde su interior.

—Me preguntaba cómo te verías más grande. Me preguntaba si te habrías cortado el pelo. Si serías más alto o más grande. Me preguntaba si tus ojos serían iguales. —Vi que contraía la comisura de los labios—. Me preguntaba si te habrías puesto más guapo, lo que me parecía imposible. —Se borró su sonrisa—. Y ya veo que sí. Cuando te vi en el pasillo la semana pasada, no podía creer que estuvieras ahí, enfrente de mí, más guapo de lo que habría podido imaginar. —Jaló mi cabello juguetonamente—. Con el cabello rubio y brillante aún más largo. Tus ojos del mismo azul vibrante que siempre habían tenido. Y tan alto y fuerte. —Los ojos de Poppy se encontraron con los míos y añadió en voz baja—: Mi vikingo.

Cerré los ojos con la intención de tragarme el nudo que se me estaba formando en la garganta. Cuando los abrí, Poppy me estaba mirando como siempre lo hacía: con completa adoración.

Me incorporé sobre mis rodillas y me acerqué más, viendo que los ojos de Poppy se suavizaban en cuanto apoyé la frente en la suya, con tanto cuidado como si fuera una muñeca de porcelana. Cuando nuestra piel se tocó, respiré profundamente y susurré:

—*Poppymin*.

Esta vez fueron las lágrimas de Poppy las que cayeron sobre su regazo. Hundí la mano en su cabello y la sostuve cerca de mí.

—No llores, *Poppymin*. No puedo soportar verte llorar.

—Estás confundiendo el significado —susurró en respuesta.

Eché la cabeza ligeramente hacia atrás en busca de sus ojos. La mirada de Poppy se encontró con la mía y sonrió. Pude ver la alegría en su cara cuando me explicó:

—Pensé que nunca ibas a volver a decirme esa palabra. —Tragó saliva con fuerza—. No pensé que fuera a volver a sentirte tan cerca de mí. Nunca soñé que fuera a sentir *esto* de nuevo.

—¿A sentir qué? —pregunté.

—Esto. —Llevó mi mano a su pecho, justo encima de su corazón. Latía a toda velocidad. Me quedé quieto mientras sentía que algo volvía a la vida en mi propio pecho—. Nunca pensé que fuera a sentirme completa otra vez. —Una lágrima suya cayó a mi mano, estrellándose contra mi piel—. Nunca pensé que fuera a recuperar la otra mitad de mi corazón antes de... —Se calló, pero los dos sabíamos a qué se refería. Su sonrisa se desvaneció y su mirada penetró la mía—. Poppy y Rune, dos mitades de un mismo ser. Por fin reunidos. Cuando más importa.

—*Poppy*... —dije, pero no pude ahuyentar el azote de dolor que me agrietaba por dentro, en lo más profundo.

Poppy parpadeó y volvió a parpadear hasta que se fueron las lágrimas; me miró fijamente, inclinando la cabeza a un lado como si estuviera descifrando un enigma complicado.

—Poppy —dije con voz rasposa y grave—. Deja que me quede un momento. No puedo..., no puedo..., no sé qué hacer.

La palma cálida de Poppy cayó sobre mi mejilla con suavidad.

—No hay nada que hacer, Rune. No queda más que poner buena cara al mal tiempo.

Las palabras se me quedaron atrapadas en la garganta y cerré los ojos. Cuando los volví a abrir, me estaba viendo.

—Yo no tengo miedo —me aseguró con confianza, y supe que era verdad. Cien por ciento verdad. Mi Poppy: pequeña de tamaño, pero llena de valor y de luz.

Nunca me había sentido más orgulloso de quererla que en ese momento.

Me llamó la atención la cama, que era más grande que la que tenía dos años antes. Poppy parecía demasiado pequeña para un colchón tan enorme. Sentada en el centro de la cama, parecía una niña.

Cuando Poppy vio que estaba observando la cama, se movió hacia atrás. Pude detectar un filo de cautela en su expresión, y lo comprendía. Sabía que yo ya no era el chico del que se despidió dos años atrás. Había cambiado.

No estaba seguro de que pudiera volver a ser *su* Rune.

Poppy tragó saliva y después de un momento de duda, dio unos golpecitos en el colchón, a su lado. El corazón se me aceleró. Iba a dejar que me quedara. Aun después de todo lo que hice desde mi regreso, iba a dejar que me quedara.

Cuando me iba a levantar, sentí las piernas inestables. Las lágrimas marcaron mis mejillas y me irritaron la garganta, y el dolor, la revelación irreal de la enfermedad de Poppy…, dejó un entumecimiento residual en mí. Cada parte de mi cuerpo estaba herida, parchada con curitas, curitas en heridas abiertas.

Temporales.

Vanas.

Inútiles.

Me quité las botas y me subí a la cama. Poppy se movió para recostarse en su lado natural de la cama y yo me acosté de mi lado con extrañeza. En un movimiento familiar para ambos, nos pusimos de lado y quedamos una frente al otro.

Sin embargo, no fue tan familiar como antes. Poppy cambió. Yo cambié. Todo cambió.

Y no sabía cómo adaptarme.

Pasaron minutos y minutos de silencio. Poppy parecía satisfecha de verme, pero yo tenía una pregunta, la pregunta que quise hacerle cuando dejamos de estar en contacto. El pensamiento que se hundió en mi interior, oscurecido por falta de respuesta. El único pensamiento que me daba náuseas. La única pregunta que seguía teniendo el potencial de desgarrarme. Incluso en ese momento, cuando mi mundo no podía despedazarse más.

—Pregúntame —susurró Poppy de repente, en voz muy baja para no despertar a sus padres. Seguramente puse una expresión de sorpresa, porque se encogió de hombros y se vio muy hermosa—. A lo mejor ya no conozco al chico que eres ahora, pero reconozco esa expresión. La expresión de que tienes una pregunta.

Pasé un dedo por la sábana que nos separaba, concentrando mi atención en ese movimiento.

—Me conoces —murmuré en respuesta; era lo que quería creer más que nada, porque Poppy era la única que me conocía de verdad. Incluso ahora, bajo toda la ira y la rabia, después de una pausa de dos años de silencio, seguía conociendo el corazón que había debajo.

Los dedos de Poppy se acercaron más a los míos en el territorio neutral que había entre nosotros. La tierra de nadie que separaba nuestros cuerpos. Mientras veía nuestras manos, que se buscaban pero no se alcanzaban del todo, me sentí sepultado por la necesidad de tener mi cámara, una necesidad que no sentía desde hacía mucho tiempo.

Quería capturar ese momento.

Quería esa fotografía. Quería que ese momento durara para siempre.

—Creo que ya sé una parte de tu pregunta —afirmó Poppy, regresándome de mis pensamientos. Tenía las mejillas sonrojadas, un rosa profundo se extendía por su piel clara—. Para ser honesta, desde que volviste no te reconozco del todo, pero hay momentos en los que veo destellos del chico al que amo. Los suficientes como para que tenga la esperanza de que sigue esperándome en tu interior. —Se veía determinación en su rostro—. Creo que, sobre todas las cosas, quiero que luche por mostrarse desde detrás de lo que lo oculta. Creo que volver a verlo es mi mayor deseo antes de morir.

Volteé la cara; no quería oírla hablar de que fuera a morirse, de la decepción que era para ella, del hecho de que se le estaba acabando el tiempo. Después, como el acto de valor de un soldado, su mano sorteó la distancia que nos separaba y la yema de uno de sus dedos se posó sobre los míos. Volví a voltear hacia ella, mis dedos se abrieron con su tacto. Poppy pasó los dedos por mi palma, trazando las líneas.

Apareció una ligera sonrisa en sus labios. Sentí un vuelco en el estómago al preguntarme cuántas veces más vería esa sonrisa, cómo encontró la fuerza para sonreír.

Después, retirándose despacio a donde estaba antes, la mano de Poppy se quedó quieta. Me miró, esperando con paciencia la pregunta que todavía no le hacía.

Sentí que el corazón se me aceleraba de miedo, abrí la boca y pregunté:

—El silencio…, ¿sólo fue…, sólo fue por tu enfermedad…? ¿O fue…, o fue por…? —Imágenes de nuestra última noche juntos cruzaron mi mente. Yo acostado sobre su cuerpo, nuestras bocas juntas en besos lentos y suaves. Poppy diciéndome que estaba lista. Ambos quitándonos la ropa, yo viendo su cara mientras seguía adelante y después, cuando descansaba en mis brazos. Caer dormido a su lado, sin que quedara nada sin decir entre nosotros.

—¿Qué? —preguntó Poppy con los ojos abiertos de par en par.

Respiré rápidamente y lo solté:

—¿Fue porque fui demasiado lejos? ¿Te forcé o te presioné? —Sin soportarlo más, pregunté—: ¿Te arrepentiste?

Poppy se puso tensa y los ojos le brillaron. Por un momento, me pregunté si iba a ponerse a llorar y me iba a confesar que lo que había temido durante los últimos dos años era verdad. Que la lastimé. Que ella confió en mí y yo la herí.

En cambio, Poppy se levantó de la cama y se hincó. Oí que sacaba algo de debajo de la cama. Cuando se levantó, tenía un familiar frasco de vidrio en la mano. Un frasco de vidrio lleno de cientos de corazones rosas de papel.

Mil besos tuyos.

Poppy se arrodilló con cuidado en la cama e inclinando el frasco bajo la luz de la lámpara, abrió la tapa y empezó a buscar. Mientras revolvía los corazones de papel, observé los que salían del frasco a mi lado. La mayoría estaba en blanco. El frasco estaba cubierto de polvo, señal de que no lo abría desde hacía mucho tiempo.

En mi interior se removió una mezcla de tristeza y esperanza.

Esperanza de que ningún otro hubiera tocado sus labios.

Tristeza porque la mayor aventura de su vida se quedó en pausa. No hubo más besos.

Después la tristeza me abrió un hueco en el corazón.

Meses. Sólo le quedaban meses, no una vida entera, para llenar ese frasco. Nunca escribiría un mensaje en un corazón el día de su boda, como ella quería. Nunca sería la abuela que les leyera a sus nietos sobre esos besos. Nunca pasaría de la adolescencia.

—¿Rune? —preguntó Poppy cuando nuevas lágrimas se formaron en mis ojos. Me las limpié con el dorso de la mano. Dudé en corresponder a la mirada de Poppy, no quería entristecerla. En cambio, cuando alcé la mirada, lo único que vi en los ojos de Poppy fue comprensión, que enseguida se transformó en timidez.

Nerviosismo.

Me tendía una mano con un corazón rosa que no estaba vacío, sino lleno por ambos lados. La tinta que usó en ese corazón era rosa, por lo que el mensaje casi se escondía. Poppy estiró más el brazo.

—Tómalo —insistió. Obedecí.

Me senté y me moví hacia el haz de luz. Me concentré en la tinta suave hasta que distinguí las palabras. «Beso 355. En mi cuarto, después de que hice el amor con mi Rune. Casi me estalla el corazón». Le di vuelta y leí el otro lado.

Dejé de respirar.

«Fue la mejor noche de mi vida…, tan especial como puede serlo algo especial».

Cerré los ojos y una nueva ola de emoción me recorrió. Si hubiera estado parado, seguro habría caído de rodillas.

Porque le encantó.

Ella quiso hacer lo que hicimos esa noche. No la lastimé.

Me atraganté con un sonido que se deslizaba por mi garganta. Tenía la mano de Poppy en el brazo.

—Pensé que destruí lo nuestro —murmuré mirándola a los ojos—. Pensé que te arrepentías de nosotros.

—No —susurró ella. Con mano temblorosa, en un gesto oxidado por no haberlo hecho en mucho tiempo, empujó hacia atrás unos mechones de pelo que caían sobre mi cara. Cuando me tocó, cerré los ojos y los abrí cuando escuché su voz—. Cuando todo ocurrió…, cuando estaba buscando tratamiento —explicó, y esta vez sí caían lágrimas de sus ojos—, cuando el tratamiento dejó de funcionar…, pensaba a menudo en esa noche. —Poppy cerró los ojos y sus largas pestañas oscuras besaron sus pómulos. A continuación, sonrió con la mano aún sobre mi cabello—. Pensaba en lo cuidadoso que fuiste conmigo, en cómo se sintió… estar contigo, tan cerca. Como si fuéramos dos mitades del corazón que siempre habíamos dicho que éramos —suspiró—. Era como estar en casa. Tú y yo juntos éramos infinitos, estábamos unidos. En ese momento, el momento en que nuestra respiración se dificultó y me apretaste tan fuerte…, fue el mejor momento de mi vida. —Volvió a abrir los ojos—. Era el momento en el que volvía a pensar cuando me dolía. Es en el que pienso cuando dudo, cuando empiezo a sentirme asustada. Es el que me recuerda que soy afortunada. Porque en ese momento sentí el amor por el que mi abu quiso que emprendiera esta aventura de los mil besos. El momento en que sabes que te aman tanto, que eres el centro del mundo de otro de una manera tan maravillosa, que *viviste*... aunque sólo fuera poco tiempo.

Sostuve el corazón de papel con una mano y con la otra me llevé la muñeca de Poppy a los labios. Dejé un beso suave sobre su pulso y sentí su agitación bajo mis labios. Respiró entrecortadamente.

—Nadie más te ha besado en los labios más que yo, ¿verdad? —pregunté.

—Nadie —respondió—. Te lo prometí. Aunque no nos habláramos. Aunque pensé que no iba a volver a verte, nunca habría roto mi promesa. Estos labios son tuyos. Siempre fueron sólo tuyos.

Mi corazón latió con más fuerza, solté su muñeca y toqué con los dedos sus labios, los labios que me regaló.

La respiración de Poppy se hizo más lenta cuando toqué su boca. Sus pestañas se estremecieron y se le calentaron las mejillas. Mi respiración se aceleró porque esos labios me pertenecían. Seguían siendo míos.

«Por siempre jamás».

—Poppy —susurré y me incliné hacia ella. Poppy se quedó quieta, pero no la besé. No lo habría hecho. Me daba cuenta de que no podía leerme, ya no me conocía.

Yo casi no me conocía en esos días.

Puse mis labios sobre mis propios dedos, que seguían sobre sus labios, una barrera entre nuestras bocas, y respiré su olor. Inhalé su esencia: azúcar y vainilla. Mi cuerpo se sentía lleno de energía de tan sólo estar cerca de ella.

Después el corazón se me partió por la mitad cuando me alejé y ella me preguntó con desesperanza:

—¿Cuántas?

Fruncí el ceño. Traté de encontrar en su cara alguna pista sobre lo que estaba preguntándome. Poppy tragó saliva y esta vez puso los dedos sobre mis labios.

—¿Cuántas?

Entonces supe exactamente lo que me estaba preguntando, porque miraba mis labios como si fueran traidores. Los miraba como algo que amó, perdió y que no podría volver a amar.

Un frío helado me recorrió el cuerpo cuando Poppy retiró la mano. Su expresión era de cautela, y ella contenía el aliento como si estuviera protegiéndose de lo que iba a decir. Pero no dije nada; no podía, su mirada me mataba.

Poppy exhaló y dijo:

—Ya sé de Avery, por supuesto, pero ¿hubo otras en Oslo? Quiero decir, ya sé que las hubo, pero ¿fueron muchas?

—¿Es importante? —pregunté en voz baja. El corazón de papel de Poppy seguía en mi mano, y su importancia casi me quemaba la piel.

La promesa de nuestros labios.

La promesa de nuestros corazones partidos por la mitad.

«Por siempre jamás».

Poppy empezó a negar con la cabeza lentamente, pero después, contrayendo los hombros, asintió una vez.

—Sí, importa —murmuró—. No debería, yo te liberé. —Bajó la cabeza—. Pero sí importa. Importa más de lo que podrías comprender.

Estaba equivocada. Sí comprendía por qué le importaba tanto. A mí también me importaba.

—Estuve lejos mucho tiempo —dije. En ese momento, supe que la ira que me tuvo cautivo durante tanto tiempo retomaba el control. Una parte enferma de mí quería lastimarla como ella me lastimó.

—Ya sé —convino Poppy, todavía con la cabeza agachada.

—Tengo diecisiete —continué. Poppy lanzó su mirada a mis ojos y su cara palideció.

—Ah —dijo, y no pude soportar todo el dolor que puso en esa pequeña palabra—. Entonces lo que temía es verdad. Estuviste con otras de manera íntima…, como estuviste conmigo. Yo…, yo sólo…

Poppy se movió hacia el borde de la cama, pero yo la detuve tomándola de la muñeca.

—¿Por qué te importa? —pregunté, y vi que en sus ojos brillaban las lágrimas.

La ira se debilitó un poco en mi interior, pero volvió cuando pensé en los años perdidos. En los años que pasé bebiendo y de fiesta para aliviar mi dolor, mientras Poppy estaba enferma. Casi me hizo temblar de rabia.

—No sé —dijo Poppy, y después negó con la cabeza—. No, es mentira, sí sé. Porque eres mío. Y a pesar de todo, de todo lo que pasó entre nosotros, tenía la vana esperanza de que fueras a mantener tu promesa. De que también era muy importante para ti, a pesar de todo.

Solté su muñeca y Poppy se levantó. Fue hacia la puerta. Justo cuando iba a alcanzar la perilla, dije en voz baja:

—Lo era.

Poppy se detuvo con la espalda encorvada.

—¿Qué?

No se volteó. Más bien, me paré y fui a donde estaba ella. Me incliné para asegurarme de que oyera mi confesión. Mi aliento hizo que su pelo saliera volando de detrás de su oreja, mientras decía en una voz tan baja que apenas podía oírme a mí mismo:

—La promesa sí era muy importante para mí. Tú eras muy importante para mí…, todavía lo eres. En algún lugar, debajo de toda esta ira…, estás tú y sólo tú. Para mí siempre será así. —Poppy seguía sin moverse. Me acerqué más—. Por siempre jamás.

Se dio la vuelta y nuestros pechos se tocaron y sus ojos verdes miraron a los míos.

—Tú…, no entiendo —dijo.

Alcé la mano despacio, la hundí en su cabello y los ojos de Poppy se cerraron con un parpadeo, pero se abrieron de nuevo para mirarme.

—Mantuve mi promesa —admití y observé la sorpresa en su rostro.

Negó con la cabeza.

—Pero yo vi…, besaste a…

—*Mantuve mi promesa* —la interrumpí—. Desde el día en que me fui, no besé a nadie más. Mis labios siguen siendo tuyos. No hubo nadie más. Nunca lo habrá.

Poppy abrió la boca y la volvió a cerrar. Cuando la volvió a abrir, dijo:

—Pero Avery y tú…

Apreté la quijada.

—Ya sabía que estabas ahí. Estaba enojado y quería lastimarte como tú me lastimaste a mí. —Poppy sacudió la cabeza de incredulidad. Me acerqué aún más—. Ya sabía lo que te provocaría verme con Avery, así que me senté a su lado y esperé a que aparecieras. Quería que pensaras que estaba a punto de besarla…, hasta que vi tu cara. Hasta que vi que salías corriendo de la habitación. Hasta que no pude soportar el dolor que te causé.

Las lágrimas se derramaron por la cara de Poppy.

—¿Por qué ibas a hacer algo así? Rune, tú no…

—Sí lo haría y lo hice —dije de manera tajante.

—¿Por qué? —murmuró.

Sonreí sin ganas.

—Porque tienes razón. Ya no soy el chico que conocías. Estaba tan lleno de ira cuando me apartaron de ti que después de un momento era lo único que sentía. Trataba de ocultarlo cuando hablábamos, luchaba en contra de ello porque sabía que seguías conmigo aunque estuviéramos a miles de kilómetros. Pero cuando te distanciaste, ya no me importó. Dejé que me consumiera. Me consumió tanto desde entonces que se *convirtió* en mí. —Tomé la mano de Poppy y me la llevé al pecho—. Soy la mitad de un corazón. Este que soy ahora se debe a una vida sin ti. Esta oscuridad, esta furia, nació de no estar a tu lado. *Poppymin*. Mi aventurera. Mi chica. —Y a continuación el dolor volvió. Por unos breves instantes, olvidé nuestra nueva realidad—. Y ahora —dije apretando los dientes— me dices que me dejas para siempre. Yo... —Me ahogué en mis propias palabras.

—Rune —murmuró Poppy y se lanzó a mis brazos, envolviendo con los suyos mi cintura.

De inmediato, los míos se cerraron alrededor de ella como un tornillo. Cuando su cuerpo se fundió con el mío, respiré. Respiré la primera bocanada de aire puro en mucho tiempo. Después mi respiración se volvió limitada, ahogada.

—No puedo perderte, *Poppymin*. No puedo. No puedo dejarte ir. No puedo vivir sin ti. Eres mi por siempre jamás. Nuestro destino es caminar juntos en esta vida. Tú me necesitas y yo te necesito. Eso es todo. —Sentí cómo temblaba en mis brazos—. No soy capaz de dejarte ir porque adondequiera que vayas yo también tengo que ir. Ya traté de vivir sin ti y no funcionó.

Con lentitud y tanto cuidado como pudo, Poppy alzó la cabeza y se separó de mí sólo lo suficiente para mirarme y decirme en un murmullo desesperanzado:

—No puedo llevarte a donde voy.

Mientras asimilaba sus palabras, me tambaleé hacia atrás y solté su cintura. No me detuve hasta que llegué al borde de la cama. No podía soportarlo. «¿Cómo diablos se supone que sobrelleve todo esto?».

No podía comprender cómo Poppy podía ser tan fuerte.

¿Cómo enfrentaba esa sentencia de muerte con tanta dignidad? Lo único que yo quería hacer era maldecir el mundo y destruir todo a mi paso. Dejé caer la cabeza hacia adelante y lloré. Lloré lágrimas que no creía que me quedaran. Era mi reserva, la última ola de la devastación que estaba sintiendo. Las lágrimas que reconocían la verdad que yo no quería aceptar.

Que *Poppymin* se estaba muriendo.

Que de verdad, realmente, estaba muriéndose.

Sentí que la cama se hundía a mi lado. Olí su suave aroma. Me guio para que me acostara en la cama y la seguí. Seguí su instrucción silenciosa de tenderme en sus brazos. Solté todo lo que reprimía dentro de mí mientras ella acariciaba mi cabello. Abracé su cintura y me aferré a ella, tratando con todas mis fuerzas de memorizar esa sensación: cómo se sentía en mis brazos, sus latidos fuertes y su cuerpo cálido.

No estaba seguro de cuánto tiempo pasó, pero finalmente las lágrimas se secaron. No me despegué de los brazos de Poppy. Ella no dejó de acariciarme la espalda.

Conseguí humedecer mi garganta lo suficiente para preguntarle:

—¿Cómo ocurrió todo, *Poppymin*? ¿Cómo te enteraste?

Poppy se quedó en silencio unos segundos antes de responder:

—No importa, Rune.

Me senté y la miré a los ojos.

—Quiero saber.

Poppy pasó el dorso de la mano por mi mejilla y asintió.

—Ya sé. Y te voy a contar. Pero esta noche no. Esto, que estemos así los dos, es lo único que importa esta noche. Nada más.

No separé mi mirada de la suya, y ella tampoco. Entre nosotros se estableció una especie de paz adormecida. El aire se sentía denso cuando me incliné hacia ella; lo único que quería en el mundo era apretar mi boca contra la suya, sentir sus labios en los míos.

Añadir otro beso al frasco.

Cuando mi boca estaba a un milímetro de distancia de la de Poppy, me moví para besarla en la mejilla. Fue un beso suave y delicado.

Pero no fue suficiente.

Me moví y le di otro beso y otro en cada centímetro de sus mejillas, en la frente y la nariz. Poppy se movió debajo de mí y yo me hice para atrás, pero supuse por su expresión de comprensión que Poppy sabía que no estaba presionándola.

Porque por mucho que no quisiera aceptarlo, ahora éramos personas diferentes. Los chicos que se besaban con tanta facilidad como respiraban cambiaron.

Llegaría un beso verdadero cuando consiguiéramos volver a ser nosotros.

Planté un beso más en la punta de la nariz de Poppy, lo que provocó que se riera un poco. Me pareció que mi ira se había sosegado sólo lo suficiente para permitirme que su alegría se enraizara en mi corazón.

—Mis labios son tuyos y de nadie más —aseguré cuando recargué la frente en la de Poppy.

Como respuesta, Poppy murmuró un beso en mi mejilla. Sentí que el efecto de ese beso viajaba por todo mi cuerpo. Apoyé la cabeza en el hueco del cuello de Poppy y sonreí un poco cuando murmuró en mi oído:

—Mis labios también son tuyos.

Rodé para jalar a Poppy a mis brazos y finalmente cerramos los ojos. Me dormí más rápido de lo que pensaba. Cansado, con el corazón roto y cicatrices emocionales, el sueño llegó enseguida. Sin embargo, siempre era así cuando Poppy estaba a mi lado.

Fue el tercer momento que definió mi vida. La noche en que me enteré de que iba a perder a la chica que amaba. Con el conocimiento de que los momentos que nos quedaban estaban contados, la abracé con más fuerza y me negué a dejarla ir.

Ella se durmió haciendo exactamente lo mismo…

… un eco poderoso de los que solíamos ser.

Un crujido me despertó.

Me tallé el sueño de los ojos. La silueta de Poppy se acercaba a la ventana en silencio.

—*Poppymin*?

Poppy se detuvo y después volteó a verme por fin. Tragué saliva para deshacerme de las cuchillas que sentía en la garganta, mientras Poppy se paraba frente a mí. Tenía un abrigo grueso sobre unos *pants* y un suéter. A sus pies había una mochila.

Fruncí el ceño. Afuera todavía estaba oscuro.

—¿Qué estás haciendo?

Poppy volvió a acercarse a la ventana y miró hacia atrás para preguntarme en tono juguetón:

—¿Vienes?

Me sonrió y el corazón se me quebró. Se hizo astillas por lo hermosa que era. Mis labios se curvaron hacia arriba por su contagiosa felicidad.

—¿A dónde demonios vas? —volví a preguntarle.

Poppy volvió a jalar la cortina y señaló al cielo.

—A ver el amanecer. —Inclinó la cabeza a un lado y me miró—. Ya sé que pasó un rato, pero ¿ya se te olvidó que lo hacía?

Una ola de calor me atravesó: no se me había olvidado.

Me puse de pie y me permití reírme un poco, pero me detuve de inmediato. Poppy se dio cuenta y suspiró con tristeza; caminó de regreso a mí. Bajé la mirada hacia ella, lo único que quería era cerrar mi mano sobre su nuca y tomar su boca con la mía.

Poppy estudió mi cara y me tomó de la mano. Sorprendido, miré sus dedos entrelazados con los míos. Se veían muy pequeños mientras apretaban mi mano.

—Está bien, ¿sabes?

—¿Qué? —pregunté acercándome.

Poppy dejó una mano entrelazada con la mía y alzó la otra hacia mi cara. Se puso de puntitas y posó sus dedos sobre mis labios.

El corazón me latió un poco más rápido.

—Es bueno reír —afirmó con una voz tan suave como una pluma—. Es bueno sonreír. Es bueno sentirse feliz. Si no, ¿cuál es el chiste de la vida? —Lo que decía me pegó con fuerza porque no quería hacer ni sentir eso. Me sentía culpable de sólo pensar en ser feliz—. Rune —dijo Poppy bajando la mano para posarla sobre mi cuello—. Sé cómo te has de sentir. Yo ya llevo un rato lidiando con esto, pero también sé cómo me siento al ver a mis personas favoritas en el mundo, a las que amo con todo mi corazón, tristes y molestas.

Los ojos de Poppy brillaron y me sentí peor.

—Poppy… —empecé a decir, y cubrí su mano con la mía.

—Es peor que cualquier dolor, peor que enfrentar la muerte. Ver que mi enfermedad opaca la felicidad de los que amo es lo peor de todo. —Tragó saliva, respiró con suavidad y murmuró—: Mi tiempo está limitado, ya lo sabemos. Así que quiero que el tiempo que me queda sea especial… —Poppy sonrió con una de sus sonrisas más amplias y brillantes, el tipo de sonrisa que hacía que incluso un tipo enojado como yo viera un rayo de luz—. Tan especial como puede serlo algo especial.

Así que sonreí.

Dejé que viera la felicidad que me hacía sentir. Quería que supiera que esas palabras, las palabras de nuestra infancia, atravesaron la oscuridad.

Por lo menos un momento.

—Congélate —dijo Poppy de repente. Me quedé quieto y una leve risa salió de su garganta.

—¿Qué? —pregunté, tomando aún su mano.

—¡Tu sonrisa sigue ahí! —contestó murmurando con dramatismo y, jugando, abrió la boca como si estuviera sorprendida—. Pensé que era una leyenda mitológica, como Pie Grande o el monstruo del lago Ness, pero ¡sigue ahí! ¡La vi con mis propios ojos!

Poppy se enmarcó la cara con las manos y sacudió las pestañas exageradamente.

Negué con la cabeza, combatiendo una verdadera risa. Cuando mi risa se calmó, Poppy seguía sonriéndome.

—Sólo tú puedes hacerme sonreír —dije. Su sonrisa se hizo más suave. Me agaché y le cerré más el abrigo por el cuello.

Poppy cerró los ojos sólo por un momento.

—Entonces, eso es lo que haré el mayor número de veces posible. —Me miró a los ojos—. Hacerte sonreír. —Se elevó más sobre los pies, hasta que nuestras caras casi se tocaban—. Estoy decidida. —Afuera pio un ave y Poppy miró a la ventana—. Ya tenemos que irnos si queremos alcanzarlo —me apuró, rompiendo nuestro momento.

—Entonces vámonos —contesté, me puse las botas y la seguí. Recogí su mochila y me la puse al hombro; Poppy sonrió para sí misma y yo también.

Abrí la ventana y Poppy regresó rápidamente a la cama. Cuando regresó, traía una cobija.

—Hace frío tan temprano. —Me miró.

—¿Tu abrigo no es lo suficientemente caliente? —pregunté.

Poppy abrazó la cobija contra su pecho.

—Es para ti. —Señaló mi playera—. Te va a dar frío en el bosquecillo.

—Sabes que soy noruego, ¿no? —pregunté con sequedad.

Poppy asintió.

—Un vikingo de verdad. —Se acercó a mí—. Y aquí, entre nosotros, eres muy bueno para las aventuras, como lo predije.

Sacudí la cabeza, divertido. Poppy puso una mano sobre mi brazo.

—Pero ¿sabes qué, Rune?

—¿Qué?

—Hasta a los vikingos les da frío.

Señalé la ventana abierta con un movimiento de la cabeza.

—Vamos o te vas a perder el sol.

Poppy se deslizó por la ventana, aún sonriendo, y yo salí detrás. La mañana estaba fría; el viento, más fuerte que la noche anterior.

El pelo de Poppy le azotó la cara. Me preocupó que le diera frío y se enfermara, así que la tomé del brazo y la jalé para que quedara frente a mí. Poppy pareció sorprendida hasta que levanté su pesado gorro y le cubrí la cabeza. Até las cuerdas para asegurarlo y Poppy me miró todo el tiempo. Mis acciones estaban alentadas por su atención cautivada. Cuando el lazo estuvo atado, dejé las manos quietas y la miré profundamente a los ojos.

—Rune —dijo después de varios segundos de silencio. Incliné la barbilla, esperando tranquilamente a que continuara—. Puedo ver tu luz. Debajo de la ira, sigues estando ahí.

Sus palabras hicieron que retrocediera un paso. Miré al cielo, que empezaba a clarear. Seguí adelante.

—¿Vienes?

Poppy suspiró y se apuró a alcanzarme. Deslicé las manos en mis bolsillos mientras caminábamos en silencio hasta el bosquecillo. Poppy miró a su alrededor durante todo el camino. Yo trataba de seguir lo que veía, pero al parecer sólo eran los pájaros, o los árboles o el pasto meciéndose con el viento. Fruncí el ceño, preguntándome qué la tenía tan maravillada, pero era Poppy: ella siempre bailaba a su propio ritmo. Siempre veía que en el mundo ocurrían cosas más que cualquier otra persona que hubiera conocido.

Ella veía la luz que penetraba la oscuridad. Veía lo bueno a través de lo malo.

Era la única explicación que tenía de por qué no me pidió que la dejara en paz. Ya sabía que me veía diferente, cambiado. Aunque no me lo hubiera dicho, lo habría visto en la manera como me miraba. A veces su mirada era cautelosa.

Antes nunca me habría mirado así.

Cuando entramos en el bosquecillo, sabía en dónde nos íbamos a sentar. Caminamos hasta el árbol más grande, nuestro árbol, y Poppy abrió su mochila. Sacó una cobija para sentarnos encima.

Cuando la extendió, me indicó que me sentara. Me senté y apoyé la espalda contra el ancho tronco. Poppy se sentó en el centro de la cobija y se inclinó hacia atrás apoyándose en sus manos.

Al parecer, el viento cesó. Se desató el cordón del gorro y lo dejó caer hacia atrás, mostrando su cara. La atención de Poppy se concentró en el horizonte, que clareaba. El cielo ahora era gris con tintes de rojo y naranja.

Busqué mis cigarros en el bolsillo y me llevé uno a la boca. Lo prendí con el encendedor y le di una fumada, sintiendo el instante en que el humo llegaba a mis pulmones.

Cuando exhalé lentamente, el humo hizo una nube a mi alrededor. Vi que Poppy me miraba con atención. Con un brazo sobre la rodilla flexionada, la miré de vuelta.

—Fumas.

—*Ja.*

—¿No quieres dejar de fumar? —me preguntó. Pude percibir en su voz que era una petición y me di cuenta, por un destello de sonrisa en sus labios, que sabía que yo notaba su solicitud.

Negué con la cabeza. Fumar me calmaba y por el momento no quería dejarlo.

Nos sentamos en silencio hasta que Poppy volvió a mirar el sol naciente.

—¿Alguna vez viste el amanecer en Oslo?

Seguí su mirada hasta el horizonte, ahora rosado. Las estrellas empezaban a desaparecer bajo un abanico de luz.

—No.

—¿Por qué no? —me preguntó Poppy, moviéndose para mirarme de frente.

Di otra fumada a mi cigarro y eché la cabeza hacia atrás para exhalar el humo. Bajé la cabeza y me encogí de hombros.

—Nunca se me ocurrió.

Poppy suspiró y volvió a voltearse.

—Qué gran oportunidad desperdiciada —dijo haciendo un gesto del brazo hacia el cielo—. Yo nunca he salido de Estados

Unidos, nunca he visto un amanecer en ninguna otra parte, y tú estabas en Noruega y nunca te despertaste temprano para ver el comienzo de un nuevo día.

—Cuando ya viste un amanecer, los viste todos —contesté.

Poppy negó con tristeza. Cuando me miró, fue con un dolor tal que hizo que el estómago se me volteara.

—Eso no es cierto —sostuvo—. Todos los días son diferentes: los colores, los matices, el impacto en tu alma. —Suspiró y continuó—: Cada día es un regalo, Rune. Si aprendí algo en los últimos dos años, fue eso.

Me quedé en silencio.

Poppy echó la cabeza hacia atrás y cerró los ojos.

—Como este viento. Es frío porque comienza el invierno, y la gente huye de él. Se quedan en casa para mantener el calor. Pero yo lo acojo, aprecio la sensación del viento en la cara, el calor del sol en mis mejillas en verano. Quiero bailar en la lluvia. Sueño con acostarme en la nieve y sentir el frío en los huesos. —Abrió los ojos. La cresta del sol empezó a ascender al cielo—. Cuando estaba en tratamiento, confinada en la cama del hospital, cuando sufría y me estaba volviendo loca en cada aspecto de mi vida, les pedía a las enfermeras que voltearan mi cama hacia la ventana. Ver el amanecer cada día me tranquilizaba. Me restauraba la fuerza y me llenaba de esperanza.

Un montón de ceniza cayó sobre la tierra a mi lado. Me di cuenta de que no me moví desde que empezó a hablar. Se volteó hacia mí y dijo:

—Cuando miraba por la ventana, cuando te extrañaba tanto que me dolía más que la quimio, miraba el amanecer y pensaba en ti. Pensaba en que tú estabas viendo el amanecer en Noruega y eso me daba paz. —Yo no dije nada—. ¿Fuiste feliz por lo menos una vez? ¿Hubo algún momento de los últimos dos años en que no te sintieras triste o enojado?

El fuego de la furia que tenía en el estómago volvió a cobrar vida. Negué con la cabeza.

—No —contesté y tiré mi cigarro muerto al suelo.

—Rune —murmuró Poppy con culpa en los ojos—, yo pensé que al final seguirías adelante. —Bajó la mirada, pero cuando volvió a levantarla, me rompió el corazón por completo—. Lo hice porque nunca pensé que duraría tanto. —Una sonrisa débil, pero extrañamente poderosa, adornó su rostro—. Me concedieron más tiempo, me concedieron más vida. —Respiró profundamente—. Y ahora, para sumarse a los milagros que se presentan en mi camino, regresaste.

Volteé la cabeza, incapaz de calmarme, incapaz de equilibrar el hecho de que Poppy hablara de su muerte de manera tan casual y de mi regreso con tanta felicidad. Sentí que se movía para sentarse a mi lado. Su dulce aroma cayó sobre mí y cerré los ojos, respirando fuerte, mientras sentía un brazo apoyado contra mi cuerpo.

Entre nosotros volvió a caer un silencio que hizo más denso el aire. Después Poppy puso su mano sobre la mía. Abrí los ojos justo cuando ella señalaba al sol, que ahora se movía con más rapidez, dando origen a un nuevo día. Apoyé la cabeza hacia atrás en la corteza dura y observé el matiz rosado que inundaba el bosquecillo de árboles. Mi piel se estremeció por el frío. Poppy levantó la cobija que tenía a un lado para cubrirnos a los dos.

En cuanto la cobija gruesa de lana nos envolvió con su calidez, sus dedos se entrelazaron con los míos y unimos nuestras manos. Observamos el sol hasta que la luz del día llegó por completo.

Sentí la necesidad de ser honesto. Hice mi orgullo a un lado y le confesé:

—Me lastimaste. —Mi voz sonaba rasposa y grave.

Poppy se puso rígida.

No la miré a los ojos porque no pude. Después añadí:

—Me rompiste el corazón por completo.

Cuando las nubes se despejaron, el cielo rosa se volvió azul. Mientras llegaba la mañana, sentí que Poppy se movía, estaba limpiándose una lágrima.

Hice un gesto de dolor, odiaba el hecho de perturbarla, pero era ella la que quería saber por qué estaba enojado todo el tiempo, todos los días. Era ella la que quería saber por qué nunca vi un maldito amanecer. Era ella la que quería saber por qué cambié. Y esa era la verdad: estaba aprendiendo rápidamente que a veces la verdad era una perra.

Poppy sollozó y yo alcé un brazo y envolví sus hombros. Esperaba que se resistiera, pero más bien se recargó en mi costado con delicadeza. Dejó que la abrazara.

Mantuve mi atención en el cielo y apreté la quijada cuando se me nubló la vista por las lágrimas, que reprimí.

—Rune —dijo Poppy.

—Ya no importa. —Negué con la cabeza.

Poppy alzó la cabeza y volteó a verme con la mano sobre mi mejilla.

—Por supuesto que importa, Rune. Te lastimé. —Se tragó las lágrimas—. Esa nunca fue mi intención. Lo que quería desesperadamente era salvarte.

Busqué sus ojos y lo vi. Por mucho que me hubiera herido, por mucho que el abrupto silencio me hubiera destruido, hundiéndome en un lugar del que no sabía cómo liberarme, me daba cuenta de que lo hizo porque me amaba. Quería que siguiera adelante.

—Ya lo sé —dije apretándola contra mí.

—No funcionó.

—No —concedí y después le besé la cabeza. Cuando volteó a mirarme, le quité las lágrimas de la cara.

—¿Y ahora qué? —me preguntó.

—¿Qué quieres que pase ahora?

Poppy suspiró y me miró con ojos decididos.

—Quiero que vuelva el viejo Rune. —El estómago me dio un vuelco y me eché hacia atrás; Poppy me detuvo—. Rune...

—No soy el viejo Rune. No creo que lo vuelva a ser nunca. —Bajé la cabeza, pero me obligué a enfrentarla—. Yo te sigo queriendo igual, *Poppymin*, aunque tú ya no me quieras.

—Rune —murmuró—. Acabo de recuperarte. No conozco a este nuevo tú y tengo la mente nublada. Nunca pensé que fueras a estar conmigo en esto. Estoy…, estoy confundida. —Me apretó la mano—. Pero al mismo tiempo, con la promesa de un nuevo nosotros, me siento llena de una vida nueva. Con saber que, por lo menos durante el tiempo que me queda, vas a estar conmigo. —Sus palabras bailaron en el aire y me preguntó con nerviosismo—: ¿Verdad?

Pasé un dedo por su mejilla.

—*Poppymin*, voy a estar contigo. Siempre voy a estar contigo. —Me aclaré el nudo en la garganta y añadí—: Es posible que sea diferente del chico que conocías, pero soy tuyo. —Sonreí con burla, sin ganas—. Por siempre jamás.

La mirada de Poppy se hizo más suave. Me dio un golpecito en el hombro y apoyó la cabeza sobre él.

—Perdón —murmuró.

La apreté contra mí lo más que pude.

—Por Dios, Poppy, perdóname *tú*. No sé… —No pude terminar la frase, pero Poppy esperó con paciencia hasta que bajé la cabeza y continué—: No sé cómo no te estás desmoronando con todo esto. No sé cómo es que no… —Suspiré—. Simplemente no sé cómo encuentras la fuerza para seguir adelante.

—Porque amo la vida. —Se encogió de hombros—. Siempre la he amado.

Sentí como si estuviera viendo un lado nuevo de Poppy. O quizás estuviera acordándome de la chica en la que siempre supe que se convertiría.

Poppy señaló al cielo.

—Soy la chica que se despierta temprano para ver el amanecer. Soy la chica que quiere ver lo bueno en todos, la que se pone a fantasear por una canción, la que se inspira en el arte. —Volteó hacia mí y sonrió—. Soy esa chica, Rune. La que espera en la tormenta sólo para ver un arcoíris. ¿Por qué ser miserable cuando puedes ser feliz? Para mí es una elección obvia.

Me llevé su mano a la boca y besé el dorso. Su respiración cambió, el ritmo se aceleró al doble. Después, Poppy se llevó nuestras manos unidas a la boca, torciéndolas para besar mi mano. Las llevó a su regazo y trazó dibujos sobre mi piel con el dedo índice de la mano que tenía libre. Mi corazón se derritió cuando me di cuenta de lo que estaba dibujando: signos de infinito. Ochos perfectos.

—Ya sé lo que me va a pasar, Rune, no soy ingenua. Pero también tengo mucha fe en que en la vida hay más de lo que tenemos aquí y ahora, en la Tierra. Creo que me espera el paraíso. Creo que cuando expire mi último aliento y cierre los ojos en esta vida, despertaré en la siguiente, sana y en paz. Lo creo con todo mi corazón.

—Poppy —dije con voz ronca. Sentía cómo me desgarraba cuando pensaba en que iba a perderla, pero también me sentía orgulloso de su fuerza. Me sorprendía.

Poppy quitó un dedo de nuestras manos y me sonrió sin ni siquiera un poco de miedo en su hermosa cara.

—Voy a estar bien, Rune. Te lo prometo.

—No estoy seguro de que yo vaya a estar bien sin ti. —No quería hacerla sentir mal, pero esa era mi verdad.

—Vas a estar bien —afirmó con seguridad—. Porque tengo fe en ti.

No le respondí nada, ¿qué podía decirle?

Poppy miró los árboles desnudos que nos rodeaban.

—Estoy impaciente por que vuelvan a florecer. Extraño ver los petalitos rosas, extraño entrar en el bosquecillo y sentir que estoy entrando en un sueño. —Levantó una mano y la pasó por una rama baja.

Poppy me lanzó una sonrisa de emoción y después se puso de pie, con el cabello volando libremente al viento. Se paró en el pasto y levantó las manos al aire. Echó la cabeza hacia atrás y se rio, la risa que surgió de su garganta con abandono puro.

No me moví. No podía, estaba fascinado. Mi mirada se negaba a separarse de Poppy, que se puso a correr y giraba mientras el viento soplaba a través del bosquecillo, llevándose su risa a la deriva.

«Un sueño», pensé. Tenía razón. Poppy, envuelta en su abrigo, dando vueltas en el bosquecillo muy temprano por la mañana, parecía exactamente un sueño.

Era como un ave: más hermosa que nunca cuando volaba libremente.

—¿La sientes, Rune? —me preguntó con los ojos todavía cerrados mientras recibía el calor del sol.

—¿Qué? —pregunté cuando pude hablar.

—¡La vida! —gritó y se rio con más fuerza cuando el viento cambió de dirección y casi la tira al suelo—. La vida —dijo tranquilamente conforme iba quedándose quieta, enraizando los pies en el pasto seco. Su piel estaba sonrojada y sus mejillas tostadas por el viento. Sin embargo, nunca se había visto más bella.

Los dedos se me crisparon. Miré hacia abajo y de inmediato supe por qué: la urgencia de capturar a Poppy en película me carcomía por dentro. Una urgencia natural. Poppy me dijo una vez que nací con ella.

—Rune —dijo Poppy, y alcé la mirada—, desearía que la gente se diera cuenta de cómo se siente esto todos los días. ¿Por qué se necesita que la vida esté por terminar para apreciar cada día? ¿Por qué tenemos que esperar a que se nos acabe el tiempo para empezar a conseguir todo lo que soñamos, cuando una vez tuvimos todo el tiempo del mundo? ¿Por qué no miramos a la persona que más amamos como si fuera la última vez que la fuéramos a ver? Porque si lo hiciéramos, la vida sería tan vibrante. La vida se *viviría* verdadera y completamente.

Poppy echó la cabeza hacia adelante con lentitud. Miró hacia atrás, sobre su hombro, y me recompensó con la sonrisa más devastadora. Miré a la chica que más amaba como si fuera la última vez que fuera a verla, e hizo que me sintiera vivo.

Me hizo sentir como la persona más afortunada del planeta, porque era mía. Aunque, justo en ese momento, las cosas seguían estando raras y eran demasiado recientes, sabía que era mía.

Y yo definitivamente era suyo.

Mis piernas se levantaron como por voluntad propia, tirando la cobija al pasto del bosquecillo. Despacio, avancé hacia Poppy, absorbiendo cada parte de ella.

Poppy me observó acercarme. Cuando me paré frente a ella, agachó la cabeza y un rubor de vergüenza se extendió por su cuello y se asentó en sus pómulos.

El viento nos envolvía.

—¿Lo sientes, Rune? ¿De verdad? —preguntó.

Supe que se refería al viento en mi cara y a los rayos de sol que caían sobre nosotros.

Vivos.

Vibrantes.

Asentí y respondí a una pregunta completamente diferente:

—Lo siento, *Poppymin*. De verdad.

Y en ese momento, algo cambió dentro de mí. Ya no podía pensar en el hecho de que sólo le quedaran unos meses de vida.

Tenía que concentrarme en el momento.

Tenía que ayudarla a sentirse lo más viva posible mientras volvía a tenerla a mi lado.

Tenía que recuperar su confianza. Su alma. Su amor.

Poppy se acercó más a mí y pasó una mano por mi brazo desnudo.

—Tienes frío —señaló.

No me importaba tener hipotermia. Llevé la mano a su nuca y me incliné hacia ella para buscar en su rostro alguna señal de que no deseaba que hiciera ese movimiento. Sus ojos verdes destellaron, pero no por resistencia.

Animado porque sus labios se separaron y cerraba los ojos, incliné la cabeza a un lado y pasé junto a su boca para apoyar la punta de la nariz en su mejilla. Poppy jadeó, pero yo seguí adelante. Seguí hasta que llegué al pulso de su cuello, estaba acelerado.

Tenía la piel caliente de bailar en el viento; sin embargo, al mismo tiempo temblaba. Sabía que era por mí.

Recorriendo el resto del camino, apreté los labios sobre su pulso galopante, saboreé su dulzura y sentí mi propio ritmo acelerarse al mismo ritmo.

Me sentí vivo.

Viviendo la vida verdadera y completamente.

Un suave gemido se escapó de los labios de Poppy y me alejé, para encontrarme poco a poco con su mirada. Sus iris verdes brillaban, y sus labios estaban rosados y plenos. Bajé la mano y di un paso atrás.

—Vamos. Necesitas dormir —dije.

Poppy se veía adorablemente desconcertada. La dejé ahí parada mientras recogía nuestras cosas. Cuando terminé, la encontré exactamente donde la dejé.

Moví la cabeza en dirección a nuestras casas: Poppy caminó a mi lado. A cada paso, repensaba las últimas doce horas. La montaña rusa de emociones, el hecho de que hubiera recuperado la mitad de mi corazón para descubrir que era algo temporal. Pensé en besar la cara de Poppy, en acostarme en la cama a su lado.

Después pensé en el frasco. El frasco de besos medio vacío. Por alguna razón, ese destello de corazones de papel en blanco era lo que más me molestaba. A Poppy le encantaba ese frasco. Era un reto que le puso su abu. Un reto en pausa por mis dos años de ausencia.

Eché un vistazo hacia Poppy, que observaba un ave en un árbol y sonreía mientras el pájaro cantaba en la rama más alta. Sintió mi mirada y volteó a verme.

—¿Todavía te gustan las aventuras? —le pregunté.

La sonrisa de oreja a oreja de Poppy me respondió de inmediato.

—Sí —contestó—. Últimamente cada día es una aventura. —Bajó la mirada—. Ya sé que los próximos meses van a ser un desafío interesante, pero estoy preparada para acogerlos. Estoy tratando de vivir cada día al máximo.

Ignoré el dolor que ese comentario incendió dentro de mí y formé un plan en mi mente. Poppy se detuvo, llegamos al jardín de pasto que dividía nuestras casas.

Poppy se volteó hacia mí cuando nos paramos frente a su ventana, y esperó a ver qué iba a hacer yo a continuación. Me acerqué más a ella, dejé la mochila y la cobija en el suelo y me levanté con las manos a los costados.

—¿Entonces? —preguntó Poppy con un tono de broma.

—Entonces —contesté. No pude evitar sonreír por el brillo de sus ojos—. Mira, Poppy —empecé a decir, y me balanceé sobre los pies—. Tú crees que no conoces al tipo que soy ahora. —Me encogí de hombros—. Así que dame una oportunidad. Déjame mostrarte. Empecemos una nueva aventura.

Sentí que las mejillas se me encendían por la vergüenza, pero Poppy tomó mi mano entre las suyas de repente. Sorprendido, miré nuestras manos y después Poppy las sacudió de arriba abajo dos veces.

—Yo soy Poppy Litchfield y tú eres Rune Kristiansen. Esto es un apretón de manos. Mi abu me dijo que es lo que se hace cuando conoces a alguien. Ahora somos amigos. *Mejores* amigos —declaró con una sonrisa enorme en la cara y unos hoyuelos profundos y orgullosos.

Poppy me miró a través de sus pestañas y se rio. Me reí recordando el día en que la conocí, cuando teníamos cinco años y vi que salía por su ventana con el vestido azul cubierto de lodo y un moño blanco enorme en la cabeza.

Poppy se movió para recuperar su mano, pero la sostuve con fuerza.

—Sal conmigo en la noche. —Poppy se quedó quieta—. A una cita, una verdadera —continué con una sensación de extrañeza.

Poppy negó con la cabeza, incrédula.

—En realidad, no salimos nunca a una cita, Rune. Sólo... éramos.

—Entonces hay que empezar ahora. Te recojo a las seis, para que estés lista.

Me di la vuelta y me dirigí a mi ventana, suponiendo que su respuesta era sí. La verdad era que no le iba a dar la oportunidad de decir que no. Lo haría por ella.

Pondría todo mi esfuerzo en hacerla feliz.

La reconquistaría.

El Rune que era ahora la iba a reconquistar.

No había otra opción.

Éramos nosotros.

Era nuestra nueva aventura.

Una aventura que iba a hacer que se sintiera viva.

Primeras citas
y sonrisas con hoyuelos

POPPY

—¿Vas a salir a una cita? —me preguntó Savannah; ella e Ida estaban acostadas en mi cama, mirando mi reflejo en el espejo. Vieron cómo me ponía los aretes de infinitos en mis orejas y me aplicaba una capa más de rímel.

—Sí, a una cita —contesté.

Ida y Savannah se miraron una a la otra con ojos enormes. Ida volteó a verme.

—¿Con *Rune*? ¿Rune Kristiansen?

Esta vez volteé a verlas. La expresión de sorpresa de sus caras era inquietante.

—Sí, con Rune. ¿Por qué están tan sorprendidas?

Savannah se sentó con los brazos apoyados en el colchón.

—Porque el Rune Kristiansen del que todo el mundo habla no saldría a *citas*. Es el Rune que fuma y bebe en el campo. El que no habla y frunce el ceño en lugar de sonreír. El chico malo que regresó de Noruega siendo una persona diferente. *Ese* Rune.

Miré fijamente a Savannah y vi una expresión de preocupación en su cara. El estómago me dio un vuelco al oír lo que la gente obviamente estaba diciendo de Rune.

—Sí, pero a todas las chicas les gusta —intervino Ida lanzándome una sonrisa—. La gente estaba celosa cuando estabas con él antes de que se fuera. ¡Ahora se van a morir!

Cuando esas palabras salieron de sus labios, vi que Ida perdía la sonrisa poco a poco. Miró hacia abajo y después alzó la mirada.

—¿Ya sabe?

Savannah tenía la misma mirada triste, tan triste que tuve que apartar la mía. No podía soportar verla.

—¿Poppy? —dijo Savannah.

—Sí, sabe.

—¿Cómo lo tomó? —preguntó Ida con indecisión.

Sonreí a pesar de la puñalada de dolor que sentía en el corazón. Volteé hacia mis hermanas: las dos me miraban como si pudiera desaparecer ante sus ojos en cualquier momento. Me encogí de hombros.

—No muy bien.

—Lo siento, Pops. —Los ojos de Savannah empezaron a brillar.

—No debí abandonarlo —declaré—. Por eso está tan enojado todo el tiempo, por eso está tan poco amigable, porque lo herí profundamente. Cuando le conté, parecía destrozado, pero después me invitó a salir. *Mi* Rune finalmente me invitó a salir después de todos estos años.

Ida se limpió la mejilla enseguida.

—¿Saben mis papás?

Hice una mueca y negué con la cabeza. Savannah e Ida se miraron, luego las dos me vieron a mí y, segundos después, todas estábamos riendo.

Ida dio una vuelta sobre su espalda, agarrándose el estómago.

—¡Ay, Dios, Pops! ¡Papá va a enloquecer! De lo único que habla desde que regresaron los Kristiansen es de lo mucho que cambió Rune para mal, de lo irrespetuoso que es porque fuma y le grita a su papá. —Se dio la vuelta y se sentó—. No te va a dejar ir.

Dejé de reírme. Ya sabía que mis papás estaban preocupados por la actitud de Rune, pero no sabía que lo juzgaron tan mal.

—¿Pasará a recogerte? —preguntó Savannah.

Negué con la cabeza, aunque no estaba segura de qué iba a hacer. De repente tocaron el timbre.

Todas nos miramos con los ojos bien abiertos. Fruncí el ceño.

—No puede ser él —exclamé sorprendida. Él siempre venía a mi ventana. Nunca era formal; simplemente, no éramos así. Seguramente no era él.

Savannah miró el reloj de mi buró.

—Son las seis. ¿No dijo que venía a las seis?

Me vi en el espejo una vez más, tomé mi chamarra y salí deprisa de mi habitación, seguida de cerca por mis hermanas. Cuando di vuelta en el pasillo, vi que mi papá abría la puerta y que le cambiaba la expresión al ver quién era.

Derrapé para detenerme.

Savannah e Ida se detuvieron a mi lado. Ida me tomó de la mano cuando oyó que una voz familiar saludaba.

—Señor Litchfield.

Con el sonido de su voz, el corazón empezó a latirme a un ritmo incierto. Vi que mi papá echaba la cabeza hacia atrás, confundido.

—¿Rune? —preguntó—. ¿Qué haces aquí?

Mi papá estaba siendo tan amable como siempre, pero percibí su tono de alerta. Notaba un tono de preocupación, quizás incluso una inquietud más profunda.

—Vine por Poppy —le dijo Rune a mi papá. Mi papá apretó más la perilla de la puerta.

—¿Por Poppy? —repitió. Eché un vistazo desde el otro lado de la pared esperando ver a Rune. Ida me apretó el brazo. Miré a mi hermana, que articuló teatralmente con los labios «¡Dios mío!».

Sacudí la cabeza mientras me reía de ella en silencio. Volvió a centrar su atención en mi papá, pero yo miré su cara de emoción un segundo más. Era en los momentos como este, sin preocupaciones, en los que éramos sólo tres hermanas chismeando de citas, los que me pegaban con más fuerza. Sentí un par de ojos sobre mí y volteé a ver a Savannah.

Sin palabras, me dijo que comprendía.

La mano de Savannah me apretó el hombro cuando oí que Rune explicaba:

—Vamos a salir, señor. —Hizo una pausa—. A una cita.

La cara de mi papá palideció, y yo salí de mi escondite. Cuando iba hacia la puerta para rescatar a Rune, Ida me murmuró algo al oído:

—Poppy, eres mi nueva heroína. ¡Mira la cara de papá!

Puse los ojos en blanco y me reí. Savannah agarró a Ida y la jaló hacia atrás, fuera de vista, pero yo sabía que seguirían observándonos. No se perderían esto por nada del mundo.

Una ráfaga de nervios me atravesó cuando me acerqué a la puerta. Vi que mi papá empezaba a sacudir la cabeza y después fijaba la mirada en mí.

Con ojos confundidos observó mi vestido, el moño que llevaba en el pelo y mi maquillaje. Se puso un poco más pálido.

—¿Poppy? —me preguntó papá. Alcé la cabeza.

—Hola, papi —contesté. La puerta bloqueaba a Rune, pero podía ver su silueta oscura y borrosa a través del panel de cristal. Podía oler su aroma fresco en la brisa que se filtraba en la casa.

El corazón se me aceleró por la expectación.

Mi papá señaló a Rune.

—Al parecer, Rune cree que vas a salir con él —dijo como si no pudiera ser cierto de ninguna manera, pero oí la duda en su voz.

—Sí —confirmé.

Oí los murmullos silenciosos de mis hermanas, que llegaban desde detrás de nosotros. Vi que mi mamá nos observaba desde la sombra de la sala.

—Poppy —empezó a decir mi papá, pero di un paso al frente y lo interrumpí.

—Está bien —le aseguré—. Voy a estar bien. —Parecía que mi papá no se podía mover. Aproveché ese momento de incomodidad para caminar hasta el otro lado de la puerta y saludar a Rune.

Sentí que los pulmones se me trababan y mi corazón se detuvo.

Rune estaba todo vestido de negro: playera, pantalones, botas de piel y chamarra de motociclista. Llevaba suelto el cabello largo y saboreé el momento en que se llevó la mano al pelo para echarlo hacia atrás. Estaba recargado contra el marco de la puerta y de su postura casual emanaba un aire de arrogancia.

Cuando posó en mí sus ojos, brillantes bajo el ceño fruncido de cejas rubias y oscuras, vi que un destello iluminaba su mirada. Recorrió lentamente mi cuerpo con la vista, pasó por mi vestido amarillo de mangas largas, por mis piernas y volvió al moño que se sostenía a un lado de mi cabello. El movimiento de sus fosas nasales y la dilatación de sus pupilas fueron las únicas señales de que le gustaba lo que veía.

Me sonrojé bajo su intensa mirada y respiré profundamente. El aire estaba denso y cargado, la tensión entre los dos era palpable. En ese momento me di cuenta de que es posible extrañar a alguien con furia aunque sólo hayan transcurrido algunas horas desde que estuvimos juntos.

Mi papá se aclaró la garganta y me regresó a la realidad. Lo miré y puse una mano reconfortante sobre su brazo.

—Regreso más tarde, papi, ¿está bien? —dije.

Sin esperar su respuesta, me agaché para pasar por debajo de su brazo, que estaba recargado en la puerta, y salí al porche.

Rune separó lentamente su cuerpo del marco de la puerta y se volteó para seguirme. Cuando llegamos al final de mi casa, lo observé.

Su mirada intensa ya estaba sobre mí, y apretó la quijada mientras esperaba que hablara. Sobre mi hombro vi que mi papá seguía vigilándonos con expresión preocupada.

Rune también volteó, pero no reaccionó. No dijo ni una palabra. Metió la mano en su bolsillo y sacó unas llaves. Hizo un gesto hacia la camioneta de su mamá.

—Tengo el coche —fue lo único que dijo y caminamos hacia allá.

Fui detrás de él con el corazón palpitándome con más fuerza conforme me acercaba al coche. Me concentré en el suelo para controlar mis nervios. Cuando alcé la vista, Rune me abrió la puerta del copiloto. De repente, todos mis nervios se desvanecieron.

Estaba parado como un ángel oscuro, observándome y esperando que entrara. Le sonreí al pasar junto a él y me subí al coche, sonrojándome de felicidad cuando cerró la puerta con suavidad y se subió al asiento del conductor.

Rune encendió el motor sin decir una palabra, con la atención fija en mi casa a través del parabrisas. Mi papá estaba ahí, quieto como una roca, viéndonos marchar.

La quijada de Rune se tensó otra vez.

—Sólo es protector, nada más —le expliqué cuando mi voz rompió el silencio. Rune me miró de reojo y arrancó viendo a mi papá con un aire oscuro; el silencio denso se intensificaba cuanto más nos alejábamos.

Rune apretaba con tanta fuerza el volante que los nudillos se le pusieron blancos. Podía sentir la ira que surgía de él en oleadas. Me hacía sentir triste. Nunca antes había visto que alguien manifestara tanta rabia.

No podía ni imaginarme vivir así todos los días. No podía imaginarme sentir en el estómago ese alambre de púas todos los días, el dolor en el corazón.

Tomé aire y volteé hacia Rune.

—¿Estás bien? —pregunté con indecisión.

Rune exhaló fuerte por la nariz. Asintió una vez con la cabeza y después se echó el pelo hacia atrás. Miré su chamarra de motociclista y sonreí.

Rune alzó la ceja.

—¿Qué? —preguntó y el sonido de su voz profunda retumbó en mi pecho.

—Sólo tú —respondí sin dar más detalles.

Rune devolvió la mirada al camino y después de nuevo a mí. Cuando lo repitió varias veces más, me di cuenta de que estaba desesperado por saber qué estaba pensando.

Extendí una mano y dejé que paseara a la deriva sobre la piel gastada del brazo de su chamarra. Los músculos de Rune se tensaron bajo mi palma.

—Ya veo por qué todas las chicas del pueblo están enamoradas de ti —dije—. Ida me estaba contando hace rato que todas se pondrían celosas si salía a una cita contigo.

Rune bajó las cejas y me reí. Me reí de verdad por las líneas de su frente. Juntó los labios mientras yo me reía con más fuerza, pero pude ver el brillo en sus ojos; me daba cuenta de que estaba ocultando que se divertía.

Suspiré ligeramente y me froté los ojos. Me di cuenta de que las manos de Rune se relajaron un poco en el volante, tampoco tenía tan tensa la quijada ni la mirada tan afilada. Tomé la oportunidad que se me presentaba:

—Desde que me enfermé, mi papá es más protector. No te odia, Rune. No conoce a este nuevo tú. Ni siquiera sabe que ya nos volvemos a hablar.

Rune se sentó muy quieto y no dijo nada.

Esta vez, no traté de hablar. Era obvio que Rune estaba de mal humor de nuevo. Sin embargo, en esos días, no sabía qué hacer para sacarlo de su humor, y ni siquiera si era capaz. Me volteé para ver el mundo que nos rodeaba mientras avanzábamos. No tenía idea de a dónde íbamos, la emoción hacía imposible que me sentara quieta.

De repente, odié el silencio del carro y me incliné para encender el radio. Busqué mi estación favorita y las armonías de mi banda de chicas favorita llenaron el carro.

—Me encanta esta canción —comenté con alegría, y me recargué en mi asiento mientras la lenta melodía del piano empezaba a llenar todos los rincones del coche. Escuché los primeros compases mientras cantaba en voz baja la versión acústica y sin adornos de la canción, que era mi favorita.

Cerré los ojos y dejé que la desgarradora letra fluyera en mi mente y a través de mis labios. Sonreí cuando la sección de cuerdas comenzó a sonar de fondo, intensificando la emoción con sus sonidos melodiosos.

Por eso amaba la música.

Sólo la música tenía la capacidad de dejarme sin aliento y dar vida a la historia de una canción de manera tan perfecta, tan profunda. Abrí los ojos y descubrí que la ira había desaparecido de la cara de Rune. Sus ojos azules me observaban tanto como podían. Apretaba las manos en el volante, pero en su expresión había algo más. Se me secó la boca cuando volteó a verme otra vez, con una expresión indescifrable.

—Se trata de una chica que ama desesperadamente a un chico, con todo el corazón. Mantienen su amor en secreto, pero ella no quiere que sea así. Ella quiere que todo el mundo sepa que ella es suya y él es suyo.

—Sigue cantando —me pidió Rune con voz rasposa a continuación, para mi absoluta sorpresa.

Lo vi en su cara: necesitaba oírme.

Así que canté.

No era muy buena cantante, así que canté en voz baja, con honestidad. Canté la letra abrazando cada palabra. Entoné la canción de amor correspondido con todo mi corazón. Yo viví lo que narraba la letra, esas peticiones apasionadas.

Seguía viviéndolas.

Éramos Rune y yo. Nuestra separación. Mi tonto plan: mantenerlo fuera de mi vida, salvarlo de mi dolor, fue algo que, inesperadamente, nos hirió a los dos. Yo lo amaba desde Estados Unidos, y él me correspondía desde Oslo, en secreto.

Cuando terminó la canción, abrí los ojos y el pecho me dolía de la crudeza de las emociones. Empezó otra, una que no conocía. Sentía la mirada de Rune sobre mí, pero no era capaz de alzar la cabeza.

Algo lo hacía imposible.

Volteé la cabeza en la cabecera del asiento, y miré por la ventana.

—Me encanta la música —dije casi para mí.

—Ya lo sé —respondió Rune con una voz firme, fuerte y clara. Sin embargo, en su tono percibí un toque de ternura. O algo cariñoso. Amoroso. Volteé para verlo, pero no dije nada cuando nuestras miradas se encontraron. Simplemente sonreí. Fue una sonrisa pequeña y tímida, pero Rune suspiró cuando lo hice.

Dimos vuelta a la izquierda dos veces y llegamos a un oscuro camino rural. No aparté los ojos de Rune. Pensé en que era verdaderamente guapo. Me permití imaginar cómo se vería en diez años. Sería más fuerte, seguro. Me pregunté si seguiría usando el cabello largo, qué estaría haciendo con su vida.

Recé por que tuviera algo que ver con la fotografía.

A él, la fotografía le daba la misma sensación de paz del alma que a mí me daba el violonchelo. Sin embargo, desde que regresó, no vi su cámara ni una vez. Él mismo dijo que ya no tomaba fotografías.

Eso me ponía más triste que nada.

Después hice la única cosa que hacía mucho tiempo me dije que no me iba a permitir: me imaginé cómo nos veríamos *nosotros* en diez años, juntos. Casados, viviendo en un departamento del Soho, en Nueva York. Yo haría la comida en una cocina pequeña, bailando al ritmo de la música de fondo que tocaba el radio. Y Rune estaría sentado en la barra, viéndome y tomando fotos para documentar nuestra vida. Extendería su brazo desde detrás de la lente para pasar un dedo por mi mejilla, y yo le daría un manazo jugando y me reiría. Entonces apretaría el botón de la cámara. Esa sería la toma que más tarde, esa noche, me esperaría sobre la almohada.

Un momento que él capturó a la perfección.

Un segundo perfecto para él, una representación del amor.

Una lágrima cayó de mis ojos mientras me aferraba a esa imagen, que nunca podría ser la nuestra. Me permití sentir ese dolor durante un momento antes de ocultarlo profundamente. Después, me concedí sentir alegría por que él tuviera la oportunidad de satisfacer su pasión y convertirse en fotógrafo. Yo lo observaría desde mi nuevo hogar en el paraíso, y desde ahí sonreiría con él.

Mientras Rune se concentraba en el camino, murmuré:

—Te extrañé… te extrañé tanto, tanto.

Él se quedó paralizado, cada parte de su cuerpo se quedó quieta. Después puso la direccional y se estacionó al borde del camino. Me reacomodé en el asiento, preguntándome qué ocurría. El motor ronroneó debajo de nosotros, pero Rune apartó las manos del volante.

Bajó la mirada y puso las manos en su regazo. Agarró sus *jeans* por un instante y volteó a verme. Tenía una expresión torturada.

Devastada.

Sin embargo, la suavizó cuando me miró.

—Yo también te extrañé. Muchísimo, *Poppymin* —murmuró con voz ronca.

Se me aceleró el corazón, y con él también el pulso. Se me desbocaron, lo que hizo que me sintiera mareada mientras asimilaba la honestidad que percibía en su voz grave.

Sin saber qué más decir, apoyé la mano en la guantera que había entre los asientos, con la palma hacia arriba y los dedos extendidos. Después de varios segundos, Rune puso su mano sobre la mía lentamente y entrelazamos los dedos con fuerza. Sentí que me recorrían escalofríos cuando su gran mano tomó la mía.

El día anterior nos confundió a ambos, ninguno de los dos sabía qué hacer, a dónde ir, cómo encontrar el camino de regreso a nosotros. Esa cita era nuestro comienzo. Nuestras manos unidas eran un recordatorio. Un recordatorio de que éramos Poppy y Rune. En algún lugar, debajo del dolor y del sufrimiento, bajo las nuevas capas que adquirimos, seguíamos ahí.

Enamorados.

Dos mitades de un solo corazón.

Y no me importaba lo que los demás dijeran al respecto. Para mí, el tiempo era precioso, pero me di cuenta de que no lo era tanto como Rune. Sin separar su mano, puso el coche en marcha y volvimos al camino. Después de un momento, comprendí a dónde íbamos.

Al arroyo.

Sonreí mientras nos acercábamos al viejo restaurante, con la plataforma de madera adornada con tiras de luces azules y enormes calentadores que entibiaban las mesas de afuera. El carro se detuvo y me di la vuelta hacia Rune.

—¿Me trajiste al arroyo para nuestra cita? ¿A la Choza de Tony?

Cuando éramos niños, mi abu nos traía a Rune y a mí aquí algunos domingos por la noche, justo como esa noche. Vivía por aquellos cangrejos y recorría feliz todo el camino con tal de conseguirlos.

Rune asintió. Traté de retirar mi mano y frunció el ceño.

—Rune —bromeé—, en algún momento tenemos que bajarnos del coche y entonces tendremos que soltarnos la mano.

Me soltó con renuencia, bajando las cejas. Tomé mi abrigo y salí del coche. En cuanto cerré la puerta, Rune llegó a mi lado y, sin pedir permiso, me tomó de la mano otra vez.

Por la fuerza con que me agarró, me convencí de que nunca me soltaría.

Una ráfaga de viento sopló desde el agua mientras caminábamos hacia la entrada. Rune se detuvo y, en silencio, tomó mi abrigo y separó nuestras manos. Sacudió el abrigo y lo extendió para que me lo pusiera.

Iba a protestar, pero una mirada oscura atravesó su cara y suspiré. Me di la vuelta, metí los brazos en el abrigo y me giré cuando el brazo de Rune me guio hacia adelante hasta que quedé frente a él. Concentrándose en la tarea, me subió el cierre del abrigo para mantener bajo control el aire fresco de la noche.

Esperé que Rune quitara las manos de mi cuello, pero se demoró. Su aliento mentolado flotaba alrededor de mis mejillas. Alzó la vista y por un momento se encontró con mis ojos. Se me erizó la piel con el destello de timidez que percibí en su mirada. Después, fijando su mirada en la mía, se acercó:

—¿Te dije qué hermosa te ves hoy? —dijo con suavidad.

Dentro de mis botas, se me contrajeron los dedos por lo marcado de su acento. Aunque Rune pareciera tranquilo y frío, yo lo conocía: cuando su acento era más fuerte, también aumentaban sus nervios.

Negué con la cabeza.

—No —murmuré, y Rune desvió la mirada.

Cuando me miró otra vez, apretó más las manos en el cuello de mi abrigo, acercándome más a él. Su cara estaba a unos centímetros de la mía.

—Bueno, pues así es. Te ves realmente hermosa.

El corazón me dio un salto y se disparó. En respuesta, sólo pude sonreír, pero pareció ser suficiente para él. De hecho, lo derribó. Se inclinó sólo un poco más y rozó mi oreja con sus labios.

—Abrígate, *Poppymin*. No podría soportar que te enfermaras.

De repente, tuvo sentido que quisiera ponerme el abrigo. Era un acto de protección, quería que estuviera a salvo.

—Está bien —murmuré—. Por ti. —Respiró con rapidez y cerró los ojos una fracción de segundo más de lo que duraría un simple parpadeo.

Dio un paso atrás y tomó mis manos entre las suyas. Sin hablar, me llevó a la Choza de Tony y pidió una mesa para dos. La *hostess* nos llevó al fondo, a un patio que daba al arroyo. Hacía años que no iba, pero no había cambiado nada. El agua estaba quieta y silenciosa, un pedazo del paraíso que se ocultaba entre los árboles.

La *hostess* se detuvo en una mesa al final del patio abarrotado. Sonreí, y ya estaba a punto de sentarme cuando Rune dijo:

—No. —Mis ojos y los de la *hostess* fueron hacia Rune. Señaló una mesa en la plataforma de madera, la más alejada, que estaba justo al borde del agua—. Esa —exigió con brusquedad.

La joven *hostess* asintió.

—Por supuesto —contestó un poco nerviosa. Nos acompañó a la mesa atravesando el patio.

Rune tomó la delantera, tomándome aún de la mano. Mientras recorríamos el camino entre las mesas, vi que algunas chicas lo miraban fijamente. En lugar de alterarme por su atención, seguí sus miradas para tratar de verlo con nuevos ojos. Me parecía difícil. Estaba grabado en todos mis recuerdos, tan integrado en la tela de quien yo era, que resultaba casi imposible. Sin embargo, traté con más empeño hasta que vi lo que las demás debían ver.

Era misterioso y taciturno.

Mi propio chico malo.

La *hostess* dejó los menús sobre la mesa de madera y se volteó hacia Rune.

—¿Esta mesa está bien, señor? —Rune asintió, pero todavía tenía el ceño fruncido.

Sonrojándose, la *hostess* nos dijo que nuestro mesero estaría con nosotros enseguida y nos dejó solos apresuradamente. Miré a Rune, pero él estaba viendo el arroyo. Separé mi mano de la suya para sentarme y, en cuanto lo hice, volteó la cabeza y frunció el ceño.

Sonreí por su irritabilidad. Rune se dejó caer en la silla que daba al agua, y yo me senté en la otra, pero en cuanto me senté, Rune agarró el brazo de mi silla y la arrastró hacia él, provocando que soltara un pequeño grito. Me sacudí en el asiento mientras se movía, aferrándome a los brazos hasta que la volvió a acomodar.

La volvió a acomodar junto a él.

Justo a su lado, de manera que mi silla ahora también veía hacia el arroyo.

Rune no reaccionó ante el ligero rubor de mis mejillas, ante el calor que sentía en las entrañas por este simple gesto. De hecho, parecía que ni siquiera se daba cuenta. Estaba demasiado ocupado recuperando posesión sobre mi mano. Demasiado ocupado entrelazando nuestros dedos. Demasiado ocupado en no dejarme ir jamás.

Rune se estiró hacia adelante y puso el calentador que estaba más cerca a su máxima potencia; sólo se relajó cuando las llamas rugieron detrás de la malla de acero. El corazón se me derritió cuando se llevó nuestras manos unidas a los labios y rozó el dorso de mi mano de ida y vuelta en un movimiento hipnótico.

Rune tenía la mirada fija en el agua. Aunque me encantaban los árboles que abrazaban el agua formando un capullo protector tanto como me encantaba ver a los patos que se clavaban y se zambullían, las grullas que bajaban en picada y emergían a la superficie, sólo tenía ojos para Rune. Algo cambió en él desde la noche anterior. No sabía qué. Seguía siendo brusco y arisco, había oscuridad en su interior, su aura advertía a casi todos que se mantuvieran bien lejos.

Sin embargo, había un nuevo nivel de posesión respecto de mí. Veía la furia de esa posesión en su mirada. Podía sentirlo en la manera como me tomaba la mano.

Y me gustaba.

Por mucho que extrañara al Rune que conocía, veía a este Rune con fascinación renovada. Justo ahora, sentada a su lado en un lugar que significaba tanto para los dos, estaba perfectamente satisfecha de estar con *este* Rune.

Más que satisfecha.

Me hacía sentir viva.

El mesero llegó: un chico de unos veinte años. La mano de Rune me apretó con más fuerza y se me hinchó el corazón.

Estaba celoso.

—Hola, chicos. ¿Puedo traerles alguna bebida? —preguntó el mesero.

—¿Me puede traer un té dulce, por favor? —contesté y sentí que Rune se ponía rígido a mi lado.

—Una cerveza de raíz —respondió con brusquedad. El mesero se retiró rápidamente—. No te quitaba los ojos de encima —afirmó Rune de repente, cuando ya no podía oírnos.

—Estás loco —sacudí la cabeza y me reí.

Rune arrugó la frente por la frustración. Esta vez, fue él quien negó con la cabeza.

—No tienes idea —dijo.

—¿De qué? —pregunté, moviendo la mano que tenía libre para seguir un par de cicatrices nuevas en los nudillos de Rune. Me pregunté de qué eran. Oí que su respiración se trababa.

—De lo hermosa que eres —contestó. Estaba observando mi dedo mientras hablaba. Cuando detuve mi dedo, alzó la mirada.

Lo miré fijamente, sin palabras.

Por fin, él curvó los labios en una media sonrisa. Se acercó más a mí.

—Veo que sigues tomando té dulce.

Se acordaba.

Le di un empujón suave en un costado.

—Veo que sigues tomando cerveza de raíz.

Rune se encogió de hombros.

—No la conseguía en Oslo y ahora que regresé no puedo saciar mis ganas de tomar esa cosa. —Sonreí y recomencé a trazar figuras en su mano—. Resulta que no puedo saciar las ganas de algunas de las cosas que no podía conseguir en Oslo.

Dejé de mover el dedo. Sabía exactamente de qué estaba hablando: de mí.

—Rune —dije sintiendo una intensa culpa por dentro.

Alcé la mirada para tratar de disculparme otra vez, pero cuando estaba por hacerlo, el mesero puso nuestras bebidas sobre la mesa.

—¿Están listos para ordenar?

Sin apartar su mirada de la mía, Rune dijo:

—Dos platos de cangrejos hervidos.

Sentí que el mesero esperaba.

—Entonces llevo la orden a la cocina —dijo después de algunos segundos de tensión, y se retiró.

Los ojos de Rune fueron de mi cara a mis orejas, donde resurgió el destello de una sonrisa burlona. Me pregunté qué le provocó ese momento de felicidad. Rune se inclinó hacia adelante y con las yemas de los dedos me quitó el pelo de la cara para acomodarlo detrás de la oreja.

Trazó el contorno de mi oreja con su dedo y después dejó salir un suspiro de alivio.

—Todavía los usas.

Mis aretes de infinitos.

—Siempre —confirmé. Rune me dirigió una mirada intensa—. Por siempre jamás.

Rune bajó la mano, pero tomó las puntas de mi cabello entre sus dedos.

—Te cortaste el pelo.

Sonaba como una declaración, pero yo sabía que era una pregunta.

—Me volvió a crecer —dije y vi que se tensaba. Como no quería arruinar la magia de la noche con conversaciones sobre la enfermedad y el tratamiento, cosas a las que de todos modos no prestaba atención, me incliné y apoyé la frente en la de Rune.

—Perdí mi cabello, pero por suerte el pelo crece. —Me aparté y me toqué el pelo corto con aire juguetón—. Además, como que me gusta. Creo que me va bien. Dios sabe que es más fácil de peinar que la montaña de pelo crespo con la que luché durante tantos años. —Supe que funcionó cuando soltó una sola risa silenciosa—. Además, sólo los vikingos usan el pelo largo. Los vikingos y los *bikers* —afirmé siguiendo con la broma. Alcé la nariz e hice como que lo estudiaba—. Por desgracia, no tienes una bicicleta… —Me callé y me reí de la mirada dura en el rostro de Rune.

Todavía me estaba riendo cuando él me jaló contra su pecho y con la boca sobre mi oreja dijo:

—Podría conseguir una si eso es lo que quieres, si eso es lo que necesito para reconquistar tu amor.

Lo decía de broma.

Yo lo sabía.

Sin embargo, me provocó un cortocircuito. Me quedé quieta, sin una pizca de buen humor. Rune notó el cambio. Su manzana de Adán se movió y se tragó lo que iba a decir.

Dejé que mi corazón guiara mis acciones, alcé la mano y la puse en la cara de Rune. Me aseguré de tener toda su atención.

—No necesitarías una bicicleta, Rune —murmuré.

—¿No? —preguntó con voz ronca, y yo negué con la cabeza—. ¿Por qué? —quiso saber con nerviosismo. Sus mejillas se sonrojaron y me di cuenta de cuánto le costó formular esa pregunta a su fortificado orgullo. Me daba cuenta de que Rune ya nunca preguntaba nada. Cerré el espacio que nos separaba.

—Porque estoy casi segura de que nunca lo perdiste —respondí con voz tranquila.

Esperé. Esperé con la respiración ansiosa lo que iba a hacer después.

No esperaba algo tierno y dulce. No esperaba que mi corazón suspirara y mi alma se derritiera.

Rune, con el movimiento más cuidadoso, se movió hacia adelante y me besó en la mejilla y luego se separó sólo un poco para acariciar mis labios con los suyos. Contuve el aliento ante la expectación de recibir un beso en los labios. Uno de verdad. El beso que anhelaba. Pero Rune pasó de mi boca a la otra mejilla, que recibió el beso que mis labios deseaban.

Cuando se alejó, mi corazón latía como un tambor, como un sonido bajo y ruidoso en mi pecho. Él se volvió a sentar, pero noté que la mano que tenía sobre la mía se tensó un poco.

Una sonrisa secreta se refugió detrás de mis labios.

Un sonido en el arroyo me llamó la atención: un pato volaba hacia el cielo oscuro. Cuando miré a Rune, vi que él también lo estaba observando. Después dirigió su mirada a mí.

—Ya eres un vikingo, no necesitas una bicicleta —bromeé.

Esta vez Rune sonrió y mostró los dientes lo mínimo posible. Yo irradiaba orgullo.

El mesero se acercó con nuestros cangrejos y dejó las cubetas sobre la mesa cubierta de papel. Rune me soltó la mano a regañadientes y empezamos a atacar la montaña de mariscos. Cerré los ojos; saboreé la carne jugosa en mi lengua y una explosión de limón me llegó a la garganta.

Gemí por lo delicioso que estaba.

Rune sacudió la cabeza, riéndose de mí. Le tiré un pedazo de caparazón roto y frunció el ceño. Me limpié la mano con una servilleta y eché la cabeza hacia atrás para contemplar el cielo. Las estrellas brillaban en un manto negro sin nubes.

—¿Alguna vez viste algo tan hermoso como este arroyito? —pregunté. Rune alzó la mirada, luego la dirigió al arroyo tranquilo, donde se reflejaban las luces azules que destellaban para nosotros.

—Yo diría que sí —contestó con tono objetivo, y después me señaló—. Pero entiendo a qué te refieres. Incluso cuando volví a Oslo, a veces me imaginaba este lugar y me preguntaba si habrías regresado.

—No, esta es la primera vez. Mis papás no son muy fans del cangrejo, siempre fue cosa de mi abu. —Sonreí y la visualicé en la mesa a nuestro lado, después de habernos llevado a escondidas. Reí—. ¿Te acuerdas de que traía su licorera llena de *whisky* para servirlo en su té dulce? —Me reí con más fuerza—. ¿Te acuerdas de que se ponía el dedo sobre los labios y decía: «No les vayan a contar a sus papás de esto. Hice la buena obra de traerlos aquí para rescatarlos de la iglesia, así que nada de andar de chismosos»? —Rune también estaba sonriendo, pero sus ojos me miraban reír.

—La extrañas —dijo.

Asentí.

—Todos los días. Me pregunto qué otras aventuras habríamos podido vivir juntas. Con frecuencia me pregunto si hubiéramos ido a Italia, a conocer Asís como dijimos. Me pregunto si habríamos ido a España a correr delante de los toros. —Al pensar en eso, me volví a reír. La paz se instaló en mi interior—. Pero lo mejor de todo es que la volveré a ver pronto —añadí, y miré a Rune a los ojos—. Cuando regrese a casa.

Como me enseñó mi abu, nunca jamás pensaba en lo que iba a ocurrirme como la muerte o el fin. Era el comienzo de algo grande. Mi alma regresaría al hogar al que pertenecía.

No me di cuenta de que perturbé a Rune hasta que se levantó de su asiento y caminó a lo largo del pequeño embarcadero que estaba al lado de nuestra mesa, el cual llevaba al centro del arroyo.

El mesero se acercó. Vi que Rune encendía un cigarro mientras desaparecía en la oscuridad; sólo una nube de humo traicionaba donde se encontraba.

—¿Recojo la mesa, señorita? —me preguntó el mesero.

Sonreí y asentí.

—Sí, gracias. —Me levanté y pareció perplejo al ver a Rune en el embarcadero—. ¿Nos puede traer la cuenta también, por favor?

—Claro, señorita —respondió.

Caminé hacia el muelle para encontrarme con Rune, siguiendo la diminuta lucecita de su cigarro encendido. Cuando llegué a su lado, estaba inclinado sobre el barandal, mirando hacia la nada con aire ausente.

Una suave arruga estropeaba su frente. Tenía la espalda rígida, y la tensó aún más cuando me detuve a su lado. Dio una larga fumada a su cigarro y soltó el humo a la brisa fresca.

—No puedo negar lo que me está pasando, Rune —dije con cautela. Él permaneció en silencio—. No puedo vivir en una fantasía. Ya sé qué es lo que viene. Ya sé qué va a pasar.

Rune respiraba con agitación y tenía la cabeza agachada.

—No es justo —exclamó con desesperación cuando alzó los ojos.

Mi corazón sufría por su dolor. Lo percibía en la tensión de su rostro, en la rigidez de sus músculos. Me incliné más sobre el barandal e inhalé el aire fresco.

—Habría sido muy injusto si no hubiéramos sido bendecidos con estos preciosos meses —dije cuando la respiración de Rune se tranquilizó. Dejó caer la frente sobre sus manos con lentitud—. ¿No lo ves desde un punto de vista más amplio, Rune? Tú regresaste a Blossom Grove tan sólo unas semanas después de que me enviaron a casa para vivir lo que me queda de vida, para disfrutar los pocos meses limitados que me concedió la medicina. —Miré las estrellas sintiendo que la presencia de algo más grande nos sonreía—. Para ti es injusto, pero yo pienso lo contrario. Volvemos a estar juntos por una razón. Quizá sea una lección de que tenemos que esforzarnos por aprender hasta que lo logremos.

Me di la vuelta y acomodé hacia atrás el cabello que le cubría la cara. Bajo la luz de la luna y el brillo de las estrellas, vi que una lágrima rodaba por su mejilla.

Se la limpié con un beso.

Rune se volteó hacia mí y metió la cabeza en el hueco de mi cuello. Envolví su cabeza con mi mano, abrazándolo.

La espalda de Rune se elevó con una inhalación profunda.

—Te traje aquí esta noche para recordarte cuando éramos felices. Cuando éramos inseparables, mejores amigos y más. Pero...

Se interrumpió y yo eché su cabeza hacia atrás para ver su cara.

—¿Qué? —pregunté—. Dime, por favor. Te prometo que estoy bien.

Buscó mis ojos, después miró fijamente el agua en calma.

—¿Y si esta es la última vez que podemos hacer esto? —preguntó cuando regresó su mirada a mí.

Me apretujé entre él y el barandal, le quité el cigarro de la mano y lo arrojé al arroyo. Me paré de puntitas y agarré su cara con las dos manos.

—Entonces tenemos esta noche —afirmé. Rune hizo un gesto de dolor por mis palabras—. Tendremos este recuerdo. Tendremos este momento precioso. —Incliné la cabeza hacia un lado con una sonrisa nostálgica—. Yo conocía a un chico, uno al que amaba con todo el corazón, que vivía por un solo momento. Él me dijo que un solo momento puede cambiar el mundo, la vida de alguien. Ese único momento hará, en un breve segundo, que la vida de alguien sea infinitamente mejor o infinitamente peor. —Cerró los ojos, pero yo seguí hablando—: Esto, esta noche, volver a estar contigo en este arroyo —dije con una sensación de paz en el alma—, recordar a mi abu y por qué la quería tanto... ha hecho mi vida infinitamente mejor. *Este* momento que *tú* me diste lo recordaré por siempre. Lo llevaré conmigo... adonde quiera que vaya. —Rune abrió los ojos y lo llevé más lejos—. Tú me regalaste esta noche. Volviste. No podemos cambiar los hechos, no podemos cambiar nuestros destinos, pero podemos *vivir*. Podemos vivir tanto y tan rápido mientras nos queden días por delante. Podemos ser nosotros de nuevo: Poppy y Rune.

No pensé que fuera a responder nada, así que me sorprendió y me llenó de una esperanza increíble cuando dijo:

—Nuestra última aventura.

«La manera perfecta de expresarlo», pensé.

—Nuestra última aventura —murmuré en la noche, con una alegría inusitada que me llenaba todo el cuerpo. Los brazos de Rune se enredaron en mi cintura—. Con una corrección. —Rune frunció el ceño. Acaricié la arruga de su frente—. Nuestra última aventura en *esta* vida. Porque sé con una fe inquebrantable que volveremos a estar juntos. Incluso cuando esta aventura termine, una más grande nos espera al otro lado. Y, Rune, no existiría el paraíso si tú no volvieras a estar en mis brazos algún día.

Rune, con toda su estatura, me abrazó. Y lo mantuve en mis brazos, lo abracé hasta que se tranquilizó.

—Entonces, Rune Kristiansen, vikingo de Noruega, ¿estás conmigo?

Sin querer, Rune rio. Se rio cuando estiré el brazo para darle un apretón. Rune, mi chico malo escandinavo con una cara hecha por los ángeles, deslizó su mano en la mía y nos dimos un apretón para cerrar nuestra promesa. Dos veces. Como me enseñó mi abu.

—Estoy contigo —respondió, y sentí su promesa hasta la punta de los pies.

—¿Señorita, señor? —Miré por encima del hombro de Rune al mesero, que nos ofrecía la cuenta—. Ya vamos a cerrar —nos explicó.

—¿Estás bien? —le pregunté a Rune, luego de avisarle al mesero que ya íbamos.

Rune asintió y sus pesadas cejas devolvieron el gesto de mal humor a su rostro. Imité su expresión frunciendo el ceño. Rune, incapaz de resistirse, me mostró una sonrisa de buen humor.

—Sólo tú, *Poppymin* —dijo más para sí mismo que para mí.

Deslizando su mano en la mía, me guio lentamente al frente de la choza.

—Tenemos que ir a otro lugar —dijo cuando regresamos al coche y encendió el motor.

—¿Otro momento memorable?

Cuando arrancó, Rune tomó mi mano sobre el descansabrazos.

—Eso espero, *Poppymin*, eso espero —contestó.

Nos tomó un rato volver al pueblo. No hablamos mucho, ya logré comprender que Rune era mucho más silencioso que antes. Aunque tampoco fue nunca realmente extrovertido. Siempre parecía introvertido y callado. Correspondía con la imagen del artista taciturno, haciendo malabarismos en la cabeza con los lugares y paisajes que quería capturar en película.

Momentos.

Recorrimos poco más de un kilómetro cuando encendió el radio. Me pidió que eligiera la estación que quisiera y, mientras yo cantaba en voz baja, él apretaba mis dedos un poco más.

Cuando nos acercábamos al límite del pueblo, se me escapó un bostezo, pero luché por mantener los ojos abiertos. Quería saber a dónde me llevaba.

Cuando nos detuvimos afuera del teatro Dixon, se me aceleró el pulso. Siempre soñé con tocar en ese teatro. Era el teatro al que siempre quise volver cuando fuera mayor, como parte de una orquesta profesional. A mi pueblo natal.

Rune apagó el motor y observé el impresionante teatro de piedra.

—Rune, ¿qué hacemos aquí?

Rune me soltó la mano y abrió su puerta.

—Ven conmigo.

Frunciendo el ceño, pero con el corazón latiéndome increíblemente fuerte, abrí la puerta para ir tras él. Rune tomó mi mano y me llevó a la entrada principal.

Era un domingo por la noche, ya tarde, pero me llevó a través de la puerta principal. En cuanto entramos al vestíbulo en penumbra, escuché de fondo la música de Puccini.

Apreté la mano de Rune con más fuerza. Él me miró con una sonrisa en los labios.

—Rune, ¿a dónde vamos? —murmuré cuando me llevó hacia la pomposa escalera.

Rune puso un dedo sobre mis labios, indicándome que me callara; me preguntaba por qué, pero entonces me llevó hacia una puerta: la que llevaba al palco del teatro.

Rune la abrió y la música me inundó como una ola. Jadeé por el volumen del sonido y seguí a Rune hasta las primeras filas. Abajo había una orquesta con su director. Los reconocí enseguida: la Orquesta de Cámara de Savannah.

Estaba fascinada y miraba fijamente a los músicos, concentrados en sus instrumentos con tanta atención, mientras me mecía al ritmo de la música.

—¿Cómo lo hiciste? —pregunté inclinando la cabeza hacia Rune, que se encogió de hombros.

—Quería llevarte a verlos en una actuación propiamente dicha, pero mañana viajan a Europa. Cuando le expliqué al director cuánto amabas su orquesta, dijo que podíamos venir al ensayo.

No salieron palabras de mis labios.

Me quedé sin habla. Completa y totalmente sin habla.

Como no encontraba el modo adecuado de expresar mis sentimientos, toda la gratitud que sentía por aquella sorpresa, recargué la cabeza en su hombro y me acurruqué rodeada por su brazo. El olor de su piel me llenó la nariz mientras mis ojos se concentraban en la orquesta.

La miré con fascinación. Observé que el director guiaba de una manera experimentada a los músicos a lo largo de todo el ensayo: los solos, los pasajes decorativos, las armonías intrincadas.

Rune me abrazó mientras miraba cautivada. Ocasionalmente, sentía su mirada sobre mí: él me veía a mí y yo los veía a ellos.

Pero no podía apartar la mirada, en especial de la sección de violonchelos. Cuando sus melodías profundas sonaban claras y verdaderas, dejé que mis ojos se cerraran.

Era hermoso.

Podía imaginarme claramente sentada entre mis compañeros músicos, mis amigos, mirando el teatro, lleno de gente a la que conocía y amaba. Rune estaría ahí sentado, mirando con la cámara alrededor del cuello.

Era el más perfecto de los sueños.

Era mi mayor ilusión desde que tenía memoria.

El director pidió a los músicos que guardaran silencio. Observé el escenario. Vi que todos salvo la violonchelista principal bajaban sus instrumentos. La mujer, que parecía estar en sus treintas, llevó su silla al centro del escenario. No había audiencia que nos impidiera la vista.

Se colocó en posición, con el arco sobre la cuerda, para empezar. Se concentró en el director y cuando este alzó la batuta para darle la instrucción de comenzar, oí que tocaba la primera nota. Cuando ocurrió, me quedé completamente quieta. No me atrevía a respirar, no quería oír nada más que la melodía más perfecta que existía.

El sonido de «El cisne», de *El carnaval de los animales*, flotó hasta nuestros asientos. Vi que la violonchelista se perdía en su música y sus expresiones faciales traicionaban sus emociones a cada nota.

Yo quería ser ella.

En ese momento, quería ser la violonchelista que tocaba esa pieza con tanta perfección. Quería que me brindaran la confianza de dar ese concierto.

A mi alrededor todo se desvaneció mientras la observaba. Después cerré los ojos. Los cerré y dejé que la música se adueñara de mis sentidos y me llevara en su viaje. Cuando el tiempo se aceleró y el *vibrato* resonó de una manera hermosa en las paredes del teatro, abrí los ojos.

Y llegaron las lágrimas.

Llegaron las lágrimas como exigía la música.

La mano de Rune apretó la mía y sentí su mirada sobre mí. Me di cuenta de que le preocupaba que estuviera triste, pero no estaba triste, estaba flotando. Con el corazón elevado por la maravillosa melodía.

Se me mojó la cara, pero dejé que las lágrimas fluyeran. Por eso la música era mi pasión. De la madera, la cuerda y el arco podía crearse esta melodía mágica, que insuflaba vida a un alma.

Y permanecí así. Me quedé así hasta que la última nota llegó al techo. La violonchelista alzó su arco. Sólo entonces abrió los ojos y guio su espíritu a un lugar de descanso en su interior, porque yo sabía que eso era lo que estaba sintiendo. La música la transportó a un lugar distante que sólo ella conocía. La emocionaba.

Por un tiempo, la música la agració con su poder.

El director asintió y la orquesta se fue tras bambalinas, dejando que el silencio ocupara el escenario ahora vacío.

Sin embargo, no volteé la cara sino hasta que Rune se inclinó hacia adelante, con una mano apoyada amorosamente sobre mi espalda.

—*Poppymin?* —murmuró con voz cautelosa e insegura—. Perdón —dijo en voz muy baja—, pensé que esto te haría fe…

Volteé a verlo y tomé sus dos manos entre las mías.

—No —dije, interrumpiendo su disculpa—. No —repetí—. Estas son lágrimas de felicidad, Rune. De absoluta felicidad.

Suspiró y liberó una de sus manos para limpiarme las mejillas. Me reí y mi voz resonó a nuestro alrededor. Me aclaré la garganta para eliminar el exceso de emoción.

—Esa es mi pieza favorita, Rune, «El cisne», de *El carnaval de los animales*. La violonchelista principal acaba de tocar mi pieza favorita. De la manera más hermosa, más perfecta. —Respiré profundamente—. Es la pieza que planeaba tocar en mi audición para entrar a Julliard. Siempre ha sido la pieza que me imaginaba tocando en el Carnegie Hall. La conozco como a la palma de mi mano. Conozco cada nota, cada cambio en el compás, cada *crescendo...*, todo. —Respiré y me limpié los ojos—. Oírla esta noche —dije apretando su mano—, a tu lado..., fue un sueño hecho realidad.

Rune, sin palabras, rodeó mis hombros y me jaló hacia él. Sentí cómo me besaba en la cabeza.

—Rune, prométeme que cuando estés en Nueva York, estudiando en Tisch, irás a ver tocar a la Filarmónica de Nueva York. Prométeme que irás a ver a la violonchelista principal cuando toque esta pieza. Y prométeme que, cuando lo hagas, pensarás en mí. Imagíname tocando en ese escenario, alcanzando mi sueño. —Respiré profundamente, satisfecha con esa imagen—. Porque para mí eso sería suficiente ahora —le expliqué—. Saber que por lo menos podré realizar mi sueño aunque sólo sea en tu mente.

—Poppy —dijo Rune dolorosamente—. Por favor, nena... —El corazón me dio un brinco cuando me llamó «nena». En mis oídos, sonaba tan perfecto como la música.

Alcé la cabeza y le levanté la barbilla con un dedo.

—Prométemelo, Rune.

Apartó su mirada de la mía.

—Poppy, si tú no vas a estar en Nueva York conmigo, ¿para qué diablos voy a ir?

—Por la fotografía. Porque, así como este era mi sueño, el tuyo es estudiar fotografía en NYU.

Me preocupé cuando Rune apretó la quijada.

—¿Rune? —pregunté. Después de un momento, volteó despacio para mirarme. Observé su apuesto rostro y me volví a apoyar en mi asiento al ver su expresión.

Rechazo.

—¿Por qué ya no tomas fotos, Rune? —pregunté. Él apartó la mirada—. Por favor, no me ignores.

Rune suspiró, derrotado.

—Porque sin ti ya no veía el mundo de la misma manera. *Nada* era lo mismo. Ya sé que éramos jóvenes, pero sin ti nada tenía sentido. Estaba enojado, me estaba ahogando. Así que abandoné mi pasión porque la pasión murió en mi interior.

De todo lo que habría podido decir o hacer, eso era lo que más me entristecía porque su pasión solía ser muy fuerte. Y sus fotografías, aun a los quince años, no se parecían a nada que hubiera visto antes.

Observé los rasgos duros de Rune, sus ojos perdidos y en trance mientras miraba fijamente el escenario vacío. La expresión de amargura había vuelto.

Sabía que tenía que dejarlo en paz y no presionarlo demasiado, así que volví a recargar mi cabeza en su hombro y sonreí. Sonreí escuchando aún la pieza que flotaba en mis oídos.

—Gracias —murmuré mientras las luces del escenario se desvanecían. Alcé la cabeza y esperé a que Rune me mirara. Finalmente lo hizo. Señalé al auditorio—. Sólo tú habrías podido saber que esto era tan importante para mí. Sólo mi Rune.

Rune dejó un beso suave en mi mejilla.

—Estuviste en mi recital el otro día, ¿verdad?

Rune suspiró y al final asintió con la cabeza.

—No iba a perderme una actuación tuya, *Poppymin*. Nunca lo haría.

Se levantó. Permaneció en silencio mientras me extendía su mano. Permaneció en silencio cuando le di la mía y nos dirigimos al carro. Permaneció en silencio durante el viaje a casa. Pensé que de alguna manera lo lastimé. Me preocupaba que hubiera hecho algo mal.

Cuando llegamos a casa, Rune salió del carro y caminó frente al cofre para abrir mi puerta. Tomé la mano que me ofreció y bajé de un salto. Me agarré a él con fuerza mientras caminaba conmigo a casa. Esperaba que me acompañara a la puerta, pero nos dirigimos a mi ventana. Fruncí el ceño cuando vi la mirada de frustración en su rostro.

Necesitaba saber qué estaba mal, así que acaricié su cara, pero en cuanto mi dedo tocó su mejilla, algo pareció desatarse dentro de él. Me recargó contra mi casa y apretó su cuerpo contra el mío mientras tomaba mi cara entre sus manos.

Me quedé sin aliento: sin aliento por su proximidad y sin aliento por la intensidad de su expresión oscura. Sus ojos azules estudiaron cada parte de mi cara.

—Quería hacer las cosas bien —afirmó—. Quería ir lento, en esta cita, con nosotros, esta noche. —Negó con la cabeza; su frente se arrugó como si estuviera librando una batalla eterna—. Pero no puedo, no lo voy a hacer. —Abrí la boca para responder, pero alzó el pulgar para tomar mi labio inferior y centrar su atención en mi boca—. Tú eres mi Poppy. *Poppymin*. Tú me conoces. Sólo *tú* me conoces. —Tomó mi mano y se la puso encima del corazón—. Incluso debajo de esta ira, tú me conoces. —Suspiró y se acercó tanto que compartimos el mismo aire—. Y yo te conozco. —Rune se puso pálido—. Y si tenemos un tiempo limitado, no voy a desperdiciarlo. Eres mía y yo soy tuyo. Al diablo todo lo demás.

Mi corazón palpitó como un arpegio dentro de mi pecho.

—Rune —fue lo único que conseguí decir. Quería gritar que *sí*, que era suya. Que él era mío. Nada más importaba, pero me falló la voz; estaba demasiado abrumada por la emoción.

—Dilo, *Poppymin* —me pidió—. Sólo di que *sí*.

Rune dio un paso más, atrapándome, su cuerpo fundido con el mío, su corazón latiendo al unísono con el mío. Respiré. Sus labios rozaron los míos, dudando, esperando, listos para poseerlos por completo.

Cuando lo miré a los ojos, donde sus pupilas negras eliminaban el azul, me abandoné.

—Sí —murmuré.

Sus cálidos labios de repente chocaron con los míos, la familiar boca de Rune los tomó con decisión. Su sabor cálido y mentolado ahogó todos mis sentidos. Su pecho duro me mantuvo pegada a la pared, atrapada, mientras me poseía con ese beso. Rune me estaba demostrando a quién le pertenecía. No me dejaba otra opción más que entregarme a él, rendirme a él después de alejarme durante tantos años.

Rune entrelazó sus manos en mi cabello y así me mantuvo en mi posición. Gemí cuando su lengua se abrió paso para encontrarse con la mía, suave, caliente y desesperada. Subí las manos por su amplia espalda hasta llegar a su cabello. Gimió dentro de mi boca y me besó más profundamente, alejándome cada vez más de cualquier temor o duda que tuviera de su regreso. Me besó hasta que no quedó ni una parte de mí que no supiera que era suya. Me besó hasta que mi corazón volvió a fusionarse con el suyo: dos mitades de uno solo.

Mi cuerpo empezó a debilitarse bajo su tacto. Al sentir que me rendía a él por completo, el beso de Rune se convirtió en una caricia suave y tierna. Después se separó; teníamos la respiración acelerada y un arco de tensión sobre nosotros. Con los labios hinchados, Rune me besó las mejillas, la quijada y el cuello. Cuando finalmente se separó, sentí el soplo de su respiración acelerada en la cara. Sus manos liberaron mi cuerpo.

Y esperó.

Esperó viéndome con su intensa mirada.

Entonces abrí los labios y murmuré:

—Beso 357. Contra la pared de mi casa…, cuando Rune tomó posesión de mi corazón. —Rune se quedó quieto, con las manos tensas—. Y casi me estalla el corazón —terminé.

Entonces apareció su sonrisa pura. Era brillante, amplia y auténtica. El corazón se me aceleró al verla.

—*Poppymin* —murmuró.

Lo tomé de la playera.

—*Mi Rune* —murmuré en respuesta.

Cerró los ojos cuando dije esas palabras y un suave suspiro se escapó de su boca. Soltó mi cabello poco a poco y dio un renuente paso hacia atrás.

—Mejor ya me meto —susurré.

—*Ja* —me respondió, pero no apartó la mirada, sino que se apretó contra mí otra vez, tomando mi boca rápida y suavemente, antes de retroceder. Después dio varios pasos hacia atrás, dejando una buena distancia entre los dos.

Me llevé los dedos a los labios.

—Si sigues besándome así, voy a llenar mi frasco en un dos por tres.

Rune se dio la vuelta para caminar hacia su casa, pero se detuvo para mirarme por encima del hombro.

—Esa es la idea, nena. Mil besos *míos*.

Rune se fue corriendo a su casa, dejándome ahí para verlo marcharse, con una ligereza vertiginosa que fluía por mi cuerpo como un rápido. Cuando mis pies finalmente se movieron, entré a mi casa y fui directamente a mi cuarto.

Saqué el frasco de debajo de mi cama y le limpié el polvo. Lo abrí, saqué una pluma del buró y anoté el beso de esa noche.

Una hora más tarde, estaba acostada en mi cama cuando la ventana se abrió. Me senté y vi que alguien apartaba la cortina. El corazón se me fue a la boca cuando vi entrar a Rune.

Sonreí cuando avanzó hacia mí, quitándose la playera y tirándola al piso. Abrí los ojos de par en par ante la vista de su pecho desnudo. Después, casi me explotó el corazón cuando se llevó la mano al pelo para quitárselo de la cara.

Rune caminó lentamente hacia mi cama y se quedó parado a un lado. Me moví hacia atrás, alcé la cobija, Rune se metió a la cama y de inmediato envolvió mi cintura.

Cuando mi espalda se anidó perfectamente contra su pecho, suspiré de satisfacción. Cerré los ojos. Rune me besó justo bajo la oreja.

—Duerme, nena. Yo te cuido —murmuró.

Y me dormí.

Él me cuidaba.

Igual que yo lo cuidaba a él.

Nos tomamos de la mano y soñamos despiertos

RUNE

Desperté y Poppy me estaba mirando.

—Hola —me saludó. Sonrió y se acurrucó en mi pecho. Dejé que mis manos pasearan por su cabello antes de meterlas debajo de sus brazos para jalarla de modo que quedara encima de mí, con la boca frente a la mía.

—Buenos días —contesté, y después apreté mis labios contra los suyos.

Poppy suspiró en mi boca al abrir sus labios y los apretó contra los míos. Cuando me separé de ella, miró por la ventana.

—Nos perdimos el amanecer —dijo.

Asentí. Sin embargo, cuando volvió a mirarme, no había nada de tristeza en su expresión, sino que me besó en la mejilla y admitió:

—Creo que cambiaría todos los amaneceres por despertar así, contigo.

Sentí que el pecho se me hundía ante esas palabras. La tomé por sorpresa, la volteé bocarriba y me puse encima. Poppy se rio cuando atrapé sus manos en la almohada, sobre su cabeza.

Fruncí el ceño y Poppy trató, sin éxito, de contener la risa.

Tenía las mejillas rosas por la emoción. Necesitaba besarla más que respirar, así que la besé.

Solté sus manos y ella agarró mi pelo. Su risa empezó a desvanecerse cuando nuestro beso empezó a hacerse más profundo y después alguien tocó la puerta con fuerza. Nos quedamos quietos, con los labios todavía unidos y los ojos abiertos de par en par.

—¡Poppy! ¡Es hora de levantarte, mi vida! —La voz del papá de Poppy inundó la habitación. Podía sentir el corazón de Poppy acelerado, resonando en mi pecho, al mismo tiempo que el mío.

Poppy llevó la cabeza a un lado y rompió el beso.

—¡Ya estoy despierta! —contestó gritando. No nos atrevimos a movernos hasta que oímos que su papá se alejaba de la puerta.

Poppy tenía los ojos enormes cuando volteó la cara hacia mí.

—¡Oh, Dios mío! —susurró y estalló en una nueva serie de risas.

Sacudí la cabeza y rodé al lado de la cama para agarrar mi playera del suelo. Cuando me puse la tela negra, Poppy dejó caer las manos sobre mis hombros desde atrás.

—Dormimos demasiado esta mañana, casi nos descubren —suspiró.

—No volverá a ocurrir —dije, de modo que no necesitara ninguna excusa para terminar esto. Tenía que pasar las noches con ella. Tenía que hacerlo. No pasó nada, nos besamos y dormimos.

Era suficiente para mí.

Poppy asintió, pero cuando apoyó la barba sobre mi hombro y envolvió mi cintura con los brazos, dijo:

—Me gustó.

Rio de nuevo, y volteé la cara ligeramente para ver el brillo en su mirada. Asintió con aire juguetón. Se sentó, me tomó de la mano y la puso sobre su corazón. Latía con rapidez.

—Me hizo sentir viva.

Me reí con ella y negué con la cabeza.

—Estás loca.

Me levanté y me puse las botas. Poppy se volvió a sentar en su cama.

—Ya sabes que nunca hago travesuras ni nada malo, Rune. Soy una niña buena, creo. —Fruncí el ceño al pensar que la corrompía. Sin embargo, Poppy se inclinó hacia adelante—. Me divertí —afirmó. Me quité el pelo de la cara y me incliné sobre la cama para darle un último beso, suave y dulce—. Rune Kristiansen, después de todo, a lo mejor me gusta este lado de chico malo. Seguro que vas a hacer que los próximos meses sean entretenidos. —Suspiró con dramatismo—. Besos dulces y excentricidades traviesas…, ¡cuenta conmigo!

Cuando iba hacia la ventana, oí que Poppy se movía detrás de mí. Justo cuando iba a escabullirme por su ventana, miré hacia atrás. Estaba llenando dos corazones en blanco de su frasco. Me permití mirarla. La vi sonreír a lo que fuera que estuviera escribiendo.

Era tan hermosa.

Cuando puso los corazones llenos en el frasco, se dio la vuelta y se detuvo. Me descubrió mirándola. Su mirada se hizo más suave. Abrió la boca para decir algo, pero la perilla de su cuarto empezó a girar. Abrió los ojos y me ahuyentó con un gesto de la mano.

Mientras saltaba de su ventana y corría a mi casa, oí su risa siguiéndome. Sólo algo tan puro podía apartar la oscuridad de mi corazón.

Apenas tuve tiempo de entrar por mi ventana y darme un baño para ir a la escuela. El vapor se hacía nube en el baño mientras estaba parado bajo el rocío caliente.

Me incliné hacia adelante sintiendo los poderosos chorros de agua que caían sobre mi cabeza. Apoyé las manos en el mosaico frente a mí. Cada día, cuando despertaba, me consumía la ira.

Era tan incontenible que casi podía sentir su amargura en la lengua, sentía su calor a través de mis venas.

Pero esa mañana era diferente.

Era Poppy.

Alcé la cabeza bajo el agua, cerré la llave y tomé mi toalla. Me puse los *jeans* y abrí la puerta del baño. Mi papá estaba parado en la puerta de mi cuarto. Cuando me oyó detrás de él, se volteó para quedar frente a mí.

—Buenos días, Rune —me saludó. Pasé a su lado y caminé hasta mi clóset. Tomé una playera blanca y me la puse. Cuando iba a agarrar mis botas, me di cuenta de que mi papá seguía en la puerta.

Me detuve a medio movimiento, y lo miré a los ojos.

—¿Qué? —pregunté con brusquedad.

Entró a mi cuarto con una taza de café en la mano.

—¿Cómo estuvo tu cita con Poppy anoche? —No respondí. No le conté nada, lo que significaba que se lo dijo mi mamá. No le iba a responder. El idiota no se merecía saber. Se aclaró la garganta—. Rune, después de que te fuiste anoche, el señor Litchfield vino a vernos.

Y entonces volvió, ahogándome como una corriente: la ira. Me acordé de la cara del señor Litchfield cuando abrió la puerta la noche anterior, cuando nos fuimos en el coche. Estaba molesto. Me di cuenta de que no quería que Poppy se fuera conmigo. Diablos, parecía que estaba a un segundo de prohibirle ir.

Sin embargo, cuando Poppy salió, me di cuenta de que no podía decirle que no a nada que ella quisiera. ¿Cómo podría hacerlo? Iba a perder a su hija. Era lo único que me impedía decirle lo que pensaba de su objeción de que estuviera conmigo.

Mi papá se paró frente a mí. Mantuve los ojos en el suelo.

—Está preocupado, Rune. Le preocupa que no sea bueno que Poppy y tú regresen —dijo.

Apreté los dientes.

—¿Que no sea bueno para quién? ¿Para él?

—Para Poppy, Rune. Ya sabes…, ya sabes que no tiene mucho…

Alcé la cabeza con brusquedad, con la rabia quemándome el estómago.

—Sí, entiendo. No es difícil de olvidar. Ya sabes, que la chica que amo se está muriendo.

Mi papá palideció.

—James sólo quiere que los últimos días de Poppy no tengan problemas. Que sean apacibles, disfrutables, sin estrés.

—Y, veamos, yo represento problemas, ¿no? ¿Yo soy el estrés?

Mi papá suspiró.

—Me pidió que te mantuvieras lejos, que sólo la dejaras ir, sin escenas.

—No va a suceder —solté, tomando mi mochila del suelo. Me puse la chamarra y lo esquivé al salir.

—Rune, piensa en Poppy —me rogó mi papá.

Me quedé parado y volteé hacia él otra vez.

—Ella es en lo único en lo que pienso. Ustedes no tienen idea de lo que es para nosotros, así que ¿por qué no se meten en sus asuntos? Y James Litchfield también.

—¡Es su hija! —argumentó mi papá con voz más estricta que antes.

—Sí —respondí—, y es el amor de mi vida. Y no me voy a alejar de ella ni por un segundo. Y no hay nada que ninguno de los dos pueda hacer.

Salí de mi cuarto de mal modo.

—No eres bueno para ella, Rune —gritó mi papá—. No así. No con el cigarro y el alcohol. Con tu actitud. El resentimiento por todo en tu vida. Esa chica te venera, siempre ha sido así, pero es una buena chica, no la arruines.

Me detuve y lo miré por encima del hombro.

—Pues sé de buena tinta que ahora quiere un poco más de chico malo en su vida.

Después salí atronando por la cocina, donde miré brevemente a mi mamá y a Alton, que se despidieron de mí cuando pasé. Azoté la puerta y bajé los escalones para encender un cigarro en cuanto pisé el pasto. Me apoyé contra el barandal de nuestro porche. Tenía el cuerpo como un cable pelado por lo que mi papá me había dicho y lo que hizo el señor Litchfield: advertirme que me alejara de su hija.

¿Qué diablos pensaba que le iba a hacer?

Ya sabía lo que todos pensaban de mí, pero yo nunca lastimaría a Poppy. Ni en un millón de años.

Se abrió la puerta de la casa de Poppy. Savannah e Ida salieron corriendo, y Poppy iba justo detrás. Todas hablaban a la vez. Después, como si hubiera sentido mi mirada, los ojos de Poppy se desviaron hacia mi casa y luego se centraron en mí.

Savannah e Ida miraron lo que había llamado la atención de su hermana. Cuando me vieron, Ida se rio y me saludó. Savannah, como su papá, me miró con preocupación silenciosa.

Le hice un gesto con la barbilla a Poppy para que se acercara. Ella caminó despacio hacia mí, seguida por Ida y Savannah. Se veía hermosa, como siempre. La falda roja le llegaba a medio muslo, mallas negras le cubrían las piernas y traía puestos unos botines. El abrigo azul le cubría la mitad superior del cuerpo, pero podía ver la camisa blanca que llevaba debajo, con una corbata negra en el cuello.

Era tan preciosa.

Las hermanas de Poppy se quedaron atrás cuando ella se paró frente a mí. Necesitaba asegurarme de que yo la tenía y ella me tenía a mí, así que me separé del barandal y tiré mi cigarro al suelo. Tomé sus mejillas entre mis manos y la jalé hacia mis labios, apretando mi boca con la suya. El beso no fue suave, ni era esa mi intención. La estaba marcando como mía.

Y ella a mí como suyo.

Ese beso era un golpe con el dedo medio para cualquiera que tratara de interponerse en nuestro camino. Cuando me separé, las mejillas de Poppy estaban sonrojadas y sus labios húmedos.

—Más vale que este beso entre en tu frasco —advertí.

Poppy asintió, sorprendida. Unas risitas llegaron desde detrás de nosotros. Cuando miré, las hermanas de Poppy se estaban riendo. Ida, por lo menos; Savannah nada más tenía la boca abierta. Alcancé la mano de Poppy con la mía.

—¿Estás lista?

Poppy miró nuestras manos.

—¿Vamos a ir así a la escuela?

Fruncí el ceño.

—Sí, ¿por qué?

—Porque entonces todos van a saber. Hablarán y…

Choqué mis labios con los suyos otra vez, luego me separé.

—Pues que hablen. Nunca te importó, no empieces ahora —dije.

—Van a pensar que somos novios otra vez.

—Sí somos —dije llanamente mientras fruncía el ceño. Poppy parpadeó una y otra vez. Después, apagando mi ira por completo, sonrió y cayó sobre mi costado apoyando la cabeza en mi bíceps.

Alzó la vista y dijo:

—Entonces sí, estoy lista.

Me permití sostener la mirada de Poppy durante unos segundos más de lo normal. Nuestro beso podía ser un dedo para cualquiera que no quisiera que estuviéramos juntos, pero su sonrisa era un dedo para la oscuridad de mi alma.

Las hermanas de Poppy corrieron a nuestro lado y se nos unieron cuando empezamos a caminar hacia la escuela. Justo cuando estábamos a punto de dar vuelta en el bosquecillo, miré sobre mi hombro. El señor Litchfield nos estaba viendo. Me puse rígido cuando vi la mirada tormentosa en su cara. Sin embargo, apreté los dientes. Esa era una pelea que definitivamente él iba a perder.

Ida habló todo el camino a su escuela y Poppy se reía con cariño de su hermana más chica. Comprendí por qué: Ida era una Poppy en miniatura. Incluso hasta por los hoyuelos en las mejillas.

Savannah tenía una personalidad completamente diferente. Era más introvertida, una pensadora. Y obviamente era muy protectora de la felicidad de Poppy. Despidiéndose con la mano, Savannah se separó de nosotros para ir a la secundaria.

—Estaba muy callada —dijo Poppy cuando se alejó.

—Es por mí —contesté. Poppy me miró, sorprendida.

—No —replicó—. Te quiere.

Se me tensó la mandíbula.

—Quería al que era antes. —Me encogí de hombros—. Lo entiendo. Le preocupa que te vaya a romper el corazón.

Poppy me jaló para detenernos junto a un árbol que estaba cerca de la puerta de la escuela. Aparté la mirada.

—¿Qué pasó? —preguntó.

—Nada —respondí.

Se interpuso en el camino de mi mirada.

—No me vas a romper el corazón —declaró con absoluta convicción—. El chico que me llevó al arroyo y luego a escuchar la orquesta nunca podría romperme el corazón. —Permanecí en silencio—. Además, si se me rompe el corazón, a ti también, ¿te acuerdas?

Resoplé ante el recordatorio. Poppy me empujó hasta que mi espalda quedó pegada al árbol. Vi que otros estudiantes entraban a la escuela, la mayoría nos observaba. Los murmullos ya comenzaban.

—¿Me lastimarías, Rune? —me preguntó Poppy.

Derrotado por su tenacidad, puse la mano en la curva de su cuello.

—Nunca —le aseguré.

—Entonces al diablo lo que piensen los demás. —Me reí de su intensidad. Ella sonrió y se puso una mano en la cadera—. ¿Qué tal esta actitud de chica mala?

Tomándola por sorpresa, la giré hasta que su espalda quedó contra el árbol. Antes de que tuviera oportunidad de protestar, me acerqué y la besé. Nuestros labios se movían lentamente, el beso era profundo, los labios de Poppy se separaron para que pasara mi lengua. Saboreé la dulzura de su boca antes de separarme.

Poppy se quedó sin aliento.

—Yo te conozco, Rune. No me lastimarías —afirmó mientras me cepillaba el denso cabello con los dedos. Arrugó la nariz y dijo—: Apostaría mi vida.

Un dolor trató de formarse en mi pecho.

—Eso no es gracioso.

—Sí, un poquito —dijo manteniendo su pulgar y su dedo a unos centímetros de distancia. Negué con la cabeza.

—Me conoces, *Poppymin*. Sólo tú. *Para* ti. *Sólo* para *ti*.

Poppy me estudió.

—Y a lo mejor ese es el problema —concluyó—. Quizá si dejaras que se acercaran otras personas. Quizá si les mostraras a quienes amas que sigues siendo *tú* debajo de la ropa oscura y el mal humor, no te juzgarían tan duramente. Te amarían por ser quienquiera que tú elijas, porque verían tu verdadera alma. —Permanecí en silencio—. Como Alton. ¿Cómo es tu relación con Alton?

—Es un niño —dije sin comprender a qué se refería.

—Es un niñito que te adora. Un niñito que se pone triste porque no le hablas ni haces nada con él.

Sentí que esas palabras me abrían un hueco en el estómago.

—¿Cómo sabes?

—Porque él me dijo —respondió ella—. Se puso triste. —Me imaginé a Alton llorando, pero enseguida ahuyenté ese pensamiento. No quería pensar en eso. Posiblemente no tenía mucho que ver con él, pero no quería verlo llorar—. Hay una razón por la que tiene el cabello largo, ¿sabes? Hay una razón por la que se lo echa para atrás como tú, es muy tierno.

—Tiene el pelo largo porque es noruego.

Poppy giró los ojos.

—No todos los niños noruegos llevan el pelo largo, Rune. No seas tonto. Tiene el pelo largo porque quiere ser como tú. Imita tus hábitos, tus idiosincrasias, porque quiere ser como *tú*. Quiere que lo notes. Te adora.

Agaché la cabeza. Poppy la levantó con una mano y buscó mis ojos.

—¿Y tu papá? ¿Por qué no...?

—*Basta* —dije con brusquedad, negándome a hablar de él. Nunca lo perdonaría por alejarme de ahí. Ese tema estaba prohibido, incluso para Poppy. Poppy no pareció ni molestarse ni ofenderse por mi exabrupto, lo único que vi en su cara fue más bien comprensión.

Eso tampoco podía soportarlo.

Tomé su mano y, sin decir otra palabra, la jalé hacia la escuela. Ella me tomó con más fuerza cuando los otros estudiantes empezaron a mirarnos fijamente.

—Déjalos que nos vean —le dije a Poppy cuando cruzamos la reja.

—Está bien —contestó, y se acercó más a mí.

Cuando llegamos al pasillo, vi a Deacon, Judson, Jorie, Avery y Ruby reunidos cerca de sus casilleros. No hablaba con ninguno de ellos desde la fiesta.

Nadie sabía de esta situación.

La primera que volteó fue Jorie, quien abrió los ojos de par en par cuando su mirada cayó sobre nuestras manos unidas. Debió de decir algo en voz muy baja porque, segundos después, todos nuestros amigos voltearon a vernos con una expresión de confusión en la cara.

Me volteé hacia Poppy.

—Vamos, mejor hablamos con ellos de una vez —insistí. Avancé y después Poppy me jaló hacia atrás.

—Ellos no saben de mi... —murmuró para que sólo yo oyera—. Nadie sabe, sólo nuestras familias y los maestros. Y tú.

Asentí despacio.

—Y Jorie. Jorie también sabe —añadió después. Esa información fue un golpe en las entrañas. Poppy debió de percibir el dolor en mi cara porque me explicó—: Necesitaba a alguien, Rune. Ella era mi amiga más cercana después de ti. Me ayudó con los trabajos de la escuela y esas cosas.

—Pero le dijiste a ella y a mí no —repliqué resistiendo el impulso de irme a tomar aire.

Poppy me agarró con más fuerza.

—Ella no me amaba como tú y yo no la amo como te amo a ti.

Cuando Poppy dijo esas palabras, mi enojo se desvaneció… «Y yo no la amo como te amo a ti…».

Me acerqué más a ella y la abracé por los hombros.

—En algún momento se van a enterar.

—Pero aún no —respondió con firmeza.

Sonreí por la decisión de su mirada.

—Pero aún no.

—¿Rune? ¡Ven acá, carajo, tienes que darnos algunas explicaciones! —La voz fuerte de Deacon resonó sobre el alboroto del pasillo.

—¿Estás lista? —le pregunté a Poppy.

Asintió y la conduje hacia nuestro grupo de amigos. Ella tenía su brazo alrededor de mi cintura.

—Entonces, ¿otra vez están juntos? —preguntó Deacon.

Dije que sí con la cabeza, y torcí un labio de disgusto cuando un rayo de celos pasó por la cara de Avery. Como se dio cuenta de que lo noté, volvió a poner su habitual máscara de cinismo con rapidez. No me importaba; nunca significó nada para mí.

—Entonces, ¿Poppy y Rune están juntos otra vez? —dudó Ruby.

—Sí —confirmó Poppy, sonriéndome. La besé en la frente, abrazándola con más fuerza.

—Bueno, parece que el mundo se enderezó —anunció Jorie, apretando el brazo de Poppy—. No estaba bien que no estuvieran juntos. El universo se sentía… raro.

—Gracias, Jor —dijo Poppy y se sostuvieron la mirada un segundo más, comunicándose en silencio. Me di cuenta de que los ojos de Jorie empezaban a llenarse de lágrimas.

—Bueno, me voy a clase. ¡Al rato nos vemos! —exclamó y se fue. Poppy fue hacia su casillero. Ignoré todas las miradas. Cuando Poppy sacó sus libros, la apoyé contra la puerta cerrada.

—¿Viste? No estuvo tan mal.

—No estuvo tan mal —repitió, pero vi que miraba mis labios.

Me incliné, apreté mi pecho contra el suyo y tomé su boca con la mía. Gimió cuando mi mano cayó sobre su pelo, agarrándolo con fuerza. Cuando me separé, tenía los ojos brillantes y las mejillas sonrojadas.—Beso 360. Contra mi casillero, en la escuela, mostrándole a todo mundo que estábamos juntos otra vez… y casi me estalla el corazón.

Me aparté para dejar que Poppy recuperara el aliento.

—¿Rune? —me llamó cuando me dirigía a clase de Matemáticas. Me volteé y alcé la barbilla—. Voy a necesitar más momentos como este para llenar mi frasco.

Por mi cuerpo se extendió una ola de calor al pensar en besarla a cada oportunidad. Poppy se sonrojó por la intensidad de mi expresión. Justo cuando me iba a voltear otra vez, volvió a llamarme:

—¿Rune?

—*Ja* —respondí sonriendo.

—¿Cuál es tu lugar favorito de Georgia? —No pude descifrar del todo la expresión de su cara, pero algo estaba tramando en su cabeza. Estaba planeando algo, lo sabía.

—El bosquecillo en primavera —respondí; sentí que la cara se me suavizó sólo de pensarlo.

—¿Y cuando no es primavera? —sondeó.

Me encogí de hombros.

—Probablemente la playa, ¿por qué?

—Por nada —respondió y caminó en la dirección opuesta.

—Te veo en el almuerzo —grité.

—Tengo que practicar con el violonchelo —me respondió gritando.

Me detuve.

—Entonces iré a verte —le dije.

La cara de Poppy se iluminó.

—Entonces vendrás a verme —repitió suavemente.

Nos paramos en lados opuestos del pasillo, sólo mirándonos. Poppy articuló con los labios: «Hasta el infinito».

Y yo: «Por siempre jamás».

La semana pasó volando.

Nunca me importó el tiempo, si pasaba rápido o lento, pero ahora sí. Ahora quería que un minuto durara una hora, que una hora durara un día. Sin embargo, a pesar de mis ruegos silenciosos hacia quienquiera que estuviera allá arriba, el tiempo pasaba demasiado rápido. Todo se movía demasiado rápido, maldición.

En la escuela, el interés colectivo por que Poppy y yo estuviéramos juntos otra vez se enfrió luego de unos días. La mayoría seguía sin entenderlo, pero a mí no me importaba. Sabía que la gente de nuestro pueblo hablaba. La mayor parte de los chismes eran sobre cómo y por qué regresamos.

También me valía un pito.

El timbre sonó cuando estaba acostado en la cama, y me giré para levantarme y tomar mi chamarra de una silla. Poppy me invitó a salir.

Ella me invitó *a mí*.

Esa mañana, cuando salí de su cama, me pidió que estuviera listo a las diez. No me dijo por qué ni qué íbamos a hacer, pero hice lo que me pidió.

Ella sabía que así lo haría.

Mientras salía y caminaba por el pasillo, oí el sonido de la voz de Poppy:

—Hola, pequeñín, ¿cómo estás?

—Bien —contestó Alton con timidez.

Cuando di vuelta a la esquina y me detuve, vi que Poppy se hincaba para ver a Alton a los ojos. El cabello largo de Alton ocultaba su cara. Vi que se lo quitaba nerviosamente con la mano… justo como yo lo hacía. Las palabras de Poppy de la semana anterior se agolparon en mi mente…

«Tiene el pelo largo porque quiere ser como tú. Imita tus hábitos, tus idiosincrasias, porque quiere ser como *tú*. Quiere que lo notes. Te adora».

Vi que mi hermanito se mecía sobre sus pies con timidez. No pude evitar fruncir los labios porque me divertía verlo. Él también era callado, como yo. No hablaba a menos de que le hablaran primero.

—¿Qué vas a hacer hoy? —le preguntó Poppy.

—Nada —respondió Alton con hosquedad. La sonrisa de Poppy se desvaneció—. ¿Vas a salir con Rune otra vez? —le preguntó a su vez.

—Sí, pequeño —susurró.

—¿Ya te habla? —preguntó Alton. Y entonces escuché el tono de tristeza en su vocecita, el tono del que me habló Poppy.

—Sí, ya me habla —dijo Poppy y, como hacía conmigo, pasó un dedo por su mejilla. Alton inclinó la cabeza, apenado, pero alcancé a ver una sonrisita a través de los mechones de su cabello largo.

Poppy alzó la mirada y vio que estaba apoyado contra la pared, observando en silencio. Se enderezó lentamente, caminé hacia ella, busqué su mano y la jalé para besarla.

—¿Estás listo? —me preguntó.

Asentí y la miré sospechosamente.

—¿Todavía no me vas a decir a dónde vamos?

Poppy frunció los labios y negó con la cabeza, jugando. Me tomó de la mano y salimos por la puerta.

—¡Adiós, Alton! —gritó por encima del hombro.

—Adiós, *Poppymin* —respondió al saludo suavemente. Me quedé parado cuando mi nombre de cariño para ella salió de sus labios. Poppy se llevó una mano a la boca y prácticamente se derritió.

Me miró fijamente y, en su mirada, supe que quería que le dijera algo a mi hermano. Suspiré y me volteé hacia él:

—Adiós, Rune —dijo. Poppy me apretó la mano para apurarme a responder.

—Adiós, Alt —contesté, incómodo. Él alzó la cabeza y una sonrisa enorme se extendió en sus labios. Sólo porque le dije adiós.

Esa sonrisa que se iluminó en su cara hizo que algo se estremeciera en mi pecho. Dirigí a Poppy escaleras abajo y hasta el coche de su mamá. Cuando llegamos al auto, Poppy se negó a soltar mi mano hasta que la miré.

—Rune Kristiansen, ahora mismo estoy de verdad muy orgullosa de ti —declaró cuando la miré, ladeando la cabeza.

Aparté la mirada, me sentía incómodo ante ese tipo de halagos. Con un suspiro profundo, finalmente me soltó la mano y nos subimos al coche.

—¿Ya me vas a decir a dónde vamos? —pregunté.

—Nop. —Poppy sacó el coche de la entrada para vehículos—. Pero te darás cuenta enseguida.

Encendí el radio en la estación usual de Poppy y me recargué en mi asiento. La voz suave de Poppy empezó a llenar el carro, cantando una canción pop que yo no conocía. Pasó poco tiempo antes de que dejara de ver el camino y simplemente la mirara a ella. Como cuando tocaba el violonchelo, sus hoyuelos se hacían más profundos cuando cantaba sus canciones favoritas y sonreía con las letras que amaba. Balanceaba la cabeza y se movía al ritmo de la canción.

Sentí que el pecho se me cerraba.

Era una batalla constante. Ver a Poppy tan despreocupada y feliz me llenaba de la luz más brillante, pero saber que esos momentos estaban limitados, que eran finitos y *se estaban agotando*, sólo me llenaba de oscuridad.

De parches absolutamente negros.

Y de ira. La espiral de furia siempre estaba presente y esperaba para desatarse.

Como si pudiera darse cuenta de que estaba por quebrarme, Poppy extendió una mano y la puso sobre mi pierna. Cuando bajé la mirada, vi que su palma estaba hacia arriba y sus dedos listos para entrelazarse con los míos.

Dejé escapar una larga exhalación y deslicé la mano en la suya. No podía verla, no iba a hacerle eso.

Yo sabía cómo se sentía. Aunque el cáncer le estaba drenando la vida, era el dolor de su familia y de quienes la amaban lo que estaba matándola. Cuando me quedaba en silencio, cuando me entristecía, era el único momento en que sus brillantes ojos verdes se opacaban. Cuando dejaba que la furia me consumiera, me daba cuenta del cansancio en su rostro.

Estaba cansada de ser la causa de tanto dolor.

Apreté su mano con la mía y me volteé a mirar por la ventana. Condujimos por las curvas y vueltas que llevaban fuera de la ciudad. Me llevé nuestras manos unidas a la boca y besé la piel suave de Poppy. Cuando pasamos la señal de la costa, se me quitó un peso de encima y volteé a ver a Poppy.

Ya estaba sonriendo.

—Me vas a llevar a la playa —dije.

Poppy asintió.

—Sip. Tu segundo lugar favorito.

Pensé en los cerezos llenos de flores en el bosquecillo. Nos imaginé sentados bajo nuestro árbol favorito y, a pesar de ser como era, hice una oración para que ella llegara hasta ese momento. Poppy tenía que ver los árboles floreciendo.

Simplemente tenía que llegar hasta ese momento.

—Sí, los voy a ver —murmuró Poppy de repente. La miré a los ojos y apretó mi mano como si hubiera escuchado mi ruego silencioso—. Los voy a ver, estoy decidida.

El silencio se extendió entre nosotros. Se me formó un nudo en la garganta mientras contaba en silencio los meses que faltaban para que los árboles florecieran. Alrededor de cuatro.

Casi nada.

La mano de Poppy se puso rígida. Cuando busqué su rostro, volví a ver el dolor, que me decía en silencio que sufría porque yo sufría. Me forcé a disolver el nudo.

—Entonces los vas a ver. Dios sabe que no puede ponerse en tu camino cuando decides algo.

Y, como un interruptor, el dolor se disolvió y una felicidad pura brilló en su rostro.

Me recargué en mi asiento otra vez y observé cómo pasaba el mundo exterior por la ventana. Estaba perdido en mis propios pensamientos cuando oí «Gracias»; era un sonido tenue, menos que un susurro, pero cerré los ojos y sentí que la mano de Poppy se relajaba.

No respondí. Ella no querría que le respondiera.

En el radio comenzó otra canción y, como si nada hubiera ocurrido, la voz suave de Poppy llenó el carro y no se detuvo. Durante el resto del viaje, sostuve su mano mientras cantaba.

Me aseguré de absorber cada nota.

Cuando llegamos a la costa, lo primero que vi fue el faro, alto y blanco, al borde del acantilado. Hacía un día caluroso, al parecer el frío ya pasó, y el cielo estaba claro.

Apenas había alguna nube en el cielo y el sol estaba alto, echando sus rayos sobre el agua en calma. Poppy estacionó el coche y apagó el motor.

—También es mi segundo lugar favorito —dijo.

Asentí mientras veía muchas familias desperdigadas sobre la arena suave. Había niños jugando, gaviotas dando vueltas en espera de desechos de comida. Algunos adultos estaban recostados en las dunas, leyendo. Otros estaban relajados, con los ojos cerrados, disfrutando el calor.

—¿Te acuerdas de cuando vinimos en verano? —preguntó Poppy con alegría.

—*Ja* —dije con voz ronca.

Señaló debajo del embarcadero.

—Y ahí fue el beso 75. —Se volteó hacia mí y se rio por el recuerdo—. Nos escabullimos de nuestras familias y fuimos debajo del muelle sólo para que me besaras. —Se tocó los labios con la mirada perdida, sumida en sus pensamientos—. Sabías a la sal del agua de mar, ¿te acuerdas?

—*Ja* —contesté—. Teníamos nueve años y llevaba un traje de baño amarillo.

—¡Sí! —dijo riéndose. Poppy abrió la puerta y miró hacia atrás, emocionada—. ¿Estás listo?

Me bajé del auto. La brisa cálida me sopló el pelo a la cara. Me quité una liga de la muñeca, me aparté el pelo de la cara recogiéndolo en un chongo suelto y fui hacia la cajuela para ayudar a Poppy con lo que sea que hubiera traído.

Cuando miré dentro de la enorme cajuela, vi que traía una canasta de pícnic y otra mochila. No tenía idea de qué llevaría en esa última.

Me acerqué para tomar todos los paquetes al ver que ella trataba de llevarlos sola. Los soltó para que los sostuviera y después se detuvo. Su inmovilidad hizo que alzara la vista. Fruncí el ceño cuando percibí que me estaba estudiando.

—¿Qué? —pregunté.

—Rune —murmuró y me tocó la cara con los dedos. Los pasó por mis mejillas y a lo largo de mi frente. Finalmente, sonrió de oreja a oreja—. Te veo la cara. —Se alzó de puntitas, se extendió hacia arriba y, jugando, tocó mi chongo—. Me gusta —afirmó. Los ojos de Poppy recorrieron mi cara una vez más. Después suspiró—. Rune Kristiansen, ¿te das cuenta de lo absurdamente guapo que eres? —Agaché la cabeza. Pasó las manos por mi pecho; cuando miré hacia arriba, añadió—: ¿Te das cuenta de lo profundos que son mis sentimientos por ti?

Negué con la cabeza porque necesitaba que me lo dijera. Puso mi mano sobre su corazón y su mano sobre el mío. Sentí su latido constante bajo mi palma, el que se aceleró cuando mis ojos se encontraron con los suyos.

—Es como una música —me explicó—. Cuando te miro, cuando me tocas, cuando veo tu cara…, cuando nos besamos, mi corazón toca una canción. Canta que te necesito como al aire. Me canta que te adoro. Me canta que encontré la parte perfecta que le faltaba.

—*Poppymin* —dije suavemente, y ella puso un dedo sobre mis labios.

—Escucha, Rune —dijo y cerró los ojos. Yo también los cerré y escuché. Lo oí tan fuerte como si estuviera al lado de mi oreja. Los latidos constantes, nuestro ritmo—. Cuando estás cerca, mi corazón no suspira, se eleva —murmuró como si no quisiera perturbar el sonido—. Yo creo que los corazones laten a un ritmo como el de una canción. Yo creo que, al igual que en la música, nos atrae una melodía particular. Yo oí la canción de tu corazón, y tu corazón oyó la mía.

Abrí los ojos. Poppy estaba parada con los hoyuelos profundos al sonreír, balanceándose al ritmo de su latido. Cuando abrió los ojos, se le escapó una dulce risa de los labios. Me acerqué y choqué nuestros labios.

Poppy puso sus manos en mi cintura y se aferró con fuerza a mi playera cuando moví los labios lentamente sobre los suyos;

nos echamos hacia atrás hasta que quedó apoyada en el coche, y mi pecho se apretó contra su cuerpo.

Sentí el eco de su corazón en mi pecho. Poppy suspiró cuando deslicé la lengua contra la suya. Sus manos se estrecharon sobre mi cintura. Cuando me separé, murmuró:

—Beso 432, en la playa, con mi Rune, y casi me estalla el corazón.

Respiré con dificultad mientras intentaba reponerme. Poppy tenía las mejillas sonrojadas y respiraba tan fuerte como yo. Permanecimos así, respirando, hasta que Poppy se impulsó de la cajuela y me besó en la cara.

Se dio la vuelta y alzó la mochila para cargarla sobre su hombro. Iba a tomarla, pero me detuvo.

—Todavía no estoy tan débil, amor. Todavía puedo cargar un poco de peso.

Sus palabras tenían doble sentido. Sabía que no sólo estaba hablando de la mochila, sino también de mi corazón.

De la oscuridad dentro de mí, que ella trataba de combatir sin descanso.

Poppy se alejó y me permitió cargar todo lo demás. La seguí a un espacio apartado en un extremo de la playa, cerca del embarcadero.

Cuando nos detuvimos, vi el lugar donde la besé tantos años antes. Por mi pecho se extendió una sensación extraña y supe que antes de que regresáramos a casa, iba a besarla ahí otra vez. Iba a besarla como alguien de diecisiete años.

Otro beso para el frasco.

—¿Aquí está bien? —preguntó Poppy.

—*Ja* —contesté dejando las cosas sobre la arena. Vi una sombrilla y me preocupó que Poppy tomara demasiado sol, así que la coloqué rápidamente en la arena y la abrí para ofrecerle algo de sombra.

En cuanto lo hice y pusimos una sábana sobre la arena, le indiqué con un gesto de la barbilla que se pusiera abajo. Lo hizo y de paso besó rápidamente mi mano.

Y mi corazón no suspiró; se elevó.

El océano atrajo mis ojos con su vaivén silencioso. Poppy se sentó. Cerró los ojos e inhaló profundamente.

Ver a Poppy abrazar la naturaleza era como ver una oración respondida. La alegría de su expresión parecía no tener límites, la paz de su espíritu era una lección de humildad.

Me bajé a la arena. Me senté hacia adelante y acomodé los brazos para doblar las piernas. Miré el mar. Miré los botes a la distancia, preguntándome a dónde iban.

—¿En qué aventura crees que anden? —preguntó Poppy, leyéndome la mente.

—No sé —contesté con sinceridad.

Poppy puso los ojos en blanco.

—Yo creo que están dejando todo atrás —afirmó—. Yo creo que un día despertaron y se dijeron que la vida tenía que ser algo más. Creo que decidieron (son una pareja de enamorados, un chico y una chica) que querían explorar el mundo. Vendieron todas sus posesiones y compraron un bote. —Sonrió y bajó la barbilla, apoyándola en las manos y con los codos sobre sus rodillas dobladas—. A ella le encanta tocar música y a él le encanta capturar momentos en película. —Negué con la cabeza y la miré de reojo, pero a ella no pareció importarle. Continuó—: Y el mundo es bueno. Viajan a lugares distantes, crean música, arte y fotos. Y en el camino se besan. Van a besarse, a amarse y a ser felices.

Parpadeó cuando una brisa suave sopló a través de nuestra sombra.

—¿No te parece que esa es la aventura más perfecta? —me preguntó cuando me miró otra vez.

Asentí. No podía hablar.

Poppy miró mis pies y negó con la cabeza mientras se movía por la manta hasta quedar junto a ellos. Alcé una ceja interrogativa.

—¡Tienes las botas puestas, Rune! Es un día maravillosamente soleado y tú tienes las botas puestas. —Poppy empezó a desatarme las agujetas y me sacó las dos botas. Enrolló mis *jeans* hasta mis tobillos e hizo un gesto afirmativo con la cabeza—. Listo, una pequeña mejora —afirmó con orgullo.

Incapaz de no reírme al verla sentada con una pose tan engreída, estiré el brazo y la jalé hacia mí, de manera que quedé bocarriba y ella acostada sobre mí.

—Listo, una pequeña mejora —repetí.

Poppy se rio y me recompensó con un beso rápido.

—¿Y ahora?

—Es una mejora enorme —bromeé con gesto indiferente—. Una mejora gigantesca, del tamaño de un asteroide.

Poppy se rio más fuerte. Giré su cuerpo para acostarla a mi lado. Dejó su brazo sobre mi cintura, y pasé los dedos por su suave piel expuesta.

Miré el cielo en silencio. Poppy también estaba callada.

—No pasó mucho tiempo después de que te fuiste cuando me empecé a sentir cansada, tan cansada que no podía pararme de la cama —dijo de repente.

Me quedé quieto. Finalmente, me iba a contar lo que pasó, me lo iba a contar *todo*.

—Mi mamá me llevó al doctor y me hicieron algunos análisis. —Negó con la cabeza—. Para ser honesta, todos pensaron que estaba actuando diferente porque tú te fuiste. —Cerré los ojos e inhalé—. Yo también —añadió apretándome más—. Durante los primeros días, me permití fingir que sólo te fuiste de vacaciones, pero después empezaron a pasar las semanas y el vacío que dejaste en mi interior empezó a dolerme mucho. Tenía el corazón completamente roto. Además, me dolían los músculos. Dormía demasiado y no podía recuperar la energía.

Poppy se quedó en silencio y luego continuó:

—Tuvimos que ir a Atlanta a que me hicieran más estudios. Nos quedamos en casa de mi tía DeeDee mientras averiguaban qué me pasaba. —Poppy alzó la cabeza y con una mano sobre mi mejilla, guio mis ojos para encontrar los suyos—. Nunca te dije, Rune. Fingía que estaba todo bien porque no podía soportar herirte más. Me daba cuenta de que no te estaba yendo muy bien; cada vez que hablábamos por *chat*, me daba cuenta de que estabas más y más enojado por regresar a Oslo. Por las cosas que decías, simplemente no eras *tú*.

—Entonces, cuando fuiste a visitar a tu tía DeeDee fue porque estabas enferma —intervine—. ¿No fue sólo una visita como me contaste?

Poppy asintió y vi culpa en sus ojos verdes.

—Te conocía, Rune, y se notaba que estabas mal. Tu actitud siempre era hosca. Tu naturaleza siempre era oscura, pero no cuando estabas conmigo. No quería ni imaginarme lo que te iba a hacer si te enterabas de que estaba enferma. —Poppy apoyó la cabeza en mi pecho con suavidad—. Casi enseguida me dieron el diagnóstico: linfoma de Hodgkin avanzado. Sacudió a mi familia, y al principio también me sacudió, ¿cómo no? —La abracé más, pero ella se separó—. Rune, yo sé que nunca he visto el mundo como todos los demás. Siempre vivo cada día al máximo. Sé que siempre recibo con los brazos abiertos ciertos aspectos del mundo que nadie más recibe. Creo que, de alguna manera, fue porque sabía que no iba a tener tiempo de vivirlos como todos los demás. Creo que en el fondo mi espíritu lo sabía. Porque cuando el doctor nos dijo que sólo me quedaban un par de años incluso con la medicina y el tratamiento, estuve de acuerdo.

Los ojos de Poppy empezaron a brillar por las lágrimas, y los míos también.

—Todos nos quedamos en Atlanta; vivíamos con mi tía Dee-Dee. Ida y Savannah empezaron a ir a nuevas escuelas. Mi papá viajaba por su trabajo. Yo aprendía en casa o en el hospital. Mis papás rezaban por un milagro, pero yo sabía que no iba a ocurrir ninguno. Estaba bien; mantuve el buen ánimo. La quimio fue dura y perder el pelo fue difícil. —Poppy parpadeó para aclararse la visión, después me confió—: Pero lo que casi me mata fue dejar de hablarte. Fue mi elección. Yo tengo la culpa. Sólo quería salvarte, Rune. Salvarte de verme así. Vi lo que les estaba haciendo a mis padres y a mis hermanas, pero a ti podía protegerte. Podía darte lo que mi familia no podía tener: vida, libertad, la oportunidad de seguir adelante sin dolor.

—No funcionó —logré decir.

Poppy bajó la mirada.

—Eso ya lo sé, pero créeme, Rune: pensé en ti cada día. Te imaginaba y rezaba por ti. Esperaba que la oscuridad que veía brotar en ti se desvaneciera con mi ausencia. —Volvió a apoyar la barbilla sobre mi pecho—. Cuéntame, Rune. Cuéntame qué te pasó.

Apreté la quijada, pues no quería sentir lo que sentía en ese entonces. Sin embargo, no podía decirle que no a mi chica, era imposible.

—Estaba enojado —dije apartándole el pelo de su hermosa cara—. Nadie podía decirme a dónde fuiste. Me abandonaste. Mis papás no me dejaban en paz. Mi papá me hacía encabronar todos los días. Lo culpaba por todo. Todavía lo hago. —Poppy abrió la boca para hablar, pero sacudí la cabeza—. No —dije con brusquedad—. *No lo hagas.* —Poppy cerró la boca, yo cerré los ojos y me obligué a continuar—: Iba a la escuela, pero enseguida empecé a juntarme con gente que estaba igual de furiosa con el mundo que yo. Pronto empecé a ir a fiestas, a beber, a fumar: a hacer todo lo contrario de lo que me decía mi papá.

—Rune —dijo Poppy con tristeza y no añadió nada más.

—Esa se volvió mi vida. Tiré mi cámara, luego guardé todo lo que me recordaba a ti. —Me reí con furia—. Qué lástima que no pudiera sacarme el corazón para empacarlo también. Porque ese idiota no me dejaba olvidarte por mucho que lo intentara. Y después regresamos. Aquí. Y te vi en el pasillo y toda la ira que seguía cargando en mis venas se convirtió en un maremoto. —Me giré hacia un lado, abrí los ojos y pasé la mano por su cara—. Porque te veías tan hermosa. Cualquier imagen que hubiera tenido de cómo te ibas a ver a los diecisiete años se quedó flotando en el agua. En cuanto vi tu cabello castaño y tus ojos verdes enormes sobre mí, supe que se arruinó cualquier esfuerzo que hubiera hecho durante los últimos dos años para alejarte. Sólo con una mirada. Estaba arruinado. —Tragué saliva—. Cuando me contaste sobre... —Me quedé callado y Poppy negó con la cabeza.

—No —dijo—. Ya fue suficiente, ya dijiste bastante.

—¿Y tú? —pregunté—. ¿Por qué volviste?

—Porque se acabó —dijo con un suspiro—. No funcionó nada, cada tratamiento nuevo era lo mismo. El oncólogo nos lo advirtió directamente: nada iba a funcionar. Era todo lo que necesitaba para decidirme. Quería irme a casa. Quería vivir los días que me quedaran en casa, con tratamiento paliativo, con quienes más amaba. —Poppy se acercó, me besó en la mejilla, en la cabeza y, finalmente, en la boca—. Y ahora te tengo a ti, como sé que era el destino. Aquí es donde teníamos que estar en este momento preciso: en casa.

Sentí que una lágrima perdida se me escapaba del ojo. Poppy me la quitó rápidamente con el pulgar. Se inclinó sobre mí, a lo largo de mi pecho.

—Llegué a comprender que, para los enfermos, la muerte no es tan difícil de soportar. Para nosotros, el dolor termina al final, vamos a un lugar mejor. Sin embargo, para los que se quedan, el dolor sólo se magnifica. —Poppy me tomó la mano y la sostuvo junto a su mejilla—. De veras creo que las historias de pérdidas no siempre tienen que ser tristes o penosas. Quiero que la mía se recuerde como una gran aventura que traté de vivir de la mejor manera posible. Porque ¿cómo nos atrevemos a desperdiciar una sola respiración? ¿Cómo nos atrevemos a desperdiciar algo tan precioso? Más bien, debemos luchar por que todas esas preciosas respiraciones se aprovechen en tantos momentos valiosos como podamos vivir en nuestro breve tiempo en la Tierra. Ese es el mensaje que quiero dejar. Y me parece que es un legado hermoso para los que amo.

Si, como pensaba Poppy, el latido de un corazón era una canción, en ese momento mi corazón estaba cantando de orgullo... por la completa admiración que sentía por la chica a la que amaba, por la manera en que veía la vida, por la forma en que me hacía creer: podía haber una vida más allá de ella.

Yo estaba seguro de que no era así, pero me daba cuenta de que Poppy estaba decidida. Esa determinación nunca fallaba.

—Ahora ya sabes —declaró Poppy y apoyó la cabeza en mi pecho—. Ya no digamos nada más. Nos queda el futuro por explorar. No hay que ser esclavos del pasado. —Cerré los ojos—. Prométemelo, Rune —me rogó.

—Te lo prometo —dije cuando pude hablar.

Luché contra las emociones que se deslizaban en mi interior. No iba a darle muestras de que estuviera triste. Ese día ella sólo vería mi felicidad.

La respiración de Poppy se calmó mientras acariciaba su cabello. La brisa cálida soplaba sobre nosotros y se llevaba consigo la pesadez que nos rodeaba. Empecé a adormilarme porque pensé que Poppy también dormía.

—¿Cómo crees que sea el paraíso, Rune? —murmuró de repente.

Me puse tenso, pero Poppy empezó a trazar círculos sobre mi pecho para liberarme del peso que su pregunta volvió a traer.

—No sé —respondí. Poppy no hizo nada, permaneció exactamente como estaba. Me moví un poco para acercarla más entre mis brazos—. Un lugar hermoso, pacífico. Un lugar donde voy a volver a verte —dije.

Sentí que Poppy sonreía junto a mi playera.

—Yo también —dijo en voz baja y se volteó para besarme el pecho.

Esta vez estaba seguro de que Poppy estaba dormida. Vi la arena y observé que una pareja de viejos se sentaba cerca de nosotros. Se tomaban de la mano con fuerza. Antes de que la mujer pudiera sentarse, el hombre extendió una manta sobre la arena. La besó en la mejilla antes de ayudarla a sentarse.

Sentí una ráfaga de celos porque nosotros nunca tendríamos eso. Poppy y yo no íbamos a envejecer juntos. Nunca tendríamos hijos. Nunca nos casaríamos. Nada. Sin embargo, cuando miré el cabello castaño y denso de Poppy, y sus manos delicadas extendidas sobre mi pecho, me sentí agradecido porque al menos la tenía en ese momento. No sabía qué habría más adelante, pero la tenía *entonces*.

La tenía desde los cinco años.

Ahora me daba cuenta de por qué la había amado con tanta fuerza desde que éramos tan pequeños: para tener este tiempo con ella. Poppy creía que su espíritu siempre supo que se iba a morir joven; quizás el mío también sabía.

Pasó más de una hora. Poppy seguía durmiendo. La alcé suavemente de mi pecho y me levanté. El sol se desplazó y las olas besaban la playa.

Sentí sed y abrí la canasta de pícnic para sacar una de las botellas de agua que preparó Poppy. Mientras bebía, observé la mochila que ella cargó desde el coche.

Me pregunté qué habría adentro, la jalé hacia mí y abrí el cierre. Lo primero que vi fue otra bolsa negra. La bolsa estaba acolchada. La saqué y el corazón se me aceleró a toda velocidad cuando vi lo que estaba sosteniendo.

Suspiré y cerré los ojos.

Bajé la mochila a la manta y me froté la cara con las manos. Cuando alcé la cabeza, abrí los ojos y miré el agua inexpresivamente. Observé los botes a la distancia y la voz de Poppy se coló en mi mente…

«Yo creo que están dejando todo atrás. Yo creo que un día despertaron y se dijeron que la vida tenía que ser algo más. Creo que decidieron (son una pareja de enamorados, un chico y una chica) que querían explorar el mundo. Vendieron todas sus posesiones y compraron un bote... A ella le encanta tocar música y a él le encanta capturar momentos en película...».

Aparté la mirada de la bolsa de cámara que conocía tan bien. Comprendí de dónde sacó la teoría de los botes.

«A él le encanta capturar momentos en película...».

Traté de enojarme con ella. Dejé de tomar fotografías hacía dos años, ya no era parte de mí. Ya no era mi sueño. NYU ya no estaba entre mis planes. No quería volver a tomar la cámara, pero mis dedos empezaron a retorcerse y, a pesar de que me enojaba conmigo mismo, levanté la tapa de la funda y miré adentro.

La vieja cámara Canon *vintage* negra con cromo que antes atesoraba me devolvió la mirada. Sentí que me ponía pálido, que la sangre se agolpaba en mi corazón, que bombeaba contra mis costillas. Yo tiré esa cámara. La deseché junto con todo lo que significaba.

No tenía idea de cómo la consiguió Poppy. Me pregunté si buscó y había comprado otra. La saqué de la bolsa y le di la vuelta. En la parte de atrás estaba grabado mi nombre. Yo se lo rayé el día de mi cumpleaños número trece, cuando mis papás me la regalaron.

Era exactamente esa.

Poppy encontró mi cámara.

La abrí y vi un rollo completo adentro. En la bolsa estaban los lentes que conocía tan bien. A pesar de los años, instintivamente sabía cuáles iban a ser mejores para cada toma: paisaje, retrato, modo nocturno, luz diurna, entorno natural, estudio...

Oí un suave movimiento detrás de mí y miré sobre mi hombro. Poppy estaba sentada, mirándome. Llevó la mirada a la cámara y avanzó con nerviosismo.

—Le pregunté por ella a tu papá. Le pregunté qué le pasó. Me dijo que la tiraste. —Poppy inclinó la cabeza a un lado—. Tú nunca supiste y él nunca te dijo, pero la encontró. Él vio que la tiraste, rompiste unas partes. Los lentes estaban cuarteados y otras cosas.

—Yo estaba apretando tanto la mandíbula que me dolía. Poppy trazó dibujos con el dedo en el dorso de mi mano, que estaba apoyada sobre la manta—. La mandó a reparar sin que supieras. Él la guardó durante los últimos dos años con la esperanza de que volvieras a la fotografía. Sabía cuánto la querías. Además, se culpa a sí mismo de que la dejaras.

Mi instinto era abrir la boca y afirmar con rencor que era culpa suya. Todo era culpa suya. Pero no dije nada. Por alguna razón, sentí que el estómago me daba un vuelco, lo que me mantuvo la boca cerrada. Los ojos de Poppy brillaron.

—Lo hubieras visto anoche cuando le pregunté por ella. Estaba tan emocionado, Rune. Ni tu mamá sabía que la conservaba. Hasta tenía rollos preparados por si alguna vez la querías de nuevo.

Aparté la mirada de Poppy y volví a mirar la cámara. No sabía qué sentir. Traté de enojarme, pero, para mi sorpresa, el enojo no llegaba. Por alguna razón no me podía quitar de la cabeza la imagen de mi papá limpiando y arreglando la cámara él solo.

—Incluso tiene el cuarto oscuro listo, esperándote en tu casa.

—Cerré los ojos cuando Poppy añadió esta parte. Como respuesta, me quedé en silencio, completamente en silencio. La cabeza se me aceleraba con tantos pensamientos, tantas imágenes. Y estaba en conflicto. Había jurado que nunca iba a tomar otra fotografía.

Sin embargo, jurar era una cosa. Tener el objeto de mi adicción en las manos ponía en riesgo todo lo que juré combatir, contra lo que rebelarme, desechar, tal como mi papá hizo mis sentimientos a un lado cuando eligió regresar a Oslo. El agujero de calor de mi estómago empezó a extenderse. Era la ira que esperaba, la ráfaga de fuego que aguardaba.

Inhalé profundamente, en espera de que la oscuridad me sobrecogiera. De repente, Poppy se levantó.

—Voy al agua —anunció y caminó frente a mí sin decir otra palabra. La miré alejarse, hundir los pies en la arena suave; la brisa movía su cabello corto. Me quedé fascinado mientras brincaba al borde del agua, dejando que las olas que rompían le lamieran los pies. Se subió el vestido por las piernas para evitar que la salpicara.

Inclinó la cabeza hacia atrás para sentir el sol en la cara. Después miró otra vez hacia donde estaba sentado. Miró hacia atrás y se rio. Libre, con abandono, como si no tuviera preocupaciones en el mundo.

Estaba embelesado, y aún más cuando el mar reflejó un rayo de sol que proyectó un brillo dorado a un lado de su cara, y vi que sus ojos verdes se volvían esmeraldas bajo esa nueva luz.

Me quedé sin aliento, realmente me esforcé para respirar ante lo maravillosamente hermosa que se veía. Antes incluso de haberlo pensado, tenía la cámara en las manos. Sentí que el peso se transfería a mis manos y, cerrando los ojos, dejé que el deseo triunfara.

Abrí los ojos y me llevé la cámara al ojo. Le quité la tapa al lente y encontré el ángulo más perfecto de mi chica bailando en las olas.

Y apreté el botón.

Apreté el botón de la cámara y mi corazón se estremeció cada vez que se cerraba el obturador, con el conocimiento de que estaba capturando a Poppy en este momento: feliz.

La adrenalina se me disparó por el cuerpo cuando pensé en cómo se iban a ver estas fotografías cuando las revelara. Por eso usaba una cámara *vintage*. La expectación del cuarto oscuro, la gratificación retardada de ver la maravilla que capturé. La habilidad que se requería para lograr una toma perfecta con esa cámara.

Un segundo de serenidad.

Un momento de magia.

Poppy, en su propio mundo, corría por la costa con las mejillas sonrojadas por el calor del sol. Alzó las manos al aire y dejó que el dobladillo de su vestido cayera y se humedeciera con el agua.

Después volteó a verme y se quedó absolutamente quieta, como el corazón en mi pecho. Mi dedo esperó sobre el botón, en espera de la toma correcta. Y entonces llegó. Llegó cuando una mirada de alegría pura se extendió por su cara. Llegó cuando cerró los ojos y echó la cabeza hacia atrás, como si sintiera alivio, como si la poseyera una felicidad sin censura.

Bajé la cámara y Poppy estiró una mano. Con una sensación de éxtasis por recuperar mi pasión, me levanté de un salto y caminé por la arena.

Cuando tomé la mano de Poppy, me jaló hacia ella y apretó los labios contra los míos. Dejé que me guiara. Dejé que me mostrara cuánto significaba *ese* momento para ella. También me permití sentirlo. Me permití, por un breve momento, soltar el peso que siempre llevaba como un escudo. Me permití perderme en el beso y alcé la cámara en alto. Incluso con los ojos cerrados y sin dirección, estaba seguro de que tomé la mejor foto del día.

Poppy dio un paso atrás y me guio de regreso a la manta, donde nos sentamos y apoyó la cabeza en mi hombro. Pasé un brazo sobre los suyos, besados por el sol, y la jalé hacia mi costado. Poppy miró hacia arriba mientras besaba perezosamente su cabeza. Cuando nuestras miradas se encontraron, suspiré y apoyé la frente en la suya.

—De nada —murmuró y desvió la mirada para ver el mar.

Hacía mucho que no sentía esto. No sentía esa paz en mi interior desde antes de que nos separáramos. Y estaba agradecido con Poppy.

Más que agradecido.

De repente, un jadeo silencioso de sorpresa se escapó de la boca de Poppy.

—Mira, Rune —dijo señalando a la distancia. Me pregunté qué quería que viera—. Nuestras pisadas en la arena. —Alzó la cabeza y sonrió alegremente—. Dos pares, cuatro huellas, igual que en el poema. —Bajé las cejas, confundido. La mano de Poppy descansaba sobre mi rodilla doblada. Con su cabeza metida en el abrigo de mi brazo, me explicó—: Es mi poema favorito, Rune. También era el de mi abu.

—¿Qué dice? —pregunté sonriendo ligeramente por el pequeño tamaño de la huella de Poppy junto a la mía.

—Es hermoso y espiritual, así que no sé qué vas a pensar. —Poppy me miró con aire juguetón.

—Dímelo de cualquier modo. —La apresuré sólo para oír su voz, sólo para oír la reverencia en su tono cuando compartía algo que adoraba.

—En realidad, es más como un cuento sobre alguien que tuvo un sueño. En el sueño, están en una playa como esta, pero caminan al lado del Señor.

Entrecerré los ojos y Poppy puso los suyos en blanco.

—¡Te dije que era espiritual! —dijo riéndose.

—Sí —contesté y moví su cabeza con mi barbilla—. Continúa.

Poppy suspiró y trazó dibujos perezosos en la arena con un dedo. Mi corazón se partió cuando vi que era otro signo de infinito.

—Mientras caminan por la playa, en el cielo oscuro se representa la vida de una persona para que la vea. Mientras cada escena ocurre, como en una película, la persona se da cuenta de que en la arena que dejó atrás hay dos pares de huellas. Y mientras sigue, cada nueva escena aparece con un rastro de sus huellas. —La atención de Poppy se enfocó en nuestras huellas—. Cuando se desarrollan todas las escenas, la persona mira hacia atrás, al rastro de huellas, y se da cuenta de algo extraño. Se da cuenta de que durante los momentos más tristes o más desesperantes de su vida, sólo hay un juego de huellas y en los momentos más felices siempre hay dos juegos.

Fruncí el ceño, preguntándome hacia dónde iba la historia. Poppy alzó la barbilla y parpadeó ante el brillo del sol. Con los ojos vidriosos, me miró y continuó:

—La persona está muy perturbada por ello. El Señor dijo que, cuando una persona dedica su vida a Él, caminará con ella en las buenas y en las malas. Entonces la persona le pregunta al Señor por qué, en los peores momentos de su vida, lo abandonó. ¿Por qué se fue? —Una expresión de profundo consuelo llenó el rostro de Poppy.

—¿Y qué? ¿Qué le contesta el Señor? —presioné.

Una sola lágrima cayó de sus ojos.

—Le dice a la persona que Él caminó con ella durante toda la vida, pero le explica que en los momentos en que sólo había un par de huellas no eran cuando Él caminaba a su lado, sino cuando la cargaba. —Poppy resopló y dijo—: No me importa que no seas religioso, Rune. El poema no es sólo para los que tienen fe. Todos tenemos a alguien que nos carga en los peores momentos, en los momentos más tristes, cuando parece imposible liberarse de ellos. De un modo u otro, ya sea con el Señor o un ser querido o ambos, cuando sentimos que no podemos seguir caminando, alguien llega a ayudarnos…, alguien nos carga para que podamos continuar.

Poppy se apoyó en mi pecho y se envolvió en mis brazos, que la esperaban.

Mis ojos se perdieron en una niebla confusa mientras miraba nuestras huellas incrustadas en la arena. En ese momento, no estaba seguro de quién ayudaba a quién, porque por mucho que Poppy insinuara que era yo quien la ayudaba a ella en sus últimos meses, empezaba a creer que ella era la que estaba salvándome de algún modo.

Un solo juego de huellas en mi alma.

Poppy se movió para mirarme, con las mejillas húmedas de lágrimas. Lágrimas de felicidad, lágrimas de sorpresa…, *lágrimas de Poppy.*

—¿No es hermoso, Rune? ¿No es lo más hermoso que has oído?

Simplemente asentí. Ahora mismo no era momento de palabras. No podía competir con lo que acababa de recitar, así que ¿para qué intentarlo siquiera?

Dejé que mi concentración vagara por la playa y me pregunté... Me pregunté si alguien más acababa de escuchar algo tan conmovedor y que lo hubiera sacudido hasta su mismo centro. Me preguntaba si la persona a la que amaba más que a cualquier otra en el planeta se abrió ante ella de una manera tan pura, con una emoción tan genuina.

—¿Rune? —dijo Poppy en voz baja a mi lado.

—Dime, nena —contesté con suavidad. Poppy volteó su carita hacia mí y me ofreció una sonrisa débil—. ¿Estás bien? —pregunté poniéndole una mano sobre la cara.

—Me estoy cansando —admitió con renuencia, y se me partió el corazón. Durante la última semana, empecé a ver que el cansancio se colaba poco a poco en su cara cuando hacía demasiado esfuerzo. Y lo peor era que me daba cuenta de que lo odiaba, porque evitaba que disfrutara todas las aventuras de la vida.

—Está bien que estés cansada, *Poppymin*. No es una debilidad.

Los ojos de Poppy se llenaron de fracaso.

—Es que lo odio. Siempre he opinado que dormir es una pérdida de tiempo.

Me reí del puchero que apareció en su rostro. Poppy me miró esperando que hablara. Guardé la compostura.

—Según como yo lo veo, si duermes cuando lo necesitas, significa que podrás hacer más cosas cuando estés fuerte. —Rocé la punta de su nariz con la mía—. Nuestras aventuras serán más especiales. Y ya sabes que me gusta que duermas en mis brazos. Siempre he pensado que te ves perfecta.

Poppy suspiró.

—Sólo tú, Rune Kristiansen, podrías inventar de modo tan hermoso una razón para lo que más odio —dijo echando un último vistazo al mar.

La besé en la mejilla, me levanté y empecé a juntar nuestras cosas. Cuando todo estaba empacado, miré al embarcadero sobre mi hombro y luego a Poppy. Le extendí una mano.

—Vamos, dormilona, ¿por los viejos tiempos?

Poppy miró el embarcadero y se le escapó una risita descontrolada. La jalé para levantarla y caminamos bajo el muelle con lentitud, de la mano. El sonido hipnótico de las olas que chocaban contra las viejas vigas de madera resguardaban el lugar donde estábamos.

Sin perder tiempo, acomodé a Poppy contra el poste de madera, tomé sus mejillas y uní nuestros labios. Cerré los ojos cuando la piel de su cara se calentó bajo mis palmas. Mi pecho se agitó, sin aire, mientras nuestros labios se besaban, lenta y profundamente, y la brisa fresca sacudía el pelo de Poppy.

Me alejé y disfruté el sabor a sol y cereza que había estallado en mi boca. Poppy abrió los ojos. Como estaba muy cansada, yo murmuré por ella:

—Beso 433, con *Poppymin* bajo el muelle. —Poppy sonrió con timidez, en espera de lo siguiente—. Casi me estalla el corazón. —Un destello de dientes en su sonrisa casi hizo que de verdad me estallara el corazón y fue el momento perfecto para añadir—: Porque la amo. La amo más de lo que podría explicar. Es mi juego único de huellas en la arena.

Poppy abrió más sus hermosos ojos verdes ante mi confesión. Brillaron de inmediato y las lágrimas empezaron a derramarse por sus mejillas. Traté de quitarlas con los dedos mientras el corazón me latía en el pecho, pero Poppy me tomó la mano y frotó suavemente su mejilla contra mi palma. Dejé la mano donde estaba y nos miramos a los ojos.

—Yo también te amo, Rune Kristiansen. Nunca jamás dejé de amarte. —Se puso de puntitas y bajó mi cara para que quedara frente a la suya—. Mi alma gemela. Mi corazón...

Cuando Poppy se lanzó a mis brazos, y su respiración ligera se colaba a través de mi playera, me sentí en calma, sentí tranquilidad. La abracé con fuerza, acogiendo ese nuevo sentimiento hasta que Poppy bostezó.

—Vámonos a casa, hermosa —dije cuando levanté su cara.

Poppy asintió y, apoyándose sobre mi costado, dejó que la llevara hacia donde estaban nuestras cosas y después al coche. Busqué las llaves en su bolsa y le abrí la puerta del copiloto.

Con las dos manos sobre su cintura, la alcé para sentarla y me atravesé para abrocharle el cinturón de seguridad. Cuando me retiré, la besé en la cabeza con suavidad. Oí que su respiración aumentaba ante el contacto. Iba a incorporarme cuando Poppy me tomó del brazo.

—Perdón, Rune, perdón —dijo con gruesas lágrimas en las mejillas.

—¿Por qué, nena? —pregunté con voz entrecortada por la tristeza que escuché en su voz. Le quité el pelo de la cara.

—Por alejarte.

Se me hizo un nudo en el estómago. La mirada de Poppy buscó algo en la mía antes de que la cara se le contrajera de dolor. Unas lágrimas gruesas caían por su cara pálida y el pecho se le estremecía mientras luchaba por calmar su respiración, repentinamente errática.

—Oye —dije poniendo las manos sobre sus mejillas. Poppy me miró.

—Habríamos podido estar así si no hubiera sido una tonta. Habríamos encontrado el modo de que regresaras y habrías estado conmigo todo el tiempo. Conmigo, abrazándome…, amándome. Tú me habrías amado y yo a ti también, mucho. —Su voz vaciló, pero consiguió terminar—: Soy una ladrona. Nos robé un tiempo precioso, dos años nuestros, por nada.

Sentí físicamente que me arrancaban el corazón mientras Poppy lloraba aferrándose con fuerza a mi brazo como si temiera que me fuera a ir. ¿Cómo no se daba cuenta aún de que nada podía apartarme de ella?

—Shhh —traté de consolarla, moviendo la cabeza para apoyarla en la suya—. Respira, nena —susurré. Me puse la mano de Poppy encima del corazón cuando encontró mi mirada—. Respira —repetí, y sonreí conforme seguía el ritmo de mi respiración para tranquilizarse. Limpié sus mejillas húmedas con las manos, me derretía cuando sollozaba y el pecho se le movía de vez en cuando—. No acepto tus disculpas porque no hay nada por lo que tengas que disculparte. Me dijiste que el pasado ya no importaba, que son estos momentos los que son importantes para ti —dije cuando me prestó atención. Tranquilicé mis emociones—. Nuestra última aventura: yo te daré besos que hagan que te estalle el corazón para que llenes tu frasco. Y tú..., tú sólo tienes que ser tú misma. Tú me vas a amar. Yo te voy a amar. Hasta el infinito... —me callé.

Miré a Poppy a los ojos con intensidad y paciencia, y sonreí cuando añadió:

—Por siempre jamás.

Cerré los ojos con la certeza de que logré calmar su dolor. Después, cuando los volví a abrir, Poppy soltó una risa ronca.

—Ahí está mi chica. —Besé cada una de sus mejillas.

—Aquí estoy —contestó—, completamente enamorada de ti.

Poppy alzó la cabeza y me besó. Se recargó en el asiento de nuevo, con los ojos cerrados, dispuesta a dormir. La miré un segundo antes de cerrar la puerta. Justo cuando se cerró, alcancé a oír que Poppy susurraba:

—Beso 434, con mi Rune, en la playa... cuando su amor llegó a casa.

Por la ventana, vi que Poppy ya dormía. Tenía las mejillas rojas por el llanto, pero incluso dormida, tenía los labios curvados hacia arriba, como si estuviera sonriendo.

No estaba seguro de cómo era posible que existiera alguien tan perfecto.

Crucé por delante del cofre del coche, saqué mis cigarros de la bolsa trasera de mis pantalones y prendí el encendedor. Inhalé una fumada que necesitaba mucho y cerré los ojos cuando el golpe de nicotina me tranquilizó.

Abrí los ojos y contemplé el atardecer. El sol se hundía en el horizonte y lanzaba destellos anaranjados y rosas. La playa estaba casi vacía, salvo por la pareja de viejos que vi antes.

La única diferencia era que, cuando los vi esta vez, todavía tan enamorados después de tantos años, no permití que me llenara el dolor. Cuando volvía a ver a Poppy, dormida en el carro, sentí… felicidad. Yo me sentí feliz. Me permití sentir felicidad incluso en medio del dolor. Porque… «aquí estoy…, completamente enamorada de ti…».

Me amaba.

Poppymin, mi chica, me amaba.

—Eso me basta —le dije al viento—. Eso me basta por ahora.

Tiré la colilla del cigarro al suelo; me deslicé al asiento del conductor en silencio y encendí el motor. Me alejé de la playa con la seguridad de que íbamos a volver.

Y si no regresábamos, teníamos ese momento, como decía Poppy. Teníamos este recuerdo. Tuve su beso.

Y yo tenía su amor.

Cuando llegué a la entrada para vehículos de su casa, ya anochecía y las estrellas empezaban a levantarse. Poppy durmió todo el camino a casa y su respiración ligera y rítmica fue un sonido reconfortante mientras manejaba por los oscuros caminos que llevaban a casa.

Detuve el coche, me bajé y caminé a su lado. Abrí la puerta lo más silenciosamente posible, le desabroché el cinturón y la tomé en mis brazos.

Cuando instintivamente se acurrucó contra mi pecho, sentí como si no pesara nada; su aliento cálido me caía en el cuello. La llevé a la puerta y cuando estaba a punto de llegar al último escalón, la puerta se abrió. El señor Litchfield estaba parado en el pasillo.

Seguí caminando y él se quitó de mi camino para que la llevara a su habitación. Vi a la mamá y a las hermanas de Poppy sentadas en la sala, viendo la televisión.

Su mamá se levantó.

—¿Está bien? —murmuró. Yo asentí.

—Sólo está cansada.

La señora Litchfield se inclinó y besó a Poppy en la frente.

—Duerme bien, amor —murmuró. El pecho se me estremeció al verla, después me hizo un gesto para que la llevara a su cuarto.

Recorrí el pasillo hasta su habitación y la dejé sobre la cama con tanto cuidado como pude. Sonreí cuando Poppy me buscó instintivamente con el brazo en el lado de la cama donde yo solía dormir.

Cuando la respiración de Poppy se volvió a estabilizar, me senté al lado de su cama y le acaricié la cara. Me incliné y le di un beso suave en la mejilla.

—Te amo, *Poppymin*. Por siempre jamás —murmuré.

Me levanté de la cama y me quedé paralizado cuando vi que el señor Litchfield estaba parado en la puerta, mirando…, escuchando.

Apreté la quijada mientras él me miraba fijamente. Respiré por la nariz para calmarme, pasé caminando a su lado en dirección al pasillo y luego hasta el auto, para recoger mi cámara.

Regresé a la casa para dejar las llaves sobre la mesa del recibidor. Cuando entré, el señor Litchfield vino hacia mí desde la sala. Me detuve y me balanceé con incomodidad hasta que extendió la mano para que le diera las llaves. Se las entregué y me di la vuelta para irme.

—¿Se la pasaron bien? —me preguntó antes de que me fuera.

Tensé los hombros, me obligué a responder mirándolo a los ojos y asentí. Me despedí con la mano de la señora Litchfield, de

Ida y Savannah, salí por la puerta y bajé los escalones. Cuando llegué abajo, escuché detrás de mí:

—Ya sabes que ella también te ama.

La voz del señor Litchfield hizo que me detuviera.

—Ya sé —dije sin voltear.

Atravesé el pasto hacia mi casa. Fui directamente a mi cuarto y eché la cámara a la cama. Mi intención era esperar unas horas antes de ir con Poppy, pero mientras más veía la bolsa de la cámara, más quería ver cómo quedaron las fotos.

Las fotos de Poppy bailando en el mar.

Sin darme la oportunidad de irme, tomé la cámara y me fui a escondidas al cuarto oscuro que estaba en el sótano. Llegué a la puerta, giré la perilla y encendí la luz. Suspiré: se instaló dentro de mí un sentimiento extraño, porque Poppy tenía razón: mi papá preparó el cuarto para mí. Mi equipo estaba exactamente donde estaba dos años atrás. Las cuerdas y las pinzas estaban listas y esperándome.

El proceso de revelado de fotografías transcurrió como si nunca me hubiera ido. Disfrutaba la familiaridad de cada paso. No olvidé nada, como si hubiera nacido con la habilidad para hacerlo. Como si tuviera ese don. Poppy reconoció que necesitaba esto en mi vida cuando yo estaba demasiado ciego para verlo.

El olor de los químicos me llegó a la nariz. Pasó una hora, y finalmente me paré cuando las fotos estuvieron colgadas con sus pinzas y empezaban a formarse unas figuras en ellas, segundo a segundo, revelando el momento capturado en la película.

La luz roja no me impidió ver las maravillas que capturé. Mientras caminaba junto a las cuerdas de imágenes colgantes, de la vida en todo su esplendor, no podía controlar la emoción que me quemaba en el pecho. No podía dejar de sonreír por ese trabajo.

Después me detuve.

Me detuve cuando una fotografía me cautivó. Poppy, sosteniéndose el dobladillo de su vestido, bailando en el agua poco profunda. Poppy, con una sonrisa sin preocupación y el cabello volando al viento, riéndose con todo el corazón. Sus ojos brillaban y su piel se sonrojaba mientras me miraba por encima del hombro: directamente a mí. El sol iluminaba su cara en un ángulo tan puro y hermoso como si se enfocara en su felicidad, atraído por su alegría magnética.

Levanté la mano a un centímetro de la foto y tracé su rostro alegre con el dedo, sus suaves labios y sus mejillas rosadas. Y la sentí: sentí que la pasión abrumadora que tenía por ese oficio volvía a la vida en mi interior. Esa fotografía condensaba lo que sabía en secreto desde siempre.

Eso era lo que tenía que hacer con mi vida.

Tenía sentido que esa fotografía trajera ese mensaje a casa: era un mensaje de la chica que *era* mi casa. Tocaron la puerta y respondí «*Ja?*» sin despegar la vista de la foto.

La puerta se abrió despacio. Sentí quién era antes de verlo: mi papá entró unos pasos en el cuarto oscuro. Lo miré, pero tuve que apartar la vista por la expresión de su cara, mientras él observaba todas las fotografías que estaban colgadas de las pinzas en la habitación.

No quería confrontar qué significaba la sensación que tenía en el estómago. Todavía no.

Pasamos unos minutos en silencio.

—Poppy es absolutamente hermosa, hijo —comentó mi papá con suavidad. El pecho se me contrajo cuando vi su mirada en la foto frente a la que yo me detuve antes.

No respondí. Mi papá se quedó parado en la puerta con incomodidad, sin decir nada más. Finalmente hizo un movimiento para irse.

—Gracias… por la cámara —me obligué a decir hoscamente cuando iba a cerrar la puerta.

Con la vista periférica, vi que mi papá hacía una pausa. Oí que respiraba lenta e irregularmente antes de responderme:

—No tienes nada que agradecer, hijo. Para nada.

Y después salió del cuarto oscuro.

Me quedé más tiempo del que pensaba, repasando en mi mente la respuesta de mi papá.

Tomé dos fotografías, subí las escaleras del sótano y me dirigí a mi cuarto. Cuando pasé por la puerta abierta del cuarto de Alton, vi que estaba sentado en su cama, viendo la tele. No me vio en la puerta y seguí hacia mi habitación, pero cuando oí que se reía por lo que fuera que estuviera viendo, mis pies se quedaron pegados en el piso y me obligué a regresar.

Cuando entré en su cuarto, Alton volteó a verme y con un movimiento que hizo que sintiera una grieta en el pecho, extendió una sonrisa enorme en su carita.

—*Hei*, Rune —dijo en voz baja y se acomodó en la cama.

—*Hei* —contesté. Caminé hacia él y señalé la tele—. ¿Qué estás viendo?

Alton miró la tele y después a mí otra vez.

—*Monstruos del pantano*. —Inclinó la cabeza hacia un lado y luego se quitó el pelo largo de la cara. Algo tiró de mi estómago cuando lo hizo—. ¿Quieres verlo conmigo un rato? —me preguntó Alton con nerviosismo, y luego agachó la cabeza. Me di cuenta de que pensaba que iba a decir que no.

—Claro —contesté sorprendiéndome tanto como él.

Alton abrió sus ojos azules de par en par. Se quedó acostado con rigidez en la cama. Cuando avancé hacia él, se movió a un lado en el estrecho colchón.

Me acosté junto a él y levanté los pies. Alton se inclinó hacia mí y siguió viendo su programa. Lo vi con él y sólo aparté la mirada cuando lo descubría mirándome.

Cuando nuestras miradas se encontraron, se sonrojó.

—Me gusta que estés viendo esto conmigo, Rune —dijo. Respiré a través de la extraña sensación que sus palabras despertaron en mí.

—A mí también me gusta, Alt —respondí.

Alton se volvió a recargar en mi costado hasta que se quedó dormido y el temporizador de su tele se activó, dejando el cuarto en la oscuridad.

Me levanté de la cama y pasé junto a mi mamá, que estaba observando en silencio desde el pasillo. Le hice un gesto con la cabeza cuando me metí a mi cuarto y cerré la puerta detrás de mí. Puse el seguro, dejé una de las fotos sobre el escritorio, salí por la ventana y corrí a la de Poppy.

Cuando entré en su habitación, Poppy seguía durmiendo. Me quité la playera y caminé hacia el lado de la cama donde estaba ella. Dejé nuestra foto besándonos junto al agua sobre su almohada, para que la viera en cuanto se despertara.

Me metí en la cama y Poppy me encontró automáticamente en la oscuridad; apoyó su cabeza en mi pecho y envolvió mi cintura con su brazo.

Cuatro huellas en la arena.

Alas que se elevan y estrellas que se desvanecen

—¿Dónde está mi Poppy?

Me tallé el sueño de los ojos y me senté en la cama, llena de emoción al oír la voz a la que tanto quería.

—¿Tía DeeDee? —murmuré para mí misma. Traté de escuchar con más atención para asegurarme de que oía su voz. Unas voces amortiguadas me llegaron desde el pasillo, y de repente se abrió la puerta. Levanté los brazos, esas cosas tontas que me temblaban cuando pedía demasiado a mis músculos debilitados.

Me volví a acostar cuando mi tía DeeDee apareció en la puerta. Llevaba el cabello oscuro amarrado en un chongo y vestía su uniforme de sobrecargo. Su maquillaje era tan perfecto como su contagiosa sonrisa. Sus ojos verdes se hicieron más tiernos cuando se posaron en mí.

—Ahí está —dijo con cariño, yendo hacia mi cama. Se sentó en el borde del colchón y se inclinó para abrazarme.

—¿Qué haces aquí, DeeDee?

Mi tía me acomodó el pelo tras el desorden provocado por el sueño, y murmuró con tono conspirativo:

—Sacándote de esta pocilga.

Fruncí el ceño por la confusión. Mi tía DeeDee pasó con nosotros la Navidad y el Año Nuevo, y después una semana entera hacía dos semanas. Yo sabía que tenía una agenda ocupada durante el siguiente mes. Por eso me sentía confundida por verla de regreso.

—No entiendo —dije bajando las piernas del colchón. Durante los últimos días estaba en cama casi todo el tiempo. Después de una revisión en el hospital a comienzos de esa semana, descubrimos que mi conteo de glóbulos blancos era demasiado bajo. Me hicieron una transfusión de sangre y me dieron medicamentos para ayudarme, y ayudaron un poco, pero me dejaron cansada durante algunos días. Me mantenían en casa para prevenir las infecciones. Mis doctores querían que me quedara en el hospital, pero me negué. No me iba a perder un segundo de mi vida por estar en ese lugar. Sobre todo, no en ese momento, cuando notaba que el cáncer se aferraba a mí con más fuerza. Cada segundo se hacía más y más precioso.

Mi casa era mi lugar feliz.

Tener a Rune a mi lado, besándome con dulzura, era mi seguridad.

Era lo único que necesitaba.

Miré el reloj y vi que eran casi las cuatro de la tarde. Rune volvería pronto. Le pedí que fuera a la escuela en esos últimos días, porque no quería ir si yo no podía. Pero era su último año y necesitaba tener buenas calificaciones para entrar a la universidad. De cualquier modo, protestó con el argumento de que en ese momento no le importaba.

Y estaba bien, porque yo nos iba a cuidar a ambos. No permitiría que pusiera su vida en pausa por mí.

Mi tía DeeDee se levantó.

—Bueno, Poppy, a la regadera. Tenemos una hora antes de irnos. —Miró mi cabello—. No te preocupes por lavarte el cabello, conozco a una chica que se puede hacer cargo cuando lleguemos.

Negué con la cabeza e iba a hacer más preguntas, pero mi tía salió de la habitación apresuradamente. Me levanté y me estiré. Respiré profundamente, cerré los ojos y sonreí. Me sentía mejor que en los últimos días, un poco más fuerte.

Lo suficiente como para salir de la casa.

Tomé mi toalla y me di un baño rápido. Me puse una capa ligera de maquillaje, me acomodé el cabello sin lavar en un chongo de costado con el moño blanco atado con firmeza. Me puse un vestido verde militar y un suéter blanco.

Me estaba poniendo los aretes de infinito cuando de repente se abrió la puerta de mi habitación. Escuché un alboroto de voces altas, en particular la de mi papá.

Volteé y sonreí cuando Rune entró y sus ojos azules se encontraron de inmediato con los míos, buscando y revisando antes de brillar de alivio.

Rune atravesó el cuarto en silencio, se detuvo después de rodear mis hombros con sus brazos y jalarme hacia su pecho. Dejé que sus brazos tomaran mi cintura y respiré su fresco aroma.

—Te ves mejor —dijo Rune, encima de mi cabeza.

—Me siento mejor. —Y lo apreté un poco más fuerte.

Rune retrocedió y puso las manos en mi cara. Buscó mis ojos antes de preparar sus labios y besarme con el más dulce de los besos.

—Me da gusto. Me preocupaba que no pudiéramos ir. —Suspiró cuando nos separamos.

—¿A dónde? —pregunté y se me aceleró el corazón.

—A otra aventura —me anunció Rune al oído, sonriendo.

—¿Otra aventura? —Mi corazón corría al galope.

Sin más explicaciones, me llevó afuera del cuarto. Su mano, que apretaba la mía con fuerza, era el único indicio que delataba lo preocupado que estuvo esos últimos días. Sin embargo, yo lo sabía. Vi el miedo en sus ojos cada vez que me movía en la cama y me preguntaba si estaba bien. Cada vez que se sentaba conmigo después de la escuela, mirándome, estudiándome..., esperando. Esperando a ver si era el fin.

Estaba aterrado.

El avance del cáncer no me espantaba. El dolor y el futuro cercano no me espantaban, pero ver a Rune mirarme de esa manera, tan desolado, tan desesperado, empezaba a asustarme. Lo amaba tanto y me daba cuenta de que él me amaba sin medida. Pero ese amor, esa conexión que abrasaba nuestras almas, comenzaba a ser un ancla para el corazón que tenía que liberar en esta vida.

Nunca había temido a la muerte. Mi fe era fuerte, sabía que había una vida después de esta. Sin embargo, ahora el miedo empezaba a colarse en mi conciencia: el miedo de dejar a Rune. El miedo de su ausencia..., el miedo de no sentir sus brazos a mi alrededor y sus besos en mis labios.

Rune miró hacia atrás, como si percibiera que mi corazón se estaba desgarrando. Asentí. No estaba segura de que resultara convincente, seguía detectando preocupación en su expresión.

—¡No va a ir! —La voz terminante de mi papá nos llegó desde el recibidor. Rune me jaló a su lado y alzó un brazo hasta que quedé protegida debajo de él. Cuando llegamos a la puerta, mis papás y mi tía DeeDee estaban en la entrada de la sala.

Mi papá tenía la cara roja. Mi tía tenía los brazos cruzados sobre el pecho. Mi mamá pasó un dedo por la espalda de mi papá para calmarlo. Mi papá alzó la cabeza y se forzó a sonreír.

—Poppy —dijo acercándose. Rune no me soltó. Mi papá se dio cuenta y le echó una mirada que podría descuartizarlo ahí mismo.

Rune ni siquiera se estremeció.

—¿Qué pasa? —pregunté extendiendo el brazo para tomar la mano de mi papá. Me pareció que se quedaba sin habla cuando lo tocaba. Miré a mi mamá—. ¿Mamá?

Mi mamá dio un paso hacia mí.

—Lo planeamos cuando vino tu tía, hace unas semanas. —Miré a mi tía DeeDee, quien me sonrió juguetonamente—. Rune planeó llevarte fuera y le pidió ayuda a tu tía con su plan. —Mi mamá sonrió—. No esperábamos que tus niveles cayeran tan pronto. —Mi mamá puso la mano sobre el brazo de mi papá—. Tu papá cree que no deberías ir.

—¿A dónde? —pregunté.

—Es una sorpresa —dijo Rune a mi lado.

Mi papá retrocedió unos centímetros y me miró a los ojos.

—Poppy, tus niveles de glóbulos blancos bajaron. Significa que el riesgo de infección es alto. Con tu sistema inmune en riesgo, no creo que debas viajar en avión.

—¿En avión? —interrumpí. Miré a Rune—. ¿En avión? —repetí.

Asintió una vez con la cabeza, pero no me explicó nada más. Mi mamá puso una mano en mi brazo.

—Le pregunté a tu especialista. —Mi mamá se aclaró la garganta—. Me dijo que en este punto de tu enfermedad, si quieres ir, deberías ir. —Escuché el mensaje detrás de sus palabras: «Ve antes de que sea demasiado tarde como para que viajes a cualquier lado».

—Quiero ir —dije con una certeza inquebrantable, agarrándome a la muñeca de Rune. Quería que supiera que quería ir, lo miré y nuestros ojos se encontraron—. Estoy contigo —dije sonriendo.

Rune, sorprendiéndome pero al mismo tiempo sin sorprenderme para nada, me besó. Me besó con pasión y rapidez justo enfrente de mi familia. Se liberó de mi mano y se acercó a mi tía. Al lado de DeeDee había una maleta. Sin decir otra palabra, llevó la maleta al coche.

Mi corazón latía a un ritmo de *staccato* por la emoción.

Mi papá me apretó la mano. Su contacto me recordó su preocupación, su miedo.

—Poppy —dijo con voz severa.

Antes de que pudiera decir cualquier otra cosa, me incliné hacia adelante y lo besé en la mejilla. Lo miré a los ojos.

—Papi, comprendo los riesgos, estoy luchando contra esto desde hace mucho tiempo. Ya sé que estás preocupado, ya sé que no quieres que me lastimen, pero quedarme encerrada en mi cuarto como un pájaro en una jaula durante un día más…, eso es lo que me va a lastimar. Nunca me ha gustado quedarme encerrada. Quiero ir, papi. Lo *necesito*. —Sacudí la cabeza con un brillo puro de agua en los ojos—. No puedo pasarme el tiempo que me quede encerrada por miedo a empeorar. Necesito vivir…, necesito esta aventura.

Aspiró sobresaltado por la duda, pero finalmente asintió con la cabeza. Me inundó un ligero mareo. ¡Iba a ir!

Di un brinco y envolví el cuello de mi papá con mis brazos, que me estrechó de vuelta.

Besé a mi mamá y fui a ver a mi tía. Tenía la mano extendida.

—Confío en que la cuides, DeeDee —dijo mi papá cuando tomé la mano de mi tía. Ella suspiró.

—Ya sabes que esta niña está en mi corazón, James. ¿Crees que dejaría que algo le pasara?

—¡Y que se queden en cuartos separados!

Simplemente puse los ojos en blanco al escucharlo.

Mi papá empezó a hablar con mi tía, pero no presté atención. No oí nada mientras dirigía mi mirada hacia la puerta abierta, hasta el chico vestido todo de negro que estaba recargado contra el barandal de nuestro porche. El chico con la chamarra de piel que se llevaba un cigarro a la boca con indiferencia mientras me miraba. Sus ojos de un azul cristalino no se separaron de los míos ni una vez.

Rune exhaló una nube de humo. Tiró la colilla al suelo con un ademán casual, levantó la barbilla y me ofreció su mano.

Soltando la mano de mi tía DeeDee, cerré los ojos durante un instante, confiando a mi memoria el recuerdo de cómo se veía justo en ese momento.

Mi chico malo noruego.

Mi corazón.

Abrí los ojos y salí rápidamente por la puerta. Cuando llegué al escalón de arriba, brinqué a los brazos abiertos de Rune. Me abrazó y yo me reí, sintiendo la brisa en mi cara. Me abrazó con fuerza mientras mis pies seguían despegados del piso.

—¿Estás lista para esta aventura, *Poppymin*? —me preguntó Rune.

—Sí —respondí sin aliento.

Rune recargó su frente en la mía y cerró los ojos.

—Te amo —murmuró después de una larga pausa.

—Yo también te amo —dije en voz igual de baja.

Me recompensó con una rara sonrisa.

Me bajó al suelo con cuidado, me tomó de la mano y volvió a preguntarme:

—¿Estás lista?

Asentí y volteé a ver a mis padres, que estaban parados en el porche. Les dije adiós con la mano.

—Vamos, chicos —dijo DeeDee—. Tenemos que tomar un avión.

Rune me llevó al coche tomándome de la mano, como siempre. Después de que nos instalamos en el asiento de atrás, miré por la ventana cuando arrancamos. Miré las nubes con la certeza de que pronto estaría volando sobre ellas.

En una aventura.

Una aventura con mi Rune.

—Nueva York —dije sorprendida leyendo la pantalla de nuestra puerta de abordaje. Rune sonrió.

—Siempre habíamos planeado ir, es solamente un resumen de lo que siempre pensamos.

Completamente sin habla, envolví su cintura con mis brazos y apoyé la cabeza en su pecho. Mi tía DeeDee regresó de hablar con la mujer del mostrador.

—Vamos, chicos —dijo haciendo un gesto hacia la entrada del avión—. Vamos a abordar.

Seguimos a DeeDee. Me quedé con la boca abierta cuando nos llevó a los dos asientos de adelante de la primera clase. La miré y se encogió de hombros.

—¿Cuál es el chiste de estar encargada de la cabina de primera clase si no puedo aprovecharlo para consentir a mi sobrina favorita? —Abracé a DeeDee y me mantuvo entre sus brazos un poco más de tiempo de lo normal—. Vamos ya —dijo y me llevó a mi asiento.

Mi tía DeeDee desapareció rápidamente detrás de la cortina de la sección de sobrecargos. Me quedé parada viéndola irse. Rune me tomó de la mano.

—Va a estar bien —me consoló y señaló al asiento de la ventanilla—. Por ti —añadió.

Sin poder evitar la risa de emoción que se escapó de mi garganta, me senté y miré por la ventana a las personas que trabajaban abajo. Los observé hasta que el avión estuvo lleno y empezó a avanzar. Suspiré con alegría y me volteé hacia Rune, que me estaba mirando.

—Gracias —dije entrelazando los dedos con los suyos.

—Quería ver Nueva York. —Se encogió de hombros—. Quería estar ahí contigo.

Rune se inclinó para besarme, pero detuve sus labios con los dedos.

—Bésame a doce mil metros de altura. Bésame en el cielo. Bésame entre las nubes.

El aliento mentolado de Rune flotó alrededor de mi cara. Después, se sentó con tranquilidad. Me reí cuando de repente el avión ganó velocidad y nos elevamos en el aire.

Cuando se estabilizó, mis labios chocaron contra los de Rune. Me agarró la cabeza con las manos y tomó mi boca con la suya. Necesitaba que algo me mantuviera en la tierra, así que me agarré de su playera. Suspiré contra su boca, mientras su lengua luchaba suavemente con la mía.

Cuando se separó, con el pecho agitado y la piel caliente, murmuré:

—Beso 808, a doce mil metros de altura, con mi Rune..., casi me estalla el corazón.

Al final del vuelo, tenía muchos besos nuevos que añadir a mi frasco.

—¿Es para nosotros? —pregunté sin poder creerlo. Miré el *penthouse* del hotel ridículamente caro en Manhattan al que nos llevó mi tía.

Miré a Rune y me di cuenta, pese a su expresión siempre neutral, de que también estaba sorprendido. Mi tía DeeDee se detuvo a mi lado.

—Poppy, tu mamá todavía no sabe, pero llevo un tiempo saliendo con alguien. —Una sonrisa encantadora se extendió en sus labios y continuó—: Digamos que esta habitación es un regalo para ustedes dos.

La miré sorprendida, pero su calidez me llenó. Siempre me preocupaba mi tía DeeDee porque estaba sola con frecuencia. Me daba cuenta de lo feliz que la hacía ese hombre.

—¿Él pagó esto? ¿Para nosotros? ¿Para mí? —pregunté.

DeeDee hizo una pausa y luego explicó:

—Técnicamente no tiene que pagar. Esta pocilga es suya.

Si era posible, abrí la boca todavía más hasta que Rune me la cerró con un dedo en broma. Miré a mi novio.

—¿Tú sabías?

—Ella me ayudó a planear esto —dijo encogiéndose de hombros.

—Entonces, ¿sabías? —repetí. Rune negó con la cabeza y llevó nuestras maletas a la habitación principal, que quedaba a la derecha. Era evidente que estaba ignorando la instrucción de mi papá de que durmiéramos en cuartos separados.

—Ese chico caminaría sobre cristales rotos por ti, Pops —dijo mi tía cuando Rune desapareció por la puerta. El corazón se me llenó de luz.

—Ya sé —murmuré, pero ese ligero filo de miedo que empezaba a sentir se filtró en mi cuerpo. Mi tía DeeDee me envolvió con su brazo—. Gracias —dije mientras le devolvía el abrazo. Me besó en la cabeza.

—Yo no hice nada, Pops. Todo lo hizo Rune. —Hizo una pausa—. No creo que en toda mi vida haya visto a dos chicos que se quieran tanto desde tan pequeños e incluso más de adolescentes.

—Mi tía DeeDee se separó de mí para mirarme a los ojos—. Atesora este momento con él, Pops. Ese chico te ama, hay que estar ciego para no verlo.

—Claro que sí —murmuré. DeeDee fue hacia la puerta.

—Pasaremos aquí dos noches. Yo estaré con Tristan en su *suite*. Llámame al celular si necesitas algo. Sólo voy a estar a unos minutos de distancia.

—Okey —contesté.

Me di la vuelta y contemplé el esplendor de la habitación. Los techos eran tan altos que tenía que echar la cabeza hacia atrás sólo para ver el dibujo del yeso blanco. La habitación era tan grande que habría hecho que la mayoría de las casas de la gente parecieran enanas. Caminé hacia la ventana y contemplé una vista panorámica de todo Nueva York.

Y respiré.

Respiré cuando mi mirada cayó sobre las vistas familiares que sólo conocía por fotografías o por las películas: el Empire State, el Central Park, la Estatua de la Libertad, el Flatiron, la Freedom Tower...

Había tanto que ver que el corazón se me aceleró por la expectación. Se suponía que iba a ser ahí donde viviría mi vida. Ahí estaría en casa. Blossom Grove sería mi raíz; Nueva York, mis alas.

Y Rune Kristiansen sería mi amor por siempre. Estaría a mi lado todo el tiempo.

Vi que había una puerta a mi izquierda, fui hacia ella y bajé la manija. Solté un grito entrecortado cuando me golpeó la brisa, después me permití verdaderamente apreciar la vista.

Un jardín.

Una terraza al aire libre con flores de invierno, bancas y, lo mejor, la vista. Me abroché el abrigo para mantener el calor y salí al frío. Unos remolinos de copos de nieve blancos se posaron en mi cabello. Necesitaba sentirlos en mi cara y eché la cabeza hacia atrás. Los copos fríos cayeron sobre mis pestañas y me hicieron cosquillas en los ojos.

Me reí conforme se me humedecía la cara. Después avancé y pasé las manos por las plantas perennes y brillantes hasta que llegué al muro que me ofrecía el panorama de Manhattan en bandeja de plata.

Respiré y dejé que el aire frío me llenara los huesos. De repente, unos brazos cálidos me rodearon la cintura y Rune apoyó la barbilla en mi hombro.

—¿Te gusta, amor? —me preguntó con suavidad. Su voz apenas era más que un murmullo, como para no invadir nuestro refugio de tranquilidad.

Sacudí la cabeza con incredulidad y volteé ligeramente para mirarlo de frente.

—No puedo creer que hicieras todo esto —contesté—. No puedo creer que me des esto. —Señalé hacia la ciudad, que se extendía bajo nuestros pies—. Me diste Nueva York.

Rune me besó en la mejilla.

—Ya es tarde y tenemos un montón de cosas que hacer mañana. Quiero asegurarme de que descanses lo suficiente para hacer todo lo que tengo planeado.

Un pensamiento me llegó a la mente.

—¿Rune?

—*Ja?*

—¿También yo te puedo llevar a un lugar mañana?

Frunció el ceño.

—Claro —accedió. Me di cuenta de que me veía como si tratara de descubrir qué tramaba, pero no me preguntó. Y eso me dio gusto porque de haber sabido de antemano, se habría negado.

—Bien —dije con orgullo y sonreí para mí misma. Sí, él me daba ese viaje. Sí, tenía cosas planeadas, pero quería mostrarle algo que le recordara sus sueños. Unos sueños que podía alcanzar incluso después de que yo me fuera.

—Necesitas dormir, *Poppymin* —dijo Rune y bajó la cabeza para besarme en el cuello.

—Contigo en la cama, a mi lado. —Entrelacé mi mano con la suya.

Noté que asentía junto a mi cuello antes de besarlo otra vez.

—Te preparé un baño y ordené comida. Báñate, luego comemos y nos vamos a dormir.

Me di la vuelta en sus brazos y me alcé de puntitas para poner las manos en sus mejillas, que estaban frías.

—Te amo, Rune —susurré. Lo decía con frecuencia. Y siempre lo sentía con todo el corazón. Quería que supiera, todo el tiempo, cuánto lo adoraba.

Rune suspiró y me besó despacio.

—Yo también te amo, *Poppymin* —dijo contra mis labios, separándolos apenas.

Después me llevó adentro para que me bañara. Comimos y luego dormimos.

Me acosté en sus brazos, en medio de una enorme cama con dosel, sintiendo su respiración cálida en mi cara. Sus ojos azul claro miraban cada uno de mis movimientos.

Me dormí, acunada en su abrazo, con una sonrisa en el corazón y en los labios.

Las canciones del corazón y la belleza que encontramos

POPPY

Pensé que ya sabía cómo se sentía una brisa en mi pelo, pero nada se comparaba con la que pasó a través de mis mechones arriba del Empire State Building.

Pensé que me besaron de todos los modos en que se podía besar, pero nada se comparaba con los besos de Rune bajo el castillo de cuento de hadas de Central Park. A su beso en la corona de la Estatua de la Libertad. En medio de Times Square, donde las luces destellaban mientras la gente pasaba deprisa a nuestro alrededor, como si no quedara más tiempo en el mundo.

La gente siempre se apresuraba, aunque tenía mucho tiempo. Pese a que a mí me quedaba poco, me aseguraba de que todo lo que hacía lo hiciera lentamente. Con mesura, con significado. Me aseguraba de saborear cada nueva experiencia. De respirar profundamente y absorber cada nueva vista, cada nuevo olor y cada sonido.

Simplemente detenerme, respirar y acoger.

Los besos de Rune variaban. Eran suaves y lentos, cariñosos y ligeros como plumas. Eran duros, rápidos y arrebatadores. Los dos tipos me dejaban sin aliento. Los dos tipos llegaron al frasco. Más besos para coser a mi corazón.

Después de comer un almuerzo tardío en el Stardust Diner, un lugar que decidí que podía ser mi tercer lugar favorito sobre la Tierra, llevé a Rune afuera y dimos vuelta a la esquina.

—¿Ya me toca? —pregunté cuando Rune me tomó del cuello del abrigo y me lo cerró; después revisó su reloj. Lo miré con curiosidad, preguntándome por qué no dejaba de comprobar la hora. Rune vio mi mirada sospechosa y me envolvió con sus brazos.

—Tienes las próximas dos horas. Luego volvemos a mi programación.

Arrugué la nariz por su actitud estricta y saqué la lengua con aire juguetón. Los ojos de Rune resplandecieron de calor cuando lo hice, se inclinó hacia al frente, apretó sus labios contra los míos e inmediatamente acarició mi lengua con la suya. Solté un grito agudo y me agarré a él con fuerza cuando me inclinó hacia atrás antes de romper el beso.

—No me tientes —dijo bromeando, pero aún veía el calor en sus ojos y me dio un vuelco el corazón. Desde que Rune regresó a mi vida, no hacíamos nada más que besarnos. Nos besábamos y hablábamos, y nos abrazábamos de una forma increíblemente apretada. Él nunca me presionó para que fuéramos más lejos, pero conforme pasaban las semanas, empezaba a querer entregarme a él otra vez.

Los recuerdos de la noche que pasamos juntos dos años antes cruzaban mi mente como una proyección. Las escenas eran tan vívidas, tan llenas de amor que se me colapsaban los pulmones. Todavía recordaba su mirada cuando se puso encima de mí; todavía recordaba la manera en que sus ojos veían los míos. La manera en que el calor fluía a través de mí cuando lo sentía, tan cálido, en mis brazos.

Y recordaba su contacto suave sobre mi cara, mi cabello, mis labios. Sin embargo, más que nada recordaba su cara después de hacer el amor. Su incomparable expresión de adoración. La mirada que me dijo que, aunque éramos jóvenes, lo que hicimos nos cambió para siempre.

Nos unió en cuerpo, mente y alma.

Realmente nos hizo infinitos.

Por siempre jamás.

—¿A dónde vamos, *Poppymin*? —preguntó Rune sacándome de mi fantasía. Apoyó el dorso de la mano en mi mejilla ardiente—. Estás caliente —dijo con fuerte acento, el sonido perfecto que pasó a través de mí como una brisa fresca.

—Estoy bien —dije con timidez.

Tomé su mano y traté de llevarlo por la calle, pero Rune la retiró y me miró con preocupación.

—Poppy...

—Estoy bien —interrumpí sonriendo para que él supiera que era en serio.

Rune gruñó de desesperación y colgó el brazo de mis hombros, jalándome hacia adelante. Busqué el nombre de la calle y la cuadra para decidir hacia dónde avanzar.

—¿Me vas a decir qué estamos haciendo? —preguntó Rune.

Me aseguré de que íbamos en la dirección correcta y negué con la cabeza. Rune me besó a un lado de la cabeza y después se encendió un cigarro. Mientras él fumaba, aproveché para mirar a mi alrededor. Me encantaba Nueva York. Me encantaba todo: gente ecléctica (artistas, oficinistas, soñadores) entretejidos en el gran *patchwork* de la vida. Las calles atiborradas, los cláxones y los gritos, el perfecto *soundtrack* sinfónico de la ciudad que nunca duerme.

Respiré el fresco aroma de la nieve en el aire frío y me abracé al pecho de Rune con más fuerza.

—Esto es lo que habríamos hecho —dije, y sonreí cerrando brevemente los ojos.

—¿Qué? —preguntó Rune, y el olor ahora familiar de su cigarro flotaba entre nosotros.

—Esto —respondí—. Habríamos caminado por Broadway, por la ciudad, para encontrarnos con amigos, ir hacia nuestras escuelas o nuestro departamento. —Le di un golpecito en el brazo que tenía sobre mi hombro—. Me habrías abrazado justo así y hablaríamos. Me contarías de tu día y yo del mío. —Sonreí por la cotidianidad de la imagen. No necesitaba grandes gestos ni cuentos de hadas; una vida normal con el chico que amaba siempre había sido suficiente.

Incluso en ese momento lo valía todo.

Rune no dijo nada. Ya aprendí que cuando hablaba así, con tanto candor, sobre cosas que nunca iban a ocurrir, a Rune le parecía mejor no decir nada. Y estaba bien. Comprendía por qué tenía que proteger su corazón casi roto.

Si yo pudiera protegerlo por él, lo habría hecho, pero yo era la causa.

Yo sólo le rogaba a todo lo que era bueno que también pudiera ser el remedio.

—Ya casi llegamos —dije cuando vi el anuncio del viejo edificio.

Rune miró confundido y me dio gusto. No quería que supiera a dónde íbamos. No quería que se enojara por algo que hacía con buena intención. No quería herirlo obligándolo a ver un futuro que podría ser el suyo.

Llevé a Rune a la izquierda, hacia un edificio. Él arrojó el resto de su cigarro al suelo y me tomó de la mano. Busqué la taquilla y pedí nuestros boletos.

Rune sacó mi mano de mi bolsa cuando traté de pagar y pagó él, aun sin saber dónde estábamos. Me acerqué a besarlo en la mejilla.

—Qué caballero —bromeé y vi que ponía los ojos en blanco.

—No creo que tu papá piense eso de mí.

No pude contener la risa. Mientras me reía libremente, Rune se detuvo y me miró, ofreciéndome su mano. Puse la mía sobre ella y dejé que me jalara hacia él. Su boca cayó justo encima de mi oreja.

—¿Por qué será que cuando te ríes así necesito fotografiarte con desesperación?

Miré hacia arriba y mi risa se desvaneció.

—Porque capturas todos los aspectos de la condición humana: lo bueno, lo malo, la verdad. —Me encogí de hombros y añadí—: Porque a pesar de todo lo que protestas y de que expresas un aura de oscuridad, buscas la felicidad, deseas ser feliz.

—Poppy. —Rune volteó la cara. Como siempre, no quería aceptar la verdad, pero ahí estaba, encerrada en lo profundo de su corazón. Lo único que siempre había querido era ser feliz, solos él y yo.

Por mi parte, yo quería que aprendiera a ser feliz solo, aunque yo iba a caminar a su lado todos los días en su corazón.

—Rune —susurré—. Por favor, ven conmigo.

Él miró mi mano extendida antes de ceder y unir nuestras manos con fuerza. Incluso en ese momento, observaba nuestras manos unidas con un toque de dolor tras sus ojos cautelosos.

Acerqué esas manos a mis labios, besé el dorso de su mano y la llevé a mi mejilla. Rune exhaló por la nariz. Finalmente me jaló bajo la protección de su brazo. Me envolvió por la cintura y lo llevé a través de las puertas dobles para revelar la exposición que había del otro lado.

Nos recibió un espacio vasto y abierto, con fotografías famosas enmarcadas en las paredes altas. Rune se quedó paralizado y alcé la mirada para ver su reacción sorprendida y apasionada al ver su sueño presentándose ante él. Una exposición de las fotos que forjaron nuestra era.

Las fotografías que habían cambiado el mundo.

Momentos perfectamente capturados en el tiempo.

El pecho de Rune se expandió despacio mientras respiraba profundamente, después exhaló con una calma llena de cautela. Me miró y abrió los labios, pero no salió ningún sonido ni palabra.

Froté su pecho bajo la cámara que tenía colgada del cuello.

—Anoche descubrí que estaba esta exposición y quise que la vieras. Va a estar durante un año, pero quería estar aquí contigo, en este momento. Quería… compartir esto contigo.

Rune parpadeó con una expresión neutra. La única reacción que demostró fue que apretó la quijada. No estaba segura de si era algo bueno o malo.

Me deslicé de debajo de su brazo y sostuve holgadamente sus dedos. Consulté la guía y nos dirigí a la primera foto de la exposición. Sonreí cuando vi al marinero que inclinaba hacia atrás a la enfermera para besarla en los labios en medio de Times Square. «Nueva York, 14 de agosto de 1945, *V-J Day in Times Square*, de Alfred Eisenstaedt», leí. Y sentí la ligereza y la emoción de la celebración a través de la imagen que tenía frente a mí. Sentí que estaba ahí, compartiendo ese momento con todos los que lo presenciaron.

Miré a Rune y vi que estaba estudiando la fotografía. Su expresión no cambió, pero vi que su quijada se relajaba y que inclinaba la cabeza ligeramente a un lado.

Sus dedos se retorcieron entre los míos.

Sonreí otra vez.

No era inmune y, sin importar cuánto se resistiera, eso le encantaba. Me daba cuenta con la misma facilidad con la que, afuera, sentía la nieve que caía sobre mi piel. Lo llevé hacia la segunda foto. Abrí más los ojos mientras asimilaba la dramática vista. Un convoy de tanques avanzaba hacia un hombre que estaba parado justo frente a su camino. Leí la información rápidamente, con el corazón acelerado: «Plaza de Tiananmén, Beijing, 5 de junio de 1989. Esta imagen capturó la protesta de un hombre para detener la represión militar a las marchas contra el Gobierno chino». Me acerqué más a la fotografía y tragué saliva.

—Qué triste. —Rune asintió.

Cada fotografía evocaba una emoción diferente. Al mirar esos momentos capturados comprendí verdaderamente por qué a Rune le encantaba tomar fotos. La exposición demostraba cómo capturar estas imágenes impactó a la sociedad. Mostraban a la humanidad en sus mejores momentos y en los peores. Subrayaban la vida en toda su desnudez, en su forma más pura.

Cuando nos detuvimos ante la siguiente fotografía, desvié la mirada de inmediato; era incapaz de mirarla de manera plena: un buitre se cernía sobre un niño famélico, esperando pacientemente. Enseguida, la imagen me hizo sentir llena de tristeza. Me alejé, pero Rune se acercó a ella. Levanté la cabeza con rapidez y lo vi estudiar cada parte de la fotografía. Vi que sus ojos llameaban y las manos se aferraban a sus costados.

Su pasión se abría camino.

Por fin.

—Esta fotografía es una de las más controvertidas que se hayan tomado —me informó en voz baja, aún concentrado en la imagen—. El fotógrafo estaba haciendo un reportaje del hambre en África. Cuando estaba tomando fotos, vio a este niño que buscaba ayuda y al buitre, que presentía la muerte. —Respiró—. Esta foto mostraba, en una imagen, la extensión del hambre más que todos los reportajes que se escribieron antes. —Rune me miró—. Hizo que la gente prestara atención. —Señaló al niño hincado sobre la tierra—. Gracias a esta fotografía, aumentó la ayuda y la prensa se interesó más por la lucha de la gente. —Respiró profundamente—. Les cambió el mundo.

No quería dejar pasar el impulso, así que caminamos hacia la siguiente fotografía.

—¿Sabes de qué se trata esta?

Me costó trabajo ver la mayoría de las fotos. La mayor parte eran de dolor, de sufrimiento. Sin embargo, para un fotógrafo, aunque fueran gráficas y oprimieran el corazón, tenían cierto tipo de gracia poética. Contenían un mensaje profundo e infinito, todo capturado en un solo cuadro.

—Era una protesta en la guerra de Vietnam. Un monje budista se prendió fuego. —Rune inclinó la cabeza para estudiar los ángulos—. Nunca se quejó. Tomó el dolor para declarar que debíamos alcanzar la paz.

Conforme pasó el día, Rune me explicó casi todas las fotografías. Cuando llegamos a la toma final, era una fotografía en blanco y negro de una mujer joven. Era una foto antigua: su cabello y maquillaje parecían de los años sesenta. En la foto, parecía tener alrededor de veinte años y sonreía.

Miré a Rune y se encogió de hombros, indicándome que él tampoco conocía la fotografía. El título decía simplemente «Esther». Busqué información en la guía y de inmediato se me llenaron los ojos de lágrimas cuando leí la descripción. Cuando leí por qué estaba ahí la fotografía.

—¿Qué? —me preguntó Rune con preocupación.

—«Esther Rubenstein. Difunta mujer del patrocinador de la exposición» —Parpadeé y terminé—: «Murió a los veintiséis años, de cáncer». —Me tragué la emoción, que hizo un nudo en mi garganta, y me acerqué más al retrato—. «Su esposo, que nunca volvió a casarse, la puso en la exhibición». *Él tomó la foto y la puso en la exposición. Dice que aunque esta foto nunca cambió el mundo, Esther cambió el suyo.*

Unas lágrimas me escurrieron por las mejillas lentamente. El sentimiento era hermoso; el honor, impresionante.

Me limpié las lágrimas y miré a Rune, que le daba la espalda a la foto. El alma se me cayó a los pies. Me puse frente a él, que tenía la cabeza agachada hacia abajo. Le quité el pelo de la cara y la expresión de congoja que encontré me partió en dos.

—¿Por qué me trajiste aquí? —me preguntó con un nudo en la garganta.

—Porque esto es lo que amas. —Hice un gesto señalando la sala—. Rune, estamos en NYU Tisch, donde querías estudiar. Quería que vieras lo que puedes lograr algún día. Quería que vieras lo que aún puede haber en tu futuro.

Rune cerró los ojos. Cuando los abrió, vio que reprimía un bostezo.

—Estás cansada.

—Estoy bien —respondí, quería abordar ese tema ahora. Pero *sí* estaba cansada y no estaba segura de que pudiera hacer mucho más sin descansar.

—Vamos a descansar antes de la noche —dijo entrelazando sus dedos con los míos.

—Rune —traté de discutir, de hablar más de eso, pero él se dio la vuelta.

—*Poppymin*, por favor. Ya no más. —Oí el esfuerzo en su voz—. Nueva York era *nuestro* sueño. No hay Nueva York sin ti, así que, por favor... —Se calló y dijo en voz baja—: Basta.

No quería verlo tan triste, así que asentí. Me besó en la frente con suavidad. Me sentí agradecida.

Nos fuimos de la exposición y Rune paró un taxi. En unos minutos estábamos camino al hotel. En cuanto entramos a la *suite*, Rune se acostó conmigo en brazos.

No habló mientras me dormía. Me dormí con la imagen de Esther en la mente, preguntándome cómo se recuperó él cuando ella volvió a su verdadera casa.

Preguntándome si llegó a recuperarse por completo alguna vez.

—*Poppymin*? —susurró Rune, sacándome del sueño. Parpadeé en la oscuridad de la habitación y sentí que él me acariciaba la cara con un dedo—. Hola, nena —dijo con suavidad cuando me di la vuelta para mirarlo. Extendí una mano para encender la lámpara y cuando la luz parpadeó me concentré en Rune.

Una sonrisa se extendió por mis labios. Llevaba una playera negra ceñida bajo un saco café, unos *jeans* negros ajustados y sus habituales botas negras de piel. Me agarré a las solapas de su saco.

—Te ves muy guapo, amor.

Rune sonrió a medias. Se inclinó hacia adelante y suavemente tomó mi boca con la suya. Cuando se separó, me di cuenta de que su pelo estaba recién lavado y secado; a diferencia de todos los días, se lo cepilló, y sus mechones dorados se sentían sedosos entre mis dedos.

—¿Cómo te sientes? —me preguntó. Estiré mis brazos y mis piernas.

—Un poco cansada y adolorida por tanto caminar, pero bien.

Rune arrugó la frente por la preocupación.

—¿Estás segura? No tenemos que ir si no te sientes con ganas.

Me removí más sobre mi almohada y me detuve a un centímetro de su cara.

—Nada podría evitar que vaya hoy. —Pasé las manos por su saco café claro—. Sobre todo si estás todo engalanado. No tengo ni idea de qué tienes planeado, pero si te sacó de tu chamarra de cuero, ha de ser algo muy especial.

—Eso creo —respondió Rune después de una pausa cargada de significado.

—Entonces, definitivamente estoy bien —dije con confianza, permitiéndole que me ayudara a sentarme; esa simple tarea a veces era demasiado difícil. Rune seguía hincado y buscó mi cara.

—Te amo, *Poppymin*.

—Yo también te amo, corazón —contesté. Mientras me levantaba con la ayuda de Rune, no pude evitar sonrojarme. Se ponía más guapo cada día, pero esa apariencia hacía que el corazón me galopara en el pecho.

—¿Qué me pongo? —le pregunté a Rune. Me llevó a la sala de la *suite*. Una mujer estaba parada en medio de la habitación, rodeada por equipo para arreglar el cabello y maquillaje. Me quedé sorprendida y miré a Rune, que se quitó el pelo de la cara con nerviosismo.

—Tu tía organizó todo para que te vieras perfecta. —Se encogió de hombros—. Aunque de cualquier modo eres perfecta. —La mujer de la habitación me saludó y dio unas palmaditas en el asiento que tenía delante. Rune alzó mi mano y le dio un beso—. Ve, nos tenemos que ir en una hora.

—¿Qué me pongo? —pregunté sin aliento.

—Ya organizamos eso también. —Rune me acompañó a la silla y me senté después de hacer una breve pausa para presentarme con la estilista.

Rune se acomodó en el sillón que estaba al otro lado de la sala. Me llenó de felicidad que sacara su cámara de su bolsa, que estaba sobre la mesita. Vi que se llevaba la cámara al ojo cuando Jayne, la estilista, empezó a trabajar con mi cabello y, durante los siguientes cuarenta minutos, capturó todo momento. Yo no podía estar más feliz ni aunque lo intentara.

Jayne se inclinó a revisar mi cara, dio un toque final a mi mejilla con una brocha, se retiró y sonrió.

—Listo, niña. Ya estás. —Se alejó y empezó a guardar sus cosas. Cuando terminó, me besó en la mejilla—. Que tengas buenas noches, señorita.

—Gracias —respondí y la acompañé a la puerta.

Cuando me di la vuelta, Rune estaba parado enfrente de mí. Levantó la mano hacia mi cabello, recién rizado.

—*Poppymin*, te ves hermosa —dijo con voz ronca.

—¿Sí? —pregunté agachando la cabeza.

Rune levantó la cámara y apretó el botón. Volvió a bajarla y asintió.

—Perfecta.

Buscó mi mano y me condujo a través de la habitación. Sobre la puerta había un vestido negro de cintura imperio y sobre la alfombra afelpada había unos zapatos de tacón bajo.

—Rune —murmuré mientras pasaba la mano sobre la suave tela—. Es tan bello.

Rune descolgó el vestido y lo puso sobre la cama.

—Vístete, nena, ahora nos tenemos que ir.

Asentí, aún sorprendida. Rune salió de la habitación y cerró la puerta. Unos minutos después, me vestí y me puse los zapatos. Fui hacia el espejo del baño y me sorprendí al ver a la chica que me devolvía la mirada. Tenía el cabello rizado y ni siquiera un pelo estaba fuera de lugar. Mi maquillaje exhibía unos *smokey eyes* y, lo mejor de todo, mis aretes de infinito brillaban como nuevos. Alguien tocó la puerta.

—Pasa —grité sin poder desprenderme de mi reflejo.

Rune entró detrás de mí y se me derritió el corazón cuando vi su reacción en el espejo: la mirada extasiada en su guapo rostro.

Puso las manos sobre mis brazos, se inclinó y con una mano me apartó el pelo para darme un beso justo debajo de la oreja. Me quedé sin aliento ante su contacto mientras lo miraba directamente a los ojos a través del espejo.

Mi vestido negro caía ligeramente al frente, mostrando mi pecho y cuello, y tenía unos tirantes amplios al borde de los hombros. Rune me besó en el cuello antes de poner la mano en mi barbilla para llevar mi boca a la suya. Sus labios cálidos se derritieron contra los míos y suspiré, de pura felicidad, en su boca.

Rune se estiró sobre el mueble del espejo para alcanzar mi moño blanco y ponérmelo en el pelo.

—Ahora estás perfecta, ahora eres mi Poppy —afirmó con una sonrisa tímida.

El estómago me dio un vuelco por lo ronco de su voz, y después se me giró por completo cuando me tomó de la mano y me sacó del baño. En la habitación nos esperaba un abrigo y me lo extendió como un verdadero caballero para ponerlo sobre mis hombros.

—¿Estás lista? —me preguntó después de darme la vuelta hacia él.

Asentí y dejé que me llevara al elevador y luego afuera. Una limusina nos estaba esperando; un chofer vestido elegantemente nos abrió la puerta para que entráramos. Volteé hacia Rune para preguntarle cómo planeó todo, pero antes de que pudiera, respondió:

—DeeDee.

El chofer cerró la puerta y yo me aferré a las manos de Rune mientras recorríamos las calles abarrotadas. Por la ventana, vi cómo pasaba Manhattan hasta que nos detuvimos.

Vi el edificio antes de que nos bajáramos de la limusina y el corazón me latió con fuerza por la emoción. Quise apoyar la cabeza en Rune, pero él ya se había bajado. Apareció en mi puerta, que abrió con la mano extendida para ayudarme a bajar. Salí a la calle y miré el enorme edificio que teníamos ante nosotros.

—Rune —murmuré—. El Carnegie Hall. —Me tapé la boca con la mano. Él cerró la puerta y la limusina se fue.

—Ven conmigo —dijo jalándome hacia él.

Mientras caminábamos hacia la entrada, traté de leer todos los letreros para obtener información de lo que íbamos a ver, pero sin importar cuánto buscara, no supe quién se presentaba esa noche.

Rune empujó las puertas y un hombre nos recibió adentro y nos señaló a dónde ir. Rune me guio hacia adelante hasta que pasamos el recibidor y entramos en el auditorio principal. Si ya antes estaba sin aliento, no fue nada en comparación con lo que sentí en ese momento: estaba parada en la sala que era mi sueño desde que era niña.

Cuando asimilé el vasto espacio —los balcones dorados, el terciopelo rojo de las sillas y las alfombras—, fruncí el ceño al ver que estábamos completamente solos. No había público. No había orquesta.

—¿Rune?

Rune se meció con nerviosismo sobre los pies y señaló al escenario. Seguí su mano: en el centro del escenario había una sola silla y un violonchelo a su lado, con el arco encima.

Traté de descifrar lo que veía, pero no podía comprenderlo. Era el Carnegie Hall, una de las salas de conciertos más famosas de todo el mundo.

Sin una palabra, Rune me llevó por el pasillo hacia el escenario y se detuvo ante una escalera colocada ahí temporalmente. Me di la vuelta para verlo y Rune encontró mi mirada.

—*Poppymin*, si las cosas hubieran sido diferentes... —Le faltó el aire, pero se compuso lo suficiente para continuar—: Si las cosas hubieran sido diferentes, algún día habrías tocado aquí como profesional. Habrías tocado aquí como parte de una orquesta, la orquesta de la que siempre soñaste formar parte. —Me apretó la mano—. Habrías tocado el solo que siempre quisiste interpretar en este escenario. —Derramó una lágrima—. Sin embargo, como no podrá ocurrir, como la vida es tan injusta..., quiero que tengas esto. Que sepas cómo se habría sentido este sueño. Quería que vivieras tu oportunidad bajo los reflectores. Unos reflectores que, en mi opinión, no sólo te mereces como la persona que más amo en todo el mundo, sino como la mejor violonchelista. La intérprete más talentosa.

Me empecé a dar cuenta de lo que pasaba. La magnitud de lo que estaba haciendo por mí empezó a asentarse en mi mente, hasta que se depositó poco a poco en mi corazón expuesto. Cuando sentí que los ojos se me llenaban de lágrimas, me acerqué más a él y puse las manos sobre su pecho. Parpadeé y traté de quitarme las lágrimas de los ojos.

—Tú... ¿Cómo lo..., cómo lo hiciste? —traté de preguntar, incapaz de contener las emociones.

Rune me jaló hacia adelante y me llevó por las escaleras hasta que me paré sobre el escenario que era la mayor ambición de mi vida. Rune me apretó la mano, como sustitución de las palabras.

—Esta noche el escenario es tuyo, *Poppymin*. Perdón por ser el único testigo de tu presentación, pero quería que cumplieras este sueño, quería que tocaras en esta sala, quería que tu música llenara este auditorio y que tu legado quedara impreso en estas paredes. —Se acercó más a mí, puso las manos en mis mejillas y me limpió las lágrimas con las yemas de los pulgares—. Te lo mereces, Poppy. Ojalá hubieras tenido más tiempo para cumplir este sueño, pero..., pero... —murmuró apoyando su frente en la mía.

Tomé sus muñecas con mis manos mientras trataba de terminar la frase. Cerré los ojos para alejar las últimas lágrimas.

—No hables —lo acallé, y alcé su muñeca para darle un beso sobre el pulso acelerado. La puse sobre mi pecho y continué—: Está bien, amor. —Respiré y sonreí con lágrimas en los ojos. El aroma de la madera me llenó la nariz. Si cerraba los ojos lo suficientemente fuerte, sentía que podía oír el eco de todos los músicos que pisaron el escenario de madera, los maestros que honraron esa sala con su pasión y genio.

—Ahora estamos aquí —concluí, y di un paso atrás. Abrí los ojos y observé el auditorio desde mi posición privilegiada. Me lo imaginé lleno de gente ataviada para un concierto, hombres y mujeres que amaban sentir la música en sus corazones. Sonreí al ver la imagen de manera tan vibrante en mi mente.

Cuando volví a mirar al chico que arregló ese momento para mí, me quedé sin palabras: no tenía manera de expresar con precisión lo que ese gesto le hacía a mi alma, el regalo que Rune me dio de un modo tan puro y dulce..., mi mayor sueño hecho realidad.

Así que no dije nada. No podía.

En cambio, solté sus muñecas y avancé hacia el asiento solitario que me esperaba. Pasé la mano por la piel negra, sintiendo su textura con mis dedos. Caminé hacia el violonchelo, el instrumento que siempre sentí como una extensión de mi cuerpo. Un instrumento que me llenaba de una alegría que no se puede explicar hasta que se siente. Una alegría total cargada de una forma superior de paz, de tranquilidad, de serenidad, un amor delicado como ningún otro.

Me desabotoné el abrigo y lo deslicé por mis brazos; unas manos conocidas lo levantaron y rozaron suavemente mi piel. Volteé la mirada hacia Rune, que besó mi hombro en silencio antes de salir del escenario.

No vi en donde se sentó porque justo cuando se fue del escenario, la luz que estaba sobre mi asiento pasó de un brillo tenue a un potente resplandor. La iluminación de la sala se apagó y observé la silla resplandenciente bajo la luz con una mezcla de nerviosismo y emoción.

Di un paso al frente y los tacones de mis zapatos produjeron un eco que rebotó contra las paredes. El sonido sacudió mis huesos e incendió mis músculos debilitados, insuflándoles vida.

Me incliné, alcé el violonchelo y sentí su mástil en mi mano. Sostuve el arco en la mano derecha: la delgada madera cabía perfectamente entre mis dedos.

Me senté sobre la silla e incliné el violonchelo para colocar la pica a la altura perfecta. Enderecé el instrumento, el violonchelo más hermoso que hubiera visto, cerré los ojos y llevé las manos a las cuerdas; las jalé de una en una para revisar que estuviera afinado.

Por supuesto, estaba perfecto.

Me moví hacia el borde del asiento y planté los pies sobre el piso de madera hasta que me sentí lista y preparada.

Después me permití alzar la vista. Levanté la barbilla hacia la luz como si fuera el sol. Respiré profundamente, cerré los ojos y puse el arco sobre las cuerdas.

Y toqué.

Las primeras notas del *Preludio* de Bach fluyeron desde mi arco hasta la cuerda y la sala, elevándose para llenar la enorme habitación con unos sonidos divinos. Me balanceé mientras la música me tomaba entre sus brazos, derramándose desde mi cuerpo, exponiendo mi alma a los oídos de todos.

Y es que en mi cabeza la sala estaba llena. Todos los asientos estaban ocupados por aficionados que me oían tocar. Escuchaban la música, que exigía ser escuchada. Toqué unas melodías que no habrían dejado un solo ojo seco en la sala. Transmití tal pasión que todos los corazones se habrían llenado de emoción y todos los espíritus se habrían conmovido.

Sonreí bajo el calor de la luz, que me entibiaba los músculos y extinguía mi dolor. La pieza terminó y empezó otra. Toqué y toqué hasta que pasó tanto tiempo que me empezaron a doler los dedos.

Alcé el arco y un enorme silencio inundó la sala. Dejé que una lágrima cayera mientras pensaba qué tocar a continuación. Ya sabía qué tocaría después, qué *tenía* que tocar.

La única pieza que soñaba con tocar en ese prestigioso escenario. La única pieza que le hablaba a mi alma como ninguna otra. La única pieza que seguiría presente ahí después de que me fuera. La única que podía tocar como despedida de mi pasión. Después de escuchar su eco perfecto en esa magnífica sala, no iba a poder tocarla de nuevo. Para mí, se terminaría el violonchelo.

Tenía que ser ahí donde dejara esa parte de mi corazón, donde diría adiós a la pasión que me mantuvo fuerte, que me salvó cuando estaba más perdida y sola.

Sería ahí donde las notas quedarían danzando en el aire hasta el infinito.

Sentí un temblor en las manos durante la pausa antes de comenzar. Sentí que las lágrimas fluían, gruesas y rápidas, pero no eran de tristeza. Eran para dos grandes amigas, la música y la vida que la creaba, diciéndose una a la otra que tenían que separarse, pero que un día, *algún día*, volverían a estar juntas.

Para incluirme entre ellas, puse el arco sobre las cuerdas y dejé que comenzara *El cisne*, de *El carnaval de los animales*. Cuando mis manos, ahora firmes, empezaron a crear la música que tanto adoraba, sentí un nudo en la garganta. Cada nota era el susurro de una oración, y cada *crescendo* era un himno que cantaba en voz alta al Dios que me dio este don. Que me dio el regalo de tocar música, de sentirla en mi alma.

Y esas notas eran mi agradecimiento al instrumento por permitirme tocar su gloria con tanta gracia.

Por permitirme amarlo tanto que se convirtió en parte de quien yo era: en el tejido mismo de mi ser.

Y, finalmente, cuando los delicados compases de la pieza fluyeron de un modo tan suave a través de la sala, señalaron mi gratitud eterna con el chico que estaba sentado en silencio en la oscuridad. El chico tan dotado para la fotografía como yo para la música. Él era mi corazón, el corazón que me ofreció libremente desde niña. El corazón que conformaba la mitad del mío. El chico que, aunque estuviera quebrándose por dentro, me amaba tan profundamente que me daba su despedida, que me daba, en el presente, el sueño que mi futuro jamás podría cumplir.

Mi alma gemela que capturaba momentos.

La mano me tembló cuando toqué la nota final y mis lágrimas se estrellaron contra la madera. Dejé la mano en el aire; el final de la pieza se suspendió hasta que el eco de la última nota murmurada flotó hacia los cielos para ocupar su lugar entre las estrellas.

Hice una pausa, asumiendo la despedida.

Después me levanté lo más rápidamente posible y sonriendo, me imaginé al público y sus aplausos. Agaché la cabeza y bajé el violonchelo al piso del escenario, donde lo dejé con el arco encima, como lo encontré.

Incliné la cabeza hacia atrás por última vez, hacia el túnel de luz que caía desde arriba, y me paré en la sombra. Mis tacones crearon una percusión sorda mientras bajaba del escenario. Cuando llegué al último escalón, las luces se encendieron y esparcieron los restos del sueño.

Respiré profundamente mientras pasaba la vista por las sillas rojas vacías y después eché una mirada hacia atrás, hacia el violonchelo, que seguía sobre el escenario, esperando con paciencia que el próximo músico joven lo bendijera con su gracia.

Estaba listo.

Rune se levantó de su asiento lentamente. El estómago se me encogió cuando vi sus mejillas enrojecidas por la emoción, pero el corazón me latió con una fuerza que necesitaba mucho cuando vi la expresión de su hermosa cara.

Me entendía: entendía mi verdad.

Comprendía que era la última vez que iba a tocar. Y yo me daba cuenta con claridad absoluta de la mezcla de dolor y orgullo en sus ojos.

Cuando llegó a mi lado, Rune no tocó las marcas de lágrimas de mis mejillas, así como yo dejé las suyas. Cerrando los ojos, Rune tomó mi boca en un beso. Y en ese beso sentí la efusión de su amor. Sentí un amor que, a los diecisiete, me hacía sentir bendecida por recibirlo.

Un amor sin límites.

El tipo de amor que inspira la música que dura a lo largo de los tiempos.

Un amor que debía sentirse, considerarse y atesorarse.

Cuando Rune se separó y me miró a los ojos, supe que iba a escribir ese beso en un corazón de papel rosa con más devoción que cualquiera de los que había escrito antes.

El beso 819 era el beso que lo cambiaba todo. El beso que demostraba que un chico taciturno de pelo largo de Noruega y una chica rara del sur de Estados Unidos podían hallar un amor que rivalizaba con los más grandes.

Mostraba que el amor era simplemente la tenacidad para asegurarse de que la otra mitad de tu corazón supiera que él, o ella, era adorado de todas las formas posibles. Cada minuto de cada día. Que el amor era la ternura en su forma más pura.

—Ahora mismo no tengo palabras... —murmuró Rune después de respirar profundamente—, en ninguna de las lenguas que conozco.

Como respuesta, le sonreí débilmente porque tampoco tenía palabras.

Ese silencio era la perfección; mucho mejor que las palabras.

Tomé la mano de Rune y lo guie por el pasillo hasta el vestíbulo. La ráfaga fría del viento del febrero neoyorquino fue un alivio bienvenido tras el calor del interior del edificio. Nuestra limusina nos estaba esperando junto a la banqueta; seguramente Rune llamó al conductor.

Nos deslizamos en el asiento trasero. El chofer se introdujo en el tráfico y Rune me jaló hacia él. Me dejé caer a su lado, respirando el aroma fresco de su suéter. Con cada vuelta que daba el conductor, se me aceleraba el pulso. Cuando llegamos al hotel, tomé a Rune de la mano y entramos.

No dijimos una sola palabra en el camino, no hicimos un solo sonido mientras el elevador llegaba al último piso. El ruido de la tarjeta para abrir la cerradura electrónica resonó como un trueno en el pasillo silencioso. Abrí la puerta y mis pasos repicaron sobre el suelo de madera; entré a la sala.

Sin detenerme, caminé hacia la puerta de la recámara y sólo miré hacia atrás para asegurarme de que Rune me seguía. Se detuvo en la puerta y me observó.

Nuestras miradas se encontraron; lo necesitaba más que al aire, así que alcé la mano hacia él despacio. Lo deseaba. Lo necesitaba.

Tenía que amarlo.

Vi que Rune respiraba profundamente y después caminaba hacia mí. Avanzó con cautela hasta donde lo estaba esperando.

Deslizó su mano en la mía y su contacto lanzó chispas de luz y amor por mi cuerpo.

Los ojos de Rune estaban tan oscuros que parecían negros: tenía las pupilas tan dilatadas que casi ocupaban todo el espacio azul. Su necesidad era tan fuerte como la mía; su amor era verdadero, y su confianza, total.

Una calma me inundó como un río. Lo dejé entrar, guie a Rune hacia la habitación y cerré la puerta. A nuestro alrededor, la atmósfera se hizo más densa. Los ojos intensos y atentos de Rune miraban cada uno de mis movimientos.

Sabía que tenía su atención absoluta, así que solté su mano y di un paso atrás. Alcé mis dedos temblorosos y empecé a desabrocharme los botones del abrigo; nuestras miradas no se separaron ni un segundo mientras lo abría y lo dejaba caer lentamente en el suelo.

Rune apretó la quijada mientras me veía y abría y cerraba los dedos a los costados.

Me quité los zapatos y mis pies desnudos se hundieron en la alfombra mullida. Respiré para darme fuerza y atravesé la alfombra hasta donde Rune estaba esperándome. Cuando me detuve frente a él, alcé los ojos con los párpados pesados por la arremetida de sentimientos que tenía en mi interior.

El pecho amplio de Rune subía y bajaba, y la playera blanca ceñida que llevaba bajo el saco exhibió su musculoso pecho, que se marcaba debajo. Sentí que me sonrojaba y apoyé las manos sobre él con suavidad. Rune se quedó quieto cuando lo toqué. Después, mirándolo fijamente a los ojos, deslicé mis manos por sus hombros liberándolo del saco, que cayó en el piso a sus pies.

Respiré tres veces para controlar los nervios que, de repente, empezaron a recorrerme. Rune no se movió, se quedó perfectamente quieto, dejando que lo explorara; pasé mi mano por su estómago, por su brazo y tomé su mano. Me llevé nuestras manos unidas a la boca y besé nuestros dedos entrelazados, un movimiento que era familiar para ambos.

—Así es como deberían estar siempre —murmuré, mirando nuestros dedos unidos. Rune tragó saliva y asintió. Di un paso atrás y luego otro, llevándonos hasta la cama. El edredón estaba puesto, lo acomodó la recamarera. Cuanto más me acercaba a la cama, más se tranquilizaban mis nervios y sentía más paz dentro de mí. Porque estaba bien. Nada, *nadie*, podía decirme que era incorrecto.

Hice una pausa antes de llegar al borde de la cama y solté nuestras manos. Guiada por el deseo, tomé el dobladillo de la playera de Rune y, despacio, se la saqué por encima de los hombros. Rune me ayudó y tiró la playera al suelo; se quedó de pie con el torso desnudo.

Rune dormía así todas las noches, pero había algo diferente en la estática cargada de la atmósfera y en la manera en que me hizo sentir con la sorpresa de esa noche.

Era diferente.

Era conmovedor.

Pero éramos *nosotros*.

Alcé las manos, puse las palmas contra su piel y pasé los dedos por las cimas y los valles de su abdomen. La piel de Rune vibró con el contacto de mis manos y su respiración acelerada silbó entre sus labios ligeramente abiertos.

Mientras mis dedos exploraban su amplio pecho, me incliné hacia él y apreté los labios sobre su corazón. Estaba acelerado como las alas de un colibrí.

—Eres perfecto, Rune Kristiansen —susurré.

Rune pasó los dedos por mi cabello y me alzó la cabeza. Mantuve los ojos bajos hasta el último segundo, cuando finalmente alcé la mirada y me encontré con la suya, de un azul transparente. Sus ojos brillaban. Abrió sus labios gruesos y murmuró:

—*Jeg elsker deg*.

Me amaba.

Asentí para mostrarle que lo oí, pero me quedé sin voz durante un momento por lo precioso que me resultaba que me tocara. Di un paso atrás, Rune seguía todos mis movimientos.

Eso quería.

Alcé una mano hacia el tirante de un hombro, controlé mis nervios y lo deslicé hacia abajo por mi brazo. La respiración de Rune se turbó cuando liberé el otro tirante y mi vestido de seda formó un lago a mis pies. Obligué a mis brazos a permanecer a mis costados, exponiendo la mayor parte de mi cuerpo al chico al que amaba más que a nada en el mundo.

Estaba desnuda, mostrando las cicatrices que acumulé en el curso de dos años. Le estaba mostrando todo mi ser: a la chica que siempre conoció y las cicatrices de batalla de mi lucha incesante.

La mirada de Rune bajó para pasearse por mi cuerpo, pero no mostró disgusto alguno en los ojos. En ellos, sólo vi la pureza de su amor brillando. Sólo veía deseo, necesidad y, sobre todo… su corazón expuesto por completo.

Sólo para mis ojos.

Como siempre.

Rune se acercó más y más, hasta que su cálido pecho quedó apretado contra el mío. Con un toque tan ligero como el de una pluma, puso mi cabello detrás de mi oreja y vagó con los dedos por mi cuello desnudo hasta mi costado.

Parpadeé ante la sensación y unos escalofríos me recorrieron la columna. El aroma mentolado del aliento de Rune me llenó la nariz cuando se inclinó hacia adelante y acarició mi cuello con sus labios, esparciendo delicados besos por mi piel expuesta. Me agarré a sus hombros y me anclé al piso.

—*Poppymin* —murmuró Rune con voz ronca cuando su boca pasó por mi oreja. Respiré profundamente.

—Hazme el amor, Rune —susurré.

Rune se quedó quieto un momento, después se movió para que su cara quedara sobre la mía y me miró a los ojos brevemente antes de poner sus labios sobre los míos. Ese beso fue tan dulce como esa noche, tan suave como su roce. Ese beso fue diferente, era la promesa de lo que estaba por venir, el juramento de Rune de ser sutil…, su juramento de amarme tanto como yo lo amaba.

Rune apoyó sus manos en mi nuca mientras su boca se movía en la mía. Después, cuando me quedé sin aliento, las bajó a mi cintura y me subió lentamente a la cama.

Mi espalda cayó sobre la suavidad del colchón y observé desde el centro de la cama cómo Rune se quitaba el resto de la ropa sin apartar la mirada de la mía ni por un momento; después se arrastró por la cama para acostarse a mi lado.

La intensidad del apuesto rostro de Rune me derritió, hacía que mi corazón marchara a ritmo de *staccato*. Me giré de lado para verlo y pasé las manos por sus mejillas.

—Yo también te amo —murmuré.

Él cerró los ojos como si necesitara escuchar esas palabras más que respirar. Se movió sobre mí y tomó mi boca con la suya. Recorrí los fuertes músculos de su espalda con los dedos y los entrelacé con su cabello largo. Rune recorrió mis flancos con las manos, me liberó del resto de mi ropa y la tiró al suelo.

Ya no podía respirar cuando Rune se cernía sobre mí, me quedé sin aliento cuando me miró a los ojos.

—¿Estás segura, *Poppymin*? —me preguntó.

—Más que nunca en mi vida —contesté, incapaz de reprimir una sonrisa.

Cerré los ojos mientras Rune me besaba y exploraba mi cuerpo con las manos: todas las partes que una vez le resultaron familiares. Y yo hice lo mismo. A cada roce, con cada beso, mis nervios se disolvieron hasta que fuimos Poppy y Rune; no había principio ni final para nosotros.

El aire se volvió denso y cálido conforme nos besábamos y explorábamos, hasta que finalmente Rune se movió sobre mí. No rompió el contacto visual ni una vez, me hizo suya de nuevo.

Mi cuerpo se llenó de vida y de luz cuando nos convertimos en uno. Mi corazón se llenó de tanto amor que temí que no pudiera contener toda la felicidad que fluía en mi interior.

Lo abracé mientras caíamos de regreso a la tierra, sosteniéndolo con fuerza entre mis brazos. La cabeza de Rune se apoyó en el hueco de mi cuello y su piel era brillante y cálida.

Dejé los ojos cerrados, no quería apartarme de ese momento. De un momento perfecto. Por fin, Rune levantó la cabeza y cuando vi la expresión vulnerable de su cara, lo besé con dulzura. Con tanta como con la que él me tomó. Con la dulzura con la que manejaba mi frágil corazón.

Acunó mi cabeza en sus brazos, manteniéndome a salvo.

—Beso 820. Con mi Rune, el día más increíble de mi vida, después de que hicimos el amor…, casi me estalla el corazón —murmuré cuando terminamos de besarnos y encontré su amorosa mirada.

La respiración de Rune se le quedó en la garganta. Con un breve beso final, giró a mi lado y me envolvió en sus brazos.

Se me cerraron los ojos y me sumergí en un sueño ligero, tanto que sentí que Rune me besaba suavemente la cabeza y salía de la cama. Cuando escuché que la puerta de la habitación se cerraba, parpadeé en la oscuridad y escuché el sonido de la puerta de la terraza abriéndose.

Empujé el edredón a un lado, me puse la bata que estaba colgada detrás de la puerta y las pantuflas acomodadas en el piso. Mientras caminaba por la habitación, sonreí porque aún sentía el aroma de Rune en mi piel.

Entré en la sala y me dirigí hacia la puerta, pero me detuve de inmediato: por la amplia ventana vi a Rune en el piso, sentado sobre las rodillas, derrumbándose.

Sentí físicamente que el corazón se me desgarraba cuando lo vi afuera, en el frío de la noche, usando sólo sus *jeans*. Las lágrimas escurrían de sus ojos mientras su espalda se estremecía de dolor.

Las lágrimas me nublaron la vista mientras lo observaba, a mi Rune, tan quebrado y solo, bajo la nieve, que caía ligeramente.

—Rune. *Cariño* —murmuré para mí misma obligando a mis pies a avanzar hasta la puerta; giré la perilla y le ordené a mi corazón que se protegiera del dolor que esa escena le causaba.

Mis pies hicieron crujir la delgada capa de nieve que había en el piso. Me pareció que Rune no me escuchó, pero yo lo escuchaba, oía su respiración descontrolada. Lo peor era oír sus sollozos desgarrados. Oía el dolor que lo abrumaba. Veía la manera en que se inclinaba hacia adelante, con las palmas apoyadas en el piso.

Sin poder contener el llanto, fui hacia él y lo envolví con mis brazos. Su piel desnuda se sentía helada al contacto. Al parecer sin notar el frío, Rune se desplomó sobre mi regazo, su torso amplio y largo buscó el consuelo de mis brazos.

Y se quebró. Rune se quebró por completo: ríos de lágrimas fluyeron por sus mejillas, su aliento ronco se convertía en nubes de humo blanco cuando salía al aire helado.

Me mecía hacia adelante y hacia atrás, mientras yo lo abrazaba con fuerza.

—Calma —lo consolé haciendo mi mayor esfuerzo para respirar pese a mi dolor. Pese al dolor de ver al chico al que amaba derrumbándose. Pese al dolor de saber que moriría pronto, aunque deseaba resistir el llamado de mi verdadero hogar con todo mi corazón.

Estaba resignada a que mi vida se terminara. Ahora quería quedarme con Rune, *por* Rune, incluso con la certeza de que era inútil.

No tenía control sobre mi destino.

—Rune —murmuré; mis lágrimas se perdían en los largos mechones de su cabello, que caían sobre mi regazo. Rune levantó la mirada con una expresión devastada.

—¿Por qué? ¿Por qué tengo que perderte? —preguntó con voz ronca. Sacudió la cabeza con el rostro distorsionado por el dolor—. Es que no puedo, *Poppymin*, no puedo ver cómo te vas. No puedo soportar pensar en no tenerte así durante el resto de nuestra vida. —Se ahogó entre sollozos, pero consiguió continuar—: ¿Cómo puede romperse un amor como el nuestro? ¿Cómo puedes irte tan joven?

—No sé, amor —susurré apartando la vista y esforzándome por mantener la compostura. Las luces de Nueva York brillaban en mi línea de visión. Traté de evitar el dolor que me provocaba que me hiciera esas preguntas—. Simplemente es así, Rune —afirmé con tristeza—. No hay una razón. ¿Por qué a mí? Nadie se lo merece y, sin embargo, tengo... —Me callé, pero logré seguir—: *Tengo* que confiar en que hay una razón mayor, o me derrumbaría por el dolor de abandonar a los que amo. —Tomé aire—. De dejarte a ti, en especial después de hoy; en especial después de hacer el amor contigo esta noche.

Rune miró fijamente mis ojos llenos de lágrimas. Reuniendo fuerzas, se levantó y me alzó en sus brazos. Me dio gusto porque me sentía demasiado débil para moverme, no estaba segura de cómo habría podido levantarme del piso húmedo y frío.

Rodeé el cuello de Rune con los brazos, apoyé la cabeza en su pecho y cerré los ojos mientras me llevaba de vuelta adentro, a la habitación. Retiró el edredón, me acostó debajo y se acostó detrás de mí, con los brazos alrededor de mi cintura mientras nos mirábamos uno al otro sobre la almohada.

Rune tenía los ojos rojos, su largo cabello húmedo por la nieve y la piel con manchas rojas por la profundidad de su tristeza. Le pasé la mano por la cara. Tenía la piel helada. Él volteó la cara hacia mi palma.

—Esta noche, sobre el escenario, me di cuenta de que te estabas despidiendo y... —La voz se le atoró, pero tosió y terminó—: Hizo que todo fuera demasiado real. —Los ojos le brillaron por nuevas lágrimas—. Hizo que me diera cuenta de que realmente está pasando esto. —Rune me tomó de la mano y se la llevó al pecho; la apretó con delicadeza—. Y no puedo respirar. No puedo respirar cuando trato de imaginar mi vida sin ti. Ya intenté una vez y no me fue muy bien. Pero… por lo menos estabas viva, afuera, en alguna parte. Pronto…, pronto… —Se quedó sin palabras mientras le caían las lágrimas. Apartó la cara de mi vista. Tomé su rostro antes de que se diera la vuelta del todo y Rune parpadeó—. ¿Tienes miedo, *Poppymin*? Porque yo estoy aterrado. Me aterra cómo va a ser la vida sin ti.

Hice una pausa. Pensé en la pregunta con sinceridad y me permití sentir la verdad, me permití ser honesta.

—Rune, no me da miedo morir. —Agaché la cabeza y el dolor que nunca se había apoderado de mí antes llenó de repente cada una de mis células. Dejé caer mi cabeza contra la suya y murmuré—: Pero desde que volviste, desde que mi corazón recuperó su latido, a ti, siento todo tipo de cosas que no sentía antes. Rezo más, sólo para tener más días en tus brazos. Rezo más minutos para que puedas darme más besos. —Tomé un aire que me era muy necesario y añadí—: Pero lo peor de todo es que estoy empezando a sentir miedo. —Rune se acercó más y su brazo me apretó la cintura con más fuerza. Llevé una mano temblorosa a su cara—. Tengo miedo de dejarte. No me da miedo morir, Rune, pero me aterra ir a un lugar nuevo sin ti. —Cerró los ojos y bufó como si sintiera dolor—. No me conozco sin ti —dije en voz baja—. Aun cuando estabas en Oslo, me imaginaba tu cara, recordaba cómo se sentía tu mano cuando tomaba la mía. Ponía tus canciones favoritas y leía los besos de mi frasco. Justo como me lo dijo mi abu. Cerraba los ojos y sentía tus labios sobre los míos. —Me permití sonreír—. Recordaba la primera noche que hicimos el amor y el sentimiento en mi corazón en ese momento: la plenitud…, la paz. —Resoplé y me limpié rápidamente las mejillas húmedas—. Aunque no estabas conmigo, estabas en mi corazón. Y eso era suficiente para sostenerme, aunque no estaba feliz. —Besé a Rune en la boca sólo para probar su sabor—. Pero ahora, después de este tiempo en que estamos juntos otra vez, estoy temerosa, porque ¿quiénes somos sin el otro?

—Poppy —dijo Rune con voz ronca.

Mis lágrimas cayeron con imprudente abandono.

—Te herí por amarte demasiado. Ahora me tengo que ir a una aventura sin ti, y no puedo soportar todo el dolor que te causa. No puedo dejarte tan solo y con tanta tristeza. —Lloré.

Rune me jaló contra su pecho. Lloré. Él también lloró. Compartimos nuestros temores de pérdida y amor. Mis dedos descansaron sobre su espalda y se acomodaron en su calor. Cuando nuestras lágrimas se detuvieron, Rune me empujó un poco y contempló mi rostro.

—Poppy, ¿cómo es el paraíso para ti? —preguntó con voz áspera.

Me di cuenta por su cara de que estaba desesperado por saberlo. Junté fuerzas.

—Un sueño —declaré.

—Un sueño —repitió Rune y vi que la comisura de sus labios se curvaba.

—Una vez leí que cada noche, cuando sueñas, en realidad es una visita a casa. *A casa*, Rune. Al paraíso. —Empecé a sentir el calor que esa visión llevaba a mis pies. Empezó a viajar por todo mi cuerpo—. Mi paraíso sería estar contigo en el bosquecillo. Como siempre. Tener diecisiete por siempre. —Tomé un mechón del pelo de Rune entre mis dedos y estudié su color dorado—. ¿Alguna vez has tenido un sueño tan vívido que cuando despertaste creíste que era real? ¿Que se sentía real?

—*Ja* —respondió Rune en voz baja.

—Eso pasa porque, de alguna manera, es verdad. Así que de noche, cuando cierres los ojos, estaré ahí, me reuniré contigo en el bosquecillo. —Me acerqué más y añadí—: Y, después, cuando llegue el momento de que tú también te vayas a casa, seré yo quien te reciba. Y no habrá preocupaciones, ni miedo ni dolor. Sólo amor. —Suspiré con felicidad—. Imagínate, Rune. Un lugar donde no haya dolor ni sufrimiento. —Cerré los ojos y sonreí—. Cuando pienso así, ya no tengo miedo.

Rune rozó mis labios con los suyos.

—Suena perfecto —dijo con un fuerte acento y una voz ronca—. Quiero que sea eso lo que tengas, *Poppymin*.

Abrí los ojos, y vi la verdad y la aceptación en la cara hermosa de Rune.

—Así será, Rune —afirmé con una certeza inalterable—. No vamos a terminar. Nunca vamos a terminar.

Rune me giró hasta que quedé sobre su pecho. Cerré los ojos, arrullada por el ritmo hipnótico de su respiración profunda.

—*Poppymin?* —preguntó Rune cuando estaba a punto de dormirme.

—Dime.

—¿Qué esperas del tiempo que queda?

Pensé en la pregunta, pero sólo se me ocurrieron algunas cosas:

—Quiero volver a ver los cerezos en flor por última vez. —Sonreí junto al pecho de Rune—. Quiero bailar contigo en la graduación. —Levanté la cabeza y lo encontré sonriéndome—. Que lleves *smoking* y el cabello peinado hacia atrás. —Rune negó con la cabeza, divertido. Suspiré ante la pacífica felicidad que encontramos—. Quiero ver un último amanecer perfecto. —Acomodándome más arriba, encontré la mirada de Rune—. Pero, más que nada, quiero regresar a casa con un beso de tus labios. Quiero pasar a la otra vida sintiendo el calor de tus labios en los míos. —Me volví a apoyar en el pecho de Rune, cerré los ojos y susurré—: Eso es para lo que más rezo, para alcanzar esos deseos.

—Son perfectos, nena —murmuró Rune, acariciándome el cabello.

Y así me quedé dormida: bajo la protección de Rune.

Soñando que vería satisfechos todos mis deseos.

Feliz.

Nubes oscuras y cielos azules

RUNE

Dibujaba círculos perezosos sobre un trabajo mientras la maestra soltaba un sermón sobre los compuestos químicos. Mi mente estaba ocupada con Poppy. Siempre estaba así, pero ese día era diferente. Hacía cuatro días que habíamos regresado de Nueva York y cada día que pasaba estaba más silenciosa.

Constantemente, le preguntaba qué pasaba. Siempre me decía que nada, pero yo sabía que había algo. Esa mañana fue peor.

Notaba su mano demasiado débil en la mía mientras caminábamos a la escuela. Su piel estaba caliente al tacto. Le pregunté si se sentía mal, pero me dijo que no con la cabeza y sonrió.

Pensaba que esa sonrisa podía detenerme y normalmente así habría sido, pero no ese día.

Algo se sentía mal. El alma se me caía a los pies cada vez que pensaba en el almuerzo, cuando nos sentamos con nuestros amigos y ella se recostó en mis brazos. Nunca habló, sólo se dedicó a acariciar mi mano con un dedo.

La tarde se hizo eterna y cada minuto estaba lleno de preocupación por que no estuviera bien. Por que el tiempo que le quedaba estuviera llegando a su fin. Me senté rápidamente, tratando de evitar el pánico que esa imagen me provocaba, pero no sirvió de nada.

Cuando sonó el timbre que señalaba el final de la jornada escolar, me paré de mi asiento de un brinco y me apresuré a salir al pasillo, directamente al casillero de Poppy. Cuando llegué, Jorie estaba ahí.

—¿Dónde está? —pregunté de manera directa.

Jorie dio un paso atrás por la sorpresa y señaló la puerta trasera.

—No se veía muy bien en clase, Rune. Estoy muy preocupada —gritó Jorie mientras yo caminaba apresuradamente a la salida.

Unos escalofríos me recorrieron la espalda cuando salí al aire tibio. Escaneé el patio con la mirada hasta que encontré a Poppy: estaba de pie junto a un árbol del parque al otro lado de la calle. Pasé empujando a mis compañeros y corrí hacia ella.

No se dio cuenta de que me acercaba, miraba fijamente hacia adelante como si estuviera en un trance. Una ligera capa de sudor le cubría la cara y la piel de sus brazos y piernas estaba pálida. Me paré enfrente de ella y sus ojos parecían aletargados cuando parpadearon y lentamente se centraron en los míos. Poppy se obligó a sonreír.

—Rune —murmuró con voz débil. Le puse una mano en la frente y fruncí el ceño con preocupación.

—Poppy, ¿qué pasa?

—Nada —respondió con voz poco convincente—. Sólo estoy cansada.

El corazón se me estrelló contra las costillas cuando asimilé su mentira. Sabía que tenía que regresarla a casa con sus padres, así que la abracé por los hombros. Su nuca casi me quemó el brazo y reprimí una maldición.

—Vamos a casa, nena —dije con voz suave. Poppy envolvió mi cintura con su brazo. Se sentía débil, pero me di cuenta de que usaba mi cuerpo para mantenerse erguida. Sabía que si trataba de cargarla iba a protestar.

Cerré los ojos un segundo cuando entramos en el camino del parque. Traté de sofocar el miedo que se apoderaba de mí. El miedo a que estuviera enferma, a que eso fuera...

Poppy estaba callada, salvo por su respiración, que se hacía más profunda y dificultosa mientras más caminábamos. Cuando entramos en el bosquecillo, los pasos de Poppy flaquearon. Miré hacia abajo y sentí que su cuerpo perdía toda la fuerza.

—¡Poppy! —grité y la atrapé justo antes de que cayera al suelo. La miré en mis brazos y le retiré de la cara el pelo húmedo—. ¿Poppy? Poppy, nena, ¿qué pasa?

Sus ojos empezaron a ponerse en blanco, perdiendo la visión, pero sentí que su mano tomaba la mía y me apretaba lo más que podía, apenas un poco.

—Rune —trató de hablar, pero su respiración se hizo demasiado acelerada, le costaba trabajo retener el aire suficiente para proyectar la voz.

Me saqué el celular del bolsillo y llamé al 911. En cuanto contestó la operadora, le di la dirección de Poppy y les informé sobre su enfermedad.

La levanté en mis brazos y estaba a punto de ponerme a correr cuando su débil palma se posó en mi cara. Miré hacia abajo y vi que una lágrima rodaba por su cara.

—No... No... No estoy lista —consiguió decirme antes de que su cabeza cayera hacia atrás luchando por mantenerse consciente.

A pesar del desgarro que sentí en el corazón por el quiebre de su espíritu y la falla de su cuerpo, me eché a correr, esforzándome más duro y más rápido que nunca.

Cuando pasé por mi casa, vi a mi mamá y a Alton en la entrada.

—¿Rune? —me gritó mi mamá—. ¡No! —murmuró cuando vio el débil cuerpo de Poppy en mis brazos. El ruido de una ambulancia atronó a la distancia. Sin perder tiempo, entré de una patada a la casa de Poppy. Corrí a la sala, pero no había nadie.

—¡Ayuda! —grité lo más fuerte que pude. De repente, oí pisadas que corrían hacia mí.

—¡Poppy! —La mamá de Poppy salió disparada de una esquina mientras yo la dejaba en el sofá—. ¡Dios mío, Poppy! —La señora Litchfield se hincó a mi lado y puso la mano sobre la frente de su hija—. ¿Qué pasó, qué le pasa? —preguntó.

Negué con la cabeza.

—No sé. Sólo se derrumbó en mis brazos. Ya llamé a una ambulancia.

Justo cuando acababa de decir eso, oí la sirena de una ambulancia que entraba en nuestra calle. La mamá de Poppy salió corriendo de la casa. Vi cómo se iba y, en lugar de sangre, sentí hielo corriendo por mis venas. Me pasé las manos por el pelo sin saber qué hacer. Una mano fría se posó en mi muñeca. Volví a mirar hacia Poppy, que luchaba por respirar. Mi cara se contrajo al verla. Me acerqué más a ella y besé su mano.

—Vas a estar bien, *Poppymin*, te lo prometo.

Ella trató de respirar, pero pudo poner la palma sobre mi cara.

—No… me voy… a casa…. aún —afirmó con una voz casi inaudible.

Asentí y besé su mano, apretándola con la mía con fuerza. De repente, desde atrás me llegó el ruido de los paramédicos que entraban a la casa y me levanté para dejarlos pasar. Sin embargo, cuando lo hice, la mano de Poppy me apretó con más ahínco y se le escurrieron unas lágrimas de los ojos.

—Aquí estoy, nena —susurré—. No voy a dejarte.

Los ojos de Poppy me mostraron su agradecimiento. Un sonido de llanto llegó desde detrás de mí. Cuando me volteé, vi que Ida y Savannah estaban paradas a un lado, observando, llorando una en brazos de la otra. La señora Litchfield se movió al otro lado del sillón y besó a Poppy en la cabeza.

—Vas a estar bien, amor —murmuró, pero cuando alzó la mirada hacia mí, me di cuenta de que no creía sus propias palabras.

Ella también pensaba que había llegado la hora.

Los paramédicos le pusieron a Poppy una máscara de oxígeno en la cara y la subieron a una camilla. Ella seguía tomando mi mano; se negaba a soltarme. Nunca aflojó su agarre, ni siquiera cuando los paramédicos la sacaron de la casa, y nunca apartó su mirada de mis ojos aunque le costaba mantener los ojos abiertos.

La señora Litchfield corrió detrás, pero cuando vio que la mano de Poppy me aferraba tan fuerte, dijo:

—Tú ve con Poppy, Rune. Yo los sigo con las niñas.

Me daba cuenta de lo conflictuada que se sentía, quería estar con su hija.

—Yo las llevo, Ivy. Tú ve con Poppy y Rune —oí que mi mamá decía detrás de mí. Me subí a la parte de atrás de la ambulancia junto con la señora Litchfield.

Incluso cuando los ojos de Poppy se cerraron de camino al hospital, nunca soltó mi mano. Cuando la señora Litchfield se derrumbó y estalló en llanto a mi lado, le ofrecí mi otra mano.

Me quedé al lado de Poppy mientras la llevaban a la sala de oncología. El corazón me latía tan rápido como se movían los médicos y los enfermeros: un borrón, una masa de actividad.

Resistí el nudo que me bloqueaba la garganta. Contuve el entumecimiento que sentía por dentro. Movieron y picaron a Poppy: le sacaron sangre, le tomaron la temperatura, había demasiadas cosas que medir. Y mi chica luchó. Cuando el movimiento de su pecho se hizo errático porque no podía respirar bien, se mantuvo en calma. Cuando la inconsciencia trataba de debilitarla, obligaba a sus ojos a mantenerse abiertos... Los obligaba a mantenerse fijos en los míos y pronunciaba mi nombre cada vez que estaba a punto de hundirse.

Me mantuve fuerte por ella. No podía permitir que me viera derrumbarme.

Necesitaba que fuera fuerte.

La señora Litchfield estaba a mi lado, tomando mi mano. El señor Litchfield llegó corriendo con el portafolios en la mano y la corbata desarreglada.

—Ivy, ¿qué pasó? —dijo apresuradamente.

La señora Litchfield se limpió las lágrimas de la cara y tomó la mano de su esposo.

—Se derrumbó sobre Rune cuando regresaban de la escuela. El doctor cree que es una infección, y su sistema inmune está tan bajo que no puede defenderse. Rune la cargó hasta la casa. Corrió y llamó a la ambulancia. Él la salvó, James: Rune salvó a nuestra hija.

El señor Litchfield me miró.

Tragué con fuerza cuando oí las palabras de la mamá de Poppy. Su papá asintió, supuse que en agradecimiento, y después corrió hacia su hija. Vi que apretaba su mano, pero los doctores lo apartaron de su camino enseguida.

Pasaron cinco minutos antes de que un doctor hablara con nosotros. Se quedó quieto, con cara inexpresiva.

—Señores Litchfield, el cuerpo de Poppy está tratando de combatir una infección. Como ustedes saben, su sistema inmune está gravemente comprometido.

—¿Llegó el momento? —preguntó la señora Litchfield con la garganta cerrada por la tristeza. Las palabras del doctor se filtraron en mi cerebro. Aparté la mirada cuando sentí que un par de ojos me miraban.

Los médicos se apartaron, dejando un espacio despejado que me permitió ver la hermosa cara de Poppy cubierta con una máscara y sus brazos con agujas. Sin embargo, sus ojos verdes, esos que yo adoraba, estaban fijos en mí. Su mano colgaba a un lado.

—Haremos todo lo posible. Les daremos un momento con ella antes de dormirla.

Escuché que el médico decía que iban a inducirle un coma médico para ayudarle a combatir la infección y que teníamos que verla antes, pero mis pies ya estaban avanzando hacia ella. Tenía su mano extendida hacia mí.

En cuanto la tomé, vi que sus ojos buscaban los míos y que sacudía débilmente la cabeza. Cerré los ojos un momento, pero cuando los abrí no pude impedir que una lágrima se escurriera por mi mejilla. Poppy hizo un ruido bajo la máscara de oxígeno y no tuve que quitársela para saber lo que me decía: todavía no iba a dejarme, veía la promesa en sus ojos.

—Rune, hijo —dijo el señor Litchfield—. ¿Nos dejas un momento con Poppy para que podamos darle un beso y hablar un rato con ella?

Asentí y estaba por hacerme a un lado cuando Poppy hizo un ruido y sacudió la cabeza de nuevo. Volvió a apretarme la mano porque no quería que me fuera. Me incliné sobre ella y la besé en la frente; sentí su calor en mis labios y percibí su dulce aroma.

—Aquí estaré, *Poppymin*. No voy a dejarte, lo prometo.

Poppy me siguió con la mirada cuando me iba. Vi que los señores Litchfield hablaban con su hija en voz baja, que la besaban y tomaban su mano.

Me recargué contra la pared de la pequeña habitación, y apreté los puños mientras luchaba por controlarme. Tenía que ser fuerte por Poppy. Ella odiaba las lágrimas. Odiaba ser un peso tan grande para su familia.

No me vería derrumbarme.

La señora Litchfield salió de la habitación y regresó con Ida y Savannah. Tuve que apartar la mirada cuando vi el dolor en los ojos de mi chica. Adoraba a sus hermanas, no quería que la vieran así.

—Poppy —lloró Ida y fue corriendo a su lado. Poppy recorrió con su debilitada mano la cara de su hermana menor, quien la besó en la cara y después se refugió en los brazos abiertos de su mamá. Savannah fue a continuación. Se derrumbó al ver así a su hermana, su heroína. Mientras Poppy sostenía su mano, Savannah murmuró:

—Te quiero, PopPops. Por favor, por favor…, no te vayas todavía.

Poppy negó con la cabeza y me buscó con la mirada, tratando de dirigir su mano hacia mí. Avancé hacia ella con la sensación de que cada paso era un kilómetro. En mi interior sentía una tormenta de oscuridad, pero en cuanto mi mano tomó la suya, la tormenta se calmó. Poppy me miró y sus largas pestañas revolotearon sobre sus mejillas. Me senté en el borde de la cama, me incliné sobre ella y le quité el pelo de la cara.

—*Hei, Poppymin* —susurré con toda la fuerza que pude reunir. Ella cerró los ojos al oír mis palabras y supe que sonreía debajo de la máscara. Me miró a los ojos—. Tienen que dormirte un tiempo para ayudarte a combatir la infección. —Asintió—. Vas a soñar, nena —dije obligándome a sonreír—. Ve a visitar a tu abu un rato mientras reúnes fuerzas para volver conmigo. —Sonrió y se le escapó una lágrima—. Tenemos cosas que hacer antes de que vuelvas a casa, ¿te acuerdas? —Asintió ligeramente y la besé en la mejilla—. Duerme, nena. Yo estaré aquí esperando que vuelvas a mi lado —murmuré mientras me apartaba.

Acaricié el cabello de Poppy hasta que ella cerró los ojos y comprendí que se rendía al sueño. El médico entró un segundo más tarde.

—Si esperaran en la sala para las familias, estaré con ustedes para ponerlos al corriente cuando terminemos de prepararla.

Oí que la familia se iba, pero yo veía su mano en la mía y no quería soltarla. Sentí que alguien me tocaba el hombro y, cuando alcé la vista, el médico me estaba mirando.

—La cuidaremos, hijo. Te lo prometo.

Besé la mano de Poppy por última vez y me obligué a salir de la habitación. Cuando la puerta se cerró detrás de mí, levanté la mirada hacia la habitación familiar, que estaba enfrente, pero no pude entrar. Necesitaba aire. Necesitaba…

Caminé a toda prisa hasta el final del pasillo y abrí la puerta de golpe, saliendo a un pequeño jardín. El viento cálido me golpeó en la cara y, cuando vi que estaba solo, fui tambaleándome hasta la banca del centro del jardín. Me dejé caer sobre el asiento y dejé que la tristeza se apoderara de mí.

Eché la cabeza hacia adelante y, cuando la dejé caer sobre mis manos, las lágrimas escurrieron por mi cara. Oí que la puerta se abría, alcé la vista y vi a mi papá.

Cuando vi su cara, esperaba que la ira habitual me golpeara, pero seguramente quedó enterrada bajo una masa de dolor. Mi papá no dijo nada, sólo siguió avanzando y se sentó a mi lado. No hizo ningún movimiento para consolarme. Sabía que no iba a recibir bien algún contacto, así que sólo se sentó a mi lado mientras me derrumbaba.

Una parte de mí se alegraba de tenerlo ahí. Nunca se lo diría, pero por mucho que me costara admitirlo, no quería estar solo.

No estaba seguro de cuánto tiempo pasó, pero al final me enderecé, me aparté el pelo y me pasé la mano por la cara.

—Rune, ella…

—Va a estar bien —interrumpí lo que fuera que iba a decir. Miré hacia abajo, a la mano que mi papá tensaba y relajaba sobre una de sus rodillas, como si estuviera considerando estirar el brazo para tocarme.

Apreté la quijada porque no quería que me tocara.

El tiempo con Poppy se estaba terminando y era su culpa que yo sólo hubiera tenido…, el pensamiento se disolvió. No sabía cuánto tiempo me quedaba con mi chica.

Antes de que mi papá pudiera hacer cualquier cosa, la puerta se volvió a abrir y en esta ocasión fue el señor Litchfield quien salió. Mi papá se puso de pie y lo saludó de mano.

—Lo siento mucho, James —dijo mi papá. El señor Litchfield le dio una palmada en el hombro.

—¿Te molestaría que hable con Rune un minuto?

Me puse rígido, cada uno de mis músculos se preparó para su ira. Mi papá me miró, pero asintió.

—Los dejo a solas.

Mi papá se fue del jardín, el señor Litchfield fue hacia donde yo estaba sentado y se acomodó a mi lado en la banca. Contuve la respiración mientras esperaba a que hablara. Como no dijo nada, hablé yo:

—No voy a dejarla, ni siquiera me pida que la deje porque no me iré a ningún lado.

Sabía que sonaba enojado y agresivo, pero mi corazón se estrellaba contra mis costillas cuando pensaba en que me dijera que tenía que irme. Si no estaba con Poppy, no *tenía* ningún lugar a donde ir.

El señor Litchfield se puso tenso.

—¿Por qué? —preguntó.

La pregunta me sorprendió, así que me volteé hacia él y traté de interpretar su expresión. Me estaba mirando de frente, de verdad quería saber. Respondí sin apartar los ojos de su mirada:

—Porque la amo. La amo más que a nada en el mundo. —Mi voz salió a través de mi garganta cerrada. Respiré profundamente—. Le prometí que nunca me apartaría de su lado y, aunque no lo hubiera hecho, no podría irme. Mi corazón, mi alma, todo está conectado con Poppy. —Cerré los puños a mis costados—. No puedo irme ahora, cuando más me necesita, y no la dejaré hasta que ella me obligue a hacerlo.

El señor Litchfield suspiró y se pasó la mano por la cara; luego se recargó en el respaldo de la banca.

—Cuando regresaste a Blossom Grove, Rune, te vi una vez y no podía creer cuánto habías cambiado. Me sentí decepcionado —admitió. Sentí que el pecho se me estrechaba por el golpe. Sacudió la cabeza—. Vi el cigarro y tu actitud, y supuse que no te parecías en nada al chico que eras antes, al que amaba a mi hija tanto como ella lo amaba a él. Al chico que, apostaría mi vida en ello, caminaría sobre el fuego por mi hijita. Al ver a la persona que eres ahora, nunca esperaría que la amaras de la manera como ella se merece. —La voz del señor Litchfield se hizo ronca por el dolor. Se aclaró la garganta y continuó—: Luché contra ti. Cuando vi que ustedes volvían a tener una relación, traté de advertirle que se cuidara de ti. Pero siempre han sido como imanes que se atraen una al otro por una fuerza desconocida. —Soltó una risotada—. La abu de Poppy decía que se encontraron por algún motivo más importante, uno del que nunca sabríamos hasta que se presentara por sí solo. Decía que los grandes amores siempre estaban destinados a estar juntos por algún motivo más importante. —Hizo una pausa y se volteó hacia mí—. Y ahora *ya sé* —declaró. Me miró directamente a los ojos. El señor Litchfield posó su mano en mi hombro—. Tenían que estar juntos para que puedas ser la luz que la guíe a través de todo esto. Fuiste creado para ella a la perfección, para hacer que estos momentos fueran especiales para mi niña. Para asegurarte de que sus últimos días estuvieran llenos de cosas que su mamá y yo jamás podríamos darle.

Un dolor me partió en dos y cerré los ojos. Cuando los volví a abrir, el señor Litchfield bajó su mano, pero hizo que siguiera mirándolo.

—Rune, yo estaba en tu contra, pero me daba cuenta de cuánto te amaba Poppy. Simplemente no estaba seguro de que tú también la amaras.

—Sí, la amo —afirmé con voz ronca—. Nunca dejé de amarla.

Él asintió.

—No lo supe hasta el viaje a Nueva York. Yo no quería que fuera. —Respiró profundamente—. Pero cuando volvió, me di cuenta de que había una nueva paz en su interior. Después me contó lo que hiciste por ella. ¿Lo del Carnegie Hall? —Sacudió la cabeza—. Le diste a mi niña su mayor sueño por la sola razón de que querías que lo alcanzara. Para hacerla feliz..., porque la amabas.

—Ella me da más —contesté e incliné la cabeza—. Sólo con estar con ella, me da diez veces más.

—Rune, si Poppy sale de esta...

—Cuando salga —lo interrumpí—. *Cuando* Poppy salga de esta.

Levanté la cara para ver al señor Litchfield, que me estaba observando.

—Cuando salga de esta —dijo con un suspiro de esperanza—, no me interpondré en su camino. —Se inclinó hacia adelante para apoyar la cara sobre las manos—. Nunca estuvo bien después de que te fuiste, Rune. Ya sé que para ti fue difícil no tenerla en tu vida y tendría que ser un tonto para no ver que culpas a tu papá de todo esto. De haberte ido. Pero a veces la vida no sale como lo esperas. Yo nunca pensé que fuera a perder a mi hija antes de morir, pero Poppy me enseñó que no puedo estar enojado. Porque, hijo —me miró directamente a los ojos—, si Poppy no está enojada por tener una vida tan breve, ¿cómo podemos atrevernos a estar enojados por ella?

Miré hacia atrás en silencio. El corazón me latió más rápido cuando oí sus palabras. La mente se me llenó de imágenes de Poppy girando en el bosquecillo, su amplia sonrisa mientras respiraba el aire aromático. Vi la misma sonrisa cuando la recordé bailando en el agua en la playa, con las manos en el aire mientras el sol le besaba la cara.

Poppy era feliz. Incluso con ese diagnóstico, incluso con todo el dolor y la desilusión de su tratamiento, era feliz.

—Me da gusto que hayas regresado, hijo. En palabras de Poppy, estás haciendo que sus últimos días sean «tan especiales como puede serlo algo especial».

El señor Litchfield se levantó. Hizo un movimiento que sólo había visto en Poppy: inclinó la cabeza hacia la puesta del sol y cerró los ojos. Cuando bajó la cabeza de nuevo, caminó hasta la puerta y miró hacia atrás.

—Puedes quedarte todo el tiempo que quieras, Rune. Yo creo que, contigo a su lado, Poppy saldrá de esta. Saldrá de esta sólo para pasar unos días más contigo. Leí eso en su mirada cuando estaba en la cama: todavía no se irá a ningún lado. Sabes tan bien como yo que, cuando decide algo, hace cualquier cosa por conseguirlo.

Extendí los labios en una pequeña sonrisa. El señor Litchfield me dejó a solas en el jardín. Busqué en mis bolsillos y saqué los cigarros. Cuando iba a encender uno, me detuve. La sonrisa de Poppy llenó mi mente junto con el gesto de desaprobación que hacía con la nariz cada vez que fumaba; me saqué el cigarro de la boca y lo tiré al suelo.

—Basta —dije en voz alta—. Se acabó.

Respiré el aire fresco, me levanté y volví a entrar al hospital. En la sala de espera, la familia de Poppy estaba sentada a un lado y al otro estaban mi mamá, mi papá y Alton. En cuanto mi hermanito me vio, alzó la cabeza y me saludó con la mano. Hice lo que Poppy querría y me senté a su lado.

—*Hei*, amiguito —dije y casi perdí la cabeza cuando se trepó a mi regazo y entrelazó los brazos alrededor de mi cuello. Sentí que la espalda de Alton temblaba; después alzó la cabeza y vi que sus mejillas estaban húmedas.

—¿*Poppymin* está enferma? —Me aclaré la garganta y asentí—. Pero tú estás enamorado de ella —murmuró, y me rompió el corazón. Volví a asentir y apoyé su cabeza en mi pecho—. No quiero que *Poppymin* se vaya a ningún lado. Ella hizo que me hablaras. Ella hizo que fueras mi mejor amigo y no quiero que vuelvas a estar enojado —resopló.

Sentí cada una de sus palabras como una daga en el corazón. Sin embargo, esas dagas sólo me brindaron luz cuando pensé en que Poppy me guio hasta Alton. Pensé en lo decepcionada que se sentiría si lo volvía a ignorar. Abracé a Alton con más fuerza y murmuré:

—No volveré a ignorarte, amiguito, te lo prometo.

Mi hermanito alzó la cara y se limpió los ojos. Cuando se echó el pelo hacia atrás, no pude evitar sonreír. Él me devolvió la sonrisa y me abrazó. No me soltó hasta que el médico entró en la sala y nos dijo que podíamos ir a verla de dos en dos.

Los señores Litchfield fueron primero y después fue mi turno. Empujé la puerta y me quedé paralizado.

Poppy estaba en la cama en medio del cuarto. Tenía máquinas a su alrededor. Se me rompió el corazón. Se veía tan frágil, tan tranquila.

Sin una risa ni una sonrisa en el rostro.

Caminé hacia ella y me senté en una silla al lado de la cama. Tomé su mano, me la llevé a los labios y la besé.

No podía soportar el silencio, así que empecé a contarle sobre la primera vez que la besé. Le conté sobre todos los besos que podía recordar desde que teníamos ocho años, cómo se sentían, cómo me hacía sentir ella; sabía que si hubiera podido oírme, le encantaría cada una de las palabras que le decía.

Reviviría cada uno de los besos que para ella eran preciosos.

Los 902 que juntamos hasta entonces.

Y los 98 que aún nos quedaban por reunir.

Cuando despertara.

Porque iba a despertar.

Teníamos que cumplir un juramento.

Los árboles en flor y la paz recobrada

RUNE

UNA SEMANA DESPUÉS

—Hola, Rune.

Alcé la vista del papel en el que estaba escribiendo y me encontré con Jorie en la puerta del cuarto de Poppy. Judson, Deacon y Ruby estaban detrás de ella, en el pasillo. Les hice un movimiento rápido con la barbilla y todos entraron.

Poppy seguía en cama, en coma. Después de unos días, los médicos dijeron que lo peor de su infección ya había pasado y permitieron la entrada de otros visitantes.

Mi Poppy lo logró. Justo como me lo prometió, luchó para impedir que la infección la derrotara. Sabía que lo iba a conseguir. Cuando hizo esa promesa, tomó mi mano y me vio a los ojos.

Era como si ya estuviera hecho.

Los doctores planeaban sacarla del coma poco a poco durante los siguientes días. Iban a reducir gradualmente la dosis de anestesia, empezando esa misma noche. Yo no podía esperar. La semana me pareció eterna sin ella, todo se sentía mal y fuera de lugar. Tanto cambiaba en mi mundo con su ausencia, y en contraste, en realidad nada cambiaba en el mundo exterior.

El único cambio real era que ahora toda la escuela sabía que a Poppy no le quedaba mucho tiempo. Por lo que había oído, todos estaba prediciblemente sorprendidos; todos estaban tristes. Éramos compañeros de escuela de la mayoría desde el kínder. Aunque no todos conocían a Poppy tanto como nuestro pequeño grupo, de todos modos la noticia sacudió a todo el pueblo. La gente de su iglesia se reunió para rezar por ella, para mostrarle su amor. Sabía que si Poppy se enteraba, se sentiría reconfortada.

Los médicos no sabían con seguridad qué tan fuerte estaría cuando despertara. Se mostraban renuentes a calcular cuánto tiempo le quedaba, pero el doctor nos dijo que la infección la debilitó gravemente. Nos advirtió que teníamos que estar preparados: cuando por fin despertara, podían quedarle sólo unas semanas.

Por mucho que ese golpe me doliera, por mucho que me arrancara el corazón del pecho, trataba de alegrarme por las pequeñas victorias. Me quedaban unas semanas para ayudar a satisfacer los últimos deseos de Poppy. Tendría el tiempo necesario para despedirme de verdad, para oírla reír, ver su sonrisa y besar sus suaves labios.

Jorie y Ruby entraron primero y se sentaron al otro lado de la cama de donde yo apretaba la mano de Poppy.

Deacon y Judson se pararon a mi lado y pusieron una mano en mi hombro para mostrarme su apoyo. En el momento en que se corrió la voz sobre el estado de Poppy, mis amigos se salieron de la escuela para ir a verme. En cuanto los vi acercándose por el pasillo, supe que ahora todos sabían. Supe que ellos *sabían*. Estuvieron a mi lado desde entonces.

Estaban molestos porque Poppy y yo no le contáramos nada a nadie salvo a Jorie. Pero al final comprendieron por qué Poppy no quería armar un alboroto. Creo que la quisieron más por eso, pudieron ver su verdadera fortaleza.

La última semana, durante la cual no fui a la escuela, fueron mis amigos quienes les llevaron mis tareas a los maestros. Me cuidaban como yo cuidaba a Poppy. Deacon y Judson estaban decididos a que no me reprobaran ahora que todos estábamos juntos en el último año. Era lo último que tenía en la cabeza, pero apreciaba su preocupación.

De hecho, esa semana me demostró lo mucho que significaban para mí. Aunque Poppy era mi vida entera, me di cuenta de que tenía amor en otras partes. Tenía amigos que harían cualquier cosa por mí. Mi mamá venía todos los días, y también mi papá. Al parecer, no le importaba que lo ignorara tanto. Al parecer, no le importaba que nos quedáramos en silencio. Creo que sólo le importaba estar ahí, a mi lado.

Todavía no estaba seguro de qué hacer con eso.

Jorie alzó la mirada y me miró a los ojos.

—¿Cómo está hoy?

Me levanté de la silla y me senté en el borde de la cama de Poppy. Entrelacé sus dedos con los míos y sostuve su mano con firmeza. Me incliné hacia adelante, le retiré el pelo de la cara y la besé en la frente.

—Está más fuerte cada día que pasa —dije con tranquilidad, y luego murmuré al oído de Poppy—: Nuestros amigos están aquí, nena. Vinieron a verte otra vez.

Mi corazón me dio un vuelco cuando vi que sus pestañas se estremecían, pero cuando la observé durante más tiempo, me di cuenta de que seguramente fue mi imaginación. Llevaba demasiadas horas desesperado por volver a verla como para contarlas. Después me relajé pensando que en los próximos días cuando viera esas señales, no serían producto de mi imaginación. Serían reales.

Mis amigos se sentaron en un sillón que estaba cerca de la ventana.

—Los médicos decidieron empezar a sacarla del estado de coma esta noche —anuncié—. Puede tomar un par de días que esté plenamente consciente, pero creen que lo mejor es regresarla poco a poco. Su sistema inmune se fortaleció todo lo que creen posible. Venció a la infección. Está lista para volver con nosotros. —Exhalé y añadí en voz baja—: Por fin. Por fin podré volver a ver sus ojos.

—Qué bueno, Rune —contestó Jorie y me sonrió débilmente. Hubo un silencio expectante, mis amigos se miraban unos a otros.

—¿Qué? —pregunté tratando de interpretar su expresión.

Fue Ruby la que respondió:

—¿Cómo va a estar cuando despierte?

El estómago se me encogió.

—Débil —murmuré. Me volteé hacia Poppy y le acaricié la cara—. Pero estará de vuelta. No me importa si tengo que cargarla a todas partes. Sólo quiero verla sonreír. Quiero tenerla conmigo de nuevo, donde pertenece…, por lo menos durante un tiempo.

Escuché un sollozo y vi que Ruby estaba llorando. Jorie la abrazaba. Suspiré tratando de mostrar empatía.

—Ya sé que la quieres, Ruby, pero cuando despierte, cuando se entere de que todos saben, actúa normal. Ella odia ver tristes a las personas a las que quiere. Para ella, eso es lo peor de todo esto. —Apreté los dedos de Poppy—. Cuando despierte, tenemos que hacerla sentir feliz, como ella hace con todos los demás. No podemos mostrarle que estamos tristes.

Ruby asintió.

—No regresará nunca a la escuela, ¿verdad? —preguntó. Negué con la cabeza.

—Ni yo tampoco. Hasta que… —Me callé; no quería terminar esas palabras. Todavía no estaba listo para decirlas. No estaba listo para enfrentarlo. Aún no.

—Rune —dijo Deacon con un tono serio—, ¿qué harás el próximo año? Con la universidad. ¿Ya mandaste alguna solicitud? —Juntó las manos—. Me tienes preocupado. Todos nos iremos, y tú no dices nada. Estamos muy preocupados.

—Todavía no pienso ni siquiera en eso —contesté—. Mi vida está aquí, ahora, en este momento. Todo eso será después. Poppy es lo único en lo que puedo concentrarme. Es en lo único que siempre he podido concentrarme. No me importa un comino el año próximo, ni qué voy a hacer.

La habitación quedó en silencio. Por la cara de Deacon, me di cuenta de que quería decir algo más, pero no se atrevía.

—¿Irás a la graduación?

El alma se me cayó a los pies cuando vi que Jorie miraba con tristeza a su mejor amiga.

—No sé —contesté—. Ella quería ir, tenía muchas ganas, pero todavía faltan seis semanas. —Me encogí de hombros—. Los médicos no saben. —Me volteé hacia Jorie—. Era uno de sus últimos deseos, ir a la graduación de la preparatoria. —Tragué saliva y volví a ver a Poppy—. Al final, lo único que quiere es que la bese e ir a la graduación, es todo lo que pide. Nada enorme, nada trascendental…, sólo eso. Conmigo.

Les di un momento a mis amigos cuando Jorie y Ruby empezaron a llorar en silencio. Sin embargo, no me derrumbé. Conté en silencio las horas que faltaban para que volviera a mí. Me imaginaba el momento en que volvería a verla sonreír una vez más. A mirarme.

A apretar mis manos entre las suyas.

Después de una hora más o menos, mis amigos se levantaron. Judson dejó unos papeles sobre el buró que estaba al lado de la cama de Poppy, que yo usaba como escritorio.

—Matemáticas y Geografía, amigo. Los maestros te anotaron todo, las fechas de entrega y eso. —Me paré y me despedí de mis amigos, agradeciéndoles su visita. Cuando se fueron, me moví al escritorio para terminar la tarea. Cuando terminé ese trabajo, saqué mi cámara, que no me descolgaba del cuello desde hacía semanas.

La cámara que otra vez era parte de mí.

Pasaron las horas mientras yo entraba y salía de la habitación, capturando el día en el exterior. Esa tarde, la familia de Poppy empezó a llenar la habitación, seguidos de cerca por los médicos. Me paré de mi asiento de un salto y me froté el cansancio de los ojos. Venían para empezar a sacarla del coma.

—Rune —me saludó el señor Litchfield. Fue hacia donde estaba yo y me abrazó. Una tregua dichosa se estableció entre nosotros desde que Poppy estaba en coma. Él me comprendía, y yo a él. Por eso, Savannah empezó a confiar en que no iba a romperle el corazón a su hermana. Y también porque no me fui ni una vez desde que ingresaron a Poppy. Si Poppy estaba ahí, yo también estaría. Seguramente mi dedicación les demostró que la amaba más de lo que todos creían. Ida se acercó a mí y me abrazó por la cintura. La señora Litchfield me besó en la mejilla. Después, todos esperamos a que el doctor terminara su examen.

—El conteo de glóbulos blancos de Poppy es el mejor que podemos esperar en esta etapa de su enfermedad. Reduciremos su anestesia poco a poco para que esté consciente. Conforme recupere las fuerzas, podremos desenchufarla de algunas de estas máquinas. —El corazón me latía rápidamente y tenía las manos aferradas a los costados. El doctor continuó—: Al principio, Poppy tendrá periodos de conciencia e inconsciencia. Cuando esté consciente, es probable que delire, que no esté muy lúcida. Será por el medicamento que aún tiene en su sistema. Sin embargo, con el tiempo, estará despierta por periodos más largos y, si todo sale bien, en un par de días volverá a ser la chica feliz de siempre. —El doctor alzó las manos—. Sin embargo, estará débil. Hasta que la evaluemos en su estado consciente, no podremos determinar cuánto la debilitó esta infección. Sólo el tiempo lo dirá. Es posible que tenga una movilidad limitada que restrinja las cosas que puede hacer. Es poco probable que recupere todas sus fuerzas.

Cerré los ojos y le recé a Dios para que estuviera bien. Y si no, prometí que la ayudaría, haría cualquier cosa que me diera un poco más de tiempo con ella. No importaba lo que fuera necesario, haría cualquier cosa.

El siguiente par de días se hizo eterno. Poppy empezó a mover las manos ligeramente, sus pestañas se estremecieron y el segundo día comenzó a abrir los ojos. Sólo duraba unos cuantos segundos, pero era suficiente para llenarme de una mezcla de emoción y esperanza.

El tercer día, un equipo de doctores y enfermeras entró a la habitación y empezaron el proceso de desenchufar a Poppy de las máquinas. Observé con el corazón en la boca cómo le quitaban el respirador de la garganta. Vi cómo se llevaban las máquinas de una en una, hasta que volví a ver a mi chica.

Se me hinchó el corazón.

Tenía la piel pálida; sus labios, que usualmente eran suaves, estaban partidos, pero al verla liberada de todas esas máquinas, me sentí seguro de que para mí nunca se había visto tan perfecta.

Me senté con paciencia en una silla junto a su cama, tomando su mano. Eché la cabeza hacia atrás, y estaba mirando fijamente el techo cuando sentí que Poppy me daba un ligero apretón con su mano. Contuve la respiración, mis pulmones se paralizaron. Miré a Poppy, en la cama. Los dedos de la mano que tenía libre se movieron un poco. Me acerqué a la pared y apreté el botón de la enfermería.

—Creo que se está despertando —anuncié cuando entró una enfermera. Poppy hizo movimientos ligeros durante las últimas veinticuatro horas, pero nunca tantos ni por tanto tiempo.

—Voy a buscar al doctor —contestó y salió de la habitación. Los padres de Poppy entraron apresuradamente poco después; acababan de llegar a su visita diaria.

El doctor entró unos segundos después. Cuando se acercó a la cama, di un paso atrás para ponerme al lado de los padres de Poppy y dejar que la enfermera revisara sus signos vitales.

Los ojos de Poppy empezaron a estremecerse bajo sus párpados, después los abrió lentamente. Respiré mientras sus ojos
verdes y adormilados asimilaban el entorno.

—¿Poppy? Poppy, estás bien —dijo el doctor con voz reconfortante. Vi que Poppy trataba de voltear hacia él, pero no podía
enfocar la mirada. Sentí un tirón en alguna parte de mi interior
cuando estiró la mano: estaba buscándome. Incluso en su estado
de confusión, buscaba mi mano—. Poppy, llevas un rato dormida.
Estás bien, pero te vas a sentir cansada. Tienes que saber que estás
bien.

Poppy hizo un ruido, señal de que quería hablar. El doctor se
volteó hacia la enfermera.

—Traiga hielo para sus labios.

No podía seguir apartado por más tiempo y me apresuré hacia Poppy, ignorando la llamada de atención del señor Litchfield.
Me moví hacia el otro lado de la cama, me incliné y tomé su mano. En cuanto lo hice, se calmó y su cabeza giró lentamente hacia
mí. Abrió los ojos con un ligero temblor y me miró directamente.

—*Hei, Poppymin* —murmuré luchando contra la estrechez de
mi garganta.

Y entonces sonrió. Fue una sonrisa pequeña, casi una insinua-
ción, pero ahí estaba. Apretó mi mano con sus débiles dedos, que
tenían la fuerza de una mosca, y se volvió a dormir. Sin embargo,
su mano nunca soltó la mía, así que me quedé donde estaba.
Me senté en una silla a su lado y me quedé exactamente donde
estaba.

Pasó otro día con mayor número de momentos de lucidez de
Poppy. No estaba realmente lúcida cuando despertaba, pero me
sonreía cuando concentraba la atención en mí. Yo sabía que una
parte de ella, aunque confundida, sabía que estaba ahí a su lado.
Sus débiles sonrisas me aseguraban que no debía estar nunca en
ningún otro lugar.

—¿Puedo mover la cama? —pregunté más tarde, cuando una
enfermera entró en la habitación a hacer una revisión de rutina.

La enfermera dejó de hacer lo que estaba haciendo y alzó una ceja.

—¿A dónde, corazón?

Caminé hacia la ventana.

—Hacia acá —respondí—. Así, cuando se despierte del todo, podrá ver el exterior. —Ahogué una risa—. Le encanta ver el amanecer. —Miré hacia atrás—. Ahora que sólo tiene la aguja, pensé que podría ser.

La enfermera me observó fijamente. Notaba la simpatía en su mirada, pero no quería su simpatía, sólo quería que me ayudara a darle eso a Poppy.

—Claro —dijo al fin—. No me parece que haya ningún problema. —Me relajé. Fui al lado de la cama de Poppy y, con la enfermera del otro lado, la movimos para que viera hacia el jardín del área de oncología pediátrica. Un jardín bajo el cielo azul.

—¿Está bien así? —preguntó la enfermera y le puso los frenos a la cama.

—Perfecto —contesté y sonreí.

Cuando la familia de Poppy entró poco después, su mamá me abrazó.

—Le va a encantar —dijo. Mientras estábamos sentados alrededor de la cama, Poppy se movía de vez en cuando y cambiaba de posición, aunque no por más de unos segundos.

Durante los últimos dos días, sus padres se turnaban para quedarse a pasar la noche en la sala de espera que estaba al otro lado del pasillo. Uno se quedaba en casa con las niñas. Su mamá era la que dormía en el hospital con más frecuencia.

Yo me quedaba en el cuarto de Poppy.

Me quedaba a su lado, en su cama, todas las noches. Dormía con ella en brazos, en espera del momento en que despertara.

Sabía que a sus padres no les encantaba la idea, pero me imaginaba que accedieron porque ¿por qué no? No me lo iban a prohibir. Al menos no ahora, bajo esas circunstancias.

Y yo no iba a irme.

La mamá de Poppy le contaba a su hija dormida sobre sus hermanas. Le contaba cómo les iba en la escuela, cosas cotidianas. Yo estaba sentado escuchando a medias, cuando alguien tocó a la puerta con suavidad.

Alcé la mirada y vi que mi papá abría la puerta. Saludó brevemente a la señora Litchfield.

—Rune, ¿puedo hablar contigo un segundo?

Me puse tenso y fruncí el ceño. Mi papá me esperaba en la puerta, sin apartar la mirada de la mía. Respiré profundamente y me levanté. Mi papá se alejó de la puerta cuando me acerqué. Cuando salía de la habitación, vi que tenía algo en la mano. Se mecía sobre sus pies con nerviosismo.

—Ya sé que no me lo pediste, pero revelé tus rollos por ti. —Me quedé paralizado—. Ya sé que me pediste que las llevara a la casa, pero yo te veo, Rune. Te vi tomar esas fotografías y sé que son para Poppy. —Se encogió de hombros—. Ahora que está cada vez más despierta, me imaginé que quizá querías tenerlas contigo para enseñárselas.

Sin decir nada más, me entregó un álbum de fotos. Estaba lleno de una impresión tras otra de todo lo que había capturado mientras Poppy dormía. Eran todos los momentos que se había perdido.

Se me empezó a cerrar la garganta. No fui a mi casa y no pude revelarlas a tiempo para ella…, pero mi papá…

—Gracias —dije con voz ronca y bajé la mirada al suelo. Por el rabillo del ojo, vi que el cuerpo de mi papá se relajaba, liberando la tensión. Alzó una mano como para tocar mi hombro. Me quedé quieto y mi papá se detuvo a medio camino, pero después decidió arriesgarse, puso la mano sobre mi hombro y lo apretó.

Cerré los ojos al sentir su mano sobre mí y, por primera vez en una semana, sentí que podía respirar. Por un segundo, con este gesto de mi papá que me mostraba que estaba conmigo, realmente respiré.

Sin embargo, mientras más tiempo estaba ahí, menos sabía qué hacer. Hacía mucho que no estaba así con él, que no lo dejaba acercarse tanto. Necesitaba apartarme, pues no era capaz de lidiar con eso otra vez; así que asentí y volví al cuarto. Cerré la puerta y me senté con el álbum sobre las piernas. La señora Litchfield no me preguntó qué era, y yo no lo dije. Siguió contándole historias a Poppy hasta tarde.

Cuando la mamá de Poppy salió de la habitación, me quité las botas y, como todas las noches, abrí las cortinas y me acosté al lado de mi chica.

Recuerdo mirar las estrellas; después, cuando me di cuenta, sentí que una mano me acariciaba el brazo. Desorientado, abrí los ojos y los primeros rayos de un nuevo día se filtraron en la habitación.

Traté de despejar la niebla del sueño de mi cabeza. Sentí que un cabello me hacía cosquillas en la nariz y un aliento cálido flotaba sobre mi cara. Levanté la vista, me tallé el sueño de los ojos y mi mirada chocó contra el par de ojos verdes más bonitos que hubiera visto en mi vida.

Me dio un vuelco el corazón y una sonrisa se extendió por los labios de Poppy; sus hoyuelos profundos se hundieron en sus pálidas mejillas. Levanté la cabeza, sorprendido, y tomé su mano.

—*Poppymin?* —murmuré.

Poppy parpadeó una y otra vez, y después paseó la mirada por la habitación. Tragó saliva e hizo un gesto de dolor. Como vi que tenía los labios resecos, me estiré para tomar un vaso de agua del buró y le acerqué el popote a la boca. Poppy tomó algunos sorbos e hizo el vaso a un lado.

Suspiró de alivio. Tomé su labial de cereza favorito y le puse una ligera capa sobre ellos. Poppy los frotó uno contra otro lentamente. Sin apartar su mirada de la mía, me mostró una sonrisa amplia y hermosa.

Sentí que el pecho se me llenaba de luz; me incliné hacia abajo y apreté los labios contra los suyos. Fue un gesto breve, apenas un beso, pero cuando me separé, Poppy tragó saliva y dijo con voz ronca:

—Beso número... —Frunció el ceño con un gesto de confusión en el rostro.

—Novecientos tres —terminé por ella. Asintió.

—Cuando regresé a Rune —añadió sosteniéndome la mirada y apretando débilmente mi mano—, justo como se lo prometí.

—Poppy —respondí en un susurro, y bajé la cabeza hasta que la acomodé en el hueco de su cuello. Quería abrazarla lo más que pudiera, pero se sentía como una muñeca frágil: fácil de romperse.

Poppy apoyó los dedos en mi pelo y acarició los mechones, un movimiento tan familiar como respirar, mientras su aliento ligero flotaba sobre mi cara.

Alcé la cabeza y la miré. Me aseguré de absorber cada parte de su cara, de sus ojos. Me aseguré de atesorar ese momento, cuando volvió a mí.

—¿Cuánto tiempo pasó? —me preguntó.

Le acaricié el cabello para apartarlo de su cara.

—Estuviste una semana inconsciente y durante los últimos días despertaste poco a poco.

Poppy cerró los ojos un momento y luego los volvió a abrir.

—¿Y cuánto... queda?

Sacudí la cabeza, orgulloso de su fortaleza, y contesté honestamente:

—No sé.

Poppy asintió con la cabeza, un movimiento muy ligero. Sentí calor en la nuca, volteé y miré por la ventana. Sonreí. Volví a mirar a Poppy.

—Amaneciste con el sol, amor.

Ella frunció el ceño hasta que me quité de delante. Cuando lo hice, oí que tomaba aire sorprendida. Cuando miré su cara, vi que los rayos anaranjados besaban su piel. Cerró los ojos, los volvió a abrir y sonrió.

—Es hermoso —murmuró. Apoyé la cabeza al lado de la suya en su almohada, viendo cómo se iluminaba el cielo con la llegada de un nuevo día. Poppy no dijo nada mientras contemplábamos cómo se alzaba el sol en el cielo, bañando la habitación de luz y calor. Me apretó la mano—. Me siento débil.

Se me encogió el estómago.

—La infección te dio fuerte. Tuvo sus consecuencias.

Poppy comprendió y se perdió de nuevo en la vista matutina.

—Extrañaba esto —dijo señalando hacia la ventana.

—¿Recuerdas mucho?

—No —susurró—. Pero sé que lo extrañaba. —Miró su mano—. Aunque recuerdo la sensación de tu mano en la mía… Es extraño. No recuerdo nada más, pero me acuerdo de eso.

—*Ja?* —pregunté.

—Sí —contestó con voz suave—. Creo que siempre recordaré la sensación de tu mano tomando la mía.

Me estiré a un lado y alcé el álbum de fotos que mi papá me llevó, lo puse sobre mis piernas y lo abrí. La primera foto era del sol saliendo a través de unas nubes densas. Los rayos se asomaban a través de las ramas de un pino, y capturé los tonos rosados a la perfección.

—Rune —murmuró Poppy y pasó la mano sobre la impresión.

—Fue la primera mañana que pasaste aquí. —Me encogí de hombros—. No quería que te perdieras el amanecer.

Poppy movió la cabeza hasta apoyarla en mi hombro. Entonces supe que hice lo correcto, sentía la felicidad de su contacto. Era mejor que las palabras.

Hojeé el álbum. Le mostré los árboles que empezaban a florecer en el exterior. Las gotas de lluvia contra la ventana el día que llovió, y las estrellas en el cielo, la luna llena y los pájaros que anidaban en los árboles.

Cuando cerré el álbum, Poppy echó la cabeza hacia atrás y me miró a los ojos.

—Capturaste los momentos que me perdí.

Sentí que sus mejillas se calentaban y bajé la cabeza.

—Por supuesto, siempre lo haré. —Poppy suspiró.

—Aunque yo no esté aquí, tienes que capturar todos esos momentos. —El corazón me dio un vuelco y antes de que pudiera decir algo, ella llevó la mano a mi cara; se sentía muy ligera—. Prométemelo —me pidió. Como no respondí, insistió—: Prométemelo, Rune. Estas fotografías son demasiado preciosas como para que nadie las tome. —Sonrió—. Piensa en lo que puedes capturar en el futuro. Piensa en las posibilidades que tienes por delante.

—Lo prometo —contesté en voz baja—. Lo prometo, *Poppymin*.

—Gracias. —Suspiró.

Me incliné para besarla en la mejilla. Cuando me aparté, me acomodé en la cama para quedar frente a ella.

—Te extrañé, *Poppymin*.

—Yo también te extrañé —respondió sonriendo.

—Tenemos mucho que hacer cuando salgas de aquí —le dije y vi que sus ojos brillaban por la emoción.

—Sí —contestó—. ¿Cuánto falta para que empiecen a florecer los árboles? —preguntó frotándose los labios.

El corazón se me desgarró cuando supuse en qué estaba pensando: estaba calculando cuánto tiempo le quedaba y si alcanzaría a ver los árboles en flor. Si alcanzaría a ver cómo se cumplían los pocos deseos que le quedaban.

—Creen que una semana, cuando mucho.

Esta vez no hubo modo de ocultar la felicidad total que irradiaba su sonrisa. Cerró los ojos.

—Puedo llegar hasta entonces —declaró con confianza y me sostuvo la mano un poco más fuerte.

—Aguantarás más —le prometí y vi que asentía.

—Hasta los mil besos —acordó.

Acaricié su cara con la mano.

—Y después haré que continúes.

—Sí —sonrió Poppy—. Hasta el infinito.

Una semana después, dieron de alta a Poppy. Después de unos cuantos días, el verdadero alcance de lo mucho que le afectó la infección se hizo evidente. Poppy no podía caminar. Perdió toda la fuerza de las piernas. El doctor nos dijo que si estuviera curada de su cáncer, con el tiempo la recuperaría, pero, tal y como estaban las cosas, nunca más volvería a caminar.

Estaba en silla de ruedas. Al tratarse de Poppy, no dejó que le afectara en lo más mínimo.

—Mientras pueda salir y sentir el sol en la cara, seré feliz —dijo cuando el doctor le dio las malas noticias. Alzó la vista hacia mí y añadió—: Mientras pueda tomar la mano de Rune, en realidad no me importa volver a caminar.

Y, sólo con eso, hizo que me derritiera.

Llevaba en la mano nuevas fotos mientras corría en dirección a su ventana por el pasto que separaba nuestras casas. Cuando entré, vi que estaba dormida en su cama.

La llevaron a casa ese mismo día. Estaba cansada, pero yo tenía que enseñarle eso. Era mi sorpresa, mi bienvenida a casa.

Uno de sus deseos hechos realidad.

Cuando entré al cuarto, Poppy abrió los ojos y una sonrisa adornó sus labios.

—La cama estaba fría sin ti —afirmó, y pasó la mano por el lado en el que normalmente dormía.

—Tengo algo para ti —anuncié sentándome en la cama. Me incliné y la besé en los labios. Lo hice profundamente y sonreí cuando vi que después se sonrojaba. Poppy se estiró para tomar un corazón en blanco y anotó algo en él.

Vi que el frasco estaba casi lleno cuando guardó el corazón en él.

Casi lo lográbamos.

Poppy se volteó y se sentó.

—¿Qué tienes en mente? —preguntó con emoción en la voz.

—Unas fotos —anuncié y vi que su cara se encendía por la felicidad.

—Mi regalo favorito —dijo, y yo sabía que decía la verdad—. Tus mágicos momentos capturados.

Le entregué el sobre y Poppy lo abrió. Contuvo el aliento cuando vio lo que mostraban. Miró todas las fotos con emoción y después volteó hacia mí con ojos esperanzados.

—¿Las primeras flores? —le devolví la sonrisa y asentí. Poppy se tapó la boca con una mano y sus ojos brillaron de felicidad—. ¿Cuándo las tomaste?

—Hace unos días —respondí y vi que sus labios se curvaban en una sonrisa.

—Rune —murmuró y buscó mi mano, que se llevó a mi cara—. Eso significa…

Me levanté.

Fui a su lado de la cama y la alcé en mis brazos, ella me rodeó el cuello y puse mis labios sobre los suyos.

—¿Estás conmigo? —pregunté tras separarme.

—Estoy contigo —contestó suspirando de alegría.

La senté en la silla de ruedas con cuidado, le puse una cobija sobre las piernas y fui a empujarla. Poppy echó la cabeza hacia atrás cuando estaba a punto de salir al pasillo. Bajé la vista hacia ella.

—Gracias —murmuró.

—Vamos. —Besé su boca al revés.

La risa contagiosa de Poppy resonó por toda la casa mientras la empujaba por el pasillo hacia el aire fresco. La cargué escaleras abajo y, una vez que estuvo de vuelta en la silla y a salvo, la empujé por el pasto hacia el bosquecillo. El clima era cálido y el sol brillaba en el cielo despejado.

Poppy inclinó la cabeza para absorber el calor del sol, y sus mejillas se llenaron de vida. Cuando abrió los ojos, supe que percibía el aroma del bosquecillo antes de verlo.

—Rune —dijo, y se agarró a los brazos de la silla de ruedas. El corazón me latía cada vez más deprisa conforme nos acercábamos. Después, cuando doblamos en la esquina y el bosquecillo en flor se presentó ante nuestra vista, contuve el aliento.

Un jadeo se deslizó de la boca de Poppy. Tomé la cámara de mi cuello, caminé hacia ella hasta que tuve la vista perfecta de su cara. Ni siquiera se dio cuenta de que apreté el botón una y otra vez; estaba demasiado concetrada en la belleza que tenía ante ella, demasiado fascinada. Alzaba los brazos y acariciaba un pétalo recién nacido con tanta delicadeza como una pluma. Después, inclinó la cabeza hacia atrás, cerró los ojos extendiendo los brazos en el aire y su risa resonó por todo el bosquecillo.

Sostuve mi cámara y me preparé con el dedo sobre el botón en espera del momento siguiente, por el que rezaba. Y después llegó. Poppy abrió los ojos completamente fascinada por el momento, y luego me miró. Apreté el botón: su cara estaba llena de vida y el fondo era un mar rosa y blanco.

Poppy bajó las manos despacio, y su sonrisa se hizo más suave cuando me miró. Bajé la cámara para devolverle la mirada: las flores de cerezo que la rodeaban estaban plenas y vibrantes: eran su halo simbólico. Fue entonces cuando me di cuenta: Poppy, *Poppymin*, era la flor del cerezo.

Era mi flor de cerezo.

Una belleza sin rival, de vida limitada. Una belleza tan extrema en su gracia que no podía durar. Viene a enriquecer nuestra vida y después se va flotando en el viento. Jamás se olvida, porque nos recuerda que debemos vivir, que la vida es frágil y, sin embargo, en esa fragilidad hay fuerza. Hay amor. Hay un propósito. Nos recuerda que la vida es breve, que nuestras respiraciones están contadas y nuestro destino fijado, sin importar cuánto luchemos.

Nos recuerda que no debemos perder ni un solo segundo. Debemos vivir con fuerza y amar con aún más fuerza. Perseguir nuestros sueños, buscar aventuras..., capturar momentos.

Vivir de manera hermosa.

Tragué saliva mientras estos pensamientos se agolpaban en mi mente. A continuación, Poppy extendió la mano.

—Llévame por el bosquecillo, amor —me pidió con voz suave—. Quiero vivir esto contigo.

Bajé la cámara y dejé que colgara de mi cuello; fui detrás de la silla de ruedas y la empujé por el camino de tierra seca. Poppy respiró lenta y mesuradamente. La chica a la que yo amaba lo absorbía todo, toda la belleza de ese momento. Un deseo realizado.

Cuando llegamos a nuestro árbol, con las ramas cargadas de tonos rosa pastel, saqué una cobija de detrás de la silla y la puse en el suelo. Cargué a Poppy y nos instalamos bajo el árbol, con la vista del bosquecillo a nuestro alrededor.

Poppy apoyó la espalda sobre mi pecho y suspiró.

—Lo logramos —murmuró tomando mi mano y posándola sobre su estómago.

Le aparté el pelo del cuello y besé su piel cálida.

—Lo logramos, nena.

Hizo una pausa un minuto.

—Es como un sueño..., como una pintura. Quiero que el paraíso se vea exactamente así.

En lugar de sentirme herido o triste por su comentario, me di cuenta de que también deseaba eso para Poppy. Lo deseaba con mucha fuerza, que lo tuviera para siempre.

Me daba cuenta de lo cansada que estaba. Notaba que sentía dolor. Nunca lo decía, pero no era necesario. Me hablaba sin palabras. Y yo sabía. Y también sabía que se quedaría hasta que yo estuviera listo para dejarla ir.

—¿Rune? —La voz de Poppy me hizo voltear. Me recargué en el árbol y acosté a Poppy sobre mis piernas para poder mirarla, para grabar en mi memoria cada segundo de este día.

—*Ja?* —respondí y le acaricié la cara. Tenía la frente tensa por la preocupación. Me senté un poco más derecho.

—¿Y si se me olvida? —peguntó Poppy después de respirar profundamente.

El corazón se me partió por el centro cuando vi el miedo que le cruzaba el rostro. Ella no sentía miedo, pero eso sí la hacía temer.

—¿Que se te olvide qué, amor?

—Todo —murmuró con voz ligeramente quebrada—. Tú, mi familia…, todos los besos. Los besos que quiero revivir hasta que te recupere algún día.

—No se te va a olvidar nada —le aseguré obligándome a ser fuerte.

Poppy desvió la mirada.

—Una vez leí que las almas olvidan su vida en la Tierra cuando mueren. Que tienen que olvidar o nunca podrían seguir adelante y estar en paz en el paraíso. —Empezó a hacer dibujos con el dedo en los míos—. Pero yo no quiero eso, yo quiero recordarlo todo —concluyó con una voz casi inaudible. Me miró y continuó con lágrimas en los ojos—: No quiero olvidarte nunca, necesito que estés siempre conmigo. Quiero verte vivir tu vida, la vida tan emocionante que vas a tener. Quiero ver las fotos que vas a tomar. —Tragó saliva—. Pero sobre todo, quiero mis mil besos. No quiero olvidar lo que compartimos. Quiero recordarlo para siempre.

—Entonces encontraré la manera de que lo veas —dije y la tristeza de Poppy se fue flotando con la brisa que nos envolvió.

—¿De verdad? —murmuró con una clara esperanza en su voz suave. Asentí.

—Te lo prometo. No sé cómo, pero lo haré. Nada podrá detenerme, ni siquiera Dios.

—Mientras espero en nuestro bosquecillo —dijo con una sonrisa soñadora y distante.

—*Ja*.

Se volvió a acurrucar entre mis brazos.

—Sería muy bueno —murmuró e inclinó la cabeza—. Pero espera un año.

—¿Un año?

Poppy asintió.

—Leí que a las almas les toma un año llegar al más allá. No sé si será cierto, pero en caso de que lo sea, espera un año para recordarme nuestros besos. No me quiero perder…, lo que sea que vayas a hacer.

—Está bien —acordé, pero tuve que dejar de hablar. No confiaba en que no fuera a derrumbarme.

Las aves volaban de una rama a otra y se perdían de vista entre las flores.

—Tú me diste esto, Rune —dijo Poppy uniendo nuestras manos—. Tú me cumpliste este deseo.

No pude responder. Tenía la respiración entrecortada mientras ella hablaba. La apreté más entre mis brazos y después, con un dedo bajo su barbilla, la acerqué a mi boca. Todavía se sentía la dulzura de sus suaves labios. Cuando me separé, mantuvo los ojos cerrados.

—Beso 934. En el bosquecillo, con los árboles en flor. Con mi Rune…, casi me estalla el corazón.

Sonreí y sentí un dolor de felicidad por mi chica. Casi lo lográbamos. El final de la aventura estaba a la vista.

—¿Rune? —dijo Poppy.

—¿Sí? —contesté.

—Dejaste de fumar.

Exhalé y respondí:

—*Ja*.

—¿Por qué?

Hice una pausa para componer mi respuesta y admití:

—Alguien a quien amo me dijo que la vida es preciosa. Me dijo que no hiciera nada que pusiera en riesgo la aventura. Y le hice caso.

—Rune, sí, es preciosa —murmuró Poppy con un nudo en la garganta—. Muy preciosa. No desperdicies ni un segundo.

Poppy se recargó en mí para observar la belleza del bosquecillo.

—No creo que llegue a la graduación, Rune —me confió en voz baja después de respirar profundamente. Me puse rígido—. Me siento muy cansada. —Trató de apretarme más y repitió—: Muy cansada.

Cerré los ojos con fuerza y la acerqué más.

—Los milagros suceden, nena —contesté.

—Sí, suceden —dijo Poppy sin aliento. Se llevó mi mano a la boca y besó cada uno de mis dedos—. Me habría encantado verte de *smoking*. Y me habría encantado bailar contigo bajo las luces, una canción que me hiciera pensar en nosotros.

Sentí que Poppy se cansaba en mis brazos. Contuve el dolor que me provocaba esa imagen y dije:

—Vamos a casa, nena.

Cuando me iba a levantar, Poppy estiró la mano para tomar la mía y bajé la mirada.

—Te quedarás conmigo, ¿verdad?

Me hinqué y tomé sus mejillas.

—Para siempre.

—Bien—susurró—. Todavía no estoy del todo lista para dejarte ir.

Mientras la empujaba a casa, recé a Dios en silencio, pidiéndole que le diera sólo dos semanas más. Podía llevarse a mi niña a su verdadera casa después; ella estaba lista y yo también lo estaría, pero sólo después de haberle hecho realidad todos sus sueños.

«Sólo déjame darle este último deseo».

Tenía que cumplírselo.

Era mi agradecimiento final por todo el amor que me daba.

Era el único regalo que podía ofrecerle.

Rayos de luna en el corazón y la luz del sol en la sonrisa

Estaba sentada en el baño de mi mamá, mientras ella me ponía rímel en las pestañas. La observaba como nunca antes la observé. Ella sonreía. Yo la miraba, asegurándome de registrar cada parte de su cara en mi memoria.

La verdad era que yo estaba desvaneciéndome. Lo sabía. Yo creo que en el fondo todos lo sabíamos. Cada mañana que despertaba con Rune acurrucado a mi lado, me sentía un poco más cansada, un poco más débil.

Sin embargo, me sentía fuerte en mi corazón. Oía que el llamado de mi hogar se hacía más fuerte. Podía sentir su paz fluyendo a través de mí, minuto a minuto.

Y ya casi estaba lista.

Por como había visto a mi familia durante los últimos días, sabía que estarían bien. Mis hermanas eran felices y fuertes, y mis papás las amaban con todo su corazón, así que sabía que iban a estar bien.

Y Rune, mi Rune, la persona que me parecía más difícil dejar…, creció. Todavía no se daba cuenta de que ya no era el chico malhumorado y roto que regresó de Noruega.

Era vibrante.

Sonreía.

Otra vez estaba tomando fotos.

Pero lo mejor de todo era que me amaba abiertamente. El chico que regresó se escondía detrás de un muro de oscuridad, pero ya no; ahora su corazón estaba abierto y permitía que la luz entrara en su alma.

Él también estaría bien.

Mi mamá fue al clóset. Cuando regresó al baño llevaba un hermoso vestido blanco y estiré la mano para tocar la tela.

—Es hermoso —dije y le sonreí.

—Hay que ponértelo, ¿va?

Parpadeé, confundida.

—¿Por qué, mamá? ¿A dónde vamos?

Mi mamá hizo un gesto con la mano quitándole importancia.

—Basta de preguntas, hijita. Me ayudó a vestirme y me puso unos zapatos blancos en los pies.

Volteé cuando oí el ruido de la puerta abriéndose y vi que mi tía DeeDee estaba por entrar con la mano en el pecho.

—Poppy —dijo con los ojos llenos de lágrimas—. Te ves hermosa.

Miró a mi mamá y extendió una mano. Mi mamá abrazó a su hermana y se quedaron ahí, mirándome. Sonreí al ver sus caras.

—¿Me puedo ver?

Mi mamá empujó la silla frente al espejo y me sorprendí al ver mi reflejo. El vestido se veía tan bonito, más de lo que me habría imaginado. Y mi cabello… lo llevaba peinado hacia un lado en un chongo bajo y usaba mi moño blanco favorito.

Como siempre, resaltaban mis aretes de infinito, atractivos y orgullosos. Me pasé las manos por el vestido.

—No entiendo…, parece que estoy vestida para la graduación… —Miré a mi mamá y a mi tía DeeDee a través del espejo. Mi corazón perdió el ritmo—. ¿Mamá, voy a ir a la graduación? —pregunté—. Pero ¡si faltan dos semanas! ¿Cómo…?

El timbre interrumpió mi pregunta. Mi mamá y DeeDee se miraron una a la otra.

—DeeDee, ve a abrir —ordenó mi mamá. Mi tía ya se iba cuando mamá estiró la mano para detenerla—. No, espera, tú lleva la silla, yo tengo que bajar a Poppy por las escaleras.

Mi mamá me sentó en la cama. DeeDee salió de la habitación y oí la voz de mi papá abajo, confundiéndose con otras. Los pensamientos se entremezclaban en mi cabeza, pero no me atrevía a hacerme muchas ilusiones. Sin embargo, esperaba con todas mis fuerzas que mis ilusiones se hicieran realidad.

—¿Estás lista, amor? —preguntó mi mamá.

—Sí —respondí sin aliento.

Me colgué de mi mamá mientras bajábamos las escaleras y avanzábamos hacia la puerta principal. Cuando doblamos la esquina, mi papá y mis hermanas, que estaban reunidos en el recibidor, voltearon a verme.

Después, aunque me sentía débil, mi mamá me llevó a la puerta. Rune estaba apoyado en ella. Llevaba un ramillete de flores de cerezo en una mano… y un *smoking*.

Mi corazón se llenó de luz.

Rune iba a cumplir mi deseo.

En cuanto nuestras miradas se encontraron, Rune se enderezó. Vi que tragaba saliva mientras mi mamá me sentaba en la silla; después, cuando ella se quitó, Rune se hincó sin importarle quién más estuviera ahí.

—*Poppymin.* —Se me cortó la respiración—. Te ves muy hermosa.

Acerqué una mano a su cara y toqué las puntas de su cabello rubio.

—Lo llevas hacia atrás para que pueda ver lo guapo que eres. Y llevas *smoking*.

Una media sonrisa se extendió en su boca.

—Te lo dije —contestó.

Rune me tomó de la mano y, con la mayor suavidad posible, me puso el ramillete en la muñeca. Pasé los dedos por las hojas de las flores y no pude evitar sonreír. Miré a los ojos azules de Rune.

—¿Realmente está pasando?

Se inclinó hacia adelante y me besó.

—Irás a tu graduación —murmuró.

Se me escapó una lágrima que me nubló la vista, y vi que la cara de Rune se ponía triste, pero me reí para calmarlo.

—Son lágrimas buenas, corazón. Es sólo que estoy feliz. —Rune tragó saliva y yo me estiré para acariciar su cara—. Me hiciste infinitamente feliz.

Esperaba que escuchara el significado profundo de mis palabras. Porque no me refería solamente a esa noche, me refería a que siempre me hacía la chica más feliz del planeta. Tenía que saberlo.

Tenía que sentir lo verdadero que era ese hecho.

Rune alzó mi mano y la besó.

—Tú también me haces muy feliz.

Y supe que me comprendía.

La voz de mi papá hizo que apartáramos la mirada.

—Muy bien, chicos, mejor ya váyanse. —Percibí la brusquedad de su tono de voz. Comprendí que quería que nos fuéramos porque era demasiado para él. Rune se levantó y se acomodó detrás de la silla.

—¿Estás lista, amor?

—Sí —respondí confiada.

La debilidad que sentía se desvaneció en un instante porque, de alguna manera, Rune logró hacer mi sueño realidad.

No iba a desperdiciar un solo segundo.

Rune me empujó hasta el coche de mi mamá. Me levantó de la silla de ruedas y me sentó en el asiento delantero. Yo tenía una sonrisa enorme y no dejé de sonreír en todo el camino.

Cuando nos estacionamos en la escuela, oí música que salía hacia la noche. Cerré los ojos y saboreé cada imagen: el desfile de limusinas una tras otra, los estudiantes que iban hacia el gimnasio muy arreglados.

Con mucho cuidado, como siempre, Rune me cargó del auto a la silla, y después se hincó frente a mí y me besó. Me besó con intención, como si supiera que los besos estaban tan limitados como yo sabía que estaban. Hacía que cada contacto y cada sabor fuera mucho más especial. Nos besamos casi mil veces; sin embargo, los últimos que nos estábamos dando eran los más especiales. Cuando sabes que algo es finito, es mucho más significativo.

—Beso 994. En mi graduación, con mi Rune…, casi me estalla el corazón —dije acunando su cara entre mis manos cuando se separó de mí.

Rune respiró profundamente y me besó en la mejilla. Empezó a empujarme hacia el gimnasio. Los maestros que estaban de guardia nos vieron llegar. Su reacción hacia mí me reconfortó. Sonrieron, me abrazaron y me hicieron sentir querida.

La música resonaba en el recibidor. Estaba desesperada por ver cómo lucía el salón. Rune se apuró a abrir la puerta y la vista del gimnasio se abrió ante mí…, una vista de blancos y rosas pastel. Estaba decorado de manera hermosa con el tema de mi flor favorita. Me llevé la mano a la boca.

—El tema es la flor del cerezo —murmuré sorprendida.

Miré a Rune y se encogió de hombros.

—¿De qué si no?

—Rune —susurré mientras me empujaba por el pasillo. Los chicos que estaban bailando cerca se detuvieron cuando entré. Durante un minuto, me sentí extraña al encontrar sus miradas.

Esa era la primera vez que la mayoría me veía desde... Sin embargo, la extrañeza se olvidó enseguida cuando empezaron a acercarse a mí, a saludarme y desearme lo mejor. Después de un momento, Rune se dio cuenta de que estaba abrumada y me empujó a una mesa que miraba a la pista de baile.

Sonreí cuando vi a todos nuestros amigos sentados en la mesa. Jorie y Ruby me vieron primero. Se levantaron y corrieron hacia nosotros. Rune dio un paso atrás mientras nuestros amigos me abrazaban.

—Demonios, Pops. Te ves preciosa —gritó Jorie. Me reí y señalé su vestido azul.

—Tú también, amiga. —Jorie también sonrió. Desde detrás de ella, Judson se acercó y la tomó de la mano. Vi sus manos y volví a sonreír.

Jorie me miró a los ojos y se encogió de hombros.

—Creo que siempre supe que al final ocurriría. —Me sentí feliz por ella. Me gustaba saber que estaba con alguien a quien adoraba. Fue una amiga maravillosa para mí.

Judson y Deacon me abrazaron después y luego Ruby. Cuando todos nuestros amigos me saludaron, Rune me empujó para tomar nuestro lugar en la mesa. Por supuesto, se sentó a mi lado y me tomó de la mano de inmediato.

Vi que me observaba. Sus ojos no se despegaban de mi cara.

—¿Estás bien, amor? —le pregunté volteando hacia él.

Rune asintió y se inclinó hacia mí.

—Creo que nunca te vi más hermosa; no te puedo quitar los ojos de encima.

Incliné la cabeza a un lado y contemplé su apariencia.

—Me gustas de *smoking* —le declaré.

—Está bien, creo. —Rune jugueteó con su corbata de moño—. Esto es imposible de ponerse.

—Pero lo lograste —bromeé.

Rune apartó la mirada y luego volvió a verme.

—Mi papá me ayudó.

—¿Sí? —pregunté en voz baja. Rune asintió brevemente—. ¿Y lo dejaste? —insistí al notar la inclinación de necedad en su barbilla. Sentí que se me aceleraba el corazón en espera de una respuesta. Rune no sabía que mi deseo secreto era que arreglara su relación con su papá.

Pronto lo iba a necesitar.

Y su papá lo amaba.

Era el último obstáculo que quería que superara.

—Sí, lo dejé —suspiró Rune.

No pude impedir que se formara una sonrisa en mis labios. Me acerqué a él y apoyé la cabeza en su hombro. Alcé la mirada hacia él.

—Estoy muy orgullosa de ti, Rune.

Él apretó la mandíbula, pero no me respondió nada.

Alcé la cabeza y sondeé la habitación, viendo a mis compañeros bailar y divertirse. Y me encantó. Vi a cada una de las personas con las que crecí, preguntándome qué harían cuando crecieran. Con quién se iban a casar, si tendrían hijos. Después me detuve en una cara familiar que me miraba desde el otro lado del salón. Avery estaba sentada con otro grupo de amigos. Cuando nuestras miradas se encontraron, levanté la mano y la saludé. Avery sonrió y también me saludó.

Cuando regresé la mirada a la mesa, Rune también la estaba mirando. Apoyé la mano en su brazo, y él suspiró y sacudió la cabeza.

—Sólo tú —dijo—. Sólo tú.

Conforme pasó la noche, seguí mirando, completamente satisfecha, mientras nuestros amigos bailaban. Atesoré este momento. Atesoré verlos a todos tan felices.

Rune rodeó mi hombro con el brazo.

—¿Cómo lo hiciste? —pregunté.

Rune señaló a Jorie y a Ruby.

—Fueron ellas, *Poppymin*. Ellas querían que vinieras y lo organizaron todo. Adelantaron la fecha, eligieron el tema…, todo.

Le eché una mirada escéptica.

—¿Por qué sospecho que no fueron sólo ellas? —Rune se sonrojó y se encogió de hombros. Yo sabía que hizo mucho más de lo que admitía. Me acerqué más a él y tomé su cara entre mis manos—. Te amo, Rune Kristiansen. Te amo tanto.

Cerró los ojos durante más de un segundo. Respiró profundamente por la nariz y luego abrió los ojos.

—Yo también te amo, *Poppymin*. Más de lo que creo que sabrás jamás.

Paseé la mirada por el gimnasio y sonreí.

—Lo sé, Rune…, lo *sé*.

Él me abrazó. Me invitó a bailar, pero no quería meter la silla de ruedas en la multitud. Estaba feliz mirando a todos bailar cuando vi que Jorie iba hacia el DJ.

Me miró. No pude leer su mirada, pero después oí que los primeros acordes de *If I Could Fly* de One Direction inundaban la sala.

Me quedé quieta. Una vez le dije a Jorie que esa canción me hacía pensar en Rune. Me hacía pensar en cuando Rune estaba lejos de mí, en Noruega. Y, más que nada, me hacía pensar en cómo era Rune conmigo cuando estábamos a solas. Un encanto. Sólo para mí. *Sólo para mis ojos*. Mientras que al mundo le decía que era malo, sólo a mí me decía que estaba enamorado.

Y era amado.

Por completo.

Una vez le conté la fantasía de que si nos hubiéramos casado, habría sido nuestra canción. Nuestro primer baile. Rune se levantó lentamente; al parecer, Jorie le dijo.

Mientras él se inclinaba sobre mí, negué con la cabeza; no quería llevar mi silla a la pista de baile. Sin embargo, para mi sorpresa, con un movimiento que me robó el corazón por completo, Rune me tomó en sus brazos y me llevó a bailar.

—Rune —protesté débilmente, envolviendo su cuello con mis brazos. Sacudió la cabeza y, sin decir una sola palabra, empezó a bailar conmigo en sus brazos.

Para no mirar hacia otro lado, lo miré a los ojos; sabía que podía oír cada frase y vi en su cara que sabía por qué esa canción era para nosotros.

Me abrazó muy fuerte mientras me mecía al ritmo de la música con suavidad. Como siempre sucedía con Rune y conmigo, el resto del mundo desapareció y sólo quedamos nosotros dos bailando entre las flores, completamente enamorados.

Dos mitades de un entero.

Cuando la canción llegó al *crescendo* y lentamente se acercó al final, me incliné hacia adelante y le pregunté:

—¿Rune?

—*Ja?* —me preguntó con voz ronca.

—¿Me llevarías a un lugar?

Frunció sus cejas rubias, pero asintió. Cuando terminó la canción, me jaló hacia él para besarme. Sus labios temblaron ligeramente en contacto con los míos. Yo también sentí que la emoción me superaba, y me permití derramar una lágrima solitaria antes de respirar profundamente y tranquilizarme.

—Beso 995. Con mi Rune, en la graduación mientras bailábamos. Casi me estalla el corazón —murmuré cuando Rune se separó de mí.

Rune apretó la frente contra la mía.

Mientras Rune me llevaba afuera, miré hacia el centro de la pista, donde Jorie estaba parada muy quieta, mirándome con lágrimas en los ojos. Le sostuve la mirada, me puse una mano sobre el corazón y articulé con los labios: «Gracias…, te quiero…, te voy a extrañar».

Jorie cerró los ojos y cuando los volvió a abrir me respondió: «Yo también te quiero y también te voy a extrañar».

Alzó la mano como pequeña despedida y Rune me miró a los ojos.

—¿Estás lista?

Asentí, después me sentó en la silla y me sacó del salón. Luego de sentarme en el asiento y subirse al coche, me miró.

—¿A dónde vamos, *Poppymin*?

Suspiré de completa felicidad.

—A la playa —revelé—. Quiero ver el amanecer en nuestra playa.

—¿Nuestra playa? —preguntó Rune mientras encendía el coche—. Nos tomará un rato llegar y ya es tarde.

—No me importa —contesté—. Siempre y cuando lleguemos antes de que salga el sol.

Me recargué en el asiento, tomé la mano de Rune y comenzamos nuestra última aventura en dirección a la costa.

Para cuando llegamos a la playa, era noche cerrada y sólo faltaban un par de horas para el amanecer, lo que me dio gusto.

Quería pasar ese tiempo con Rune.

Tras estacionarnos, Rune me miró.

—¿Te quieres sentar en la arena?

—Sí —dije enseguida, mirando las estrellas que brillaban en el cielo. Rune hizo una pausa.

—A lo mejor está frío para ti.

—Te tengo a ti —contesté y vi que su expresión se suavizaba.

—Espera. —Rune se bajó del carro y oí que sacaba algo de la cajuela. La playa estaba oscura, alumbrada sólo por la luna. Bajo su luz, vi que Rune ponía una cobija en la arena, y dejaba unas cuantas cobijas más a un lado.

Mientras caminaba de vuelta, se deshizo el moño de la corbata y después se desabrochó varios botones de la camisa. Mientras lo miraba, me pregunté cómo tuve tanta suerte. Ese chico me amaba, me amaba tanto que hacía que otros amores palidecieran en comparación.

Aunque tuve una corta vida, me amaron mucho. Y al final eso era suficiente.

Rune abrió la puerta del coche y me tomó en sus fuertes brazos. Me reí cuando me cargó.

—¿Peso mucho? —le pregunté mientras cerraba la puerta del carro. Rune me miró a los ojos.

—Para nada, *Poppymin*. Te tengo.

Sonreí, lo besé en la mejilla y apoyé la cabeza en su pecho mientras caminaba hasta la cobija. El sonido de las olas al romper llenaba el aire nocturno y una cálida brisa me sopló el cabello.

Cuando llegamos a la cobija, Rune se puso de rodillas y me acomodó con delicadeza. Cerré los ojos e inhalé el aire salado, llenándome los pulmones.

El tacto de la lana que me cubría los hombros me hizo abrir los ojos; Rune me estaba envolviendo en las cobijas. Eché la cabeza hacia atrás y lo vi detrás de mí. Vio mi sonrisa y me besó en la nariz. Me reí, y de repente me encontré protegida por sus brazos.

Estiró las piernas para ponerme entre ellas. Eché la cabeza atrás, la apoyé en su pecho y me relajé.

Rune me besaba la mejilla.

—¿Estás bien, *Poppymin*? —me preguntó.

—Estoy perfectamente —asentí.

Rune me apartó el pelo de la cara.

—¿Estás cansada?

Iba a negar con la cabeza, pero quise ser honesta.

—Sí. Estoy cansada, Rune.

Sentí y oí que suspiraba profundamente.

—Lo lograste, nena —dijo con orgullo—. Las flores del cerezo, la graduación...

—Lo único que queda son nuestros besos —terminé por él. Noté que asentía—. ¿Rune? —dije con la necesidad de que me oyera.

—*Ja?*

Cerré los ojos y me llevé la mano a los labios.

—Recuerda que el beso número mil es para cuando me vaya a mi verdadera casa. —Rune se puso tenso. Apreté su brazo alrededor de mi cuerpo—. ¿Todavía te parece bien?

—Lo que quieras —respondió Rune. Sin embargo, me di cuenta por la sequedad de su voz de que mi petición le pegó con fuerza.

—No me puedo imaginar una despedida más pacífica y hermosa que tus labios sobre los míos. El final de nuestra aventura, la aventura que vivimos durante nueve años. —Lo miré otra vez, sostuve su intensa mirada y sonreí—. Y quiero que sepas que jamás me arrepentí de un solo día, Rune. Todo lo que tiene que ver contigo fue perfecto. —Tomé su mano—. Quiero que sepas cuánto te amé. —Giré un hombro para verlo directamente a los ojos—. Prométeme que seguirás viviendo aventuras por todo el mundo, que visitarás otros países y vivirás la vida.

Rune asintió, pero yo esperé el sonido de su voz.

—Te lo prometo —contestó.

Asentí, solté una respiración entrecortada y apoyé la cabeza en su pecho.

Pasaron minutos en silencio. Yo observaba las estrellas que titilaban en el cielo; estaba viviendo ese momento.

—*Poppymin?*

—Dime, amor —contesté.

—¿Fuiste feliz? ¿Amaste tu vida? —Se aclaró la garganta.

Respondí con completa honestidad.

—Sí, amé mi vida. Todo. Y te amé a ti. Aunque parezca un lugar común, siempre fue suficiente. Tú siempre fuiste la mejor parte de todos mis días. *Tú* fuiste la razón de cada sonrisa.

Cerré los ojos y reviví nuestra vida en mi mente. Recordé las veces que lo abracé y él me abrazó aún más fuerte. Recordé cómo lo besaba, y él me besaba más profundamente. Y lo mejor de todo, recordé cómo lo amaba y él siempre se esforzaba por amarme más.

—Sí, Rune —respondí con absoluta certeza—. Amé mi vida.

Rune exhaló como si mi respuesta lo liberara de una carga en el corazón.

—Yo también.

Bajé las cejas y volteé a mirarlo.

—Rune, tu vida aún no se termina —dije.

—Poppy, yo...

Lo interrumpí con un gesto de la mano.

—No, Rune. Escúchame. —Respiré profundamente—. Es posible que, cuando me vaya, sientas que perdiste la mitad del corazón, pero eso no te da derecho a vivir la vida a medias. Y no se irá la mitad de tu corazón, porque siempre estaré caminando a tu lado, siempre estaré tomando tu mano. Estoy entrelazada en el tejido de lo que eres, así como tú siempre estarás unido a mi alma. Vas a amar y a reír y a explorar... por los dos. —Sostuve la mano de Rune y le imploré que me escuchara—. Siempre di sí, Rune. Siempre di sí a nuevas aventuras.

La comisura de sus labios se curvó mientras lo miraba con dureza. Pasó un dedo por mi cara.

—Okey, *Poppymin*, te lo prometo.

Sonreí ante su cara de sorpresa, pero después continué con toda seriedad:

—Tienes mucho que ofrecerle al mundo, Rune. Eres el chico que me besó, que hizo realidad mis últimos deseos. El chico que no se detuvo por sufrir pérdidas. Que, al contrario, remonta con la misma seguridad con la que el sol sale cada nuevo día. —Suspiré—. «Al mal tiempo, buena cara», Rune. Recuerda sólo una cosa.

—¿Qué?

Solté mi frustración y sonreí.

—«Rayos de luna en el corazón y la luz del sol en la sonrisa».

Trató de contener su risa sin éxito, la dejó libre… y era hermosa. Cerré los ojos mientras su rico tono de barítono me inundaba.

—Lo sé, *Poppymin*, lo sé.

—Bien —exclamé triunfante, y me recargué en él de nuevo. Mi corazón se estremeció cuando vi que el amanecer empezaba a brillar en el horizonte. Bajé la mirada y tomé la mano de Rune en silencio.

El amanecer no necesitaba narración. Le dije a Rune todo lo que tenía que decirle. Lo amaba, quería que viviera y sabía que volvería a verlo.

Estaba en paz.

Estaba lista para irme.

Como si sintiera que mi alma se consumía, Rune me abrazó increíblemente fuerte cuando el sol rompió por encima de las aguas azules y ahuyentó a las estrellas. Los párpados empezaron a pesarme mientras me apoyaba satisfecha en los brazos de Rune.

—*Poppymin*?

—¿Mmm?

—¿Yo también fui suficiente para ti? —El tono hosco de su voz hizo que se me rompiera el corazón, pero asentí con tranquilidad.

—Más que cualquier otra cosa —confirmé y, con una sonrisa, añadí sólo para él—: Fuiste *tan especial como puede serlo alguien especial.*

Rune contuvo el aliento como respuesta.

—Rune, estoy lista para ir a casa —anuncié mientras el sol se elevaba para observar protectoramente desde el cielo.

Él me apretó por última vez y se levantó. Cuando se movió, alcé la mano débilmente y lo tomé de la muñeca. Miró hacia abajo y se quitó las lágrimas de los ojos.

—Quiero decir…, lista para ir a *casa*.

Rune cerró los ojos un momento. Se hincó y acunó mi cara entre sus manos. Cuando los abrió de nuevo, asintió.

—Ya lo sé, amor. Lo sentí en el momento en que lo decidiste.

Sonreí y vi por última vez la vista panorámica.

Era el momento.

Rune me alzó en sus brazos con delicadeza y observé su hermosa cara mientras caminaba por la arena. Me sostuvo la mirada.

Volteé a ver el sol una vez más y bajé la mirada a la arena dorada. Y después mi corazón se llenó de una luz increíble.

—Mira, Rune, mira tus pisadas en la arena —murmuré. Rune apartó los ojos de los míos para observar la playa. Contuvo la respiración y volvió a mirarme—. Tú me cargaste en mis momentos más difíciles, cuando no podía caminar…, tú me cargaste —murmuré con un labio tembloroso.

—Siempre —dijo Rune con voz ronca—. Por siempre jamás.

Respiré profundamente y apoyé la cabeza en su pecho.

—Llévame a casa —susurré.

Mientras Rune manejaba tan rápido como llegaba el día, no despegué los ojos de él ni una vez.

Quería recordarlo exactamente así.

Siempre.

Hasta que volviera a estar entre mis brazos por siempre jamás.

Sueños prometidos
y momentos capturados

RUNE

Ocurrió dos días más tarde.

Pasé dos días al lado de Poppy, guardando en mi memoria cada uno de sus rasgos. Abrazándola, besándola: llegamos a nuestro beso 999.

Cuando llegamos de la playa, ya habían acomodado la cama de Poppy junto a la ventana, como en el hospital. Se debilitaba más a cada hora que pasaba, pero como era Poppy, cada minuto estaba llena de felicidad. Sus sonrisas nos aseguraban a todos que estaba bien.

Yo estaba muy orgulloso de ella.

Al fondo del cuarto, vi que los miembros de su familia se despedían de ella. Escuché que sus hermanas y DeeDee le decían que se volverían a ver. Mantuve mi entereza mientras sus padres contenían sus lágrimas por ella.

Cuando su mamá se apartó, vi que Poppy extendía la mano hacia mí. Respiré profundamente y avancé con pies de plomo hacia la cama.

Todavía me dejó sin aliento lo hermosa que era.

—*Hei, Poppymin* —dije mientras me sentaba en el borde de la cama.

—Hola, amor —contestó con una voz apenas más fuerte que un murmullo. Tomé su mano y la besé en la boca.

Sonrió y me derritió el corazón. Una fuerte ráfaga de aire sopló por la ventana y silbó en el vidrio. Una nube de pétalos navegaba en el viento.

—Ya se van —dijo.

Cerré los ojos un momento. Era lógico que Poppy se fuera el mismo día en que las flores del cerezo perdían sus pétalos.

Guiarían su alma hasta casa.

La respiración de Poppy se hizo más superficial y me incliné hacia ella con la certeza de que llegaba el momento. Apoyé la frente en la suya por última vez. Poppy llevó su mano suave a mi cabello.

—Te amo —susurró.

—Yo también te amo, *Poppymin*.

—Te veo en tus sueños —dijo cuando me separé. Traté de contener mis emociones.

—Te veo en mis sueños —dije con voz rasposa.

Poppy suspiró y una sonrisa pacífica adornó su cara. Después cerró los ojos, echó la cabeza hacia atrás para recibir el beso final y me apretó la mano.

Me incliné sobre sus labios, le di el beso más suave y significativo. Poppy exhaló por la nariz, su dulce aroma me inundó… y nunca volvió a respirar.

Me separé de ella con renuencia, abrí los ojos y miré a Poppy en su sueño eterno. Estaba tan hermosa como siempre estuvo en vida.

Sin embargo, no me pude apartar y la besé otra vez en la mejilla.

—Mil y uno —murmuré en voz alta. La besé una y otra vez—. Mil y dos, mil y tres, mil y cuatro. —Sentí una mano en el brazo y alcé la vista. El señor Litchfield negaba con la cabeza con tristeza.

Por dentro se me revolvían tantas emociones que no sabía qué hacer. La mano inmóvil de Poppy seguía en la mía y no quería soltarla. Sin embargo, cuando bajé la vista, supe que ella regresó a casa.

—*Poppymin* —murmuré y por la ventana vi que pasaban volando los pétalos caídos. Cuando miré hacia atrás, vi su frasco de besos sobre un estante; a su lado sólo había un corazón en blanco y una pluma. Me levanté, lo tomé todo y salí al porche. En cuanto el aire me pegó en la cara, caí contra la pared y traté de despejar las lágrimas que caían por mi rostro.

Me derrumbé en el suelo, apoyé el corazón sobre mi rodilla y escribí:

BESO 1 000

CON *POPPYMIN*.
CUANDO REGRESÓ A CASA.
EL CORAZÓN ME ESTALLÓ POR COMPLETO.

Abrí el frasco, metí el corazón ahora completado y lo cerré. Después…

No supe qué hacer. A mi alrededor busqué algo que me ayudara, pero no había nada. Dejé el frasco a un lado, me abracé las piernas y me mecí adelante y atrás.

Escuché el chirrido de un escalón, alcé la vista, vi a mi papá enfrente de mí y lo miré a los ojos: fue todo lo que necesitó para saber que Poppy se había ido. De inmediato, los ojos de mi papá se llenaron de lágrimas.

No podía seguir conteniendo las lágrimas, así que las liberé con toda su fuerza. Sentí que unos brazos me envolvían. Me puse tenso y vi que mi papá me estaba abrazando.

Sin embargo, esta vez lo necesitaba.

Lo necesitaba a él.

Liberando los últimos rastros de ira que aún conservaba, caí en sus brazos y solté todas las emociones que tenía reprimidas. Y mi papá me dejó. Se quedó conmigo en el porche mientras el día daba paso a la noche. Me sostuvo sin decir una palabra.

Fue el cuarto y último momento que definió mi vida: perder a mi chica. Y, sabiéndolo, mi papá simplemente me abrazó.

Estaba seguro de que si escuchaba con atención el viento que silbaba a mi lado, habría oído que los labios de Poppy se separaban en una amplia sonrisa mientras danzaba de camino a casa.

A Poppy le dieron su eterno descanso una semana después. El servicio fue tan hermoso como merecía. La iglesia era pequeña, la despedida perfecta para una chica que amó a su familia y amigos con todo su corazón.

Después del velorio, me negué a ir a casa de los padres de Poppy y regresé a mi habitación. Menos de dos minutos después, tocaron la puerta y entraron mis papás.

—¿Qué pasa? —pregunté confundido.

Mi papá se sentó a mi lado y me puso una mano sobre el hombro.

—Hijo, Poppy nos pidió que te diéramos esto después del funeral. Lo preparó bastante tiempo antes de morir. —El corazón me retumbó en el pecho. Mi papá tamborileó con los dedos sobre la caja—. Me dijo que hay una carta que tienes que leer primero. Después hay unas cuantas cajas más. Están numeradas en el orden en que tienes que abrirlas.

Mi papá ya se levantaba para irse cuando lo tomé de la mano.

—Gracias —dije con voz ronca. Mi papá se inclinó hacia adelante y me besó en la cabeza.

—Te quiero, hijo —dijo con tranquilidad.

—Yo también te quiero —le contesté, y sentí cada palabra.

Las cosas fueron más fáciles entre nosotros esa semana. Si la breve vida de Poppy me enseñó algo, era que tenía que aprender a perdonar. Tenía que amar y tenía que vivir. Culpé a mi papá durante demasiado tiempo. Al final mi ira sólo me causó dolor.

Rayos de luna en el corazón y la luz del sol en la sonrisa.

Mi mamá me besó en la mejilla.

—Estaremos afuera si nos necesitas, ¿sí?

Estaba preocupada por mí. Sin embargo, también hubo una parte de ella que se relajó. Yo sabía que se trataba del puente que construí con mi papá. Sabía que era el alivio por mi ira contenida.

Asentí y esperé hasta que se fueron. Pasaron quince minutos hasta que me decidí a abrir la caja. De inmediato, vi la carta encima de todo.

Me tomó diez minutos más romper el sello.

Rune:

Déjame empezar diciéndote cuánto te amo. Ya sé que lo sabes; no creo que hubiera una sola persona en el planeta que no viera que éramos perfectos la una para el otro.

Sin embargo, si estás leyendo esta carta, significa que estoy en casa. Incluso mientras escribo esto, tienes que saber que no tengo miedo.

Me imagino que la semana pasada fue mala para ti. Me imagino que resultó un esfuerzo incluso respirar o pararte de la cama; lo sé porque así me sentiría yo en un mundo sin ti. Pero, aunque lo comprendo, me duele que mi ausencia te provoque eso.

La parte más dura fue ver que aquellos a los que amaba se derrumbaban. La peor parte para mí, contigo, fue ver la ira que te consumía por dentro. Por favor, no permitas que te ocurra de nuevo.

Aunque sea sólo por mí, sigue siendo el hombre en el que te convertiste. El mejor hombre que conozco.

Vas a ver que te dejé una caja.

Hace semanas le pedí a tu papá que me ayudara. Se lo pedí, y aceptó sin pensárselo dos veces porque te quiere muchísimo.

Espero que ahora también lo sepas.

En la caja hay otro sobre grande. Por favor, ábrelo ahora, después te explico.

El corazón se me aceleró cuando dejé la carta de Poppy sobre la cama. Con manos temblorosas, me asomé a la caja y saqué el sobre grande. Necesitaba ver lo que hizo, así que abrí el sello rápidamente. Busqué adentro y saqué una carta. Fruncí el ceño por la confusión y después, cuando vi el encabezado, se me detuvo el corazón:

«Universidad de Nueva York. Escuela de Artes Tisch».

Escaneé la hoja con la mirada y leí:

Señor Kristiansen:

En nombre del comité de admisiones, es un honor informarle que ha sido admitido en nuestro programa de Fotografía e Imagen…

Leí la carta completa. La leí dos veces.

Sin comprender lo que ocurría, busqué la carta de Poppy y continué leyendo:

¡Felicidades!

Sé que ahora mismo debes de estar confundido, que esas cejas color rubio oscuro que amo tanto estarán fruncidas y que tendrás ese gesto de disgusto que te sienta tan bien.

Pero está bien.

Esperaba que estuvieras sorprendido. Esperaba que al principio te resistieras. Pero, Rune, no lo hagas. Esta escuela es tu sueño desde que éramos niños, y sólo porque yo ya no esté para vivir el sueño a tu lado, no significa que tengas que sacrificar el tuyo.

Porque te conozco muy bien, también sé que en mis últimas semanas seguramente abandonaste todo para estar a mi lado. Por eso te amo más de lo que jamás podrás comprender, por la manera en que me cuidaste, me protegiste…, por la manera en que me sostuviste entre tus brazos y me besaste con tanta dulzura.

No cambiaría nada.

Sin embargo, sé que ibas a sacrificar tu futuro por ese amor, y no podía soportar que eso ocurriera. Tú naciste para capturar esos momentos mágicos, Rune Kristiansen. Nunca he visto un talento como el tuyo. Tampoco he visto a nadie tan apasionado por nada. Tu destino es hacer esto.

Tenía que asegurarme de que ocurriera.

Esta vez yo tenía que cargarte a ti.

Antes de pedirte que veas algo más, quiero que sepas que fue tu papá quien me ayudó a reunir el portafolio que te aseguraría un lugar. También pagó la colegiatura del primer semestre y la residencia. Aunque tú no dejabas de lastimarlo, lo hizo de una manera tan desinteresada que me sacaba lágrimas. Lo hizo con tanto orgullo en la mirada que me sorprendió.

Te adora.

Te ama sin medida.

Ahora, por favor, abre la caja número uno.

Me tragué los nervios, saqué la caja etiquetada con el número uno y la abrí. Adentro había un portafolios. Pasé las páginas. Poppy y mi papá reunieron una fotografía tras otra de paisajes, amaneceres, puestas de sol. En verdad, ese era el trabajo del que estaba más orgulloso.

Pero después, al llegar a la última página, me quedé paralizado: era Poppy. Era la foto de Poppy en la playa que tomé hacía muchos meses, en la que volteó hacia mí en el momento más perfecto para permitirme que la capturara en película: una fotografía que hablaba más de su belleza y gracia que cualquier palabra.

Mi foto favorita de todos los tiempos.

Evité las lágrimas que se me formaron en los ojos y pasé un dedo por su cara.

Para mí, era perfecta.

Dejé el portafolios, tomé la carta y seguí leyendo:

Impresionante, ¿verdad? Eres talentoso más allá de las palabras. Cuando mandamos tu trabajo, ya sabía que te iban a aceptar. Puede que no sea experta en fotografía, pero incluso yo me daba cuenta de que podías capturar imágenes como nadie más, de que tienes un estilo completamente único.

Tan especial… como puede serlo algo especial.

La última fotografía es mi favorita. No porque sea yo, sino porque sé cuál fue la pasión que esa fotografía volvió a encender. Yo vi que ese día en la playa, el fuego que había en tu interior volvió a encenderse.

Fue la primera vez que supe que estarías bien cuando me fuera. Porque empecé a ver que se insinuaba otra vez el Rune que conocía y amaba. El chico que viviría su vida por los dos. El chico que sanó.

Volví a ver la fotografía de Poppy, su cara que me miraba desde el papel, y no pude evitar pensar en el día de la exposición en NYU. Seguramente, ese día ella ya sabía que me habían aceptado.

Después pensé en la última fotografía: «Esther», la fotografía que el patrocinador exhibió como pieza final. La foto de su difunta esposa, que murió demasiado joven. La fotografía que no cambió el mundo, pero mostraba a la mujer que cambió el suyo.

Nada describía la fotografía que ahora me devolvía la mirada mejor que esa explicación. Poppy Litchfield era sólo una chica de diecisiete años de un pueblo de Georgia. Sin embargo, desde el día en que la conocí, puso mi mundo de cabeza. E incluso ahora, después de su muerte, estaba cambiando mi mundo. Enriqueciéndolo y llenándolo con una belleza desinteresada que jamás tendría rival.

Levanté la carta y leí:

Esto me lleva a la última caja, Rune, por la que sé que vas a protestar más, pero que debes ver.

Ya sé que ahora mismo estás confundido, pero antes de dejarte ir, necesito que sepas algo.

Que tú me amaras fue el mayor logro de mi vida. No me quedaba mucho tiempo y de ninguna manera fue suficiente para estar contigo como yo quería. Sin embargo, en esos años, en mis últimos meses, supe lo que era el amor de verdad. Tú me lo enseñaste. Llevaste sonrisas a mi corazón y luz a mi alma.

Pero lo mejor de todo fue que me diste tus besos. Mientras escribo esto y pienso en los últimos meses desde que volviste a mi vida, no puedo sentir amargura. No puedo sentirme triste porque nuestro tiempo sea limitado. No puedo estar triste porque no vaya a vivir mi vida a tu lado. Te tuve todo el tiempo que pude y fue perfecto. Una vez más, que me amaras de manera tan voraz, con tanta intensidad, fue suficiente.

Pero para ti no va a bastar, Rune, porque mereces que te amen.

Sé que cuando te enteraste de que estaba enferma tuviste problemas para aceptar el hecho de que no podrías curarme, salvarme. Sin embargo, mientras más lo pienso, más creo que no eras tú quien debía salvarme, sino que yo debía salvarte a ti.

Quizá por medio de mi muerte, a través de nuestro viaje juntos, descubrirás el camino de regreso a ti mismo, la aventura más importante que tendré.

Tú superaste la oscuridad y abriste el paso a la luz.

Y esa luz es tan pura y fuerte que te dará fuerzas para el camino…, te llevará al amor.

Me puedo imaginar que mientras lees esto, estás negando con la cabeza. Pero, Rune, la vida es corta. Sin embargo, aprendí que el amor es ilimitado y el corazón es grande.

Así que abre tu corazón, Rune. Mantenlo abierto y permítete amar y que te amen.

En unos momentos, quiero que abras la última caja. Pero antes sólo quiero darte las gracias.

Gracias, Rune. Gracias por haberme amado tanto que lo sentía todos los minutos de todos los días. Gracias por mis sonrisas, por tu mano, que tomaba la mía con tanta fuerza...

Por mis besos, los mil besos. Todos fueron un tesoro, los adoraba.

Como a ti.

Sabes que aunque me vaya, Rune, nunca estarás solo. Mía será la mano que sostenga la tuya por siempre.

Mías serán las pisadas que caminen a tu lado en la arena.

Te amo, Rune Kristiansen, con todo mi corazón.

No puedo esperar para verte en tus sueños.

Dejé la carta y sentí las lágrimas silenciosas que se me escurrían por la cara. Alcé la mano y me las limpié. Respiré profundamente antes de subir la última caja a mi cama. Era más grande que las demás.

Abrí la tapa con cuidado y saqué el contenido. Cerré los ojos cuando me di cuenta de qué era. Después leí el mensaje que Poppy ató a la tapa:

DI SÍ A NUEVAS AVENTURAS.
POR SIEMPRE JAMÁS,
POPPY X

Miré fijamente el frasco grande de vidrio que tenía en la mano. Vi los corazones azules que había en su interior. Corazones de papel en blanco que se apretaban contra el cristal. La etiqueta del frasco decía:

MIL BESOS DE UNA CHICA

Apreté el frasco contra mi pecho, me acosté en la cama y sólo respiré. No estoy seguro de cuánto tiempo me quedé así, viendo el techo, reviviendo cada momento que pasé con mi chica.

Pero cuando cayó la noche y pensé en todo lo que hizo Poppy, tenía una sonrisa en los labios.

La paz llenaba mi corazón.

No estaba seguro de por qué la sentía en ese momento, pero estaba seguro de que en alguna parte, en lo desconocido, Poppy me estaba observando con una sonrisa con hoyuelos en la cara… y un enorme moño blanco en el pelo.

UN AÑO MÁS TARDE
BLOSSOM GROVE, GEORGIA

—¿Estás listo, amiguito? —le pregunté a Alton mientras corría por el pasillo tomándome de la mano.

—*Ja* —respondió y me sonrió con su boca sin dientes.

—Bien, ya debieron de llegar todos.

Llevé a mi hermano hacia afuera y caminamos en dirección al bosquecillo. La noche era perfecta. El cielo estaba despejado y lleno de estrellas brillantes y, por supuesto, había luna.

Llevaba la cámara colgada alrededor del cuello. Sabía que esa noche la iba a necesitar. Sabía que iba a tener que capturar la vista para conservarla para siempre.

Se lo prometí a *Poppymin*.

Lo primero que percibimos fue el ruido de la gente reunida en el bosquecillo. Alton me miró con los ojos abiertos de par en par.

—Parece que hay mucha gente —dijo con nerviosismo.

—Mil —contesté cuando dimos la vuelta en el bosquecillo. Sonreí: los pétalos rosas y blancos estaban en su pleno esplendor. Cerré los ojos un momento, recordando la última vez que estuve ahí. A continuación, los volví a abrir y sentí un calor que se extendía por mi cuerpo ante la reunión de la gente del pueblo; se acomodaban en el pequeño espacio.

—¡Rune! —El sonido del grito de Ida me llevó de vuelta al aquí y ahora. Sonreí cuando la vi correr entre la multitud; se detuvo al estrellarse contra mi pecho y me abrazó por la cintura.

Me reí cuando alzó la vista hacia mí. Por un minuto, vi a Poppy en su carita. Sus ojos verdes estaban llenos de alegría mientras me sonreía; también tenía hoyuelos.

—¡Te extrañamos mucho! —exclamó y dio un paso atrás.

Cuando alcé la cabeza, Savannah se acercó a mí y me abrazó con delicadeza. Los señores Litchfield vinieron después, seguidos por mis papás.

La señora Litchfield me besó en la mejilla y el señor Litchfield me dio la mano antes de acercarse para abrazarme.

—Te ves bien, hijo. Muy bien —dijo cuando se apartó con una sonrisa. Asentí.

—Usted también, señor.

—¿Qué tal Nueva York? —preguntó la señora Litchfield.

—Bien —respondí. Como vi que querían más información, confesé—: Me encanta. Me gusta todo. —Hice una pausa y añadí en voz baja—: A ella también le habría encantado.

En los ojos de la señora Litchfield brillaron unas lágrimas. Luego señaló a la multitud que estaba detrás de nosotros.

—*Esto* le habría encantado, Rune —asintió y se limpió las lágrimas de la cara—. Y sin duda lo verá desde el cielo.

No respondí porque no podía.

Los papás y las hermanas de Poppy se apartaron para dejarme pasar y quedaron un paso por detrás de mí cuando mi papá rodeó mis hombros con un brazo. Alton seguía tomando mi mano con fuerza. No me soltaba desde que llegué a casa de visita.

—Todos están listos, hijo —me informó mi papá. Vi un pequeño escenario en el centro del bosquecillo, con un micrófono que esperaba; me estaba acercando cuando Deacon, Judson, Jorie y Ruby se interpusieron en mi camino.

—¡Rune! —exclamó Jorie con una gran sonrisa, y me dio un abrazo igual que los demás. Deacon me dio una palmada en la espalda.

—Todos estamos listos, sólo estamos esperando tu señal. No tardó mucho en correrse la voz de que estabas haciendo esto. Conseguimos más voluntarios de los que necesitábamos.

Asentí y observé a la gente del pueblo, que esperaba con sus globos de papel en mano. Esos globos tenían escrito con tinta negra cada uno de los besos que le di a Poppy. Concentré la mirada en el que estaba más cerca: «Beso 203, bajo la lluvia en la calle; casi me estalla el corazón… Beso 23, en el patio, bajo la luna, con mi Rune, casi me estalla el corazón… Beso 901, con mi Rune, en la cama, casi me estalla el corazón…».

Tragué saliva por la intensa emoción que sentía en la garganta; me detuve a recoger el globo que me esperaba a un lado del escenario. Miré alrededor del bosquecillo y me pregunté quién la habría dejado. Cuando la multitud abrió un hueco, vi que mi papá me observaba de cerca. Nos miramos a los ojos, y después él apartó la mirada antes de irse.

El beso 1 000: «Con Poppymin. Cuando regresó a casa… el corazón me estalló por completo…».

Estaba bien que yo le enviara ese a mi chica. Poppy quiso que yo se lo enviara.

Me subí al escenario con Alton a mi lado; alcé el micrófono y el bosquecillo se quedó en silencio. Cerré los ojos, reuní fuerza para hacerlo y levanté la cabeza. Un mar de globos de papel estaba listo para volar. Era perfecto. Más de lo que habría podido soñar.

Tomé el micrófono y respiré profundamente.

—No voy a hablar mucho. No soy muy bueno para hablar en público. Sólo quería agradecerles a todos por reunirse aquí esta noche... —Me quedé sin palabras. Se me habían acabado. Me pasé la mano por el cabello, recuperé la compostura y logré continuar—: Antes de morir, Poppy me pidió que le enviara estos besos de manera que pudiera verlos en el paraíso. Yo sé que la mayoría de ustedes no la conocieron, pero era la mejor persona que he conocido..., le habría encantado este momento. —Sonreí a medias cuando pensé en su cara cuando los viera. Le encantaría—. Así que, por favor, enciendan sus globos y ayúdenme a que mis besos lleguen a mi chica.

Bajé el micrófono. Alton jadeó cuando los globos se encendieron por todo el bosquecillo y salieron volando al cielo nocturno. Uno tras otro, flotaron hacia la oscuridad hasta que todo el cielo resplandeció por los globos que navegaban en él.

Me incliné y tomé el globo que había entre nosotros para sostenerlo en el aire.

—¿Estás listo para enviarle esto a *Poppymin*, amiguito? —pregunté mirando a Alton. Asintió y encendí el globo de papel. En cuanto prendió la llama, lanzamos el beso mil, y el último. Me incorporé y vi que despegaba detrás de las demás, apurándose para llegar a su nuevo hogar.

—Guau —murmuró Alton y volvió a tomar mi mano. Sus dedos apretaron los míos.

Cerré los ojos y mandé un mensaje silencioso: «Aquí están tus besos, *Poppymin*. Te prometí que encontraría la manera de enviártelos».

No podía despegar los ojos del espectáculo de luces del cielo, pero Alton me jaló la mano.

—¿Rune? —me preguntó, y bajé la vista hacia él.

—*Ja?*

—¿Por qué teníamos que hacerlo aquí, en el bosquecillo?

—Porque era el lugar favorito de Poppy —contesté con suavidad. Alton asintió.

—Pero ¿por qué tuvimos que esperar primero a que florecieran los cerezos?

Respiré profundamente y le expliqué:

—Porque Poppy era justo como las flores del cerezo, Alt. Sólo tuvo una vida breve, pero, como ellas, la belleza que trajo en ese tiempo nunca se olvidará. Porque nada tan hermoso puede durar para siempre. Era un pétalo de una flor de cerezo, una mariposa…, una estrella fugaz… Era perfecta… Su vida fue breve…, pero era mía. —Respiré y murmuré—: Y yo era suyo.

Escena extra

Rune
Blossom Grove, Georgia
Un año después de la muerte de Poppy...

Aún podía ver el resplandor de los globos de Cantoya mientras desaparecían en lo alto del cielo de medianoche. Apoyé la cabeza en el cristal de la ventana, incapaz de apartar la mirada de la representación visual de todos los besos que nos habíamos dado. Se fueron a la deriva, reuniéndose con las estrellas, con la luna y con mi chica.

Otro momento que significaba tanto para los dos y que, sin embargo, estaba absolutamente fuera de nuestro alcance.

Respiré hondo, luchando contra la opresión en la garganta. Las lágrimas me nublaron la vista. Sin embargo, al cabo de dos minutos, dejé que el agua salada rebosara por los bordes y corriera por mis mejillas. Parpadeé, intentando librarme de las lágrimas, pero seguían fluyendo. A lo largo del último año, desde que perdí a Poppy, había derramado muchas lágrimas. Solía luchar contra ellas, sintiendo que le estaba fallando por estar triste, por extrañarla tanto que sentía que no podía respirar, que no podía vivir. Pero ahora, las dejaba fluir. Ella era mi alma gemela, y siempre lo sería. Había sobrevivido un año sin ella, y había sido muy difícil.

Pero estaba aquí. Lo había logrado. Seguía lográndolo. Tenía que verlo como un progreso.

Se encendió una luz en la casa de Poppy. Alcancé a ver al señor Litchfield dirigiéndose al pasillo. Pero mis ojos solo se enfocaban en la ventana por la que había entrado más veces de las que podía recordar.

Como si el pasado fuera una aparición ante mí, me vi a mí mismo a los trece años corriendo por el jardín en plena noche, y a Poppy asomando la cabeza por debajo de las cortinas, dedicándome la sonrisa amplia y con hoyuelos que siempre me mostraba cuando me colaba a su habitación y la abrazaba toda la noche.

El calor se extendió por mi pecho tenso, aflojando los músculos. Siempre ayudaba recordar sus sonrisas, su risa, su amor por la vida. Borraba la imagen que más me había perseguido en los últimos doce meses. La imagen de ella acostada en la cama, lívida, sin poder mirarme nunca más con aquellos grandes ojos verdes, sin poder volver a tomarme de la mano o a besarme en los labios…

Cerré los ojos y me obligué a liberar el eco del dolor que sentía apuñalar mi pecho. Cuando abrí los ojos, pasé la mano por el cristal de la ventana, viendo cómo el último de los globos se desvanecía a lo lejos, y dije: «Espero que te encanten, amor».

Después, me fui a la cama y, como todas las noches, esperé volver a soñar con Poppymin.

—Pasen, chicos —dijo la señora Litchfield mientras nos hacía pasar al interior de su casa.

Eché un vistazo a la casa que antes me resultaba tan familiar como la mía. Parecía la misma, salvo por las nuevas fotos que habían añadido a las paredes, ya de por sí llenas. Fotografías de Ida en eventos escolares y una de Savannah leyendo bajo el árbol de Blossom Grove que tanto habíamos querido Poppy y yo, y que ahora albergaba su tumba.

Poppy había sido enterrada en nuestro lugar favorito.

Me detuve en seco cuando vi la foto de Poppy que habían añadido a la pared mientras yo estaba en la universidad. La foto que le había tomado en la playa cuando volví a Georgia, la que ella había añadido a mi portafolio para entrar a la Universidad de Nueva York.

No me di cuenta de que la señora Litchfield estaba a mi lado hasta que habló, sacándome de mi estupor.

—Creo que es la foto que más me gusta de todas las que le tomaron —dijo, y capté el tono de su voz. Entrelazó su brazo con el mío, con fuerza—. Era lo ideal que fueras tú quien la tomara —dijo, acariciando el dorso de mi mano—. Siempre viste lo especial que era. Viste su verdadero corazón.

Desvié la mirada de la fotografía y la dirigí a la madre de Poppy. Me miró a los ojos.

—Amo a mi marido más que a la vida misma. Sin embargo, no había entendido lo que era realmente un alma gemela hasta que los vi a ustedes dos juntos, especialmente hacia el final… cuando ella estaba más enferma. —Los ojos de la señora Litchfield brillaron—. Pero estoy preocupada por ti, Rune.

—¿En serio? —le pregunté, con la voz ronca mientras luchaba por contener el aluvión de emociones que intentaban abrirse paso.

Me apretó la mano, sus dedos temblaban.

—Querías tanto a mi hija, con tanta intensidad y con todo tu corazón, desde tan joven. Me preocupa que ahora que se ha ido te resulte demasiado difícil seguir adelante… —se interrumpió e inhaló profundamente, esforzándose por mantener la compostura. Dirigió una mirada cautelosa hacia la sala, donde debían estar todos los demás.

Volví a mirar la foto de Poppy bailando en la playa. Dejé que el recuerdo de ese día me invadiera. Sentí la serenidad que desprendía mientras bailaba entre las olas. La felicidad y el amor que me consumían mientras la observaba, por fin había recuperado a mi chica, aunque fuera temporalmente.

—Ella lo era todo para mí —dije en voz baja—. La quería más de lo que puedo explicar.

—No necesitas explicar nada, Rune. Yo lo vi. Todos lo vimos. —Una lágrima perdida cayó por la mejilla de la señora Litchfield.

—No tiene que preocuparse por mí —dije y me encontré con su mirada llorosa—. Porque ahora la quiero más que nunca. —Sonreí hacia la imagen—. Y ahora mi intención es vivir… por los dos. Como ella quería.

Una lágrima rodó por la mejilla de la señora Litchfield y se la secó apresuradamente.

—¿Está todo bien? —El señor Litchfield apareció en el umbral de la puerta, su preocupación se desvaneció en su rostro cuando vio a su esposa tomada de mi brazo, mirando fijamente una foto de la chica más hermosa del mundo.

—Sí, sí —respondió la señora Litchfield separando su brazo del mío y besándome en la mejilla. Se secó sutilmente las lágrimas y se limpió las manos en el vestido—. ¡Bueno, a cenar! —dijo y salió rápidamente de la habitación. Imaginé que era más que nada por instinto de conservación. Apenas podía imaginar lo que este aniversario significaba para ellos. Su primera hija se había ido para siempre…

—¿Estás bien, hijo? —dijo el señor Litchfield. Aparté la mirada de Poppy y asentí. A veces no sabía si lo estaba, pero no tenía más remedio que seguir adelante. El señor Litchfield me dio una palmada en el hombro y me indicó con un gesto que lo siguiera a la sala.

Respiré hondo y fui tras él.

Alton corrió directo hacia mí, colocándose a mi lado como hacía siempre que venía de visita. Metí la mano en su larga melena rubia y mi hermano pequeño me sonrió con una enorme sonrisa chimuela. Todavía me costaba perdonarme por haberlo ignorado en Noruega cuando nos vimos obligados a abandonar Georgia, años atrás. Pero ahora me esforzaba al máximo por compensarlo.

—¡Hola, Rune! —Ida, la hermana menor de Poppy, vino hacia mí y me dio un fuerte abrazo. Siempre me dolía un poco mirar a Ida. Era como retroceder en el tiempo, como si estuviera mirando a Poppy cuando éramos más chicos, desde el cabello oscuro hasta los hoyuelos.

Estaba orgulloso de Ida. Tan pequeña y desconsolada como estaba cuando Poppy falleció, se aferró a la chispa que vivía en su interior, la misma chispa que nunca se apagó tampoco en su hermana mayor. Poppy siempre la dejó brillar, incluso en los días más difíciles.

—¿Cómo te va en la escuela? —le pregunté.

—¡Bien! —dijo—. Entré al equipo de baile, así que últimamente vivo en los entrenamientos.

Le di un beso en la cabeza. Lo estaba haciendo muy bien. Poppy siempre se preocupaba por sus hermanas y por cómo iban a estar cuando ella ya no estuviera: una hermana mayor protectora hasta el último aliento.

Mientras mis padres y los de Poppy se dirigían a la mesa perfectamente arreglada, busqué a Savannah por toda la habitación.

—Saldrá pronto —dijo Ida, captando claramente mi pregunta silenciosa sobre la ausencia de su hermana. Una expresión de preocupación se dibujó en el rostro habitualmente alegre de Ida. Juntó las manos, mostrando nerviosismo en su gesto—. Todavía le cuesta mucho, ¿sabes?

Sabía a qué se refería, pero no me había dado cuenta de que Savannah la estuviera pasando tan mal. Ida se acercó.

—Ahora estudia en casa —me dijo en voz baja—. Ya no podía ir a la escuela. Se le hacía muy difícil estar rodeada de gente después de que Pops nos dejó…

El corazón se me cayó a los pies. Justo en ese momento, Savannah llegó por el pasillo desde su habitación. La vi caminar despacio, cabizbaja, vestida de negro y llevando la tristeza como un manto.

—Hola Sav —le dije cuando estuvo cerca, forzando la voz para mantenerme fuerte.

Como si la hubiera sacado de un trance, Savannah levantó la cabeza.

—Ah, hola, Rune. No había visto que ya habían llegado. —Parecía cansada, exhausta. Savannah siempre había sido la hermana Litchfield más callada. Siempre se reía de sus hermanas más ruidosas a la distancia, feliz de estar entre sus contagiosas personalidades, observándolas y sonriendo con ellas. Pero podía ver el dolor con el que vivía gritando a los cuatro vientos en sus hombros caídos, su evidente pérdida de peso y el dolor lacerante que se había instalado en sus ojos.

Caminé hacia ella y le di un abrazo.

—¿Cómo estás? —le pregunté, sintiendo que se ponía rígida entre mis brazos.

Se apartó y dejó la mirada fija en el suelo.

—Estoy bien, gracias —dijo, ignorando mis ojos suspicaces, la mentira se deslizó fácilmente de sus labios.

Abrí la boca para decir algo más, para preguntarle qué podía hacer para ayudarla, cualquier cosa, cuando la señora Litchfield anunció:

—¡La cena está lista! Tomen asiento.

En unos minutos, estábamos todos sentados. El señor Litchfield se sentó a la cabecera de la mesa y se aclaró la garganta.

—Gracias a todos por haber venido esta noche. —Respiró hondo y sacudió la cabeza—. No puedo creer que mi bebé lleve ya un año lejos de nosotros. —El señor Litchfield miraba fijamente su plato, hablando con la voz entrecortada. Extendió el brazo a su lado y tomó la mano de su esposa, que se aferró a ese gesto como si, en aquel momento, fuera lo único que la mantuviera en pie.

Me destrozó.

Sentí que una pequeña mano envolvía la mía. Alton. La apreté, sonriendo al ver que me miraba con preocupación y confusión en el rostro. Era muy pequeño cuando murió Poppy y todavía no comprendía el concepto de la muerte y el dolor. Solo veía que todo el mundo estaba triste. Él también la extrañaba, pero no comprendía que ya no volvería con nosotros.

Sentí la mano de mi madre apoyada sobre mi antebrazo. Al levantar la vista, vi que Ida miraba a su padre con ojos brillantes. Sin embargo, fue en Savannah en quien más me fijé. Miraba fijamente el salero, con las manos apretadas sobre el mantel de flores, como si lo único que la mantuviera ahí fuera concentrarse en algo que tenía directamente a la vista.

—Era un tornado —dijo el señor Litchfield, riendo entre dientes, un momento de alegría asomando tras su dolor. Una pequeña sonrisa se dibujó en mis labios. Un tornado... eso era—. Mi pequeña era tan feliz, tan positiva... especialmente dadas las circunstancias, cuando la mayoría de la gente se habría derrumbado. Su fuerza... —se interrumpió, incapaz de continuar, con la garganta cerrada y los ojos cerrados fuertemente.

—Era la más especial —añadió mi papá relevando al señor Litchfield, salvándolo del pesado silencio que todos habíamos adoptado. Mi papá me miró y sonrió—. Y sé que nos está mirando a todos, a todos ustedes, y que está muy orgullosa por la manera como han sobrellevado su pena.

Bajé la cabeza, un bulto del tamaño de Texas me impedía respirar. Mi mamá me tomó de la mano y se inclinó más hacia mí, para sostenerme, para evitar que me cayera.

—Verá los globos —dijo una voz suave, rompiendo la niebla de tristeza que había obstruido la habitación. Ida—. Los estará viendo desde el cielo en este mismo instante y sonreirá tanto que rivalizaría con el sol de Georgia.

Contuve la respiración, viendo esa escena vívidamente en mi cabeza. El hilo de optimismo de Ida ahuyentó parte de la oscuridad, y la señora Litchfield dijo:

—Así será. Lo sé.

—La extraño —dije, levantando los ojos y mirando a todos los que quería alrededor de la mesa. Solté una carcajada cariñosa—. A ella le encantaría esto —dije, señalándonos a todos alrededor de la mesa—. Le encantaría que estuviéramos todos aquí, juntos. Toda su gente favorita en el mismo lugar. —Entonces sentí a Poppy. Sentí su presencia en la verdad de esas palabras. Casi podía sentirla a mi lado, apoyando la cabeza en mi hombro, su amor envolviéndonos como una manta.

—Claro que le encantaría —dijo la señora Litchfield, con una chispa de felicidad en su tono—. Y se enojaría mucho de que estemos todos tristes y llorando.

—Corazones de luz de luna y sonrisas de sol —dijo Ida, y aquella niebla negra de dolor empezó a disiparse a nuestro alrededor. Una risa nostálgica llenó la habitación—. Ella siempre decía eso. Nunca dejaba que me abatiera cuando estaba triste. Me decía: «Ida, corazón, somos muy afortunadas en nuestras vidas. No dejes que las pequeñas cosas te entristezcan».

Asentí, sonriendo, viendo a Poppy diciendo justo eso en mi mente. Ida sonaba igual que ella y, por un momento, volví a oírla. Oí a Poppymin.

—«Papá, hoy los pájaros cantan muy alto» —dijo el señor Litchfield, recordando lo que Poppy le había dicho una vez—. ¡Qué sonido tan hermoso y perfecto!

Se me estrujó el corazón. Nunca había conocido a nadie más optimista que Poppymin. Todos alrededor de la mesa fueron repitiendo algo que ella había dicho. Incluso Alton.

—Me daba dulces a escondidas y me decía: «Dulces para el niño más dulce del mundo».

Me quedé mirando a la nada, recordando vívidamente a Poppy. La mesa se quedó en silencio, pero era ligero, feliz al recordar a nuestra chica y lo que la hacía brillar.

—«No estoy segura de que haya alguien que haya amado a alguien más tanto como yo te he amado a ti»—dije, recordando lo que Poppy me había susurrado el día antes de morir. Cuando estábamos solos ella y yo en la habitación, viendo cómo los cerezos en flor se mecían con la brisa desde su ventana, mientras estábamos acostados juntos en la cama. Se me borró la sonrisa al recordarlo. No había querido decirlo en voz alta, pero tal vez fue Poppy quien me empujó a compartirlo.

—Era verdad —dijo el señor Litchfield. Miré al papá de Poppy—. No estoy seguro de que existan dos personas que se hayan amado como ustedes. —Un eco de dolor visceral amenazó con derrumbarme. Pero lo contuve.

Todos miraron a Savannah. Era la única que faltaba de decir algo. Seguía con la cabeza agachada, pero su pecho subía y bajaba con movimientos rápidos y apretaba los puños con más fuerza que antes. Su madre iba a hablarle, pero antes de que pudiera, Savannah empujó su silla hacia atrás y salió de la habitación.

Me incorporé para seguirla, pero el señor Litchfield negó con la cabeza.

—Todavía está intentando superar las cosas. Algunos días son mejores que otros. Tenemos que dejar que lo procese a su manera.

—Esta semana ha sido especialmente dura —añadió la señora Litchfield. La mamá de Poppy se puso de pie y comenzó a quitar las tapas de los recipientes—. Vamos a comer, antes de que esto se enfríe.

Comimos y le conté a la familia de Poppy todo sobre la universidad, y sobre cómo era vivir en Nueva York. Ida habló de su equipo de baile. Cayó la noche, salieron las estrellas y nos trasladamos a la sala para tomar algo después de cenar. Me levanté del sofá para ir al baño. Estaba a mitad del pasillo cuando vi que se encendía una luz en el porche. Vi un movimiento a un lado.

Abrí la puerta y vi a Savannah sentada en una silla, tapada con una manta, sosteniendo una libreta que apretaba con fuerza contra su pecho.

No... no era una libreta. Era el diario que Poppy le había dejado. En el que había estado escribiendo durante sus últimos meses. Yo ni siquiera sabía lo que decía adentro.

Era solo para los ojos de Savannah.

El sonido de los grillos llenaba la noche primaveral. Savannah se quedó mirando la oscuridad. Cerré la puerta y me senté a su lado. Durante varios minutos no dijo nada, pero después, comenzó a hablarme.

—Todavía no lo he leído. —Su voz era apenas un susurro. Apretó aún más el diario contra su pecho—. Es que... no puedo... —Se le cortó la voz y me rompió en corazón.

—Tienes que leerlo a tu tiempo —le dije. No sabía qué más decir. Savannah estaba sufriendo. Yo también. No me sentía capaz de darle ningún tipo de consejo. Poppy sí. Ella habría sabido exactamente qué decirle. Era su superpoder.

—¿Cómo lo haces? —dijo Savannah, mirando por fin hacia mí. Me tensé por su pregunta—. ¿Cómo te levantas cada día sin ella? ¿Cómo has logrado alejarte y llevar algo de vida normal sin ella a tu lado? —Sabía que no estaba enojada conmigo ni cuestionaba nada de lo que había hecho. Me estaba preguntando de verdad cómo podía respirar siquiera sin tener a su hermana a mi lado.

Pensé en mi respuesta, porque era complicada. Nadie me había preparado para lo que sería mi vida después de Poppy. No sabía el dolor que sentiría después de que me dejara: el dolor, la tristeza desgarradora, la rabia de perder al amor de mi vida, la incredulidad de que realmente se hubiera ido, cómo me arrodillaría en la mitad de la noche a rogarle a Dios que me la devolviera, aunque fuera solo un día más.

—Algunos días, sinceramente, no lo sé —dije, con la voz quebrada y ronca. Me incliné hacia delante, con el pelo cayendo por encima de mi cara. Me froté las manos. Tenía la respiración entrecortada, el pecho terriblemente oprimido—. Hay días que no puedo ni levantarme de la cama, Sav. —Sacudí la cabeza—.

Cuando miro a la gente por la calle, tomados de la mano, enamorados… quiero gritar hacia el cielo, preguntando por qué me arrancaron a mi alma gemela. Por qué algunas personas malas tienen vidas largas, pero la chica más perfecta del mundo murió antes de salir de la adolescencia siquiera.

Me quedé sin aliento. Oí un resoplido a mi lado. Volteé para ver las lágrimas que caían por las mejillas de Sav.

—Pero entonces, oigo a Poppy —dije, y Savannah frunció el ceño, confundida. Me encogí de hombros—. No puedo explicarlo. —Miré hacia el bosquecillo de flores, donde me esperaba mi chica—. Algunos días la siento conmigo, como si no se hubiera ido. —Sonreí un poco—. Puedo hablar con ella como si estuviera ahí mismo, a mi lado, hablando conmigo. —Me pasé la mano por el cabello—. Puedo oír su voz, su risa contagiosa. Oírla tocar el violonchelo… sentir su amor envolviéndome, haciéndome compañía en los días en que extrañarla es tan duro que no puedo ni moverme.

Me puse la mano sobre el corazón.

—Nunca he sido una persona espiritual, pero creo que ella está conmigo, siempre. —La respiración de Savannah era pesada—. Creo que sigue conmigo, cada minuto de cada día. —Me envolvió un calor repentino y reconfortante. Aquí está, pensé—. Y creo que volveré a estar con ella. Estoy seguro de que volveré a ver a mi chica. Lo sé con todo mi corazón. —Me aclaré la garganta—. Eso me ayuda… —Exhalé lenta y profundamente—. Eso me ayuda a seguir adelante, sobre todo cuando creo que no puedo.

Unas lágrimas silenciosas corrieron por el rostro de Savannah. Me incliné y tomé su mano entre las mías. Me dejó y me quedé sentado con ella en silencio. Mientras lo hacía, los recuerdos de Poppy pasaban por mi cabeza como un carrete de cine. El día que la conocí, nuestro primer beso, la primera vez que la oí tocar el violonchelo, la primera foto que le tomé, el bosquecillo de flores, las sonrisas, la primera vez que hicimos el amor, el último beso, la quietud… ella finalmente libre de dolor y en paz…

Savannah retiró la mano y se puso de pie.

—Voy adentro —susurró. Tenía las mejillas rojas por el llanto. Pasó a mi lado y se detuvo al abrir la puerta—. Gracias, Rune.

Asentí, sin saber muy bien por qué me daba las gracias. Sentía que no la había ayudado en nada. La herida, tan grande como Poppy, había quedado en nuestras vidas cuando ella falleció y parecía imposible de curar.

—Va a mejorar, Sav —le dije. Me dedicó una sonrisa triste y apaciguadora y entró a la casa. Podía oír a todo el mundo hablando dentro, pero no quería volver a entrar, no podía. Mi alma me llevaba hacia otra parte. Una atracción con la fuerza de un imán me llevaba al único lugar en el que quería, no, en el que necesitaba estar.

Saqué mi teléfono y le envié un mensaje a mi padre:

Voy a ver a mi chica.

Volví a guardar el teléfono en el bolsillo y me dirigí al bosquecillo. Al entrar, me invadió una sensación de paz instantánea. Siempre había sido así, pero se había vuelto más intensa después de la muerte de Poppy… después de que la dejaran descansar bajo el árbol que ambos amábamos. Mi chica descansaba ahí, esperándome; no había otro lugar en la tierra donde quisiera estar.

Mis pasos hacían crujir los pétalos de flores de cerezo que habían caído al suelo, la arboleda era una pintura al óleo de varios tonos blancos y rosas. Como hacía un año, cuando Poppy nos había dejado, las ramas de los árboles crecían desnudas, la corta pero hermosa vida de los cerezos en flor llegaba a su fin una vez más.

El corazón me dio un vuelco al ver la lápida de mármol blanco. Mis pasos se hicieron más lentos a medida que bajaba el escudo emocional que mantenía casi todos los días. Solo me desnudaba por Poppymin. Solo por ella exponía todo mi corazón. Me detuve al llegar a la tumba. Me arrodillé y pasé las manos sobre la lápida.

—Poppymin... —susurré, luego permití que la presa se rompiera, que avanzaran como un tsunami los meses y meses de dolor y angustia y de extrañar tanto a mi chica que creía que no podría lograrlo. Me rompí con tanta fuerza que caí hacia adelante, con las manos en la tierra como el único elemento que me sostenía, y un torrente de lágrimas salpicó la tierra debajo de mí. Las dejé caer. Las lágrimas cayeron por todo lo que Poppy se había perdido. Las lágrimas cayeron por todos los besos que deberíamos haber añadido a nuestro frasco, por las fotos que deberíamos haber tomado y por los recuerdos que deberíamos haber creado.

Por todo lo que nos había sido tan cruelmente arrancado.

Mi pecho se agitó de agotamiento, mis manos temblaron y mi respiración se entrecortó mientras exorcizaba mi dolor.

Mientras me permitía este momento de absoluta rendición.

No supe cuánto tiempo lloré. Pero cuando las lágrimas empezaron a menguar y mis dedos se hundieron en la capa superior de la tierra, supe que debía de haber pasado mucho tiempo. Respiré profunda y largamente, con el pecho y la garganta en carne viva por la liberación de la tristeza de todo un año.

Estaba agotado.

Arrastrándome hacia adelante, apoyé la espalda contra la lápida y coloqué la palma de la mano sobre la hierba. Poppy yacía debajo, ahí mismo, pero demasiado lejos. Respiré entrecortadamente y susurré:

—Te extraño, amor. —Cerré los ojos, sintiendo que el cansancio me calaba hasta los huesos—. Te extraño tanto...

Solo tardó unos segundos en soplar una cálida brisa que se enredó en mi cabello. Un sutil aroma a vainilla llenó el aire y, de repente, sentí a Poppymin a mi lado. Volteé como si estuviera ahí, justo a mi lado. Sentada junto a mí. Cerré los ojos. Sentí un cosquilleo en la mano y en mi mente vi la mano de Poppy rodeando la mía. Dejé los ojos cerrados y la vi en mi fantasía.

Un dedo recorrió mi mejilla y, cuando levanté la vista, allí estaba. Me dio un vuelco el corazón solo de verla de nuevo, de sentir su mano sobre la mía y de ver su impresionante sonrisa dibujada ampliamente en su bonito rostro. Alargué la mano y toqué su suave piel. Pasé la yema del dedo por los profundos hoyuelos que tanto me gustaban.

—Hola, Poppymin… —susurré, mi voz apenas se oía. Me aferré con más fuerza a su mano, deseando que esta visión, esta ensoñación, no desapareciera, que tuviera un poco más de tiempo prestado con mi chica. La necesitaba conmigo. La necesitaba a ella.

—Hola, amor —me dijo, y dejé que el sonido de su voz me inundara. Como siempre había hecho, empezó a llevarse mi cansancio, mi dolor. Miré nuestras manos apretadas y me las llevé a los labios. Le di un beso en el dorso de la mano, en cada uno de los dedos.

Era tan cálida. Tan viva.

Recorrí su cuerpo con la mirada, curado y sano. Luego estudié su rostro, su hermoso y perfecto rostro…

—Te he extrañado —le dije—. Ni siquiera puedo decirte cuánto.

Poppy se inclinó y pegó su frente contra la mía.

—Yo también te he extrañado —susurró. Luego se acurrucó a mi lado y miró hacia las ramas de los árboles—. Los cerezos vuelven a florecer —dijo, y la abracé con fuerza. Nunca había sentido nada igual. Nada se acercaba a la manera como ella encajaba tan perfectamente contra mí, como si un poder superior nos hubiera diseñado juntos. Sabía que nadie podría reemplazarla.

Ella siempre lo sería todo para mí.

Poppy me miró y me aseguré de memorizar cada rasgo de su cara.

—¿Cómo está mi familia? —preguntó Poppy, como si supiera dónde había estado yo.

—Bien, amor —dije, omitiendo a Savannah en mi respuesta. Pero un destello de preocupación brilló en los ojos verdes de Poppy.

Ella lo sabía.

Entonces, Poppy se incorporó y puso la palma de su mano en mi mejilla.

—Rune… —murmuró, como asombrada—, los globos. —Mi corazón se llenó de luz. Los ojos de Poppy brillaron—. Eran perfectos. Tan perfectos —dijo, y volvió a fundirse contra mi pecho. Levantó nuestras manos juntas, me besó los dedos y luego tiró de ellos para ponerlos sobre su corazón. Lo sentí latir. Volvió a recostarse contra mí—. Cuéntame… —dijo, y yo sonreí. Siempre ocurría lo mismo. Cada vez que nos imaginaba juntos de nuevo, cada vez que soñaba con nosotros, ella siempre me pedía esto. Me lo había pedido en sus últimos días.

Le daría a mi chica cualquier cosa que me pidiera.

—Nos despertaríamos lentamente —dije, y oí mi voz ronca. Sentí que Poppy sonreía—. Te dejaría en la cama dormitando, calientita y somnolienta, e iría a prepararnos el desayuno.

—¿Qué desayunaríamos? —preguntó, siguiendo el juego. Le encantaba cuando nos imaginábamos. Cuando hablábamos y vivíamos lo que debería haber sido.

—Croissants —dije, sabiendo que le encantaban—. Y huevos.

—Y café —dijo con emoción en la voz—. Lo olería desde la cama, mirando por la ventana del cuarto el sol brillando sobre Nueva York. —Lo veía tan claro en mi cabeza. Lo vivía en mi imaginación. Parecía real. En ese momento, recuperé a mi chica y vivimos de verdad esta vida.

—Me levantaría de la cama y me pondría la bata —dijo, apoyando la cabeza en mi pecho. Me acerqué más a ella, necesitaba que se quedara más tiempo para que me contara nuestro día. Ninguna cantidad de tiempo sería jamás suficiente—. Luego caminaría por nuestro pequeño departamento, y me dirigiría a donde estás tú, junto a la estufa. —Sentía el mármol de la lápida duro contra mi nuca, pero abrazar a Poppy eliminaba cualquier incomodidad—. Y te rodearía con mis brazos por detrás, apretando mi mejilla contra tu espalda. —Poppy hizo una pausa, y supe que estaba tan atrapada en nuestra ensoñación como yo—. Dejarías la comida a un lado y te girarías, envolviéndome en tus brazos.

—Lo que más me gusta hacer —dije. Poppy levantó la cabeza y sonrió, haciendo pedazos mi corazón.

—Y nos meceríamos al ritmo de la música que escuchabas mientras cocinabas. —Asentí, porque eso habría pasado—. Me besarías en los labios, uno de los miles y miles de besos que habríamos compartido. —Asentí, incapaz de hablar—. Luego llevaríamos la comida a nuestra pequeña mesa junto a la ventana y miraríamos a la gente de abajo. —Le di un beso en la cabeza, su cabello se sentía suave bajo mis labios—. ¿Después qué, Rune?

Pasé la mano por él, saboreando que volviera a estar conmigo.

—Te llevaría a Central Park —dije, mi voz parecía más fuerte a medida que la brisa que nos rodeaba empezaba a desaparecer. La estreché contra mí y apoyé mi mejilla en su cabeza—. Los cerezos estarían en flor.

—Sí —dijo, con un tono alegre.

—Y tomaría fotos. Tantas fotos tuyas, nuestras, que luego revelaría y colgaría en nuestro departamento. —Poppy se movió contra mí y la apreté más fuerte. Nuestro tiempo no podía terminar. Necesitaba que se quedara un poco más.

—Cenaríamos a la luz de la luna —dijo, y se giró entre mis brazos. Se puso de rodillas y volví a sentir la brisa, olí más intensamente el bosquecillo de flores y el sueño se disipó lentamente.

Poppy apoyó la palma de la mano en mi mejilla y yo negué con la cabeza.

—Todavía no —dije, aferrándome a ella.

—Luego nos iríamos a la cama —dijo, y yo negué con la cabeza, no estaba listo para que se fuera—. Y me abrazarías y me amarías, y nos quedaríamos dormidos, juntos, seguros en los brazos del otro y habría sido el día más perfecto.

Giré la cabeza, presa del pánico, pero Poppy tomó mi rostro para dirigirlo hacia el suyo.

—Nunca me iré, amor —me dijo, y sus ojos verdes me imploraron que lo entendiera. Puso la mano sobre mi corazón—. Siempre estoy aquí. —Y luego me dio un beso tras otro en la frente, en las mejillas y, finalmente, en los labios—. Siempre estoy en tus sueños. —Asentí y giré la cara para depositar un beso en el centro de la palma de su mano. Poppy me dedicó una sonrisa llorosa—. Estoy muy orgullosa de ti. —Me quedé quieto, tratando de permanecer en este momento para siempre, pero cuando Poppy empezó a desvanecerse, supe que no podría ser así.

—Te amo —dijo, y con su hermosa sonrisa, el amor en sus ojos y el asombro en su voz, el cansancio empezó a desaparecer de mi cuerpo, mi tristeza se desvaneció en nada más que puro amor por mi chica. Poppymin, mi alma gemela y el amor eterno de mi vida.

Acaricié la cara de Poppy.

—Te amo tanto.

—Vive por nosotros —dijo Poppy, y yo asentí. Besé sus labios, luego sus mejillas, su nariz, su frente, cada parte que pude mientras se desvanecía—. Te veré en tus sueños —dijo, y le tendí la mano mientras la suya se separaba de la mía, mi chica se alejaba con la brisa y los pétalos de las flores.

Me concentré en mi respiración, inhalando y exhalando cinco veces antes de abrir los ojos. Parpadeé en la oscuridad, intentando concentrarme, con la fantasía interrumpida.

El espacio a mi lado estaba vacío, pero cuando rocé con la palma de la mano el lugar donde Poppy acababa de estar, habría jurado que se sentía calor en el lugar donde se había sentado a mi lado. Su olor permanecía en el aire que me rodeaba y en mi ropa. Y cuando me pasé los dedos por los labios, los sentí como si acabaran de besarme.

Sonreí y me relajé contra la lápida. Poppy se había ido, pero no me había abandonado. La sentía cada día.

—Te amo, Poppymin —dije en voz alta en la silenciosa arboleda—. Voy a hacer que te sientas orgullosa, te lo prometo.

Volví a sentarme contra la lápida, observando cómo caían más pétalos de las flores y cómo las estrellas brillantes se asomaban entre las ramas que se mecían. Y durante un rato más, me quedé con mi chica.

Epílogo

Parpadeé al despertar, y empecé a ver el bosquecillo con más nitidez. Sentía el brillo del sol en la cara, el olor de la suntuosidad de las hojas de las flores que llenaba mis pulmones.

Respiré profundamente y alcé la cabeza. Arriba se extendía el cielo oscuro, lleno de luces. Mil globos de papel, que envié hacía años, flotaban en el aire, perfectamente colocados en su lugar.

Me senté y busqué en los alrededores para revisar que cada árbol estuviera en pleno florecimiento. Así era. Pero siempre era así: la belleza duraba para siempre aquí.

Como ella.

Cuando un canto suave llegó desde la entrada, se me aceleró el corazón. Me empujé sobre mis pies y esperé su aparición con la respiración entrecortada.

Y apareció.

Me llené de luz cuando dio vuelta a la esquina, alzando las manos para tocar los árboles llenos con suavidad. La observé sonreír a las flores. Después noté que me veía en el centro del bosquecillo. Vi que en sus labios se extendía una sonrisa enorme.

—¡Rune! —gritó de emoción y corrió hacia mí. Le devolví la sonrisa, la levanté en mis brazos y ella envolvió mi cuello con

los suyos—. ¡Te extrañé! —murmuró junto a mi oído y la sostu-
ve un poco más cerca—. ¡Te extrañé tanto, tanto!

Me aparté para observar su hermosa cara.

—Yo también te extrañé, nena —murmuré.

Las mejillas de Poppy se sonrojaron y exhibieron sus hoyue-
los en todo su esplendor. Estiré mi mano para tomar la suya.
Poppy suspiró y después me miró. Contemplé mi mano en la
suya: mi mano de cuando tenía diecisiete años. Siempre tenía
diecisiete cuando venía aquí en mis suelos. Justo como Poppy
siempre deseó.

Estábamos exactamente igual que entonces.

Poppy se puso de puntitas y volvió a llevar mi atención hacia
ella. Puse la mano en su mejilla, me incliné hacia abajo y llevé
mis labios a los suyos. Poppy suspiró contra mi boca y la besé
profundamente, con delicadeza. No quería dejarla ir jamás.

Cuando por fin me aparté, Poppy abrió los ojos con un es-
tremecimiento. Sonreí mientras me llevaba hacia nuestro árbol
favorito. Cuando nos sentamos, la abracé; su espalda se apretó
contra mi pecho. Le aparté el pelo del cuello y le di besos ligeros
en la piel dulce. Cuando estaba aquí, cuando ella estaba en mis
brazos, la besaba tanto como era posible, la besaba…, la abraza-
ba con la certeza de que pronto tendría que irme.

Poppy suspiró de felicidad. Cuando alcé la mirada, vi que
miraba los globos iluminados en el cielo. Sabía que lo hacía con
frecuencia. Esos globos la hacían feliz. Eran nuestros besos, que
le regalé sólo a ella.

Se acomodó en mi cuerpo.

—¿Cómo están mis hermanas, Rune? ¿Cómo está Alton?
¿Mis papás y los tuyos?

La abracé con más fuerza.

—Todos están bien, nena. Tus hermanas y tus papás están fe-
lices. Y Alton está perfectamente; tiene una novia a la que quiere
más que a su vida y su beisbol va bien. Mis papás también están
muy bien. Todos están bien.

—¡Qué bueno! —exclamó Poppy con alegría.

Después se quedó en silencio.

Fruncí el ceño. En mis sueños, Poppy siempre me preguntaba por mi trabajo: por los lugares que visitaba y cuántas de mis fotos se publicaron recientemente, cuántas ayudaron a salvar el mundo. Sin embargo, esa noche no me preguntó nada. Se quedó satisfecha en mis brazos. Si era posible, se sentía más en paz.

Poppy se movió entre mis brazos y me preguntó con curiosidad:

—¿Alguna vez te arrepentiste de no encontrar a alguien a quien amar, Rune? En todo este tiempo, ¿alguna vez te arrepentiste de no besar a nadie más que a mí? ¿De no amar a nadie más? ¿De no llenar nunca el frasco que te di?

—No —contesté con sinceridad—. Y sí amé, amor. Amo a mi familia, a mi trabajo, a mis amigos y a las personas que conozco en mis aventuras. Tengo una vida buena y feliz, Poppymin. Y amo y amé con todo mi corazón... a ti, amor. Nunca dejé de amarte. Eres suficiente para toda una vida —suspiré—. Y mi frasco está lleno..., se llenó junto con el tuyo. No había más besos que juntar. —Tomé la cara de Poppy para que me mirara—. Estos labios son tuyos, Poppymin. Te los prometí hace años y nada cambió —afirmé con una mano bajo su barbilla.

La cara de Poppy me mostró una sonrisa de satisfacción.

—Así como estos labios son tuyos, Rune. Siempre fueron tuyos y sólo tuyos.

Me senté sobre la tierra suave, puse una mano en el suelo y de repente me di cuenta de que el pasto se sentía más real que en cualquiera de mis visitas anteriores. Cuando acudía a Poppy en mis sueños, el bosquecillo siempre se sentía como si fuera un sueño. Sentía el pasto, pero no sus hojas, sentía la brisa, pero no la temperatura. Sentía los árboles, pero no la corteza.

Cuando alcé la cabeza, esa noche, en ese sueño, sentí la brisa cálida en mi cara. Era tan real como cuando estaba despierto. Sentí el pasto bajo mis manos, las hojas y la dureza de la tierra. Y cuando me incliné a besar a Poppy en el hombro, sentí el calor de su piel en mis labios, vi que su piel se enchinaba por el contacto.

Sentí la mirada intensa de Poppy sobre mí, y alcé la vista para ver que me observaba con los ojos abiertos de par en par, expectantes.

Entonces lo comprendí.

Me di cuenta de por qué todo se sentía tan real. El corazón empezó a latirme más rápido en el pecho. Porque era real... si lo que pensaba era correcto...

—Poppymin, esto no es un sueño, ¿verdad? —pregunté y respiré profundamente.

Poppy se arrodilló frente a mí y puso una mano suave en mi cara.

—No, amor —susurró y me miró a los ojos.

—¿Cómo? —murmuré, confundido. La mirada de Poppy se suavizó.

—Fue rápido y pacífico, Rune. Tu familia está bien; están felices de que estés en un lugar mejor. Viviste una vida corta, pero plena. Una buena vida, la que siempre soñé que tuvieras.

Me quedé paralizado.

—¿Quieres decir...? —pregunté.

—Sí, amor —contestó Poppy—. Viniste a casa. Viniste a casa conmigo.

Sentí una enorme sonrisa en los labios y me inundó una corriente de pura felicidad. Incapaz de resistirme, estrellé los labios contra la boca de Poppy, que me esperaba. En cuanto percibí su sabor dulce en los labios, me llenó una paz profunda desde mi interior. Me separé y apoyé la frente en la suya.

—¿Puedo quedarme aquí contigo para siempre? —pregunté rezando por que fuera verdad.

—Sí —contestó Poppy con tranquilidad, y escuché la serenidad plena en su voz—. Nuestra próxima aventura.

Esto era real.

Era real.

La besé otra vez, lenta y suavemente. Los ojos de Poppy permanecieron cerrados y mientras se extendía el rubor por sus mejillas con hoyuelos murmuró:

—Un beso eterno con mi Rune... en nuestro bosquecillo..., cuando finalmente volvió a casa.

Sonrió.

Yo sonreí.

Y luego añadió:

—... Y casi me estalla el corazón.

Fin

Playlist

Hubo muchas canciones que me ayudaron a escribir esta historia, pero dos bandas fueron básicamente *todo* el *soundtrack*. Normalmente, en mis *soundtracks*, varío los géneros, pero quería mantenerme fiel a la inspiración y mostrarles las canciones que me ayudaron a moldear la historia de Poppy y Rune.

One Direction

Infinity
If I Could Fly
Walking in the Wind
Don't Forget Where You Belong
Strong
Fireproof
Happily
Something Great
Better Than Words
Last First Kiss
I Want to Write You a Song
Love You Goodbye

Little Mix

Secret Love Song, Pt. II
I Love You
Always Be Together
Love Me or Leave Me
Turn Your Face

Otros artistas

Eyes Shut — Years & Years
Heal — Tom Odell
Can't Take You With Me — Bahamas
Let the River In — Dotan
Are You With Me — Suzan & Freek
Stay Alive — José González
Beautiful World — Aidan Hawken
El cisne — Camille Saint-Saëns
When We Were Young — Adele
Footprints — Sia
Lonely Enough — Little Big Town
Over and Over Again — Nathan Sykes

Para escuchar el *soundtrack*, por favor, sigue este enlace: http://spoti.fi/2vWYpDB. También puedes encontrarme como author-tilliecole en Spotify.

Agradecimientos

Mamá y papá, gracias por apoyarme con este libro. Sus batallas personales contra el cáncer no sólo me cambiaron a mí, sino también a nuestra pequeña familia. Su valor y, de un modo más importante, su actitud positiva e inspiradora ante algo tan difícil me hicieron ver la vida de una manera completamente distinta. Aunque los últimos años fueran increíblemente duros, me hicieron valorar cada respiración de cada día. Me hicieron apreciarlos a los dos sin medida: son los mejores padres del mundo. ¡Los quiero tanto! Gracias por dejarme usar sus experiencias en esta historia. La hizo verdadera y real.

Nanna, te separaron de nosotros cuando eras demasiado joven. Eras mi mejor amiga y te quería montones, todavía te quiero. Eras divertidísima y siempre una presencia positiva y radiante. Cuando pensé en la abu de Poppy, no hubo nadie más en quien pensara para moldearla. Yo era «la niña de tus ojos» y tu mejor amiga y aunque te fueras, espero que este libro te haga sentir orgullosa. Espero que estés sonriendo con el abuelo en su propia versión del bosquecillo.

Jim, mi difunto suegro. Fuiste tan valiente hasta el final, un hombre admirable, con un hijo y una esposa muy orgullosos de ti. Te extrañamos mucho.

A mi esposo. Gracias por haberme alentado a escribir una novela juvenil. Te conté la idea para esta novela hace mucho tiempo, y tú me impulsaste para escribirla a pesar de que era muy distinta de nuestros géneros usuales. Te debo este libro. Te quiero siempre, hasta el infinito.

Sam, Marc, Taylor, Isaac, Archie y Elias. Los amo a todos.

Para mis fabulosos lectores: Thessa, Kia, Rebecca, Rachel y Lynn. Como siempre, un ENORME agradecimiento. Este estuvo duro, pero se quedaron conmigo aun cuando hice llorar a la mayoría.

Thessa, mi estrella y megaasistente. Gracias por manejar mi cuenta de Facebook y mantenerme actualizada. Gracias por todas las ediciones que me hiciste, pero, sobre todo, gracias por alentarme para conservar el epílogo de esa novela (sufrimos un poco de estrés por esa decisión, ¿verdad? Bueno, ¡MUCHÍSIMO!). Pero fuiste mi apoyo, te quiero montones. Nunca ignoraste mis mensajes frenéticos en plena noche. No podría pedir una mejor amiga.

Gitte, ¡mi encantador vikingo noruego! Gracias por lanzarte en esta aventura conmigo. Desde el minuto en que te dije que tenía esta idea para una novela juvenil (ah, y el protagonista era noruego), me alentaste a escribirla. Gracias por las muchas traducciones. Gracias por la inspiración (¡él es el Rune perfecto!). Pero, sobre todo, gracias por ser tú. Eres un amigo verdadero y fabuloso. Siempre me apoyaste. ¡Te quiero, *Pus Pus*!

¡Kia! ¡Qué fabuloso equipo hacemos! Eres la MEJOR editora y lectora de pruebas de la historia. ¡Esta es la primera de muchas historias por venir! Gracias por todo tu trabajo, lo fue todo para mí. Ah, y gracias por todas las revisiones musicales, mi colega de arco dorado (junto con Rachel). ¿Quién iba a pensar que todos esos años de tocar el violonchelo resultarían tan útiles?

Liz, mi fabulosa agente, te quiero. ¡Salud por mi primera incursión en la novela juvenil!

Gitte y Jenny (¡esta vez las dos!), de *TotallyBooked Book Blog*. Una vez más, no tengo nada que decir aparte de gracias y que las quiero. Apoyan todo lo que hago. Apoyan cada uno de mis cambios de género. Son dos de las mejores personas que conozco. Atesoro nuestra amistad…, es «tan especial como puede serlo algo especial».

Y un agradecimiento enorme a los muchos blogs literarios que me apoyan y difunden mis libros. Celesha, Tiffany, Stacia, Milasy, Neda, Kinky Girls, Vilma… ¡Ah!, podría seguir y seguir.

Tracey-Lee, Thessa y Kerri, un enorme agradecimiento por manejar a mi equipo callejero: The Hangmen Harem. Las quiero a todas.

Mis @FlameWhores. Me acompañan en las buenas y en las malas. ¡Las adoro, chicas!

A los miembros de mi equipo callejero: ¡LOS AMO!

Jodi y Alycia, las quiero, chicas. Son mis amigas más queridas.

Mis chicas IG. Las adoro.

Y, finalmente, a mis maravillosos lectores. Quiero agradecerles por leer esta novela. Me imagino que tienen los ojos hinchados y las mejillas rojas de tanto llorar. Pero espero que amen a Poppy y a Rune tanto como yo. Espero que guarden su historia en su corazón para siempre.

No habría podido lograrlo sin ustedes.

Los amo.

Por siempre jamás.

Hasta el infinito.

Sobre la autora

Tillie Cole nació en un pequeño pueblo en el noreste de Inglaterra. Creció en una granja con su madre inglesa, su padre escocés, una hermana mayor y muchos animales rescatados. En cuanto fue posible, Tillie cambió sus raíces rurales por las luces brillantes de la gran ciudad.

Después de graduarse en la Universidad de Newcastle, con una especialización en Estudios Religiosos, Tillie acompañó durante una década a su esposo, jugador profesional de *rugby*, alrededor del mundo; mientras tanto, se convirtió en maestra y disfrutaba enseñar Ciencias Sociales a estudiantes de preparatoria antes de decidirse a escribir y terminar su primera novela.

Ahora Tillie vive en Austin, Texas, donde finalmente puede sentarse a escribir, entregándose a mundos de fantasía y a las fabulosas mentes de sus personajes.

Es una autora que publica tanto en editoriales independientes como tradicionales; ha escrito novelas de ficción adulta, juvenil y *crossover*.

Cuando no está escribiendo, Tillie disfruta acurrucarse a ver películas y a beber demasiado café, mientras trata de convencerse de que no necesita comerse otro pedazo de chocolate.

Sigue a Tillie

- ♥ https://www.facebook.com/tilliecoleauthor
- ♥ https://twitter.com/tillie_cole
- ♥ Instagram: authortilliecole

Envía un *email*: tillie@tilliecole.com
O visita la página: www.tilliecole.com

Índice